勵耘语言學刊

2020年 第2辑

（总 第 3 3 辑）

北京师范大学文学院 主办

中 华 书 局

图书在版编目(CIP)数据

励耘语言学刊.2020年.第2辑/北京师范大学文学院主办. —北京:中华书局,2020.12
ISBN 978-7-101-14937-1

Ⅰ.励… Ⅱ.北… Ⅲ.①中国文学-文学研究-丛刊②汉语-语言学-丛刊 Ⅳ.①I206-55②H1-55

中国版本图书馆CIP数据核字(2020)第237844号

书　　名	励耘语言学刊(2020年第2辑)
主 办 者	北京师范大学文学院
责任编辑	白爱虎　俞国林
出版发行	中华书局
	(北京市丰台区太平桥西里38号　100073)
	http://www.zhbc.com.cn
	E-mail:zhbc@zhbc.com.cn
印　　刷	北京瑞古冠中印刷厂
版　　次	2020年12月北京第1版
	2020年12月北京第1次印刷
规　　格	开本/787×1092毫米　1/16
	印张18½　插页2　字数358千字
国际书号	ISBN 978-7-101-14937-1
定　　价	128.00元

《励耘语言学刊》编委会

（按姓氏笔画排列）

目　录

◎文字学研究

影戏影卷俗讹字考释五例*

李伟大

（中山大学中文系）

提要：清代皮影戏影卷中俗字、讹字夥多，本文考释了“悝”“仔/他”“愵/塌/溺”“边”“会”等五例俗讹字，并对相关整理本的失误进行了补正。

关键词：影卷；俗字；讹字；考释

随着《俗文学丛刊》①《皮影戏影卷选刊》②和《未刊清车王府藏曲本》③等相继影印出版，皮影戏影卷的研究和整理工作也已陆续展开。影卷中有大量俗讹字，运用汉字俗写规律探寻俗讹原因，可还文献本来面貌，为通俗文学作品的点校整理提供借鉴。本文略举五例，以就正于方家。

＊本研究得到国家社科基金重大项目“宋元明清文献字用研究”（19ZDA315）的资助。

①《俗文学丛刊》编辑小组编：《俗文学丛刊》（一至六辑），台北：新文丰出版股份有限公司，2001—2016年。《俗文学丛刊》目前出版六辑共620册，其中影戏收入第166—273册。“俗386—330”指《俗文学丛刊》第386册第330页。

②天津图书馆编：《皮影戏影卷选刊》，天津：天津古籍出版社，2014年。

③北京大学图书馆编：《未刊清车王府藏曲本》，北京：学苑出版社，2017年。该书第57—78册为“某种戏词”，实即影卷。

1. ⿰忄罡

(1)《大团山·秋部》:“越闹越有气力,比先更有威风,事事不在人以下,漏着抓尖占上风。」持刀砍,拳头⿰忄罡,手忙脚乱,有些后松。”(未刊 57—190)①

按:“⿰忄罡”即“楞”字俗写。“楞”有“打”义,②车王府曲本中习见,如《清车王府藏曲本》第二一册《于公案·战窑》:“我也知道你豪横,素向颇皮会挨楞。”(205 页)③《曲本》第四三册《刘公案·督察院》:“分付伙计休息慢,拿住这小子把嘴楞。”(435 页)《曲本》第四四册《寿荣华》第二部:“皆因你,到我家中我不幸,新年头上拐棍楞。”(17 页)方言中“r”或读如“l”,故字或作“扔(仍)”,《牛马灯》第三部:“叫声众小子,快巴拳头扔。打死只个奴才,小姐抢到家中。”(未刊 59—365)《对菱花·平部》:“把门的一定要拿大杠子扔。”(未刊 72—234)《西游》第三部:“国师差派众道友,和尚懒惰用棍仍。”(未刊 61—249)俗书“木”“扌”不分,“打”又与动作相关,故“楞”或从手作“⿰扌⿱罒方”,《曲本》第二一册《于公案·察院》:“板楞夹棍小玩意,三太爷,只当开斋吃小葱。”(48 页)《曲本》第三一册《施公案·黄兴庄》:“拿着咱们要出气,难免一顿马鞭子⿰扌⿱罒方。”(376 页)《施公案·桃源县》二本:“膝盖垫住皂吏脸,巴掌抡圆往下⿰扌⿱罒方。”(未刊 93—301)清代抄本曲艺文献中“扌”常作“忄”,④《曲本》第四三册《刘公案·莲花庵》:“小尼不知吃在腹中,登时醉倒难怍怔。”(294 页)“怍怔”即“拃挣”,子弟书《周西坡》头回:“白龙驹一步一滑拃挣着走,素缨枪比冰块还凉压着手沉。”(俗 386—330)“拃挣”即“扎挣”。《三元传》卷三:“多蒙相公怡爱我,三月怀胎在腹中。”(未刊 98—384)“怡”即“抬”之俗。《于公案·布店》:“恶妇说着身一探,拿了块手巾悟着唇。”(380 页)又下文:“杀人恶妇用袖子捂着嘴长嚎短嚎。”(380 页)“悟”即“捂”。《对陵金·为部》:“可恼卜贼恃刀把吾杀死。”(未刊 73—131)“恃”即“持”。“忄”旁亦或作“扌”,清同治五年新刻本《阴阳斗异说传奇》第十回:“蒋媒连扯答应,同着许成与太公一齐进到大堂坐下。”(95 页)⑤俗书亡、止二旁不分,如

①“未刊 57—190”指《未刊清车王府藏曲本》第 57 册第 190 页。“」”为影卷中表示话轮转换的符号。

②“楞”是“棱”的俗字,“棱”有“打”义,唐李浩弼《从幸蜀州赋鸷兽》:“长途莫怪无人迹,尽被山王棱杀他。”参看白维国主编:《近代汉语词典》,上海:上海教育出版社,2015 年,第 1162 页。

③首都图书馆编:《清车王府藏曲本》,北京:学苑出版社,2001 年。以下简称《曲本》。

④“扌”作“忄”古已有之,参看梁春胜:《楷书部件演变研究》,北京:线装书局,2012 年,第 221 页。

⑤本文所引小说语料皆出自《古本小说集成》(以下简称《集成》),上海:上海古籍出版社,1990—1994 年。引文随文标明页码。

“匄”或作“匃”,①再如《龙凤配》全串贯:“(普白)全应了,就叫他们俩拜天地。(鲍白)你全是忙吗?也得请个人来瞧个好日子。”(未刊10—120)“忙”即“忙”,上例中“连扯”即“连忙”之讹。故“楞(⿰扌⿱罒方)”又作“愣”。② “罡”成字且较常见,“⿱罒方”较生僻,“俗书每有改生僻的或不成字的偏旁为常见的或成字的偏旁的倾向,”③故“愣”俗又作“⿰忄罡”。“愣”作“⿰忄罡”应该还受到了“怔”的类化影响,通俗文献中“楞怔”一词常见,《镇宫图》第十一部:“一阵喧嚷,我且问明。看见龙玉凤,一阵发楞怔。”(俗176—355)或作“⿰忄罡怔”,《薄命图·居部》:“急的燥汗湿衣袍,⿰忄罡怔一会才张口。”(未刊73—394)可参证的是,又有“立楞”一词,清尹耕云等《豫军纪略》多次出现匪首名“苏立楞眼”,如卷四:“皖捻雷彦、苏立楞眼等股围攻鹿邑。”④又作“立⿰扌⿱罒方”,《集成》清抄本《忠烈侠义传》第六十一回:“他却一溜歪斜,那边桌上脚蹬着板橙,立⿰扌⿱罒方着眼瞅着这边。”(1930页)⑤又作“立⿰忄罡”,《薄命图·安部》:“妹妹你听,外面吵吵什么‘面生之人立⿰忄罡着眼要进中庭’,」只怕是这人一伙的。”(未刊74—123)《锁阳关》首部:“叫声负义的薛总戎,见面不问情与礼,望着奴家立⿰忄罡眼睛。”(未刊77—253)“立⿰忄罡”即“立楞”,《汉语方言大词典》“立楞”条:“圆睁;瞪大。东北官话。中原官话。”⑥

“⿰扌⿱罒方”“愣”“⿰忄罡”皆“楞”之俗字,由“楞”到“⿰忄罡”的过程为:楞—⿰扌⿱罒方—愣—⿰忄罡。

2. [illegible]

(2)道光抄本《镇冤塔》首部:“一齐下马路[illegible]站,秃四挑担走的毛。”⑦

①参看杨宝忠:《疑难字考释与研究》,北京:中华书局,2005年,第423页。

②“愣”是“楞”的俗字,今用作表“鲁莽”“失神”二义之专字。此二义明代已经出现,皆记作“楞”,参看白维国主编《白话小说语言词典》“楞登子”“楞楞睁睁”“楞头”诸条,北京:商务印书馆,2001年,第903页。“愣”字晚清出现,据《汉语大字典》(2版),较早用例取自《忠烈侠义传》及《儿女英雄传》中,与抄本戏曲所见“愣”字时代大致相当。“愣”是“楞”的俗字,不宜看成为“鲁莽”“失神”二义所造专字,因为“愣”还有“打”义、“凸起”义。值得注意的是,1955年《第一批异体字整理表》仍将“愣”列为异体字,“或许由于‘失神、发呆’‘鲁莽、冒失’这类状态和行为跟人的心理相关,”才作为分化字沿用下来,参看厉兵:《“愣”“楞”二字辨》,《语文建设》,1996年第10期。

③张涌泉:《敦煌俗字研究》(第二版),上海:上海教育出版社,2015年,第356页。

④清尹耕云等:《豫军纪略》,载《四库未收书辑刊》第六辑第七册,北京:北京出版社,1997年,第295页。

⑤此例光绪五年刻本《忠烈侠义传》作“立楞”。

⑥许宝华、宫田一郎:《汉语方言大词典》,北京:中华书局,1999年,第1441页。“楞”有“暴起;凸起”义,参看《汉语大词典》“楞”条。

⑦吴书荫主编:《绥中吴氏藏抄本稿本戏曲丛刊》(37),北京:学苑出版社,2004年,第239页。

(3)道光抄本《镇冤塔》第四部："爹爹在上，女儿万福。」不消，仈边坐了，为父有话告诉于你。"①

按："仈"为"俩"的俗字，然释"俩"与例(2)不合，该字车王府曲本《镇冤塔》作"傍"(未刊75—235)，俗书"宀""穴"不分，"傍"为"傍"之俗字，②则"仈"当即"傍"字。作部件时"刀""力""方"俗写相混，③如"劳"又写作"芳"，《施公案·藏风岛》第二本："你等若要劫法场，芳而无功白费工。"(未刊94—227)又："凑巧给大人来送功芳。"(未刊94—229)《西川图》全串贯："(外丑同白)丞相兵败马超方回，将士劳顿，候过几天自然克复。……西川入贡使臣，烦芳通禀。"(未刊4—125)清抄本《忠烈侠义传》第五十五回："小人不冷，不劳展老爷的疼爱。"(1790页)《集成》清浦琳《清风闸》第八回："我家有一位老爹，号叫大理，于六月初三日陡然疯了，跳在河内死了，各处打捞，尸首无存。"(105页)"打捞"即"打捞"。又"拐"或作"拐"，《蜜蜂记》鼓词第十五回："今日听说状元夫妻作弊，又听说良才杀死小玉，刁拐他女，一霎时虎眉倒竖，暴躁如雷。"(未刊95—240)《松棚会》第六本："祸福凭天由造化，只好自去任苍穷。"(俗177—569)部件"方"或作"力"，《可洪音义》"边"有作"边""边"者，④"方"正作"力"。又《寿荣华》第五部："兰旂不住来往探，先锋当先把穴通。"(63页)"兰旂"即"蓝旗"。"迈"亦或作"辺"，《劈山救母》卷七："辺步连忙往外走。"(未刊98—176)又东京大学东洋文化研究所双红堂文库藏《唱本一百九十册》宝文堂板《二郎爷劈山救母》："二郎辺步往前走，前行来在南天门上。"《百寿图》全串贯："哭啼啼上前来哀告仙长，我家中哭坏了年辺爹娘。……听这小儿之言，家中还有年边父母，必须与他救解才是。"(未刊4—218)"旁"或作"旁"，《寿荣华》第七部："和尚本是旁蟹精。"(88页)《紫金镯》卷七："一旁边，慌坏佳人吴玉英。"(未刊97—179)清浦琳《清风闸》第四回："此刻二姑娘在小继旁边帮小继。"(48页)"谤"或作"谤"，《红梅阁》第四部："你为何急言谤语冲撞老夫？老夫恼怒，将你一剑杀死了。"(未刊67—279)"谤语"即"谤语"，《清车王府藏戏曲全编》校为"谛"，⑤未确。"傍"或作"傍"，《红梅阁》第四部："告诉傍人有谁信？"(未刊67—248)《对金铃·官部》："果然是，把我姐姐一傍扔。"(未刊71—274)《曲本》第四三册《刘公案·莲花庵》："书办和英在一傍数数儿。"

---

①吴书荫主编：《绥中吴氏藏抄本稿本戏曲丛刊》(38)，第79页。

②"傍"或增繁作"傍"，《对陵金·忍部》："傍边现有尖刀子。"(未刊73—16)可资比勘。

③"力""万""方"相乱古已有之，参看杨宝忠：《疑难字考释与研究》，第256页。

④韩小荆：《〈可洪音义〉研究——以文字为中心》，成都：巴蜀书社，2009年，第360页。

⑤黄仕忠主编：《清车王府藏戏曲全编》(第20册)，广州：广东人民出版社，2013年，第134页。以下简称《全编》。

(294 页)①"傍"又省作"仂",《大金牌》首部:"劝你快放那女子,省的仂人笑谈言。"(俗171—14)又第二部:"纵然就去的,岂不怕仂人笑话?"(俗171—102)《双祠堂》卷八:"素娥发迷乂声音,清明一仂忙劝解。"(俗173—276)《泥马渡江》第三部:"一个小伙仂边坐,面如锅底似烟熏。"(俗233—216)《小英杰》四本:"奴若把他杀了,未免仂人谈论。"②《集韵·庚韵》"搒"或省作"扐",《集韵·唐韵》"髈"又作"肑",《集韵·宕韵》"艕"又作"舫",再如"寡"又省作"穷",《薄命图·居部》:"婆婆在世曾说过,李氏守穷胡里胡涂。"(未刊73—347)又:"可爱情娘小穷妇。"(未刊73—348)皆其类。"仂"又赘点讹作"仞",俗书"刀""刃(刄)"相混,可资比勘。例(3)中"他"亦当为"仂"之赘讹。"傍"讹作"仞(他)"的过程为:傍—傍—仂—仞(他)。

3. 㒟/𡒓/𠫓

(4)石派书《包公案铁莲花》卷一:"看将来,只恐目下要败家。好端端的海灯从空坠下,那铜锁练,如何会擎不住他?自从那日归来以后,我的身子露着狠㒟。"(俗402—15)又:"倘若是,被他把行踪看破,留神把你我细察,亏空银两诸般事,大事全从此处里㒟。"(俗402—63)

(5)《镇冤塔》第六部:"不如早早寻自尽,强如那被绑遭擒把名𡒓。"(未刊76—456)

(6)《泥马渡江·儿部》:"我料姐姐明大义,断不能玷祖把宗𠫓。"(未刊65—245)

按:"㒟""𡒓""𠫓"影卷中多写作"歇"。"歇"字从欠从弱,弱亦声。"歇"有"弱"义,《九里山》五部:"还巧辩,混磨牙。殷王虽破,兵势不歇,就该屯兵去,即把饿夫拿。"(俗174—258)《曲本》第三十册《神州会代赞》:"倘然要,交手有失歇了锐气,我任袁,走不得神州的这条大街。"(359 页)子弟书《俏东风》第三回:"头不梳来脸不洗,心都愁碎气都歇。"(俗396—423)俗书"欠""大"相混,字或作"㢲",子弟书《露泪缘》第七回:"病势儿过了一日深一日,弱体儿哭了一回㢲一回。"(俗396—295)例(4)中"㒟"即"弱;减损"义。"歇"又有"败坏;侮辱"义。壬申年敬修堂抄影戏《东汉》卷之一:"窑黑子,怒气发;

①"傍""仂"二字亦可参看温振兴《影戏俗字研究》所举语例,太原:三晋出版社,2012 年,第 214 页。
②吴书荫主编:《绥中吴氏藏抄本稿本戏曲丛刊》(42),第 292 页。

叫妹子,坏了瓜;偷养汉,把祖⿰弱欠。”(俗 178—40)又:“奴家本是有夫妇,不比路柳与墙花。岂肯失节从贼子,不把祖宗英名⿰弱欠。”(俗 178—76)《曲本》第四三册《刘公案·大名府》:“若要是,走脱杀官人一个,⿰弱欠了从前以往名。”(500 页)《卧龙岗》第二部:“逆贼今日来哄我,叫我被擒把体统⿰弱欠。”(俗 170—124)或作“⿰弱欠”,《曲本》第二一册《于公案·察院》:“于某若是审不断,到只怕,⿰弱欠辱了为官受禄名。”(66 页)字或作“⿰弱欠”,清石玉昆《忠烈侠义传》第六十七回:“俺花冲被你拿住,也不⿰弱欠辱于我。”(2114 页)例(5)(6)中的“搦”“⿰弓力”即“败坏;侮辱”义。

曾良先生指出:“‘⿰弱欠’字是侮辱义,当是方俗词语音读似‘弱’,故造俗写‘⿰弱欠’字。”①弥松颐先生细致讨论了“⿰弱欠”的意义,并指出:“此字为‘欠弱’二字的合体,全能概括以上诸义,且又与‘弱’字为同声之转,极为洽切。”②声转之说略模糊,今更申述之:“⿰弱欠”实即为“弱”的俗音 ruá 所造之新字,“侮辱”义是“弱”义之引申。“弱”近代有读如平声家麻韵者,《六十种曲·春芜记》第十八出:“[前腔]堪夸似锦上更添花,咳!宋玉!宋玉!须知彩凤怎肯随鸦笑,狂生低下也空劳,受尽波查!(净)王四兄,月色渐渐下去了,怎么还不见来?(丑)闲庭月斜,想金莲款款凌波弱。(净)有理。那三寸三分的小脚儿怎么走得快?听高楼玉漏沉沉,启重门望眼巴巴。”“弱”与“巴”“查”“花”等押韵,当读 rua 平声。《牛马灯》第三部:“牛皙只断,猪狗不同,可惜举人作,叫你弱尽名。”(未刊 59—368)又第四部:“找不着人也罢了,拿着话儿当头押,宗宗件件是你作,闺中体面被你弱。”(未刊 60—41)《对金铃·福部》:“有心使出定身法,必说我邪术胜人不算佳,到不如与他实杀与实砍,不把闺中志气弱。”(未刊 71—422)从押韵来看,“弱”皆读如 rua 平声。《薄命图·居部》:“恨只恨不得清白名节弱。”(未刊 73—387)此道光抄本《薄命图》正作“⿰弱欠”。③“名节弱”中“弱”是“削弱;减损”义,进一步引申有“败坏;侮辱”义。据《北京方言词典》,北京话有“⿰禾妥”一词,音 ruá,有“杀(威风),使弱”等义,字又作“⿰禾委、挼、弱、搦、⿰弱欠”等。④白宛如以《集韵·麻韵》“捼”字为其本字,⑤未确。另,刊本嘣嘣戏《马寡妇开店》:“今夜晚一时糊突作此事,岂不是挖坏了两家祖名无?”(俗 124—61)又:“玉语金言劝醒了奴,若不然挖去马门德行无。”(俗 124—62)此“挖”难解,亦当是“弱(⿰弱欠)”之记音。《六士三义》第二本:“你是田禄,他的掌家,来与他挡横,敢把那个拿?某家不怕势

①曾良:《明清通俗小说语汇研究》,南昌:江西教育出版社,2009 年,第 195 页。

②弥松颐:《京味儿夜话》,北京:人民文学出版社,1999 年,第 202 页。

③天津图书馆编:《皮影戏影卷选刊》(3),第 229 页。

④陈刚:《北京方言词典》,北京:商务印书馆,1985 年,第 237 页。

⑤白宛如:《北京方言本字考》,《方言》,1979 年第 3 期。

力，势力比你不凹。”（俗187—115）此“凹”字《三贤传》卷三有异文正作“⿰弱欠”（俗185—296），可证“挖”确为“⿰弱欠”之记音。

综上，盖“弱”俗音“ruá”，时人为此俗音造字，或从弱从欠作“⿰弱欠”，或从弱从心作“⿰忄弱”，“⿰弱欠”又讹作“⿰弱犬”“⿰弓⿱丿欠”，“⿰忄弱”又讹作“⿰土弱”“⿰歹力”“搦”。

4. ⿺辶几

(7)《红梅阁》第二部：“奴家刘二姐，在本城麝香胡同居住，我们当家的姓刘名松，上⿺辶几上当差。”（未刊67—9）又：“我们当家的在⿺辶几上当差，这两天正该上班。”（未刊67—18）

按：“⿺辶几”字难解，《全编》皆录作“府”，①未确。今谓“⿺辶几”为“迅”之俗字。“迅”俗书或作“迅”，②清石玉昆《忠烈侠义传》第二回：“且说由春而夏，由夏而冬，光阴迅速，转瞬间过了六个年头。”（68页）又第五二回：“宁妈妈见公子写书不加思索，迅速之极，满心欢喜。”（1669页）《群羊梦》卷三：“迅雷不及把耳塞。”（未刊70—241）抄手遇“迅”字，未知记录何词，因“凡”俗书或作“几”，故又径书作“⿺辶几”，致使今人不识。例(7)中“迅”又记“汛”音，“汛”即汛地，《说文通训定声·坤部》：“汛，假借为讯。按，今所用汛地字，盖讯诘往来行人处也。”③本是军队驻防、巡逻的地方。《群羊梦》卷二：“他自离氿地，便是欺朕躬。”（未刊70—122）《五虎平西》卷五：“呀，史都督离了氿地，必有紧急之事。”④字或作“⿺辶几”，《锁阳关》第三部：“迎面又听神鬼语，犯我⿺辶几地丧残生。”（俗201—231）此字可与例(7)比勘。又有“塘汛”一词，《近代汉语词典》“塘汛”条：“负责地方治安、稽查及传递军事文书的两级基层驻兵单位。汛比塘大。泛指驿站、关卡。”⑤清和邦额《夜谭随录》卷八《三李明》：“老人询其所适，教之曰：‘胡不诣夫塘汎？’秀以为然，即诣汎告之。汎兵闻为总戎幕友，奔告所司。”⑥《集成》清李雨堂《万花楼演义》第三十六回：“又有沈达上帐缴令：‘启禀元帅，昨天领令往五云汎细细查确，据众军民多言，夜深人静，并不知其情有无。’……李成曰：‘元帅，其时只为更夜已深，汎上军民多已睡熟，是至无人得知。’”

①黄仕忠主编：《清车王府藏戏曲全编》（第20册），第46页，第49页。
②参看曾良、陈敏《明清小说俗字典》，扬州：广陵书社，2018年，第705页。
③清朱骏声：《说文通训定声》，北京：中华书局，1984年，第837页。
④吴书荫主编：《绥中吴氏藏抄本稿本戏曲丛刊》(40)，第114页。
⑤白维国主编：《近代汉语词典》，第2089页。
⑥清和邦额：《夜谭随录》，早稻田大学图书馆藏乾隆五十六年刻本。

(486 页)清小和山樵《红楼复梦》第七十一回:"本村乡保、总甲并汎上的老将,知道桂太太在此,汎官派了几名汎兵前来伺候,弹压闲人。"(2525 页)值得注意的是,以上诸例中"汛"皆刻作"汎"。例(7)中,刘二姐的丈夫刘松应该是在汛上做汛兵。

5. 会

(8)《牛马灯》第三部:"咳,我的媳妇白白跟了人家去了,我看着宰不眼热?斗是只粱尚王八羔子哄了我了。会煞说儿的,当了空王八了。"(未刊 59—383)

按:例中"会煞说儿的"不通。今谓"会"乃"无"之讹抄,"无"俗书或作"会",《牛马灯》第三部:"前会村来后会店。"(未刊 59—386)又:"眼下亲人无一个,会主丫头谁见疼?"(未刊 59—414)又第七部:"遂心如意变化会穷。"(未刊 60—393)又:"能大能小妙会穷。"(未刊 60—394)又第八部:"会奈定牢笼,指槐去说柳。"(未刊 60—430)《金蝴蝶》第四部:"不知此时候他可来了会有?"(未刊 62—59)"无"字这种写法上部一般作"𠂉",①与"会"字草写极近,《对金铃·赐部》:"且莫悲啼听奴讲,偺相公特请妹妹到山林。」(玉)我去会咱着他呢?」他说是若得玉林见一面,病儿自能退几分。"(未刊 71—369)"会"即"会"字。"会"有"能"义,为影卷中习见,如《定唐·绵部》:"有谁与孤将仇报?只有国师会怎么?正然着急心忙乱,番卒起奏祸把天塌。"(未刊 64—308)"会怎么"义即"能怎么","会咱着他"即"能怎么着他"。"无"的俗写与"会"形近,例(8)抄者见"会"字,仓促间以为"会"字,乃误抄为"会",《全编》还原作"會",②误。又《黄金台》全串贯:"脉线走动会有病,命我号脉为何情?"(未刊 2—252)"会有病"即"无有病"。《曲本》第二册《黄金台》(176 页)、《全编》皆还原为"會",③并误。清石玉昆《忠烈侠义传》第三十四回:"柳洪听了吃这一惊不小,登时就会没了主意。"(1149 页)"就会没了主意"不辞,疑此"会"亦"无"之讹,《忠烈侠义传》所据原文当是"登时就会了主意",抄者不识"会"乃"无"之俗写,读作"会"又于文意不通,故又臆补一"没"字。

①关于"无"字俗写的更多语例,可参看温振兴:《影戏俗字研究》,第 296 页;曾良、陈敏:《明清小说俗字典》,第 648 页。

②黄仕忠主编:《清车王府藏戏曲全编》(第 16 册),第 611 页。

③黄仕忠主编:《清车王府藏戏曲全编》(第 2 册),第 7 页。

An Interpretation of Five Knotty Chinese Characters in Scripts of Shadow Plays

Li Weida

(Department of Chinese, Sun Yat-sen University)

Abstract: There are lots of knotty Chinese characters in scripts of shadow plays, this paper interprets five knotty characters such as “[illegible]”“伢/他”“愵/搦/蛎”“迆” and “会”, it also emends some errors in punctuated texts.

Keywords: scripts of shadow plays; folk characters; wrong characters; interpretation

《全元诗》未编码疑难字考辨十例*

柳建钰

（渤海大学文学院）

提要：论文对《全元诗》中“⿱艹⿰女寿”“⿰足解”“⿰月襄”“⿰犭隹”“⿱山料”“⿰身兒”“⿰氵業”“⿰舍牙”“⿰虫朱”“⿰馬某”等十个未编码疑难字从文献使用、字形演变及异文佐证三个方面进行了考辨，沟通了它们的字际关系，扫除了这些疑难字在准确理解诗句意义方面造成的障碍。

关键词：《全元诗》；未编码疑难字；考辨

杨镰先生主编的《全元诗》是我国元代诗歌文献的总集①。该书规模宏大，收入五千多位元代诗人流传至今的十三万两千多首诗，两千多万字，共六十八册，具有重要的学术价值。杨镰先生在《元诗文献研究——起点与终点》中说：“《全元诗》一经出版，将具有广泛的应用性，成为替代性的‘定本’、学人引称的依据。”②是言不虚。当然，受各种条件的限制，《全元诗》不可能尽善尽美，仍有进一步修补提升的空间。杨镰先生指出：“（《全元诗》）问世之后，对它的修订、改进、增补，便进入新的阶段。”③《全元诗》在排印过程中，

---

* 本文是国家社科基金重点项目“字料库字料属性标注规范研究”（20AYY018）、辽宁省社科联 2021 年度经济社会发展研究课题“基于字料库的古籍 UNICODE 未编码字整理与研究”（2021lslwzzkt-028）、国家社科基金重大项目“基于资料库的古籍计算机辅助版本校勘和编撰系统研究”（15ZDB104）的阶段性成果。文中使用的数据库及主要参考资料包括：渤海大学 CCFD 字书字料库（V3.0）、中华书局“经典古籍库”、国家图书馆“中华古籍资源库”、日本京都大学“石刻拓本数据库”、瀚堂典藏、佛典异文数据库（V1.0，基于中华电子佛典协会 CBETA2018 年版制作）等。

①杨镰主编：《全元诗》，北京：中华书局，2013 年。凡文中引用，即以括注说明相关册页。

②杨镰：《在书山与瀚海之间》，上海：东方出版中心，2012 年，第 189 页。

③杨镰：《在书山与瀚海之间》，第 191 页。

出现了不少 Unicode 未编码的疑难字，这对诗句意义的准确理解造成了一定障碍。现不揣谫陋，从中择取十例从形、音、义三方面进行考证，或可供今后该书修订再版时参考。

具体体例如下：按照在《全元诗》中出现的顺序，首列 Unicode 未编码疑难字为字头，下引《全元诗》原文，其后指明原文来源及异文情况，并从文献使用、字形演变及异文佐证等方面对未编码疑难字予以考辨，最后简要解说该疑难字产生的原因。

一、⿱艹媷

徐瑞《田园》："种茶石冈上，草盛茶欲枯。劬躬自⿱艹媷薙，青青复厥初。"（16 册 374 页）

按，本诗据《文渊阁四库全书》本《鄱阳五家集》卷八所引元徐瑞《松巢漫稿》卷三《田园》之八录。豫章丛书本《松巢漫稿》字作"⿱艹媷"。以形义求之，"⿱艹媷"当为"媷"异写字。薙，《说文·艸部》："除艸也。"本义是除草。《周礼·秋官序·薙氏》："薙氏，下士二人，徒二十人。"郑玄注："书薙或作夷。郑司农云：'掌杀草。故《春秋传》曰：如农夫之务去草，芟夷薀崇之。'"文献中"媷薙"常连用。如宋梅尧臣《宛陵集》卷二十七《王德言自后圃来问疾且曰圃甚芜何不治因答》："几日不行圃，野草过人头。客怪苦荒秽，谁与持钼钩？虽然自媷薙，抱痾方告休。"元许谦《白云集》卷一《赠颍川赵琏十九首之十三》："百草生阶庭，芜秽苦不治。纷拏乱人思，日夕事媷薙。""媷"作"⿱艹媷"者，涉下"薙"字逆类化使然。这种现象文献中颇多见。例如《类篇·水部》有"漃"字，音前历切，训"无人声"，实为因"寂漠"多连用而产生的逆类化字。《足部》有"踂"字，音洪孤切，训"踂跪，夷人屈膝礼"。实为因"胡跪"（古僧人跪坐致敬的礼节，又称"互跪"）连用而产生的逆类化字①。均可为其旁证。

二、⿰𧾷解

释大欣《送许典史》："君虽足疾善应酬，跰⿰𧾷解可儗追风速。（32 册 162 页）

按，本诗据清远碧楼刘氏钞本《蒲室集》卷二七言古诗《送许典史》录。四库本作"跰⿰𧾷鲜"，日本风月庄左卫门承应二年刊本作"⿰𧾷鲜"。"⿰𧾷鲜"为"⿰𧾷鲜"异写字。"⿰𧾷解"实为"⿰𧾷鲜"异

①柳建钰：《〈类篇〉新收字考辨与研究》，沈阳：辽宁大学出版社，2011 年，第 168—175 页。

写字。跰蹁，义为行不正貌或行步缓慢貌。《类篇 · 足部》："跹蹮蹁，相然切。跰跹犹蹒跚也。或省。亦作蹁。"《庄子 · 大宗师》："阴阳之气有沴，其心闲而无事，跰蹁而鉴于井。"陆德明音义："跰蹁，步田反。下悉田反。崔本作边鲜。司马云：'病不能行，故跰蹁也。'"清吴玉搢《别雅》卷一："盘散、媻姗、跰蹁，蹒跚也。《史记 · 平原君传》：'有躄者盘散行汲。'注：'与蹒跚同。'《汉书》司马相如《上林赋》：'媻姗勃窣。'亦同（六臣本作'便姗嫳屑'）。《庄子 · 大宗师》：'跰蹁而鉴于井。'亦蹒跚字。而人读作轻声，如骈先之音，为稍异耳，要可通用。""跰蹁"即"蹒跚"音变异形联绵词。"蹁"作"蹨"者，俗书"解"作"鲜"，而"鲜"又可同"鲜"。王念孙《读书杂志 · 史记第六 · 太史公自序》"姜姓解亡"条案曰："'姜姓解亡'殊为不词。'解'当为'鲜'字之误也。凡从鱼之字或讹从角。汉《北海相景君铭》：'元元鳏寡。''鳏'字作'觫'。《史记 · 贾生传》：'细故慸蓟兮。''蓟'字作'蔛'，皆其证也。汉《鲁峻石壁残画象》：'鲜明骑。''鲜'字作'觧'。俗书'解'字作'鲜'，二形相似，故'鲜'字讹而为'解'。"《魏书》卷九十九"大破沮渠蒙逊于鲜支涧"条校勘记："诸本'鲜'作'解'。按《晋书》卷一〇《安帝纪》义熙十三年夏作'鲜'，卷一二九《沮渠蒙逊载记》作'解'。检《宋书》卷九八《沮渠蒙逊传》作'西'，'鲜''西'音近，知《晋书 · 载记》及此传'解'并是'鲜'字形讹，今据《晋书 · 安帝纪》改。"佛经异文"解""鲜"二字相混者亦多见。如西晋竺法护译《度世品经》："其清净者，离垢解明，殷懃修行，奉敬诸佛。"（PT10，p0627c1001）解，宋、元、明、宫本均作"鲜"。西晋竺法护译《宝女所问经》："戒行鲜洁护犯禁故。"（PT13，p0472c2411）鲜，宫本作"解"。《希麟音义》"疥癣"，甲本"癣"作"癬"。（PT54，p0960a1501）。综上可见，"蹨"实为"蹁"的构件异写字。

三、艭

贯云石《观日行》："飞艭拖空渡香水，地避中原杂圣凡。"（33 册 308 页）

按，本诗据《元诗选》二集卷七元贯云石《酸斋集》录。国图藏元刊本元傅习编《元风雅》前集卷一引贯酸斋《观日行》字作"艭"，清钞本字作"艭"，二字异写。四库本《元风雅》前集卷一及《元诗选》二集字均作"骧"。胥惠民等辑注本字作"骧"，下注曰："飞骧，飞跃。一作'飞舟'，亦通。"①"舟"当为"艭"之讹字。"艭"实为"骧"异构字。骧本指后右足白的马。《尔雅 · 释畜 · 马》："后右足白，骧。"又或指马头或俯或仰。《说文 · 马

①胥惠民，张玉声，杨镰：《贯云石作品辑注》，乌鲁木齐：新疆人民出版社，1986 年，第 112—113 页。

部》:“马之低仰也。从马,襄声。”引申指奔腾。《广韵·阳韵》:“驤,马腾跃驰驾也。”《文选》张衡《西京赋》:“洪钟万钧,猛虡趪趪,负笋业而余怒,乃奋翅而腾驤。”李善注引薛综曰:“驤,驰也。”再引申为凡快之称。《广韵·阳韵》:“驤,速也。”飞驤,即飞腾疾驰的马。明李东阳《怀麓堂集》卷五十九《篴庵太宰先生初度迭前韵奉寿》:“龙驹万匹飞驤满,虎旅千群节制专。”飞驤可用作建筑物的装饰,如宋吴自牧《梦粱录》卷八《大内》:“大内正门曰丽正,其门有三,皆金钉朱户,画栋雕甍,覆以铜瓦,镌镂龙凤飞驤之状,巍峩壮丽,光耀溢目。”也可作为船只的装饰并进而作为快船的代称。清史简编《鄱阳五家集》卷十一《元叶懋仅存诗》七言古风《答杨廉夫游太湖二十八韵》:“隐隐飞艭六鳌举,水底鼍鸣击天鼓。”宋王明清《挥麈三录》卷一:“时又有宋辉者,为大漕,治事秀州之华亭县,闻龙艭已涉巨浸,即运米十万石,以数大舶转海,访寻六龙所向。”(韩)权近《阳村集》卷八诗《次李学士(詹)贺海道都节制使金公(英烈)营造战舰》:“知公济巨多才略,万斛龙艭驾浪浮。”①“驤”作“艭”者,据首句“拖空渡香水”可知,贯云石所看到的应该也是快船,所以可换形从舟作“艭”,二字异构。

四、雊

杨维桢《磔鸠》:“啧啧驱我嫉,雊雊劝我畊。”自注:“啧啧、雊雊,皆九扈鸟官。”(39册121页)

按,本诗据《文渊阁四库全书》本元杨维桢《铁崖古乐府补》卷四录。今查该本字作“雊雊”。毛氏汲古阁本字作“雊雊”。邹志方点校本字作“雊”②。“雊”实为“鳻”异构字。依原注,啧啧、雊雊都是九扈鸟官名。《左传·昭公十七年》:“九扈为九农正。”杜预注:“扈有九种也:春扈鳻鶞,夏扈窃玄,秋扈窃蓝,冬扈窃黄,棘扈窃丹,行扈唶唶,宵扈啧啧,桑扈窃脂,老扈鷃鷃。以九扈为九农之号,各随其宜以教民事。”孔颖达疏:“樊光云:‘鳻鶞,言分循也。’春扈分循五土之宜,乃以人事名鸟,其义未必然也……贾逵云:‘春扈分循相五土之宜,趣民耕种者也……宵扈啧啧,为农驱兽者也。’”据此,则“雊”当为“鳻”换形异构字。又,杨维桢为使下句能与上句在字面上对仗,将“鳻鶞”拆开叠用作“鳻鳻”,实属不妥。

①〔韩〕权近:《阳村集》,汉城:景仁文化社,1990年,第93—94页。
②〔元〕杨维桢著,邹志方点校:《杨维桢诗集》,杭州:浙江古籍出版社,1994年,第450页。

五、⿱宀料

吴莱《至杭闻胡汲仲先生没去秋奉柩葬建昌》:“远唤翀泬⿱宀料,孤撑植摧杌。”(40册88页)

按,本诗据《四部丛刊初编》影印元至正刻本元吴莱《渊颖吴先生集》卷四录。今查该版本字作“**沉⿱宀料**”。国图藏明嘉靖元年吴鎣刊本《渊颖集》字同,四库本作“泬寥”。“**沉**”为“泬”讹字。明黄道周《新刻洪武元韵勘正切字海篇群玉》第一卷《分毫字义 · 地理类》:“**沉泬**,上音陈,没也。下音血,~寥,空皃。”二字形近可讹。“⿱宀料”则为“寥”异构字。泬寥,亦作寥泬、泬漻,义为清朗空旷貌。《楚辞 · 九辩》:“泬寥兮天高而气清。”王逸注:“泬寥,旷荡空虚也。或曰泬寥犹萧条。萧条,无云貌。”《文选》江淹《杂体诗 · 效谢灵运游山》:“乳窦既滴沥,丹井复寥泬。”李善注引王逸《楚辞》注:“泬寥,旷荡空虚,静也。”又可指晴朗的天空。南朝梁江淹《学梁王兔园赋》:“仰望泬寥兮数千尺。”《太平广记》卷一〇二引《三宝感通记 · 新繁县书生》:“每至斋日,村人四远就设佛供。常闻天乐,声震寥泬,繁会盈耳。”清钱谦益《后观棋绝句》:“寂寞枯枰响泬漻,秦淮秋老咽寒潮。”“寥”作“⿱宀料”者,“寥”“料”二字《广韵 · 萧韵》均音落萧切,故“寥”可换形换声作“⿱宀料”,二字异构。摧杌即摧兀,高耸貌。唐陈子昂《感遇》诗之三:“亭堠何摧兀,暴骨无全躯。”

六、⿰臬兒

郭翼《行路难十二首之六》:“讽诵书诗百家言,唇腐舌秃齿⿰臬兀。”(45册441页)

按,本诗据清王氏十万卷楼钞本元郭翼《林外野言》卷上录。今查该本作“⿰臬兀⿰臬兒”。国图藏清环碧山房钞本作“⿰臬兀⿰臬兒”。国图藏清初钞本元顾瑛编《草堂雅集》卷九郭翼《行路难十二首之六》字作“⿰臬兀⿰臬見”①。“⿰臬兒”“⿰臬見”均为“⿰臬兒”异写字。四库本作“臲卼”。“⿰臬兒”实为“臲”异写字。臲卼,义为动摇不安貌。《广韵 · 屑韵》五结切:“臲,臲卼,不安。”《易 · 困》:“困于葛藟,于臲卼。”王弼注:“行则缠绕,居不获安。”孔颖达疏:“臲卼,动摇不安之辞。”《易 · 困》:“困于葛藟,于臲卼。”唐卢注《酒胡子》诗:“盘中臲卼不自定,四座

①中华书局排印本《草堂雅集》(杨镰、祁学明、张颐青等整理,2008年)字作“臲臲”,误。

清宾注意看。"或倒作卼䠱。唐元稹《谕宝二首》之二:"豫樟无厚地,危柢真卼䠱。"唐李观《项籍碑铭》:"九阳郁结,九州岛卼䠱。"元王结《复斋记》:"亦无可居之地,可即之安,危殆卼䠱而不能久也。"字又作䠱尯。唐李德裕《攲器赋》:"虚则䠱尯,似君子之困蒙。"明方以智《通雅》卷六《释诂》:"䠱卼,一作臬兀、槷刖、跀危、峴屼、捏杌、棿杌、倪伔,转作杌棿、槷黜、嵲嵲、壀霓、硊矹。"其异形联绵词较多,皆可训为动摇不安的样子。朱起凤《辞通》"䠱卼"条下按曰:"《易·困卦》'䠱卼',古文《易》作'倪伔'。'倪'与'䠱'一声之转。"①䠱卼训为不安貌,故"䠱"字从危臬声,"卼"字从危兀声。"卼"作"尯"者,俗书"兀""尢"多混,二字异写。如"尴尬"作"尷尬","尰"作"尰","尵"作"尵",均为其证。"䡇"字同"卼"。宋刘敞《西汉三名儒赞》:"䠱䡇邪世,身居困阨。"清汤右曾《相见坡》:"高低总䠱䡇,上下殊苦乐。"盖"卼""䠱"二字多连用,故"卼"被类化从臬作"䡇"。"䠱"作"䡾"者,"䠱"可作"峴"。《集韵·薛韵》鱼列切:"嵲,《说文》:'危高也。'或作嵲。或书作峴。"李白《梁甫吟》:"有时风云感会起,屠钓大人峴屼当安之。"峴屼即䠱卼。"峴"受"䠱"影响,亦可被类化从臬作"䡾"。

七、澩

李晔《题南山献寿图》:"下有澩灂之流泉,上有偃蹇之长松。"(56 册 96 页)

按,本诗据清光绪二十三年钱塘丁氏嘉惠堂《武林往哲遗著》本《李草阁诗集·拾遗》录,今查天津图书馆藏该本字作"澩",国图藏清钞本字作"澩",二字异写。四库本、《御选明诗》卷三十八及朱彝尊《明诗综》卷十三所引均作"泶"。"澩"字古代字书已见收录。明徐孝编《合并字学集篇》卷一《水部》:"**澩**(澩),音学。"明黄道周辑《新刻洪武元韵勘正切字海篇群玉》卷二《地理门·水部》:"**澩**(澩),音孝(学)。"但二书只有注音没有释义,并未指出是何字异体。"澩"实即"泶"异构字。泶,《说文·水部》:"夏有水、冬无水曰泶。从水,学省声。读若学。澩,泶或不省。"本义是夏有水冬无水的山泽和山溪。又或用作象声词,指波涛激荡声。《广韵·巧韵》下巧切:"泶,动水声。"文献中则多与"灂"连用,训为水声。《文选》郭璞《江赋》:"砯岩鼓作,漰湱泶灂。"李善注:"漰湱泶灂,皆大波相激之声也。"宋罗璧《识遗》卷七《龙门》:"两岸尽壁峭立,大河盘束,泶灂石硖间。"明魏学洢《茅檐集》卷一《定志赋》:"石桥泶灂以洒沫兮,铜柱垝圾其如线。""泶"作"澩"

①朱起凤:《辞通》,长春:长春古籍书店,1991 年,第 2398 页。

者,盖涉下"瀊"字而被逆类化使然。当然,也可能是因为枈为水声,故李晔增形旁从水所致。文献中有"滐"字的其他用例。如明卢柟《蠛蠓集》卷三赋《云滨赋》:"风驶水涌,滐瀊磅礚,濩汫辚触,万籁俱动。"与李晔诗正可对照。

八、谺

张宪《白翎雀》:"檀槽谺谺凤凰髆,十四银镮挂冰索。"(57 册 56 页)

王逢《分题得剑池送张吴县之嘉定同知》:"巀嶭立苍翠,谺呀露断髆。"(59 册 45 页)

按,张宪诗据《粤雅堂丛书》本元张宪《玉笥集》卷三古乐府录。国图藏清经钽堂钞本字作"谺谺",字从舍;佚名清钞本作"谺谺",字从含("含"异写字)。四库本、清姚之骃《元明事类钞》卷二十七歌舞及清顾嗣立《元诗选》初集卷五十四所引均作"谺谺"。王逢诗据《知不足斋丛书》本元王逢《梧溪集》卷一录。今查该本字作"谺呀"。国图藏陈敏政元至正明洪武间刻本字作"谺呀",国图藏清钞本作"谺呀",国图藏清吕氏明农草堂钞本作"谺谺",四库本作"谺呀"。"谺"实为"谽"异构字。文献中有谽谺,分别从谷含声、从谷牙声,意为山谷空旷貌。《集韵·麻韵》:"谺,谽谺,谷中大空皃。亦作䨋。"唐卢照邻《五悲·悲昔游》:"当谽谺之洞壑,临决咽之奔泉。"(四库本字作"谺谺")引申指凡中空貌。如清史夔《弘济寺》诗:"戍削寒侵袂,谽谺树隐门。"清谭嗣同《城南思旧铭并叙》:"加北俗多忌,厝棺中野,雨日蚀漏,谽谺洞开。"谽谺亦作"谽呀"。如清吴伟业《林屋洞》诗:"传闻过险涩,谽呀来天风。"①又可作"谺谺"。如明孙一元《太白山人漫藁》卷三《题古木竹石图》:"石根拖雨云脚过,老木谺谺石欲堕。"明郑善夫《少谷集》卷三《石梁行》:"阴厓谺谺气溟蒙,山木惨切悲回风。"明王慎中《遵岩集》卷一《游西山二首之一》:"谺谺石洞窈,迤逦飞梁悬。"还可作"谺呀"。如宋罗椅《放翁诗选》前集卷八《行武担西南村落有感》:"市朝迁变归芜没,硐谷谺呀互吐吞。"另可作"谽谺"。如元尹廷高《玉井樵唱》卷中五言律《真诰岩》:"真人僊去久,洞穴尚谽谺。""谽"字从谷含声,《广韵·覃韵》音火含切;"谺"字从谷牙声,《广韵·麻韵》音许加切。"谽"作"谺"者,谽谺连用,"谽"涉下"谺"字类化换旁为"谺"。"谺"字无形旁,为双声符字。字作"谺"者,俗书"舍""含"形

①《白翎雀》诗中檀槽是指檀木制成的琵琶、琴等弦乐器上架弦的槽格,亦指琵琶等乐器。唐李贺《感春》诗:"胡琴今日恨,急语向檀槽。"王琦汇解:"唐人所谓胡琴,应是五弦琵琶耳。檀槽,谓以紫檀木为琵琶槽。"檀槽谺谺,是指乐器中空。

近多讹，甘博 078《维摩诘所说经》卷中《观众生品第七》："舍（舍）利弗言。"《旧五代史》卷一百四十九"武班二品及丞郎给舍已上"条校勘记："给舍，原本作'给含'，考《职官分纪》，唐人称给事中为'给舍'，今改正。"《南史》卷七十二"颜协传晋侍中含七世孙也"条校勘记："'含'，监本讹'舍'，今改从南本。"《钦定通典考证》卷八十四"含舍人供饭米"条校勘记："刊本'舍'讹'含'，据监本改。""頟"为"额"讹字，亦为其例。

九、⿰虫米

刘永之《送钱子坚之袁城》①："千峰静对芙蓉幕，三峡遥连䗖⿰虫米桥。"（60 册 49 页）

按，本诗据南京图书馆藏清钞本《刘仲修先生诗文集》卷五七言律诗录。今查《续修四库全书》所收该本字作"⿰虫米"。四库本明曹学佺《石仓历代诗选》卷二百六十七《元诗》三十七、《御选元诗》卷五十八、清顾嗣立《元诗选》二集卷二十二、清陈焯《宋元诗会》卷九十五、清朱彝尊《明诗综》卷七所引均作"䗖𬟽"。"⿰虫米"实即"𬟽"异写字。䗖𬟽，又作蝃𬟽，是虹的别名。《诗·墉风·蝃𬟽》："蝃𬟽在东，莫之敢指。"毛传："蝃𬟽，虹也。"杨树达《积微居小学述林·释虹》："带孳乳为䗖，䗖𬟽，虹也……虹形横而长似带也。"后亦可借指桥。前蜀贯休《夜对雪寄杜使君》诗："桥高银䗖𬟽，峰峻玉浮图。"元乔吉《水仙子·吴江垂虹桥》曲："飞来千丈玉蜈蚣，横驾三天白䗖𬟽。""𬟽"作"⿰虫米"者，东、米草书相近。如东，东晋王羲之《二王帖》作"东"，元鲜于去矜作"东"。平安空海《风信帖》作"东"。又冻，明黄道周作"冻"。栋，唐怀素《圣母帖》作"栋"。陈，齐王慈作"陈"，唐孙过庭《书谱》作"陈"，明王宠作"陈"，右旁均与"米"形相近。故"𬟽"可异写作"⿰虫米"②。

十、⿰馬某

释来复《次韵王敏文待制燕京杂咏》："锦貂公子跃龙⿰馬某，不怕金吾夜漏催。"（60

①诗题中人名"钱子坚"之"钱"，《石仓历代诗选》元诗三十七所引字作"锁"。元王翰《友石山人遗稿》有《送锁子坚北上》诗。《御选元诗》及清顾嗣立《元诗选》所引字均作"镏"。中华书局整理本《元诗选》（清顾嗣立、席世臣编，吴申扬点校，1987 年版）作"刘"，《全元诗》据南京图书馆藏清钞本作"钱"。

②又，许宝华、〔日〕宫田一郎等《汉语方言大词典》："⿰虫米，mī。⿰虫米⿰虫米羊，〈名〉蜻蜓。西南官话。广西阳朔。《阳朔歌谣》：'～，高高飞起。'"见许宝华，〔日〕宫田一郎：《汉语方言大词典》，北京：中华书局，1999 年，第 6102 页。此与"𬟽"异写字"⿰虫米"为同形字。

册 179 页)

按,本诗据明正统五年释以宁刻《蒲庵集》卷三七言绝句录。国图藏清初钞本字作“騏”。中华书局整理本(2007 年版)清钱谦益《列朝诗集》乾集之下《周宪王〈元宫词〉》字作“媒”,闰集第一《蒲庵禅师复公》字作“騠”。“騠”实为“媒”分化字。锦貂,又作貂锦,本指锦绣貂皮制作的衣服,为中原将士衣服。唐刘禹锡《和白侍郎送令狐相公镇太原》:“十万天兵貂锦衣,晋城风日斗生辉。”后借指将士。清黄燮清《十一月朔大雪》诗:“玉帐何森森,貂锦灿成列。”清钱澄之《虔州即事》其一:“拂地骄鹰暗虎头,锦貂公子梦封侯。”龙騠即龙媒,《汉书·礼乐志》:“天马徕龙之媒。”颜师古注引应劭曰:“言天马者乃神龙之类,今天马已来,此龙必至之效也。”后因称骏马为“龙媒”。《晋书·庾亮传论》:“马控龙媒,势成其逼。”宋王安石《追伤河中使君修撰陆公》诗之二:“皖城初得故人诗,叹息龙媒踠壮时。”“媒”作“騠”者,因骏马叫做“龙媒”,故“媒”可换形从马。后人文集亦有用“龙騠”者,如明赵辅《平夷赋》:“驰龙騠以蹴踏,驱虎贲而咆哮。”明胡俨《友桐轩诗序》:“游鱼出听于金河,龙騠仰秣于天厩。”似此者如“鹲”字,《类篇·鸟部》训“诱取禽者”,亦为“媒”分化字。① 清李汝珍《镜花缘》第九回:“此时在那里守着死獙恸哭,想来又是猎户下的鹲子。”可资比勘。

以上,我们借助字书字料库、中华古籍资源库、瀚堂典藏等工具,对《全元诗》中“艀”“蹡”“艭”“雅”“䅵”“艎”“濼”“舒”“蛛”“騠”等十个未编码疑难字从文献使用、字形演变及异文佐证三个方面进行了考辨,为其沟通了字际关系,确定了读音和意义,从而扫除了这些疑难字在准确理解诗句意义方面造成的障碍。古代语篇文献中存在大量疑难字。揭示这些疑难字的原始构形理据或讹变轨迹,理清他们所涉及的主要字际关系,不仅有利于相关语篇文献本身的校订和解读,还能为汉字字形演变的研究提供典型素材,其考释结论对于大型字典辞书的修订完善和当前全汉字的计算机信息化处理(如“中华字库”工程、Unicode 表意文字字符集扩充等)也具有重要的参考价值。这是一项长期且具有挑战性的工作。本文旨在抛砖引玉,希望能有更多学者关注古代语篇文献疑难字考辨并积极投身到这项工作中来。

①柳建钰:《〈类篇〉新收字考辨与研究》,沈阳:辽宁大学出版社,2011 年,第 108—109 页。

Textual Research on Ten Cases of Uncoded Difficult Characters in *Quan Yuan Poetry*

Liu Jianyu

(Bohai University)

Abstract: This paper makes a textual research on the ten uncoded difficult characters in *Quan Yuan Poetry*, such as “蕣”“躃”“艭”“㒞”“寂”“皃兒”“瀑”“舒”“蛛”“騤”, form the use of literature, the evolution of forms and the proof of different texts, and communicates the relationship between words, so as to eliminate the obstacles caused by these difficult characters in the accurate understanding of the meaning of poetry sentences.

Keywords: *Quan Yuan Poetry*; uncoded difficult characters; textual research

◎音韵学研究

《史记》三家注音注校议*

孙利政

（南京大学文学院）

提要：文章以中华书局点校修订本《史记》及张衍田《史记正义佚文辑校》为底本，对其中20条音注材料提出讨论，考订讹误。

关键词：《史记》；三家注；音注；订误

一、引言

《史记》三家注指的是刘宋裴骃《史记集解》、唐司马贞《史记索隐》和唐张守节《史记正义》，原本各自单行，自北宋后始附入《史记》正文，三家注合刻本逐渐成为最通行的《史记》版本。历代对于《史记》及三家注文字的考订论著汗牛充栋，对后世影响最大、最具代表性的集大成专著当属清梁玉绳《史记志疑》、张文虎《校刊史记集解索隐正义札记》和日人泷川资言的《史记会注考证》。三书对《史记》及三家注进行全面而细致地校订，其中就涉及不少三家注的音注问题。另外，还有大量的学术论著、笔记、书信、序跋等

* 本文是在南京师范大学赵生群、苏芃两位老师的指导下完成的，南京大学武秀成老师对拙文是正尤多，并致谢忱！

材料中也有对三家注音注的考订,相对来说比较零碎,数量比较有限。

近代吴承仕《经籍旧音辨证》卷四专门对裴骃《集解》、司马贞《索隐》部分音注材料进行考证,书后附有其师黄侃《笺识》。今人王华宝《〈史记〉三家注音切疑误辨正》、刘一梦《〈史记〉“三家注”音切疑误考》是两篇专门订正三家注反切讹误的论文,匡正条目达数十条。

1959年初版并不断再版的中华书局点校本《史记》及近年来点校修订本《史记》的问世,在三家注音注校订方面取得了长足进步。尤其是点校修订本《史记》,以清同治年间金陵书局校刻本(简称金陵本)为底本,参校众本①,于每卷之后撰有校勘记,合计3500余条,不少考订音注的条目信而有征,堪称定论。

笔者近来校读2014版修订本《史记》及张衍田所辑《史记正义佚文辑校》,对三家注中20条音注材料提出讨论,考订讹误。今不揣浅陋,就教于方家。

二、点校修订本《史记》三家注音注疑误16则

1. 卒子必反

《秦始皇本纪》“麃公将卒攻卷”《正义》:“卒,子必反。”

按:“子必反”,黄本、柯本、凌本、殿本、《会注》本同,彭本无此注。“必”当为“忽”之误字,盖“忽”先坏作“心”,又讹作“必”。“卒”“忽”同属没韵,《广韵》:“卒,臧没切。”“忽,呼骨切。”“必”属质韵,于韵不合。本篇“卒屯留、蒲鶮反”“矫王御玺及太后玺以发县卒”“以省卒士”《正义》并注:“卒,子忽反。”又《史记正义·发字例》“卒”下注:“子律反,卒终也。又苍忽反,急也。尊忽反,兵人也。”则《正义》“必”为“忽”之坏讹明甚。

2. 朕音而禁反

《律书》“朕能任衣冠”《正义》:“朕音而禁反。”

①点校修订本《史记》通校北宋景祐监本《史记集解》(简称景祐本)、南宋绍兴初杭州刻本《史记集解》(简称绍兴本)、南宋庆元建安黄善夫《史记》三家注合刻本(简称黄本)、明崇祯毛晋汲古阁《史记索隐》本(简称单《索隐》本)和清乾隆四年武英殿《史记》三家注合刻本(简称殿本)五种刻本,参校南宋淳熙三年张杅刊八年耿秉重修《史记集解索隐》本(简称耿本)、元至元二十五年彭寅翁《史记》三家注合刻本(简称彭本)、明嘉靖四年柯维熊校金台汪谅刊《史记》三家注合刻本(简称柯本)、明万历年间李光缙增补凌稚隆《史记评林》本(简称凌本)和《史记会注考证》本(简称《会注》本)五种版本。其中所谓“景祐本”据近人研究或以为是北宋刻南宋初递修本。为行文方便,本文均用诸本简称。

按:“朕音而禁反”,黄本、彭本、柯本、凌本、殿本、《会注》本同。“朕”属澄纽,《广韵》:“朕,直稔切。”“而”属日纽,于声不合。《正义》“而禁反”实为“朕能任衣冠”之“任”字注音,非注“朕”字。《周本纪》“惧太子钊之不任”《正义》:“任,而针反。”《白起王翦列传》“不任行”《正义》:“任,入针反。”《史记正义·发字例》“任”下注:“入今反,又入禁反。”“入”亦属日纽。另《季布栾布列传》“为气任侠”《索隐》“任,而禁反”,可证此为“任”字音注无疑。

3. 嵴音先许反

《封禅书》“岳嵴山”《集解》:“徐广曰:‘嵴音先许反。’”

吴承仕《经籍旧音辨证》卷四:“‘嵴’者,‘壻’之讹文,《玉篇》《切韵》并无此形,亦无‘先许’之音。疑‘先许反’应作‘先计反’,字之误也。”

按:“先许反”,景祐本、绍兴本、耿本、黄本、彭本、柯本、凌本、殿本、《会注》本同。“许”当为“计”之误字。《汉书·郊祀志上》“嵴”作“壻”,“嵴”字后起,字书首见于《类篇》,盖正、俗字,未必讹文。韦昭注:“音苏计反。”“壻”“计”同属霁韵,《广韵》:“壻,苏计切。”“许”属语韵,于韵不合。另《玉篇·士部》:“壻,思计切。”慧琳《一切经音义》卷五五“夫壻”注:“下挼计反。”希麟《续一切经音义》卷九“余壻”注:“(壻)音苏计反。”《仪礼·士昏礼》“壻之”《释文》:“悉计反。”《礼记·昏义》“壻”《释文》音注同。又《仪礼·丧服经传》“壻”《释文》:“息计反。”《说文·士部》(即《唐韵》):“壻,稣计切。”反切下字皆为“计”,可证“许”为“计”之形误。或因“壻”作“嵴”,《集韵》“嵴,写与切”,后人遂改易反切。

4. 施贰是反

《宋微子世家》“乃助之施于国”《正义》:“施,贰是反。”

按:“贰是反”,黄本、柯本、凌本、殿本、《会注》本同,彭本作“二是反”。“贰”当为“式”之误字,“二”又“贰”之俗写。“施”“式”同属书纽,《广韵》:“施,式支切。”“贰”属日纽,于声不合。《礼记·曲礼》“弛弓”《释文》:“(弛)本又作施,同式是反。”《史记·乐书》“乐也者,施也”《正义》、《陈涉世家》“仁义不施”《索隐》并注:“施,式豉反。”《史记正义·发字例》“施”下注:“书移反,张也。又式豉反,与也。又羊豉反,延也。”又《高祖本纪》“喜施”《正义》:“施,尸豉反。”“尸”亦属书纽。则《正义》“贰”为“式”之形误明甚。

5. 洧于鬼反

《苏秦列传》“东有宛、穰、洧水”《集解》:“洧,于鬼反。”

按："于鬼反"，耿本、黄本、彭本、柯本、凌本、殿本、《会注》本同，景祐本、绍兴本作"于轨反"，是。"洧""轨"同属旨韵，《广韵》："洧，荣美切。""轨，居洧切。""鬼"属尾韵，于韵不合。《汉书·地理志上》"洧水所出"颜师古注："洧音于轨反。"又陆德明《经典释文》于《诗·褰裳》"褰裳涉洧"及《溱洧》篇，《左传·成公十七年》"曲洧"、《襄公元年》"于洧"、《昭公十三年》"蔡洧"、《昭公十九年》"洧渊"等条并注："洧，于轨反。"此条《集解》下《索隐》："（洧）音于轨反①，水名，出南方。"《索隐》音注即本《集解》。今本《集解》作"于鬼反"者当是后人妄改。

6. 愀音自酋反

《苏秦列传》"齐王愀然变色"《索隐》："愀音自酋反，又七小反。"

按："自酉反"，殿本、《会注》本同，耿本、黄本、彭本、柯本、凌本作"自酉反"，单《索隐》本无此注。"愀""酉"同属有韵，《广韵》："愀，在九切。""酉，与久切。""酋"属尤韵，于韵不合。《司马相如列传》"愀然改容"《索隐》"（愀）音作酉反"，可为确证。则殿本"酋"显为"酉"字误刻，金陵本袭其误而未察。

7.（说）式绌反

《范睢蔡泽列传》"应侯知蔡泽之欲困己以说"《集解》："（说）式绌反。"

按："式绌反"，黄本、彭本、柯本、凌本、《会注》本同，景祐本、绍兴本、耿本、殿本作"式拙反"，是。"说""拙"同属薛韵，《广韵》："说，失爇切。""拙，职悦切。""绌"属质韵，于韵不合。《张仪列传》"转祸而说秦"《正义》佚文："说，式拙反。"五代佚名《扬子法言音义》注《问明篇》"说难"引刘伯庄《史记音义》："上式拙切。"宋史炤《资治通鉴释文》卷一、孙奕《履斋示儿编》卷二一"说林说难"下并注："（说）式拙切。"又《诗·召南·江有汜》"其啸也歌"郑笺"歌者，言其悔过，以自解说也"《释文》："说，始拙反。"宋贾昌朝《群经音辨》卷一"说，释也"注："（说）失拙切。"则"绌"为"拙"之形误明甚。

8. 虋音士介反

《屈原贾生列传》"细故虋葪兮"《集解》："韦昭曰：'虋音士介反。'"

按："士介反"，耿本、黄本、彭本、柯本、凌本、殿本、《会注》本同，景祐本、绍兴本作

①音于轨反，单《索隐》本、《会注》本同，耿本、黄本、彭本、柯本、凌本、殿本《索隐》无此四字。

“土介反”,是。“懘”或写作“慸”,与“土”同属彻纽,《集韵》:“慸,丑迈切。”“土,丑下切。”“士”属崇纽,于声不合。《汉书·贾谊传》作“细故蒂芥”,颜注:“蒂音丑芥反。”“懘”“蒂”同音通用。则“士”为“土”之形讹亦明。

9. 数色吏反

《刺客列传》“严仲子至门请,数反”《正义》:“数,色吏反。”

按:“色吏反”,黄本、彭本、柯本、凌本、殿本、《会注》本同。《会注》引宽永板标记云:“一本作‘色庾反’。”“数”“庾”同属麌韵,《广韵》:“数,所矩切。”“庾,以主切。”“吏”属之韵,于韵不合。《项羽本纪》“项王泣数行下”、《淮阴侯列传》“身居项王掌握中数矣”、《扁鹊仓公列传》“见事数师”《正义》并注:“数,色庾反。”“庾”字虽通,然宽永板所记“一本”查无实据,疑或后人据别处《正义》改。以字形论,窃疑“吏”乃“臾”之形误。《陈杞世家》“题公生谋娶公”《索隐》:“娶音子臾反。”《陈涉世家》“取虑”《索隐》:“取,又音子臾反。”是《索隐》以“臾”字为反切下字者。

10.(哙)吉外反

《樊郦滕灌列传》“舞阳侯樊哙者”《正义》:“(哙)音快,又吉外反。”

按:“吉外反”,黄本、彭本、柯本、凌本、殿本、《会注》本同。“吉”当为“古”之误字。《集韵》:“哙,古外切。”《庄子·让王》“颜色肿哙”《释文》:“哙,古外反。”又《秋水》“之、哙让而绝”《释文》:“哙音快。又古迈反。又古会反。”“哙”从会得声,观诸《五宗世家》“使使即县为贾人榷会”、《黥布列传》“会甀”、《货殖列传》“节驵会”《索隐》并注:“会,古外反”;《魏世家》“翟败我于浍”《索隐》、《韩世家》“魏败我浍”《正义》并注:“浍,古外反。”则“吉”为“古”之形误亦明。

11. 揰音撞钟

《樊郦滕灌列传》“哙直撞入”《集解》:“《汉书音义》曰:‘揰音撞钟。’”

按:“揰音撞钟”,景祐本、绍兴本、耿本、黄本、柯本、凌本、殿本作“音撞钟”,彭本作“撞音如撞钟之撞”,《会注》本作“撞音撞钟”。史文诸本皆作“撞”,《汉书·樊哙传》亦同。“撞”属澄纽绛韵,《广韵》:“撞,撞钟。又直江切。”“揰”属昌纽用韵,《集韵》:“揰,昌用切。”二字声韵均异。此谓“哙直撞入”之“撞”音“撞钟”之“撞”,本条《正义》云:“撞,直江反。”则《正义》所见《史记》亦作“撞”。则“揰”或是“撞”之误刻,或是衍文。

12. 驵者龙马也

《樊郦滕灌列传》"苏驵军于泥阳"《索隐》:"驵者,龙马也。"

按:"驵者龙马也",耿本、黄本、彭本、柯本、凌本、单《索隐》本、殿本、《会注》本同。窃疑"驵者龙马也"本作"驵音驡也",传刻"音"讹为"者","驡"误分为"龙马"二字。《广韵》"驡"有"力钟切""子朗切"二音,音"子朗切"时与"驵"同音。《康熙字典》:"(驡)《广韵》《集韵》《韵会》并子朗切,臧上声。"《货殖列传》"节驵会"《索隐》:"驵,旧音祖朗反,今音驡。驵者,度牛马市。"则《索隐》以"驵"音"驡",可为确证。

13. 蔡千贿反

《司马相如列传》"噏呷萃蔡"《正义》:"萃音翠。蔡,千贿反。"

按:"蔡千贿反",黄本、柯本、凌本、殿本、《会注》本同,彭本无此注。考"蔡"无"千贿反"之音,疑系衍文。《汉书·司马相如传上》"翕呷萃蔡"颜注:"萃音翠,又音千贿反。""萃蔡"或作"綷縩",《汉书·外戚传下》"纷綷縩兮纨素声"颜注:"綷音千贿反。縩音蔡。"则"千贿反"亦当是"萃"字音注,《正义》衍"蔡"字。

14. 薆音薆

《司马相如列传》"观众树之塕薆兮"《索隐》:"薆音薆。"

修订本《校勘记》:"音薆,《汉书》卷五七下《司马相如传》下颜师古《注》作'音爱',疑是。"

按:张文虎《札记》称此条《索隐》蔡梦弼本、中统本、游明本、王延喆本及单《索隐》本均无。今检耿本、黄本、彭本亦无,唯柯本、凌本、殿本、《会注》本《索隐》作"薆音爱"。则金陵本当据殿本等增补,本作"薆音爱",因涉上"薆"字而误刻。

15. 臭音他略反

《司马相如列传》"绸缪偃蹇怵臭以梁倚"《集解》:"徐广曰:'臭音他略反。'"

按:"他略反",景祐本、绍兴本、耿本、黄本、彭本、柯本、凌本、殿本、《会注》本同。"他"疑为"池"之误字。"臭"属彻纽,《集韵》:"臭,敕略切。""他"属透纽,于声不合。"池"属澄纽,与"臭"同属舌上音。本条《索隐》引韦昭云:"臭音笞略反。"《汉书·司马相如传下》颜注:"臭音丑若反。""笞""丑"亦彻纽,与"池"声近。

16.（槛）御览反

《滑稽列传》"优旃临槛大呼曰"《正义》："（槛）御览反。"

按："御览反"，黄本、彭本、柯本、凌本、殿本、《会注》本同。"御"当为"衔"之误字。"槛""衔"同属匣纽，《广韵》："槛，胡黤切。""衔，户监切。""御"属疑纽，于声不合。《诗·小雅·采菽》"觱沸槛泉"《释文》："（槛）衔览反。"慧琳《一切经音义》卷四〇"栏槛"、卷七八"栏楯"、卷七九"槛车"下并注："（槛）衔黯反。"则《正义》"御"为"衔"之形误无疑。

三、《史记正义》佚文音切订补 4 则

后人在对《史记》三家注进行合刻时进行过不同程度的刊削，尤其以《史记正义》为最。其佚文搜辑，以今人张衍田《史记正义佚文辑校》最为齐备，其中不少音注材料弥足珍贵，当然也存在不少问题。在使用这些材料时要进行校订，刘一梦《〈史记〉"三家注"音切疑误考》已匡订 3 则，今补订 4 则如下：

17. 怵人质反

《周本纪》"犹日怵惕惧怨之来也"《正义》："怵，人质反。"

按："怵"属彻纽，"人"属日纽，于声不合。"人质反"非注"怵"字，而是本句"日"字音注。《广韵》："日，人质切。"《天官书》"阳则日"《正义》"日，人质反"，可为确证。黄坤尧《〈史记〉三家注之开合现象》校云"'人'字疑为'天''土'等字之误"，非是。

18. 畴官上遂留反

《项羽本纪》"萧何亦发关中老弱未傅悉诣荥阳"《正义》："畴官，上遂留反。傅父业为畴也。"

按：本条《集解》引如淳注："律，年二十三傅之，畴官各从其父畴内学之。"《正义》即注《集解》"畴官"二字，而"遂"当为"逐"之误字。"畴"属澄纽，"遂"属邪纽，于声不合。"逐"亦属澄纽，《广韵》："畴，直由切。""逐，直六切。"则《正义》"遂"为"逐"之形误明甚。

19.（掊）李附反

《吕太后本纪》"掊兵罢去"《正义》："又白北反，又李附反。"

按:“李”当为“孚”之误字。“掊”属敷纽,“李”属来纽,于声不合。“孚”亦属敷纽,《集韵》“掊”“孚”同音“芳遇切”可证。

20. 度徒启反

《白起王翦列传》“于将军度用几何人而足”《正义》:“度,徒启反。”

按:“启”当为“故”之误字。“度”“故”同属暮韵①,《广韵》:“度,徒故切。”“启”属荠韵,于韵不合。《魏豹彭越列传》“欲有所会其度”《正义》佚文“度,徒故反”,可为本证。

四、余论

《史记》三家注中有些音注虽然可通,但是并没有什么有力的版本依据,当出后人改易或传刻有误,并非原文。如《魏公子列传》“赵王以鄗为公子汤沐邑”,《索隐》:“(鄗)音臛,赵邑名,属常山。”“臛”,单《索隐》本同,耿本、黄本、彭本、柯本、凌本、殿本作“霍”。“臛”“霍”音同,然观诸《建元已来王子侯者年表》“鄗”《索隐》“(鄗)音霍。《志》属常山郡”,《封禅书》“鄗上之黍”《索隐》“鄗音霍”,则《索隐》原文当系“霍”字。又《朝鲜列传》“至浿水为界”《集解》:“《汉书音义》曰:‘浿音傍沛反。’”“傍”,景祐本、绍兴本、耿本、黄本、彭本作“滂”,柯本、凌本、殿本作“傍”。“浿”属滂纽,《广韵》:“浿,普盖切。”“傍”属並纽,与滂纽邻纽可通。然以旧本考之,《集解》原文当系“滂”字,作“傍”者或是后人所改,或是“滂”字形误。又《司马相如列传》“激堆埼”《集解》:“(埼)音祁。”“祁”,绍兴本、耿本、黄本、彭本、柯本、凌本、殿本作“祈”,景祐本作“析”,显是“祈”字讹混。“祁”“祈”音近,检汲古阁本《史记集解》亦作“祈”,则金陵本作“祁”并无版本依据,或是擅改,或是“祈”之误刻。我以为既然有多个较早版本作为依据,且文字无误,虽然现行本文字亦通,但从恢复古籍原貌的角度出发,是应当据古本校改的。即使态度比较谨慎,也应出异文校予以说明。

反切注音的一般规则是被反切字与反切上下字不能相同。故萧旭《〈史记〉世家部分补正》校《吴太伯世家》“子柯相立”《正义》“相音相匠反”云:“注音字‘相’必误,当作‘息’。《史记正义·发字例》正作‘相,息匠反’。”检《正义》中存在多处类似的“犯规”反切,如《秦始皇本纪》“彗星复见西方”《正义》:“见,行见反。”又“上会稽”《正义》:“上音上掌反。”《燕召公世家》“为从长”《正义》:“从,足从反。”《老子韩非列传》“其知皆当矣”

①“度”亦属铎韵,《广韵》:“度,徒落切。”此句“度”实当属铎韵,义为“度量也”,与暮韵、义为“法度”之“度”迥别。《正义》中多以“徒洛反”“田洛反”“徒各反”注“度”,然字形以“故”字绝似,录以备考。

《正义》:"当,当浪反。"[①]既非个例,当另有原因,不宜据《史记正义·发字例》校改。我的理解是:对于一些常见常用的多音字,张守节有时未能找到合适的反切字,就在不影响被反切字正确读音的前提下,临时使用被反切字充当反切上下字,造成了此类"犯规"的现象。如"上"有上声、去声之别,换言之,对于"上"字的声纽是毫无疑问、读者不会误解的,故《正义》反切上字仍用"上",在具体语句中注明它的反切下字即可。又如"见"和"从",如字读自无疑义,然读作"现"和"纵"时却非读者悉知,故需注明,因其韵同而声异,故《正义》反切下字仍用"见"和"从",仅需区分它的反切上字即可。"当"和"相"有阴平、去声之别,故反切上字用被反切字也是同样的道理。《史记正义·发字例》不可严守,《正义》反切往往不同于《发字例》[②],大概是随文注音相对随意灵活,并不择定某字。因此如果没有较早的版本依据,以上"犯规"的反切不可校改。

古人书写对于一些形近字往往不做严格区分,但是我们在校读古籍时,有些古人不做区分的字则要进行辨析。如《樗里子甘茂列传》"是韩楚之怨不解"《集解》:"(解)已买反。""已",《会注》本作"己",别本或作"巳"。己、已、巳古人往往讹混,三字同韵不同声,故作为反切上字时需要作出区分。《广韵》"解""己"属见纽,而"已"属以纽,"巳"属邪纽,王华宝据此云:"疑'已'字为'己'字之误。"三家注中"解"字音注多作"纪买反"或"纪卖反","纪""己"同属见纽,可证成王说。

又《史记会注考证》以金陵书局本《史记集解索隐正义》为底本,参校众本,但往往有暗改底本的现象,也常常出现刻印之讹。如《吕太后本纪》"太后乃恐,自起泛孝惠卮"《索隐》:"(泛)音捧泛也。"《会注》本《索隐》"泛"作"汎",当是据殿本改[③]。又如《秦始

---

①《史记索隐》中亦有此类"犯规"反切。如《平准书》"铁器苦恶"《索隐》"苦音苦楛反",单《索隐》本同,耿本、黄本、彭本、柯本、凌本、殿本无此五字。修订本《校勘记》据张文虎说删"苦""反"二字。《平原君虞卿列传》"毛遂奉铜槃"《索隐》"奉,敷奉反",单《索隐》本同,耿本、黄本、彭本、柯本、凌本、殿本作"奉音捧"。单《索隐》本此二条来源不明,今不列入讨论。

②如《吴太伯世家》"三行造吴师"《正义》:"造,千到反。"《校勘记》:"造千到反,'千',疑当作'七'。按:张守节《史记正义·发字例》:'造,曹早反,七到反。'"笔者按:"千",检金陵本作"干",即"千"字形混。造、千、七皆属清纽,作"千"自通,不宜以彼律此。

③《索隐》"(泛)音捧泛也"不辞,后人大抵有两种解释:一是"音捧泛也"为句,注音,谓"泛"音"捧泛"之"泛"。二是"音捧"为句,注音;"泛也"为句,释义。但第一种解释"捧泛"一词于古书无征。第二种用"泛也"释"泛",显然有误,殆殿本、《会注》因此改作"汎"字,以"汎"释"泛"。张文虎疑正文"泛"字乃"覂"之讹字,并认为泛、覂通用,释为"覆"。寻张氏之意则《索隐》为"(覂)音捧,泛也"。我认为当以"音捧"为句,注音;"泛"下脱"覆"字,释义。《集韵》:"覂,方勇切。《说文》'反复也'。或作泛。""捧,抚勇切。""泛""捧"二字读音近似。《资治通鉴·汉纪四》"自起泛帝卮"胡三省注引《索隐》"(泛)音捧"可为明证。《汉书·武帝纪》"夫泛驾之马"颜师古注:"泛,覆也。"又《汉书·食货志上》"大命将泛"孟康注:"泛,覆也。"故疑史文"泛"字不误,《索隐》"泛"后脱"覆"字。

皇本纪》"体解轲以徇"《正义》"(解)纪买反",《会注》"纪"作"红",与黄本、彭本、柯本、凌本同,《会注》或即据诸本误改。而如《夏本纪》"汶、嶓既蓺"《正义》"氐音丁奚反",《会注》"奚"作"爰",《秦始皇本纪》"彗星复见西方"《正义》"复,扶富反",《会注》"富"作"当",则是刻印之讹。校读时应予以分辨。

点校修订本《史记·秦始皇本纪》"不嗀于此"《索隐》"(嗀)占学反"之"占",金陵本作"古",《曹相国世家》"初攻下辩、故道、雍、斄"《索隐》"斄音贻"之"贻",金陵本作"胎",《樗里子甘茂列传》"王不如赍臣五城以广河间"《索隐》"(赍)一音赉"之"赉",金陵本作"赍",此皆金陵本不误而修订本排印之误。《老子韩非列传》"彊为我著书"《正义》"彊,其两反"之"彊",金陵本作"强","音",金陵本作"者",此则金陵本误刻而修订本径改者。

参考文献

梁玉绳:《史记志疑》,北京:中华书局,1981 年。
张文虎:《校刊史记集解索隐正义札记》,北京:中华书局,1977 年。
泷川资言:《史记会注考证》,上海:上海古籍出版社,2015 年。
吴承仕:《经籍旧音辨证》,北京:中华书局,1986 年。
王华宝:《〈史记〉三家注音切疑误辨正》,《中国典籍与文化》,2003 年第 1 期。
刘一梦:《〈史记〉"三家注"音切疑误考》,《汉字文化》,2014 年第 1 期。
司马迁:《史记》,北京:中华书局,1959 年。
司马迁:《史记》(点校修订本),北京:中华书局,2014 年。
张衍田:《史记正义佚文辑校》,北京:北京大学出版社,1985 年。
陈彭年等:《宋本广韵》,南京:江苏教育出版社,2008 年。
司马光等:《类篇》,上海:上海古籍出版社,1988 年。
丁　度等:《宋刻集韵》,北京:中华书局,2005 年。
司马光:《资治通鉴》,北京:中华书局,1976 年。
班　固:《汉书》,北京:中华书局,1962 年。
顾野王:《大广益会玉篇》,北京:中华书局,1987 年。
徐时仪:《一切经音义三种校本合刊》,上海:上海古籍出版社,2008 年。
陆德明:《经典释文》,上海:上海古籍出版社,2013 年。
许　慎:《说文解字》,北京:中华书局,2015 年。
孔颖达:《春秋左传正义》,上海:上海古籍出版社,1990 年。

汪荣宝:《法言义疏》,北京:中华书局,1987 年。
史　炤:《资治通鉴释文》,上海:商务印书馆,1939 年。
孙　奕:《履斋示儿编》,北京:中华书局,1985 年。
贾昌朝:《群经音辨》,上海:上海古籍出版社,1987 年。
张玉书等:《康熙字典》,上海:上海书店,1985 年。
黄坤尧:《〈史记〉三家注之开合现象》,《中国语文》,1994 年第 2 期。
萧　旭:《〈史记〉世家部分补正》,《国学学刊》,2019 年第 3 期。

Textual Research on Errors in phonology of Three Scholars Annotation to Historical Records

Sun Lizheng
(Nanjing University)

Abstract: The article is based on the revised Historical Records of the Zhonghua Book Company and Zhang Yantian's Historical Records of the ShiJi Zhengyi, which discusses 20 pieces of phonetic materials and makes corrections.

Keywords: Historical Records; three notes; phonetic; revision

慧琳《一切经音义》纯四等与A类的演变方向*

计　丽　杨　军

（安徽大学文学院）

提要：慧琳《一切经音义》（后简称《慧琳音义》）的纯四等与重纽A类合流已是定论，但两韵合流的演变方向诸家见解不一且鲜少得到系统论证。本文根据慧琳的反切结构分析得出《慧琳音义》的重纽仍为同一个韵的内部对立，A、B两类在没有解散的前提下，A类不可能并入四等，只能是纯四等产生与A类相同的-j-介音后并入了A类，《慧琳音义》中的纯四等不复存在。

关键词：纯四等与A类；反切结构；重纽；演变方向

引　言

《慧琳音义》的纯四等与重纽A类相混已是普遍认可的事实，但两韵合流的演变方向并未得到系统论证。黄淬伯（1998）将《慧琳音义》的萧宵（举平以赅上去入，下同）两韵归并为骁韵，清青两韵归并为罄韵，先仙两韵归并为肩韵，盐添严归并为兼韵（蟹摄齐祭两韵未归并），虽未具体提及演变方向，但从他的韵类归并来看，可以暂时理解为黄先生认为慧琳的A类并入了四等；潘悟云（2000）指出："在慧琳《音义》中，仙韵重纽四等并入先韵，重纽三等并入元韵；真韵重纽四等独立，三等则并入文殷两韵"；金雪莱（2005）认为

* 国家社科基金重大招标项目：《经典释文》文献与语言研究（14ZDB097）。

慧琳的重纽 A 类与四等关系更为密切,认为山摄的 A 类并入了四等;麦耘(2009)认为中古前期到中古后期介音的变化中,四等韵产生了-j-介音后与三等韵系中的 A 类合流而成为韵图的四等;赵翠阳(2009)亦认为慧琳的四等韵在主元音为前高元音的影响下,产生了与重纽 A 类相同的-j-介音后与其相混。以上为诸家对《慧琳音义》中纯四等与 A 类合流的演变方向的不同见解,但诸家均未对其进行具体论证,故本文欲从两韵相混的事实及特征出发,根据《慧琳音义》的反切结构来分析其重纽 A、B 两类的关系,进而系统论证《慧琳音义》中纯四等与 A 类的演变方向。

一、相混事实及特征

我们对《慧琳音义》的反切材料重新梳理后发现其纯四等与 A 类普遍混切,从以下反切可以看出:

表 1:纯四等与 A 类混切示例①

摄	四等切 A 类反切	A 类切四等反切
蟹摄	蔽(卑计) 弊(毗谜) 艺(霓计)	谜(迷币) 髻(鸡艺) 霁(齐祭)
山摄	绵(弥编) 谴(轻见) 灭(弥结)	蝙(闭绵) 狷(决面) 渊(恚缘)
效摄	褾(卑蓼) 缥(匹晓) 要(一叫)	钓(雕要) 髫(庭遥) 调(亭曜)
咸摄	檐(叶兼) 焰(阎簟) 阽(余兼)	慊(谦琰) 添(怗阎) 甜(亭盐)

表 1 反切可以看出,慧琳的纯四等与 A 类互作切下字,两者混切。结合数据来看,慧琳的 1233② 条四等被切字中(去除梗摄四等,下同),用四等切下字的反切共 1056 条,占其总数的 85.6%,用 A 类切下字的反切共 159 条,占其总数的 12.9%,四等切四等远多于 A 类切四等,这说明四等被切字并不需要 A 类字作其切下字,四等字完全可以自足。A 类被切字共 669 条,用 A 类作切下字的反切共 608 条,占其总数的 90.9%,用四等作切下字的反切共 68 条,占其总数的 10.1%,A 类切 A 类亦远多于四等切 A 类,亦说明 A 类被

①梗摄四等青韵与三等清韵亦相混,其相混情况与表 1 四摄基本一致,但鉴于清韵与庚三不是严格意义上的重纽关系,故严谨起见在讨论纯四等与 A 类演变方向时将梗摄四等与三等相混的反切剔除另作讨论。另表 1 反切的 A 类包括与 A 类反切行为一致的以母重纽韵。

②本文的数据来源于笔者以徐时仪先生的《〈一切经音义〉三种校本合刊》为底本的数据库《慧琳〈一切经音义〉》100 卷中凡标为"玄应音"和"梵语"的反切不包括在内。统计数据时我们将完全重复的反切视为一条,考虑到慧琳反切上字的特殊性,我们将用字不一样的反切视为不同反切。

切字并不需要四等字作其切下字,A类字完全可以自足。在能够自足的情况下,仍有一定数量的A类与四等混切亦说明两者相混。

由此,我们将《慧琳音义》中纯四等韵与所有三等韵混切的反切进行统计来探讨其具体情况。

表2:四等用三等切下字的反切情况

切上字 / 切下字	A类	四等	C1	普三	一等	小计
A类	8	28				36
以母	8	81	10	1	1	101
C_1		15	4			19
C_2		2				2
B类		1				1
小计	16	127	14	1	1	159

说明:表2表示四等用三等切下字的反切中,三等切下字的类型及其分别对应的切上字类型,被切字则均为四等字。表格中的A类指重纽四等韵,其中切上字中的A类亦包括清韵的唇牙喉音字①。以母指八个重纽韵以母字,其介音性质与A类一致,普通三等韵的以母字不包括在内。B类包括重纽三等韵和子类韵,慧琳的子类韵普遍与B类相混,故为行文简洁我们将其并入B类(下同)。C_1、C_2是对重纽韵舌齿音的再分类,根据赵翠阳(2009)的研究以及慧琳的反切用字来看,慧琳重纽C类的精组、章组、日母的反切行为与A类一致,我们将其称为C_1,其介音性质与A类一致。知组、庄组、来母的反切行为与B类一致,我们将其称为C_2,其介音性质与B类一致。一等即所用切上字为一等字,数量较少。普三指东三麻三戈三阳尤幽蒸之钟几韵,其介音性质符合黄笑山(2005)的研究成果,即普三唇牙喉音字(以母除外)的介音性质可以视为与B类一致,普三舌齿音字的介音同舌齿音重纽韵一样根据声母分作两组,知组、来母、庄组介音同B类,以母、精组、章组、日母介音同A类。

从表2数据来看,反切下字以A类、以母和C_1居多,分别占总数的22.3%、63.5%、11.9%,即四等用三等切下字的反切中,A类切下字达97.7%,B类切下字仅3条,占总数

①根据清韵的反切行为以及诸家对清韵性质的研究,我们将清韵的唇牙喉音字的性质视为A类,其舌齿音字同舌齿音重纽韵一样根据声母分作C_1、C_2。

的 1.9%。

我们再看三等用四等作切下字的情况。

表 3:三等用四等切下字的反切情况

切上字 被切字	A 类	以母	四等	C1	B 类	普三	小计
A 类	18		5				23
以母		25				4	29
C_1			9	6			15
C_2						1	1
B 类					2		2
小计	18	25	14	6	2	5	70

说明:表 3 表示四等作三等切下字时,三等被切字的类型及其分别对应的切上字类型,切下字则均为四等。表格中的 A 类、B 类、普三等与表 2 所释内容一致。(下同)

从表 3 数据来看,三等被切字主要为 A 类、以母、和 C1,分别占总数的 32.9%、41.4%、21.4%,即四等切三等的反切中,A 类被切字达 95.7%,B 类被切字仅 3 条,占总数的 4.3%,结合表 2、表 3 的数据来看,《慧琳音义》中三四等混切的反切基本为 A 类与四等混切,且以纯四等与重纽韵的以母混切居多,共 130 条,占三四等混切总数的 56.8%。

从具体反切来看,表 2、表 3 中存在四等与 B 类互切的反切,这与我们所说的四等与 A 类相混不符,我们将其列出如下:

表 4:四等与 B 类互切反切

序号	反切	音韵地位:声韵调			页码
		被切字	切上字	切下字	
表 2 例					
1	涕:天利反	透 齐 去	透 先 平	来 脂 C 去	1269
2	偰:先列反	心 先 入	心 先 平	来 仙 C 入	2147
3	颊:兼业反	见 添 入	见 添 平	疑 严 入	540
表 3 例					
4	吠:肥惠反	奉 废 去	奉 微 平	匣 齐 去	1455
5	肺:妃惠反	敷 废 去	敷 微 平	匣 齐 去	769
6	廉:力兼反	来 盐 平	来 蒸 入	见 添 平	560

杨军、黄笑山、储泰松(2017)①提出《经典释文》的反切存在两种反切层次三种结构类型,即旧反切、等第开合一致式反切和准直音式反切。我们对《慧琳音义》的反切材料整理后发现其反切亦可分为这三种类型,其中旧反切占总数的 5%,这部分反切或是传统反切的残留,如"瘭,甫遥反(1903)、漂,芳妙反(991)、髌,扶忍反(1164)、频,符宾反(1012)",或是承袭玄应等人的反切,如慧琳重纽 A 类和四等被切字的切上字基本为 A 类和四等字的新反切,但亦存在少量普三作其切上字的反切,如"寱"字在慧琳中的反切为"迷闭反(724)、霓世反(941)、霓计反(1121)、倪计反(1812)、霓祭反(1909)",反切上字均为四等齐韵字,仅一条以普三作切上字,即"寱,牛世反(1253)"当来自玄应音"牛世反(1366)";等第开合一致式反切占总数的 33.8%,考虑到旧反切层中三等切上字本就自成一类的情况,故这部分反切可能为新旧共存的跨层式反切,但慧琳的三等切上字不仅等第基本与被切字保持一致,其开合亦基本与被切字一致,如"璟,鬼永反(1370)、润,蕤顺反(731)、覞,勋诳反(2003)"等;准直音式反切占总数的 61.2%占绝对优势,反切下字大多仅起标记声调的作用,如"栋,东贡反(1913)、降,江巷反(632)、缥,漂眇反(1081)、醒,星定反(939)"等,这说明《慧琳音义》中切上字与被切字保持介音一致的原则非常明显,故我们可以从反切结构的角度来分析表 4 中的反切。

例 1 以脂切齐,涉及蟹摄止摄相混问题暂不讨论,但可以看出反切上字与被切字介音一致;例 2、例 3 均为准直音式反切,上字不仅管声母和介音,其韵核部分亦与下字重合,因此下字只管韵尾和声调,故可不视为四等与 B 类混切;例 4、例 5 均为等第开合一致反切,切上字与被切字介音一致,反切下字只管韵和声调部分,亦不为四等与 B 类相混的反切,但考虑到微韵、废韵、合口齐韵三者的特殊性,笔者亦考察了微韵唇音字是否与废韵相混,纵观整个数据库及其他学者的研究成果,微韵并未与废用相混,合口齐韵与废韵混切仅此两条,故暂时保留废韵与微韵、废韵与合口齐韵相混的意见;例 6 涉及来母三等与四等相混问题,留待下文讨论。

综上可得,《慧琳音义》的纯四等与 A 类确已相混,四等等同 A 类,其特征表现为:慧琳反切中纯四等与三等混切的反切均为四等与 A 类的混切,且混切的反切中以四等与重纽韵的以母混切居多。

确认四等与 A 类相混的事实及特征后,我们进一步探讨四等与 A 类混并的演变

①根据杨军、黄笑山、储泰松在《〈经典释文〉反切结构的类型、层次及音韵性质》一文中提出的反切结构类型,可归纳为三种,一是反切上字与被切字等第开合均不一致是为旧反切;二是切上字与被切字介音一致是为等第开合一致式反切;三是切上字与被切字不仅介音一致,其韵核部分亦与被切字一致,是为准直音式反切。前者为旧反切层,后两者为新反切层。

方向。

二、纯四等与A类的演变方向

根据《慧琳音义》纯四等与A类相混的事实，慧琳纯四等与A类的演变方向从音值变化看有三种可能性：一是A类并入纯四等；二是纯四等并入A类；三是纯四等与A类一同演变为新的音值，然而在音类变化的方向没有确定之前讨论音值变化没有意义，因此我们需先确定类的变化，即要么A类并入四等要么四等并入A类。考察纯四等与A类音类变化的方向一个行之有效的方法就是看《慧琳音义》的重纽A、B两类有没有解散，若慧琳的A类变为四等，而B类又跟同摄其它三等韵合流，则表明慧琳A、B两类的音值差别扩大了，重纽A、B两类由介音的不同转变为主要元音的差别，那么A、B两类则由同韵内部对立变为异韵外部对立，A、B类解散成两个独立的韵。沈红宇、杨军（2015）曾认为慧琳重纽A、B两类的对立不复存在，两者分别并入四等和三等形成主元音上的对立，但我们对《慧琳音义》的重纽反切重新整理后发现慧琳的重纽两类仍是韵基相同介音有别的内部对立，这可以从慧琳重纽A、B两类互切的反切以及A、B两类用相同切下字的反切中得到证明。

（一）重纽A、B两类混用反切

我们将重纽A、B两类互作切下字的反切进行整理分类，列表如下：

表5：重纽A类字所用的B类切下字反切①

准直音	等第开合一致	旧反切	音系区别
臂：卑义反（1809） 秕：卑尾反（1197） 寐：弥未反（1880）	匹：篇密反（728） 譬：匹义反（975）	歧：巨宜反（670）	庳：皮美反（1157） 歧：妓宜反（1152） 蚑：妓羈反（1279）

根据《慧琳音义》的反切结构特征，我们将其重纽B类作A类切下字的反切进行分类，结合李秀芹（2008）对慧琳重纽反切结构的研究，表5中的准直音式反切和等第开合一致式反切均构成A-AB式结构（A、B指被切字、切上字、切下字的介音类别，下同），被切字的介音类别由上字决定而非下字，这从其他反切亦可看出，如：

①重纽A类被切字所用的B类切下字亦包括16条用C_2作切下字的反切，均为准直音式反切，为行文简洁故不将其列入表5中。

臂佣:"上卑义反。《说文》:手上曰臂。从肉辟声……"(1809)(A-AB)

两臂:"卑寐反。《说文》:手上也。即掌后肘前谓之臂。从肉辟声也"(527)(A-AA)

仇匹:"……下篇密反。又作疋,俗字,讹也。《考声》:匹,偶也。辈也。《韵英》云:偶,合也……"(728)(A-AB)

匹偶:"缤必反。《郑注礼记》云:匹,偶也。广雅:辈也。《毛诗传》:配也。《尔雅》:合也……"(760)(A-AA)

瘖寐:"……下弥未反。《说文》:寐,卧也。"(1880)(A-AB)

惛寐:"……下弥臂反。《说文》:卧也。"(919)(A-AA)

上述三组反切中每组反切的被切字均为同一个字且意义相同,而各组的反切下字A、B有别,反切上字则均为A类与被切字类一致,这进一步说明慧琳式反切中重纽反切的切上字可以决定A、B类别。如此,在上字决定类别的情况下,重纽A类用B类切下字则表明A、B两类的韵基一致。

旧反切中的"歧,巨宜反",在慧琳中亦有"歧,巨移反(2098)",两者的切上字均为普通常用三等字,下字则A、B有别,李秀芹(2008)、赵翠阳(2009)均认为这两条反切的"歧"字因意义不同当归为A、B两读,但《慧琳音义》中亦存在意义相同却有A、B两读的现象,如"蚑"字在慧琳中有以下反切,

蚑行:"上诘以反,顾野王云:谓麔鹿之类。蚑,踵行者也。亦作跂,云:翘足也。古今正字云:虫行。从虫支声。"(2135)(A-AA)

蚑行:"上妓羁反。顾野王:谓麔鹿之类跂踵行者也……"(1279)(A-BB)

蚑行:"上奇,又音祇。《说文》:虫行也。从虫支行也。"(1642)(B/A)

这三条反切的"蚑"字意义相同却有A、B两读,那么"歧,巨宜反"与"歧,巨移反"就不能简单归为因意义不同而有两读。"歧"字在《切韵》中的释义为"路合,从山从止,非",说明"歧"字当为"岐"字之讹,"歧"即"岐",而"岐"字在《切韵》中亦有B类读法,"岐,山名,又渠羁反",也就是说"岐"或"歧"在《切韵》中本就有A、B读。又根据颜之推《颜氏家训·音辞篇》中"岐山当音为奇,江南皆呼为神祇之祈。江陵陷没,此音被于关中"的说法来看,"歧"字在《慧琳音义》中有A、B两读当为语音层次之别,尽管慧琳保留了两读,但从上字以及直音反切来看,我们可以认为《广韵》中只音A类的被切字"歧"、"蚑"、"岐"等字在《慧琳音义》中多读成B类与《广韵》音不同,即表5中的音系区别所示

反切。

我们再看慧琳反切中 A 类作重纽 B 类切下字的情况。

表 6:重纽 B 类字所用的 A 类切下字反切

准直音	旧反切	音系区别
耆:信伊反(1950)　剪:变拙反(2180) 斌:笔申反(1987)　挢:娇小反(2022) 淹:奄尖反(744)　揭:虔孽反(2052) 桀:虔孽反(2051)　馑:勤刃反(1012) 彦:言扇反(1959)	挢:居沼反(1331) 耆:渠夷反(1808) 侨:巨遥反(1179)	樒:民必反(1124) 撎:伊二反(2175)

同理,表 6 的准直音式反切均为 B-BA 式,被切字介音类别由上字决定读为 B 类,A 类作为切下字表明 A 类的韵基与 B 类一致。

旧反切中的反切上字均为见组鱼韵字,当为传统反切的残留或承袭前人的音切,而慧琳式反切中的"挢、耆、侨"三字倾向于读为 B 类,如"挢:娇夭反(557)"(B-BB)"耆:信伊反(1950)"(B-BA)"侨:峤殀反(1927)"(B-BB)。

"樒,民必反"和"撎,伊二反"均为 B-AA 式反切,当由上字定介音读为 A 类与《广韵》音有别,如"撎"字在慧琳中的反切有两条:

长撎:"依计反。《说文》:撎,揖也。从手壹声"。(2042)

长撎:"伊二反。《考声》:撎,揖也。说文:拜,举手下也。从手壹声。"(2175)

"撎"字在《广韵》中只有重纽 B 类"乙冀切"一读,赵翠阳(2009)认为其在《慧琳音义》中只音齐韵或重纽 A 类,可能显示"撎"的介音已经发生了从[ɪ]到[i]的变化。笔者以为,"撎,伊二反"只表明"撎"字在慧琳中的读音与《广韵》音有所不同,而"撎,依计反"可作两种解读,一是读为齐韵与祭 A 同,如此则与"撎,伊二反"意义相同而有齐脂两读,亦涉及慧琳的蟹摄与止摄相混问题暂不讨论,二是据上字读为 B 类,下文将详细讨论这一可能性。

综上所述,重纽 A、B 两类互作切下字的反切分为两种情况,一是因语言接触而有一字两读或因音系之别而有读法不同,如上文的"歧"、"庳"等字,这类现象不属于两者混并。二是在上字定介音的情况下存在两者互切,如表 5、表 6 中的准直音式反切,表明慧琳重纽 A、B 两类的韵基一致,这一点从慧琳重纽 A、B 两类用相同切下字的反切中亦可得到证明。

(二)重纽 A、B 两类用相同切下字的反切情况

表7:重纽A、B两类用相同切下字的反切示例

相同下字	被切字类别	反切示例	反切结构
义	支A	臂:卑义反(761) 譬:匹义反(975)	A-AB
	支B	被:皮义反(954) 戏:羲义反(785)	B-BB
密	真A	匹:篇密反(728)	A-AB
	真B	弼:贫密反(675) 笔:悲密反(2048)	B-BB
尾、未	脂A	秕:卑尾反(1197) 寐:弥未反(1880)	A-AB
	脂B(微)	斐:妃尾反(2138) 沸:非未反(1628)	B-BB
小	宵A	眇:绵小反(1085) 缥:漂小反(563)	A-AA
	宵B	挢:娇小反(2022)	B-BA
验	盐A	爓:阎验反(2124)	A-AB
	盐B	砭:悲验反(2114)	B-BB
刃	真A	摈:毕刃反(1928) 贶:秦刃反(1972)	$A-AC_1$
	真B	馑:勤刃反(1012) 蔺:邻刃反(2153)	$B-BC_1$
履、利	脂A	比:卑履反(611) 弃:诘利反(1049)	$A-AC_2$
	脂B	几:饥履反(1512) 冀:几利反(2126)	$B-BC_2$
列	仙A	憋:裨列反(1108) 泄:仙列反(1192)	$A-AC_2$
	仙B	别:变列反(989) 蹩:彦列反(1063)	$B-BC_2$
立	侵A	熠:淫立反(1617) 缉:侵立反(1196)	$A-AC_2$
	侵B	岌:吟立反(1970) 级:金立反(1234)	$B-BC_2$

从表7的反切来看,慧琳的重纽A、B两类存在用相同切下字的现象,而A、B两类用相同切下字时其切上字的介音一定与被切字类一致,这进一步说明慧琳A、B两类的韵基一定相同且切上字可以决定被切字的类别。若A、B两类的音值差别扩大,由介音不同演变为主元音的差别而解散成两个独立的韵,那么A、B两类就不应该使用相同的反切下字,表7反切证明并非如此,且前文已证明了慧琳反切中A、B两类互作切下字时并非相混意义上的互切而是音系之别造成的两读,故我们可以确定《慧琳音义》的A、B两类仍是介音有别韵基相同的内部对立,A、B两类没有解散。那么,慧琳反切的A、B两类在没有解散且四等与B类没有混切的前提下,A类就不能并入四等,只能是纯四等产生了与重纽A类相同的-j-介音。又前文提到,慧琳的纯四等与A类混切的反切中,以母重纽韵占半数以上,以母重纽韵与重纽A类有相同的-j-介音基本是可以确定的,那么在以母重

纽韵与重纽 A 类关系未变的情况下,纯四等开始与以母重纽韵互切,亦说明是纯四等产生了与 A 类相同的介音后并入了 A 类。这一论证结果符合麦耘(2009)所指出的中古前期到中古后期四等介音和四等韵发生的变化,他指出:“四等韵从-ø(w)-介音变为-j(w)-介音。四等韵的韵腹-ɛ-是个发音部位很靠前的元音很容易从中导生出-j-介音来。其结果是四等韵系和相应的三等韵系中的 A 类合流而成韵图中的四等。”即:

齐 ɛi→祭 A jɛi　　　　先 ɛn/t→仙 A jɛn/t

萧 ɛu→宵 A jɛu　　　　青 ɛŋ/k→清 A jɛŋ/k

　　　　　　　　　　　添 ɛm/p→盐 A jɛm/p

需要指出的是,《慧琳音义》的四等并入 A 类后,其反切中原只见 B 类的字则有了与之对应的 A 类字,如表 8 所示:

表 8:《慧琳音义》四等并入 A 类后形成的 A、B 对立字示例①

摄 \ 声		见母	溪母	疑母	影母
蟹摄	B	罽猘	愒憩		瘗
	A	髻系继係	契		瞖殪曀撎
山摄	B			糵闑	
	A			啮臬	
效摄	B	憍挢矫			
	A	浇枭缴			

以蟹摄见母祭韵为例,见母祭韵在慧琳中只见祭韵 B 类字“罽、猘”,原见母齐韵变入三等后成为 A 类,那么见母祭韵 A 类字“髻、系、继、係”则与见母祭韵 B 类形成 A、B 对立字,以此类推,如表 8 所示。

需要说明的是“瘗、撎、浇”三字的情况,根据慧琳反切上字管介音的原则,《慧琳音义》中的纯四等被切字所用的三等切上字基本为 A 类字与被切字介音一致,但有三条 B 类切上字,即“瘗,英计反(1957)、撎,依计反(2041)、浇,既尧反(2070)”,“瘗”字本有 B 类和齐韵两读,其在慧琳中的反切亦有“於罽反(2095)、英罽反(2073)、英刈反(2091)、依例反(2018)”,仅一条“於计反(2077)”见于注释中,而“英”字在慧琳中除去“英计

①表 8 选取的字是四等并入 A 类后只存在 A、B 介音对立的字,开合对立不包括在内,为行文简洁子类韵字亦不包括在内。

反”,其余均作B类的切上字,“撎,依计反”的“依”字亦是如此,故可以认为“撎,依计反(2042)、瘞,英计反(1957)由上字定介音读为B类。

“浇”字在慧琳中的反切亦有“皎尧反”(7)“皎遥反”(2)“经尧反”(1),11条反切中上字为四等字的有10条,仅一条为B类“既”字,而“既”字在慧琳反切中只作B类字的切上字,考虑到“既”字可能为“皎”字的讹误且“浇”字属于常见字,形成A、B两读的可能性较小,故暂时存疑。

以上为慧琳的四等变入A类后与《慧琳音义》中原仅见B类字形成的对立情况,而对于本无A、B对立的来母来说,来母四等变入三等后读A或读B皆可,那么前文表4中提到的“廉,力兼反”亦可不视为四等与B类的混切,但考虑到本文将来母介音视为与B类同,故我们将来母四等变入三等后视为与B类同,即《慧琳音义》中除去来母四等,其余纯四等均并入了A类。

三、结论

综合全文我们可得,《慧琳音义》中的纯四等与A类确已相混,而《慧琳音义》的重纽仍为同一个韵的内部对立,A、B两类在没有解散的前提下,A类不可能并入四等,只能是纯四等产生与A类相同的-j-介音后并入了A类,《慧琳音义》的纯四等不复存在。

参考文献

〔南北朝〕颜之推:《颜氏家训》,北京:中华书局,2011年。

〔宋〕司马光:宋本《切韵指掌图》,北京:中华书,1986年。

黄淬伯:《唐代关中方言音系》,北京:中华书局,2010年。

黄笑山:《〈切韵〉三等韵ABC—三等韵分类及其声、介、韵分布和区别特征拟测》,《中文学术前沿》第五辑,2005年。

黄笑山:《〈切韵〉和中唐五代音位系统》,台北:台湾文津出版社,1995年。

金雪莱:《慧琳〈一切经音义〉语音研究》,浙江大学2005年博士论文。

李　荣:《切韵音系》,北京:科学出版社,1956年。

李秀芹:《慧琳〈一切经音义〉重纽反切结构特点》,《语言研究》第4期,2008年。

计　丽:《慧琳〈一切经音义〉反切结构类型整理研究》,安徽大学2018年硕士论文。

马　衡:《唐写本王仁昫刊谬补缺切韵》,南京:江苏凤凰教育出版社,2017年。

麦　耘:《音韵学概论》,南京:江苏教育出版社,2009年。

潘悟云:《汉语历史音韵学》,上海:上海教育出版社,2000 年。
沈宏宇、杨 军:《慧琳〈一切经音义〉的重纽问题—从景审序说起》,中南大学学报(社会科学版)第 2 期,2015 年。
徐时仪:《〈一切经音义〉三种校本合刊》,上海:上海古籍出版社,2008 年。
杨 军、黄笑山、储泰松:《〈经典释文〉反切结构的类型、层次及音韵性质》,《历史语言学研究》第十辑,2017 年。
杨 军:《〈韵镜〉校笺》,杭州:浙江大学出版社,2007 年。
周祖谟:《广韵校本》,北京:中华书局,2004 年。
赵翠阳:《慧琳〈一切经音义〉韵类研究》,中国社会科学院 2009 年博士论文。

On theEvolution Direction of the *Fourth Yun*(四等) and *Chongniu A* (重纽 A 类) in *Hui Lin Yiqiejingyinyi*(《一切经音义》)

Ji Li Yang Jun
(Anhui university)

Abstract: This paper argues from the perspective of *Chongniu*(重纽) that the *fourth Yun* (四等) is incorporated into *Chongniu A*(重纽 A 类), We concluded that the *Chongniu*(重纽) is unchanged by the structural characteristics of *Fanqie*(反切) in *Hui Lin yiqiejingyinyi*(一切经音义), *the fourth Yun* (四等) is palatinized and incorporated into *Chongniu A*(重纽 A 类).

Keywords: *the fourth Yun* and *Chongniu A*(纯四等与 A 类); the structure of *Fanqie* (反切结构); *Chongniu*(重纽); the evolution direction

祝泌一百一十二声格局的形成与发展

于上官

（吉林大学文学院）

提要："一百一十二声"首见于邵雍，是数术理念与韵字相结合的韵母系统。祝泌在邵雍理念的基础上将"一百一十二声"与"二百零六韵"相结合，初步构建了全新的"一百一十二声"格局。其后，在初步构建的全新天声格局基础之上，祝泌结合传统韵书韵图，撰作了一部特殊的韵图——《起数诀》。这个时期是祝泌"一百一十二声"格局的发展和应用阶段。通过梳理祝泌天声格局形成和发展过程，可以发现，《起数诀》这部韵图是出于应用象数理论的目的而撰作的。这是其与传统韵图差异甚大的根本原因。

关键词：祝泌；一百一十二声；《起数诀》

祝泌，南宋人，字子泾，一字泾甫。饶州德兴（今属江西）人，自号观物老人，有《观物篇解》《皇极声音数》《皇极经世解起数诀》等著作传世，是阐释、继承、改革邵雍声音律吕理论的重要人物。《观物篇解》是阐释邵雍《皇极经世书》"观物篇"内容的著作；《皇极声音数》既包含对邵雍理论的阐释，又有把邵雍的天声、地音格局与韵图相结合的设计理念；《皇极经世解起数诀》是包含邵雍象数理念与祝泌象数理念的韵图论著。其中《皇极声音数序》后题"端平乙未（1235 年）鄱人祝泌述"，比《皇极经世起数诀》中《声音韵谱序》后所题"淳佑辛丑（1241 年）祝泌子泾序"早六年。《皇极声音数》是我们了解《起数诀》成书过程、成书理念不可多得的材料。

《起数诀》作为韵图论著，与传统宋代韵图《韵镜》《七音略》等存在较大差异，如《起数诀》有八十图，韵母系统涉及邵雍一百一十二声格局，而传统韵图《韵镜》《七音略》都是四十三图，且多使用韵书的二百零六韵系统。三者都是宋时的韵图，差异为何如此之大？祝泌的一百一十二声格局与邵雍的一百一十二声是否相同？祝泌又是如何将一百一十二声格局与传统韵图相结合的呢？带着这些疑问，我们以祝泌的《皇极声音数》《皇极经世解起数诀》为基础，拟梳理出祝泌一百一十二声格局的形成与发展过程。

一、邵雍“一百一十二声”格局

“一百一十二声”概念首先见于邵雍的《皇极观物篇》①，其“观物篇三十五”到“观物篇五十”（又称“声音倡和图”）的篇首都提到了“天之用声一百一十二”。我们将从其“一百一十二”数字来源和邵雍天声用字两方面来介绍邵雍“一百一十二声”格局的情况。

1.1 一百一十二的来源

关于邵雍“一百一十二天声”之一百一十二数字的来源，多位学者做过详细阐释，祝泌《皇极声音数》②中亦稍有梳理，现择要以阿拉伯数字表示如下：

(1)邵古（986—1064，字天叟，自号伊川丈人，邵雍父。）

目、鼻、气、色体数 10

耳、口、味、声体数 12

正律用数 112

正吕用数 152

正声用数 17024

正音用数 17024

(2)邵伯温（1057—1134，邵雍之子）

太阳、少阳、太刚、少刚各 10，凡 40（体数）

太阴、少阴、太柔、少柔各 12，凡 48（体数）

40×4＝160　4×48＝192

160×192＝30720（动植之全数）

160—48＝112　192—40＝152　112、152（动植之用数）

112×152＝17024　17024×17024＝189816576（动植之通数）

(3)西山蔡氏（指蔡元定或者“西山蔡氏”学派。蔡元定（1135—1198），人称“西山先生”，创立“西山蔡氏”学派，门徒众多。）

---

①邵雍：《皇极经世书》，《四库全书》第 803 册，台湾：商务印书馆，1986 年。

②程明善：《啸余谱》，《四库全书存目丛书》第 425 册，济南：齐鲁书社，1997 年。

太阳、太刚、少阳、少刚体数皆 10,日、月、星、辰四象相因,$4\times4=16$

$10\times16=160$(日月星辰体数)

太阴、太柔、少阴、少柔体数皆 12,水、火、土、石四象相因,$4\times4=16$

$12\times16=192$(水火土石体数)

$160\times192=30720$(动)

$192\times160=30720$(植)

$160-48=112$(日月星辰之用数)

$192-40=152$(水火土石之用数)

$112\times152=17024$(动物之用数)

$152\times112=17024$(植物之用数)

$17024\times17024=189816576$(动植之通数)

可以看出,"一百一十二声"之"一百一十二"诸家诠释虽稍有不同,但都在同一个体系内,是阴阳术数理论的衍生。邵雍是在这个框架内放入了表示韵母的用字,形成了"天之用声一百一十二"。

1.2 邵雍"一百一十二天声"用字的归纳

关于邵雍《皇极经世书》中"观物篇三十五"到"观物篇五十"用字,前贤已有所总结归纳。祝泌《皇极声音数》所载"正声、正音数图"与张行成《皇极经世索隐》①所载的"律吕声音机要图"内容大致相同,都是对邵雍"观物篇三十五"到"观物篇五十"用字的归纳。有些版本的《皇极经世书》也载有类似图例,但一般认为是后人所加。总之,祝泌《皇极声音数》中的"正声数图"是对邵雍"一百一十二声"格局的总结归纳。现对"正声数图"的体例进行简单介绍:

"正声数图"横分十声,每声占两行,每行列双行小字,每声共计十六个位置。纵分平上去入,对应日月星辰。就平对应的十声来说,每声共计四个位置,分别对应《声音倡和图》中的日月星辰、辟翕辟翕。以一声为例,"多禾开回"对应日月星辰、辟翕辟翕,即"多"对应日、辟音,"禾"对应月、翕音,"开"为星、辟音,"回"为辰、翕音。四者为平声,对应日,所以又叫日日声、日月声、日星声、日辰声,分别是平辟音、平翕音、平辟音、平翕音。二声到十声与之相同。

我们以平声为例进行比较:邵雍《皇极经世书》"观物篇三十五"篇首列"日日声平辟",下有"多良千刀妻,宫心●●●",这几个字和符号分别列在每声第一位。《皇极经

①张行成:《皇极经世索隐》,《四库全书》第 804 册,台湾:商务印书馆,1986 年。

世书》“观物篇三十六”篇首列“日月声平翕”，下有“禾光元毛衰龙○●●●”，这几个字和符号分别列在每声第二位。“观物篇三十七”篇首列“日星声平辟”，下有“开丁臣牛○鱼男●●●”，这几个字和符号列在每声第三位。“观物篇三十八”篇首列“日辰声平翕”，下有“回兄君○龟乌○●●●”，这组字与符号分别列在每声第四位。上去入与平声情形相同。

《皇极声音数》所载“正声数图”是对邵雍《声音倡和图》天声内容的精准概括。这张图容纳了邵雍的天声格局，使《声音倡和图》用字一目了然，且“正声数图”“正音数图”同列，使十声与十二音的拼合更加宏观，使读者对《声音倡和图》了然于胸，是《声音倡和图》宝贵的研究成果。

二、祝泌“一百一十二声”格局的初创

祝泌“一百一十二声”格局的建立主要体现在《皇极声音数》中，与之有关的有“天门十六位图”①和“天之用声一百一十二举要图”②。

2.1 祝泌天声格局的设计理念

“天门十六位图”为天声之辟翕，纵横各四。纵分平上去入，对应日月星辰；横分辟翕辟翕，亦对应日月星辰。日日声（平辟）对应乾卦，日月声（平翕）对应履卦，日星声（平辟）对应同人卦，日辰声（平翕）对应无妄卦。月日声（平辟）对应夬卦，月月声（上翕）对应兑卦，月星声（上辟）对应革卦，月辰声（上翕）对应随卦。星日声（去辟）对应大有卦，星月声（去翕）对应睽卦，星星声（去辟）对应离卦，星辰声（去翕）对应噬嗑卦。辰日声（入辟）对应大壮卦，辰月声（入翕）对应归妹卦，辰星声（入辟）对应丰卦，辰辰声（入翕）对应震卦。图中日日声、日月声、日星声、日辰声、月日声、月月声、月星声、月辰声、星日声、星月声、星星声、星辰声、辰日声、辰月声、辰星声、辰辰声，与邵雍《声音倡和图》中是对应的。可以看出，祝泌确实是在邵雍的基础上撰作此图。

“天门十六位图”后注：“甲乙丙丁戊己庚七大位皆然，除辛壬癸为●。”③根据《皇极声音数》所载的“正声数图”，邵雍天声对应十个天干，每声有十六个位置，除去地之体数四十八，刚好是一百一十二。除去的地之体数四十八正是辛壬癸所在的位置，所以祝泌

①程明善：《啸余谱》，《四库全书存目丛书》第425册，第315页。
②程明善：《啸余谱》，《四库全书存目丛书》第425册，第315—320页。
③程明善：《啸余谱》，《四库全书存目丛书》第425册，第315页。

只说“甲乙丙丁戊己庚七大位皆然”。

在“天门十六位图”之后，作者按元之元四大位（乾、夬、大有、大壮）、元之会四大位（履、兑、睽、归妹）、元之运四大位（同人、革、离、丰）、元之世四大位（无妄、随、噬嗑、震），对天之用声一百一十二进行了较为详细的四声所属卦位的列表，称之为“天之用声一百一十二举要”，这里以元之元四大位为例介绍一下“天之用声一百一十二举要”的基本情况：

元之元四大位图，右一行列四卦及其所对应的声。横列甲乙丙丁戊己庚对应《声音倡和图》《正声数图》中每声所属平辟音、上辟音、去辟音、入辟音用字。用字下列二百零六韵韵目与韵次。

对《声音倡和图》天声用字标注甲乙丙丁戊己庚之次，并与二百零六韵相结合，是祝泌的对邵雍天声格局的改革之处。总体来讲，祝泌“天之用声一百一十二举要”就是按照邵雍天声用字的排列方式对二百零六韵的再一次排列。

2.2 祝泌天声格局的编排体例

邵雍天声格局与二百零六韵是两种不同的韵母系统，祝泌将他们进行融合，需要有一定的编排准则和体例。根据我们的梳理，其编排有以下几种情况：

（1）按类附次

邵雍天声用字共计一百一十二，所以祝泌所加的二百零六韵并不是与邵雍每声用字一一对应的，会作相应的附加、合并处理。正如元之元四大位图后文所言“已上元之元四大位，声所属卦，以平声摄上去入声。康节之法，有与韵不同者，只依皇极字姆（母）偏（编）排。元来字姆（母）有不该及者，今以类附次。”①

依旧以元之元四大位图为例，丙类邵雍用字“千典旦〇”，前三字祝泌标注与之对应的一仙、二十七铣、二十八翰，有声无字的“〇”祝泌用十二曷标注。在这组天声用字之后，祝泌附二仙、二十八猕、三十三线、十七薛，亦属于丙类。这应该就是元之元四大位图后文所说的“以类附次”。该图的丁类、己类亦如此，除标注《正声数图》用字所属韵目韵次之外，所对应的用字后又分别附“宵小笑”“冬宋沃”。

（2）入配阴阳

按照邵雍天声用字，二百零六韵并不是完全四声相承的，且邵雍用字入声大都配阴声韵字，阳声韵后的入声位置通常以有声无字的“〇”来表示。周祖谟先生认为“今图中（指后人所归纳的邵雍天声图）于阴声韵下皆配以入声，是入声字之收尾久已失去，以其

①程明善：《啸余谱》，四库全书存目丛书第425册，第315页。

元音与所配之阴声相近或相同,故列为一贯耳。……入声之承阴声,不兼承阳声者,正元明以降入派三声之渐。”①而祝泌要把二百零六韵格局填入一百一十二天声格局下,必然一方面要继承邵雍的入声配阴声,另一方面要填入二百零六韵的入声配阳声。所以祝泌的“举要图”中,既有入声韵与阴声韵相配的情况,亦有入声韵与阳声韵相配的情况:

如元之元四大位图甲类,邵雍四声用字分别是“多、可、個、舌”,对应的韵分别是歌、哿、個、薛。这样入声韵薛韵便与阴声韵歌、哿、個相承。入声韵配阴声韵。

再如元之元四大位图乙类,邵雍四声用字分别是“良、两、向、○”,前三字对应的韵分别是阳、养、漾韵。入声的位置放“○”,表示有声无字。祝泌在此处对应的是药韵。这样,入声韵药与阴声韵阳、养、漾相承。入声韵配阳声韵。

(3)调整配合

如前文所讲,邵雍天声用字所对应的二百零六韵四声并不完全相承。祝泌想要把二百零六韵完整的放在天声用字表中,需要一系列的调整。除了前边按类附次和入配阴阳两种较为明显的调整之外,还有许多细节需要处理。有以下几种情况:

调整位置,力求四声相承。祝泌列韵时不完全与用字对应,更倾向于二百零六韵的相承关系。如元之会四大位图甲类,邵雍用字“禾、火、化、八”,对应的韵分别是八戈、三十四果、四十禡、十五辖。祝泌列二百零六韵时,在邵雍用字“禾、火、化、八”对应的位置列的是八戈、三十四果、三十九过、十一黠,在其后附九麻、三十五马、四十禡、十五辖。十一黠、十五辖出现在这里是第二条所讲的入配阴阳的情况,这里不多赘述。戈、果、过,麻、马、禡都是三声相承。祝泌没有严格按照用字对应的韵排列,而是调整用字所对应韵的位置,以求体现相承关系。

改变用字所属韵。如元之会四大位乙类,邵雍用字为“光、广、况、○”,前三字分别属于十一唐、三十七荡、四十一漾。祝泌在对应位置所加二百零六韵为十一唐、三十七荡、四十二宕、十九铎。“况”本属于三十七荡,祝泌改为四十二宕。大概是因为四声相承“阳养漾药”已经在元之元四大位乙类完整地出现,而在元之会四大位乙类所出现的“况”(漾韵)打破了“唐荡宕铎”四声相承的完整关系,所以作者改其所属韵为应该出现在这个位置的韵。

用字所属韵与四声相承韵同列一个位置。如元之会四大位丙类,邵雍用字“元、犬、半、○”,前三字分别属于二十二元、二十七铣、二十九换。祝泌在“元”对应位置列二十二元;在“犬”对应位置先列二十阮,又列二十七铣;在“半”对应位置先列二十五愿,又列二

①周祖谟:《问学集》,北京:中华书局,1966年,第600页。

十九换;在“○”对应位置列十九铎。其中元、阮、愿、月是四声相承的关系,作者为求四声相承,不惜把两个不同的韵放在一个位置上。

前揭各种情况,可以看出邵雍天声用字与二百零六韵相较,有诸多不契合之处。而祝泌在安置二百零六韵的时候比较注重四声相承的关系,以各种方式体现完整的四声相承情况。虽然祝泌致力于体现完整的相承关系,但在邵雍的框架下填入二百零六韵时,还是有很多是不相承的。以元之会四大位庚类为例,邵雍用字为“○○○十”,祝泌放置的韵为十八谆、十七准、十二沁、二十六缉。谆准和沁缉之间并不具备相承的关系。

在“天之用声一百一十二举要”四图之后,有作者按语。对二百零六韵有简单介绍,并提到:

> 夫韵有内外各八转,此康节分配十六卦之旨也。音姆有二十四位而分轻重,此康节分为四十八音之旨也。然声之与音共一字也,而有阴阳,以天之阳分之则叶韵而为声,以地之阴分之则叶姆而为音。分音韵以黐纽字,其来旧矣,岂康节创为此哉?观诸动植之物,各有一万七千二十四声音。倘逐一而为例,字字而辨数,不几烦琐乎?今以归于律吕,分为四象而统之,以卦定之。以数观物之理,厘然有序。此学自为一家,非世人以年月日时取数之比也。①

此段话揭示《声音倡和图》《起数诀》的撰作目的:以声音取数,以声音数观物。《声音倡和图》所搭建的天声地音倡和关系,《起数诀》所构建的声韵配合字表,都是建立在为取数、观物做的工作。而《皇极声音数》中“天门十六位图”“天之用声一百一十二举要”是对邵雍以声音取数、观物理论的进一步梳理,填入二百零六韵,明确每音每声的卦象对应,是邵雍象数理论与传统书面语语音系统的结合。

三、祝泌“一百一十二声”格局的发展和应用

祝泌一百一十二天声格局初步建立于《皇极声音数》,发展和应用于《起数诀》。《皇极声音数》有“天之用声一百一十二举要”图,《皇极起数诀》有“一百一十二声目录并入卦”②表。“举要图”和“入卦表”为性质相同的论著,小异。我们分别将“天之用声一百一十二举要”与“一百一十二声目录并入卦”进行比较,以窥探祝泌一百一十二天声的进一

①程明善:《啸余谱》,《四库全书存目丛书》第425册,第318页。

②祝泌:《皇极经世解起数诀》,《四库全书》第805册,台湾:商务印书馆,1986年,第195—197页。

步发展。

3.1《声音数》与《起数诀》天声格局体例对比

(1)"举要图"分四图,分别是"元之元四大位所属卦""元之会四大位所属卦""元之运四大位所属卦""元之世四大位所属卦",对应的分别是日声、月声、星声、辰声。"入卦表"将"日月星辰之日声""日月星辰之月声""日月星辰之星声""日月星辰之辰声"次第放在一个表格。但二者基本布局相同,都是以平声摄上、去、入声。

(2)"举要图"不仅以"甲乙丙丁戊己庚"标次,还在"甲乙丙丁戊己庚"下标注"一二三四五六七",且在相应位置填入邵雍天声用字。"入卦表"则仅用"甲乙丙丁戊己庚"标次,无邵雍天声用字。"举要图"所加二百零六韵前标注韵次,如"元之元四大位"甲类对应"七歌、二十三哿、三十七個、十七薛"。(其韵目、韵次的标注与《广韵》韵目、韵次不完全相同,大概是受其他韵书韵图的影响。)"入卦表"仅标注韵目,未标注韵次。"举要图"的体例能更清晰反映祝泌对邵雍一百一十二天声的改革方向。"入卦表"则更简洁明了。

(3)"入卦表"在每韵的平声(如无相应平声则顺延至上去入)标注数字,如"歌"韵下标注"五十三","阳"韵下标注"六一、二、三、六十","先"韵下标注"四一、四二"等。此处标注的数字指明的是《起数诀》韵图正文的图次。① 这样每韵在韵图的位置便可以较快的检阅到,而其对应音字所属卦位卦次也可在本表中查阅。另外,"入卦表"中有在同一位置放置两韵的情况,如日声丙类去声有"翰""霰"两韵,入声有"曷""薛"两韵等。在这种情况下,新加的"霰"韵、"薛"韵下边重新标注数字,如"霰"下标注"十四","薛"下标注"十四"等。

从体例形式上来看,"举要图""入卦表"大同小异,二者明显具备承袭关系。从标注的图次数字来看,《声音数》的"举要图"没有标注数字,说明作者当时仅仅是有一个构想,而《起数诀》的"入卦表"标注了数字与韵图转次的对应,可以说明作者已经把之前的构想具体应用到实践中去了。

3.2 天声格局列韵比较

前揭《皇极声音数》的介绍,祝泌"天之用声一百一十二举要"是按照邵雍天声用字的排列方式对二百零六韵的再一次排列。这里我们把邵雍天声用字与"举要图"列韵及"入卦表"列韵放在一起,并标注邵雍天声用字《广韵》所属韵,以观异同。("举要图""入

---

①蒙同窗王朋教示,此处的数字表示韵图正文的图次,谨表谢忱!

卦表”同一位置放置两韵的我们加括号表示。校证条目以脚注注明于下。）[1]

邵雍用字	举要图	入卦表
元之元　日声		
甲　多可個舌（歌哿箇黠/薛）	歌哿個薛	歌哿箇薛
乙　良兩向〇（陽養漾〇）	陽養漾藥	陽養樣藥
丙　千典旦〇（先銑翰〇）	先銑翰曷	先銑（翰霰）（易[2]薛）
	仙獮線薛	仙獮線薛
		寒旱翰曷
		歡緩換末
丁　刁早孝岳（蕭晧效覺）	蕭巧效覺	蕭巧效覺
	宵篠嘯	宵篠嘯藥
	小笑	小笑
戊　妻子四日（齊止至質）	齊止至質	齊止至質
		霽
		薺[3]廢屑
己宮孔衆〇（東董送〇）	東董送屋	東董送屋
	冬　宋沃	冬　宋沃
庚　心審禁〇（侵寢沁〇）	侵寢沁緝	侵寢沁緝

元之元日声部分，甲类上声“举要图”作“個”，应该是吸收的邵雍用字，“入卦表”改为“箇”，与《广韵》的韵目相同。乙类上声“举要图”作“漾”，“入卦表”作“樣”，都属于“漾”韵，“举要图”用字与《广韵》韵目合。丙类“入卦表”上声、去声都分别列两个韵，其中“翰”“曷”与“举要图”相同，一是与邵雍用字对应，一是补足有声无字的“〇”。“先铣霰屑”为四声相承的关系，“薛”与“屑”发音相近。“入卦表”所加的“霰”“薛”应该与此有关。丙类“入卦表”多出两组“寒旱翰曷”“欢缓换末”，其在“举要图”位于元之会月声丙类。其中“欢”与《广韵》韵目不合，《广韵》韵目为“桓”。丁类邵雍用字上声为“晧”韵，祝泌在对应位置填入的是“巧”韵。“巧”韵与该组平去入是四声相承的关系。按类

①为方便直观，对比列表处我们保留原书字形。行文中除因涉及字形差异需要特别指出外，相关韵目都转为通用的简体字形。

②四库本《起数诀》“入卦表”作“易”，南图本《起数诀》“入卦表”作“曷”。“易”当是字形讹误所致。

③南图本《起数诀》“入卦表”的“薺”与“霽”在同一行。

附次填入丁类的还有效摄的其他韵,但并未按照二百零六韵四声相承的关系排列,且少“爻”韵。“爻”韵被安置在元之会月声丁类。戊类“入卦表”多“霁”韵和“荠废屑”等韵,是“举要图”未列韵。“举要图”共列40个韵,“入卦表”有55个。

元之会 月声

甲	禾火化八(戈果禡黠)	戈果過黠	戈火①過黠
		麻馬禡鍩	麻馬禡轄
			歌笴(過箇)
乙	光廣況○(唐蕩漾○)	唐蕩宕鐸	唐蕩宕鐸
		江講绛覺	江講絳覺
丙	元犬半○(元銑換○)	元(阮銑)(願換)月	元阮願月
		魂混問没	痕狠恨没
		痕狠恨	魂混(慁問)
		寒旱翰曷	
		歡湲②渙末	
		删潸諫黠	山産裥轄
		山産裥鍩	删潸諫黠
丁	毛寶報霍(豪晧号鐸)	豪皓號鐸	豪皓號鐸
		爻	爻小效覺
戊	衰○帥骨(支○至没)	支紙至没	支紙至(没昔)
		之止寘職	之止寘職
己	龍甬用○(鍾腫用○)	鐘腫用燭	鍾腫用燭
庚	○○○十(○○○緝)	諄準沁緝	諄準沁(緝術)

元之会月声部分,甲类邵雍用字的去声位置对应的是“禡”韵,祝泌对应位置填入的是与平声“戈”韵、上声“果”韵相承的“过”韵。“入卦表”的上声填入的是“火”字,与二百零六韵韵目不合,大概是受邵雍用字的影响。在甲类,“举要图”按类附次的有“麻马禡鍩”,其中入声的“鍩”,“入卦表”作“轄”。另外“入卦表”多一组音“歌笴(过箇)”,但其实该组音在元之元日声已经出现过。乙类去声邵雍用字属于“漾”韵,祝泌放入的是与平声“唐”韵、上声“荡”相承的“宕”韵。在乙类,祝泌按类附次的是“江讲绛觉”,具有语音

①“火”为邵雍用字,不是韵目用字,可能是传抄失误造成的。

②“入卦表”对应的使用的是“缓”,且与“湲”与“歡渙末”不具有四声相承的关系,当误。

上的根据。周祖谟先生通过邵雍声四部分“觉”韵与“铎”韵分开合的情况，提出“江”韵已经并入宕摄。① 所以祝泌把“江讲绛觉”按类附次到“唐荡宕铎”是非常合理的，是对邵雍格局及时音的深入理解。丙类邵雍上声、去声对应“铣、换”韵，祝泌在“举要图”中相对应位置保留这两个韵，并在相同位置加入与平声“元”韵相承的“阮、愿”韵。在“入卦表”中，则只保留具有四声相承关系的“元阮愿月”。丙类按类附次的有山摄诸韵，但祝泌所附诸韵四声相承关系与二百零六韵多有不同，“举要图”“入卦表”也多有不同。相对来说，“入卦表”与二百零六韵的四声相承更合。丁类祝泌“举要图”按类附次的只有一个“爻”韵，“入卦表”有意补齐具有相承关系的韵，但与二百零六韵的相承关系不合，且与日声丁类重复。此外，广韵韵目作“肴”，“爻”字作韵目始于《集韵》，《韵镜》等韵图也用“爻”字。戊类“举要图”在邵雍用字基础上补足具有相承关系的上声，“入卦表”在入声放置两韵“没昔”，可能是受到时音的影响。己类平声“举要图”作“鐘”，“入卦表”作“鍾”，入卦表与《广韵》韵目合。庚类平、上声“举要图”列“谆、准”韵，但根据周祖谟先生的研究，此处应该是深摄侵韵字。② 入声“入卦表”亦列两韵，其中“缉”韵与“沁”韵相承，“术”韵与“谆、准”韵相承。“举要图”共列 66 韵，“入卦表”列 66 韵。

元之运　星声

甲	開宰愛○（咍海代○）	怡海代没	咍海代没
			祭末
乙	丁井亘○（青静嶝○）	青静勁錫	青迴徑錫
		清迴徑昔	清静勁昔
丙	臣引艮○（真軫震○）	真軫震質	真軫震質
		諄準稕術	臻準　櫛
		臻　　櫛	稕術
丁	牛斗奏六（尤厚候屋）	尤有宥屋	尤厚候屋
		候厚候③	候有宥
		幽黝幼	幽黝幼
戊	○○○德（○○○德）	登等嶝	德登等嶝德
		映	蒸拯（映證）職

①周祖谟：《问学集》，第 601 页。

②周祖谟：《问学集》，第 602 页。

③南图本《皇极经世解》附录中所载“举要图”“有宥”与“厚候”位置互换。与邵雍用字是对应的。

蒸拯證職

己	魚鼠去○(魚語御○)	魚語御屋	魚語御歷[1]
		虞麌暮虞	麌遇
庚	男坎欠○(覃感醶○)	覃感醶曷	覃感醶曷
		談敢闞盍	談敢闞盍
		勘合	勘合
		咸豏陷洽	咸鏩[2]陷洽
		凡范梵乏	凡范梵乏
		銜檻鑑狎	銜檻鑑狎

元之运星声,甲类平声“举要图”作“怡”,邵雍用字所属韵、“入卦表”均为“咍”,“举要图”当误。“入卦表”多附一类“祭末”,在辰声甲类也出现,此处当是重复。根据周祖谟先生的研究,乙类邵雍用字实际包含曾耿两摄。[3] 祝泌所列仅梗摄清韵、青韵,且“举要图”中四声相承关系错位,“入卦表”改之。丙类“举要图”按类所附的韵有“谆准稕术”“臻栉”,与《广韵》韵目相合,反而“入卦表”所列有误。丁类四库本“举要图”平上去相承,但南图本“举要图”与“入卦表”均与邵雍用字对应,打破三声相承关系。戊类属于邵雍天声中的声五,根据周祖谟先生的看法,声五的平上去兼括止摄、蟹摄诸韵字。[4] 而祝泌在此处列的大多是曾摄韵,少数梗摄韵。可能是因为邵雍平上去列“○”,而入声是“德”韵,所以按照四声相承的关系为之补上平上去的韵。所列梗摄主要是“映”韵,与《广韵》韵目用字不合,与《集韵》韵目用字相同。祝泌“举要图”为“映”单独列一行,“入卦表”放在“證”韵位置,似乎有让“映”与“蒸拯职”相配的意思。这与《广韵》中的四声相承关系不同,大概是受宋以来曾耿两摄相混的影响。己类“举要图”入声作“屋”。“入卦表”一作“歷”,一作“廢”。前者与韵目不合,后者是去声,非入声。“入卦表”这里大概是有问题的。按类附次的有“虞”韵,但“举要图”三声相承关系有问题,“入卦表”相承关系较准确。庚类主要是咸摄韵,“举要图”“入卦表”列韵大致相同,只有第四类上声、去声用字不一样。《广韵》该组作“咸豏陷洽”,“举要图”去声的“陷”、“入卦表”上声的“鏩”与该组其他韵字不具备相承关系,当是字形讹误。“举要图”共列 70 韵,“入卦表”列 71 韵。

---

①南图本《起数诀》“入卦表”作“廢”。

②南图本《起数诀》“入卦表”作“慊”,“鏩”“慊”与平、去、入均不具备相承关系,疑字形讹误。

③周祖谟:《问学集》,第 601 页。

④周祖谟:《问学集》,第 601 页。

元之世　辰声

甲	回每退○(灰賄隊○)	灰賄隊黠	灰賄隊(黠没)
		祭	佳駭夬
		泰	海(代恠)末
		佳駭(夬怪)	佳蟹卦
		皆蟹卦	(祭泰)
乙	兄永瑩○[1](庚梗徑○)	庚梗徑(陌[2])	庚梗徑陌
		耕耿諍	耕耿諍麥
丙	君允巽○(文準慁○)	文準慁笏	文準慁勿
		欣隱焮迄[3]	吻問迄
			欣隱掀
丁	○○○玉(○○○燭)	微尾未燭	微尾未勿
戊	龜水貴北(脂旨未德)	脂旨未德	脂旨　德
己	烏虎兔○(模姥暮○)	模姆暮屋[4]	模姆慕屋
庚	○○○妾(○○○葉)	嚴广釅葉	嚴(广儼)釅葉
		鹽琰豔	鹽琰艷
		添忝㮇帖	添忝㮇帖

元之世辰声,“举要图”以“黠”配“灰贿队”,“入卦表”在“黠”的位置上还放了“没”韵。《四声等子》《指掌图》都以“曷”韵、“末”韵配“灰、咍、泰”等韵。“入卦表”的做法大概一方面受到“举要图”的影响,一方面也受到了时音的影响。另外“举要图”“入卦表”二者所附蟹摄诸韵布局多有不同,相承关系也不够清晰。乙类四库本“举要图”缺入声,南图本“举要图”按类附次的韵缺入声,“入卦表”四声完整。另外,《广韵》四声相承的“庚梗敬陌”,祝泌上声放的是与“青”韵相承的“径”韵。可能是受时音影响。丙类入声“举要图”作“笏”,“入卦表”作“勿”,与《广韵》韵目均不合。其中“勿”与《集韵》韵目合。按类附次的韵“入卦表”比“举要图”更完整,但相承关系也有问题,且“掀”字疑讹误。丁类在邵雍天声中属于声四第四位,根据周祖谟先生的研究:“第四位合口一类有音无字,

①《皇极声音数》所载“举要图”缺“○”,相应位置亦无入声韵,疑漏。

②南图本《皇极经世解》附录所载“举要图”有入声。

③南图本《皇极经世解》附录所载“举要图”无入声。疑漏。

④南图本《皇极经世解》附录所载“举要图”无入声。疑漏。

仅入声玉字与开口之入声六字相配，论音，六当读为 u，玉当读为 y。”①祝泌为之所配的平上去为“微尾未”韵，大概是因为“微尾未”为合口三等，语音上具有近似性。“入卦表”改入声为“勿”韵，可能是笔误，也可能是语音相近的缘故。戊类“入卦表”删掉了“举要图”中的上声“未”韵，大概是考虑到在“未”在丁类已经出现过的缘故。己类上声“举要图”作“暮”，“入卦表”作“慕”，“暮”与《广韵》韵目合。庚类上声“入卦表”作“广儼”，“广”有可能是参考别的韵书、韵图，与《广韵》韵目不合。“举要图”按类附次的“鹽琰豔”，“入卦表”作“鹽琰艶”。其中“豔”与《广韵》《集韵》韵目合，“艶”与戴震所考《广韵》独用同用四声表韵目合，可能是所据韵书版本不同或者不同韵书的原因。“举要图”共列 51 韵，“入卦表”列 58 韵。

综上，通过邵雍天声列韵、“举要图”列韵、“入卦表”列韵的比较，我们可以得出以下结论：

（1）“举要图”“入卦表”韵目用字的不同有多种情况。其中来源的不同可以说明在不同时期，祝泌的列韵依据不同。有些我们可以找到来源，如“入卦表”几处韵目用字与《集韵》相同，其所借鉴的韵书或韵图当与《集韵》相关。还有一些找不到来源，可能与《起数诀》撰作时借鉴的其他韵书、韵图有关，如《总明韵》《切韵心鉴》等。还有一些不同是字形讹误造成的，这里不再赘述。

（2）邵雍格局有一些有声无字的空位，祝泌按类附次在一百一十二音格局下放入二百零六韵时，对邵雍空位的填补原则不一。祝泌进行填补时有时按照邵雍的音系结构放入，即有一定的时音根据；有时就完全改变了邵雍原来的音系格局，按照二百零六韵四声相承的格局放入。这也是祝泌在处理邵雍格局与二百零六韵四声相承格局的矛盾之处，不仅体现在入声的放置上，也体现在平上去声的放置上。

（3）整体上来说，“入卦表”对“举要图”有继承也有改革。大体上是继承的关系，包括格局、韵字、填补原则等。改革主要体现在四声相承关系的调整、补入“举要图”未载的韵（加横线的部分）等情况。这点体现了祝泌对自己一百一十二音格局的修正。

四、小结

祝泌“一百一十二天声”格局经历了初创、发展和应用几个阶段，是循序渐进完成的。《皇极声音数》中的“天之用声一百一十二举要”是祝泌天声格局的初创阶段，是将邵雍

①周祖谟：《问学集》，第 601 页。

一百一十二天声格局与传统的二百零六韵系统进行融合的新的天声格局,为其象数理论的实践提供了一个宏观的蓝图。随后《起数诀》中的“入卦表”,是祝泌天声格局的发展和应用阶段,与之配套产生的是《起数诀》中八十张“声音韵谱”,即我们常说的《起数诀》韵图正文。根据“入卦表”所标注的韵图转次和其多对应的卦名卦次,结合韵图正文,每声每音均可找到对应的卦位。简单来说,根据《起数诀》“一百一十二天声入卦表”,可以贯彻祝泌所提倡的象数理论:以声音取数,以声音数观物。

通过对祝泌“一百一十二天声”格局的梳理,可以发现,《起数诀》这部韵图是出于应用象数理论的目的而撰作的。这也可以解答我文章开头的疑问,同为宋时的韵图,为何《起数诀》与《韵镜》《七音略》表现为明显的两个系统。正是由于这种特殊的撰作动机,《起数诀》才与传统韵图有诸多差异。

The Formation and Development of*Zhu Bi*'*s* 112 *Sheng*(祝泌一百一十二聲)

Yu Shangguan

(Jilin University)

Abstract:112 *Sheng*(一百一十二聲)is a finals system combining numerology with rhyme word, which was created by *Shao Yong*(邵雍). Based on *Shao Yong*'s idea, *Zhu Bi* combined 112 *Sheng*(一百一十二聲)with 206 *Yun*(二百零六韻),constructing a new pattern of 112 *Sheng*(一百一十二聲). Then,On the basis of the new *Tian Sheng* (天聲) pattern , Zhu Bi created a special rhyme book —— *Qishu Jue*(《起数诀》). This stage is the development and application period of *Zhu Bi*'s 112 *Sheng*(一百一十二聲)pattern. By combing the formation and development of *Zhu Bi Tian Sheng* (天聲) pattern, it can be found that *Qishu Jue*(《起数诀》) was written for the purpose of applying the theory of image-numerology. This is the fundamental reason for the great difference between *Qishu Jue* and the traditional rhyme book.

Keywords:*Zhu Bi*(祝泌); 112 *Sheng*(一百一十二聲); *Qishu Jue*(《起数诀》)

◎训诂学研究

说先秦时期的“福”

罗新慧

(北京师范大学史学理论与史学史研究中心)

提要:中国人将一切美好浓缩于福字之中,福承载了人们最深切的祈盼。“福”字在甲骨卜辞的时代即已出现,但它是和祭祀有关的词汇,并不表示后世福的观念。西周早期,周人具有了福为祖先之佑的意识,福由实指的祭祀转向抽象的、精神性的概念。周人以为,祖先是福的来源。西周中期,周人充实了福的内容,寿考、永宁、永命、厚禄、长有禄位等等,成为福所包含的具体内容。可堪注意的是,在祖先之外,上帝也成为福的又一来源,开启了中国人福降自天的意识。进入春秋以来,祖先虽然仍降赐大福,但天一举成为福的最重要来源,从此之后,天福、承天之福的观念根深蒂固。然而,在儒家看来,君子修身,内外兼修,顺于万物,便是福。福并不端赖天帝所赐,在于君子自修。

关键词:先秦时期;福;观念变迁

对于中国人而言,一切最美好的事物都蕴藏在福之中,福寄托了人们所有最真切的祈盼。然而,有关“福”的起源,诸如何时中国人开始有福的观念,福来自何处,福的主要内涵是什么,福的观念有何变化等等,尚未有清晰的解答。本文不揣谫陋,试析如下。

一

追寻“福”观念的起源,最早的文字记载,见于殷商时代的甲骨卜辞。卜辞中有作

“[illegible]”、“[illegible]”、“[illegible]”、“[illegible]”、“[illegible]”、“[illegible]”形之字①，学者们多释为“福”（“畐”）字。然而，卜辞中的“福”字是否表达后世人们所说福的含义呢？

对于甲骨文福字之义，学者们多有说解。如罗振玉先生说福字“从两手奉尊于示前。或省廾，或并省示，即后世之福字。在商则为祭名。祭，象持肉；福，象奉尊。《周礼·膳夫》‘凡祭祀之致福者’，注：‘福，谓诸臣祭祀，进其余肉，归胙于王。’《晋语》‘必速祠而归福’，注：‘福，胙肉也。’今以字形观之，福为奉尊之祭，致福乃致福酒；归胙则致祭肉。故福字从酉，胙字从肉矣”②。以为“福”意指捧酒器而祭；王襄先生云“契文之福，象两手奉尊于示前，或从点滴，为灌酒之形，或省廾，衹作尊形，皆福字省变之异，且为祭名”。他指出福为祭名，卜辞中福字之义与许慎《说文》所说“备也”不合③；孙海波先生以为卜辞中的“畐”，假为“福”，云“卜辞福作象人以两手奉畐于示前，所以祀神求福也，则两手所奉之畐与酉卣之器形相似，正象盛酒之器形，知《说文》训满也，乃后起义，非古谊也。畐字本象器形，奉畐于示前而为福，字故可假为福，福亦祭名”，以为“畐”字为酒器之形，“福”字则是人以手捧器于神前，表示祭神求福。但他也指出，“福”是祭祀名称④。郭沫若先生补充谓“福者，胙也，祭祀之酒肉也。……肉易腐化，酒较能保持，故福字金文或作禙，从示从酉，酉者，酒器也。想见古人‘致福’或‘归福’乃以酒鬯为主”⑤。诸位学者具体所言略异，但皆指出卜辞中的福表祭祀之义。

验之于卜辞，则可知学者们所说甚审。现将卜辞中的主要辞例胪列如下：

（1）癸巳卜，**㱿**贞，子渔疾目，福告于父乙。（合集13619）

（2）己亥卜，矢贞，其福告于大室。（英藏2082）

（3）贞，王梦福，惟咎。

王梦福，不惟咎。（合集905）

（4）贞，示弗左（佐），王不福。（合集10613）

（5）贞，亦（夜）福于父乙。（合集2218）

①此字之构形，至为繁复，学者曾缕析其演变，见白玉峥：《契文举例校读》七，《中国文字》第四十三册，第4793—4794页。

②罗振玉：《增订殷虚书契考释三卷》卷中，引自宋镇豪、段志洪主编《甲骨文献集成》第七册，成都：四川大学出版社，2001年，第98页。

③王襄：《古文流变臆测》，引自于省吾主编：《甲骨文字诂林》第二册，北京：中华书局，1996年，第1123页。

④李孝定说与孙先生观点近似，见于省吾主编：《甲骨文字诂林》，第三册，北京：中华书局，1996年，第2135页。

⑤郭沫若：《由周初四德器的考释谈到殷代已在进行文字简化》，《文物》1959年第7期。

(6)贞,福于妣癸,𫩏三小牢。(合集2420)

(7)癸丑卜,行贞,王宾,夕、福,无咎。(合集23197)

(8)乙丑卜,即贞,王宾𦔻(艺),福,亡咎。(合集15374)

上引卜辞中,福多表示动作,但也有用如名词例(3、7、8)。其用如动作时,十分明显,表示祭祀,如例(1)名𣪊的贞人问道,子渔患眼疾,是否"福告"于父乙。例(4)贞问神示不佐助王,是否因为王未举行"福"祭。(6)辞贞问"福"祭妣癸,是否以𫩏的方式处理作为牺牲的三小牢。

福用作名词时,应当是祭名。例(3)是对贞卜辞,贞问商王梦到福祭,此梦是否有祸患。(7)辞贞问王举行宾祭,献祭腊肉,或有福祭,才能无祸患。此条卜辞中的"夕"字,当从于省吾先生说读为"腊"意指"乾肉",谓"杀羊豕而乾其肉,以腊脯为祭品"①。无论福用如名词还是动作,从上下辞例看,皆与祭祀有关,与后世的"福"观念还有不小的距离。因之,卜辞中虽有可隶定为"福"之字,但意义与后世"福"的概念并不一致。

二

西周金文中,福字常见。多数福字写作从"示"从"畐"形,即福;也有写作"[illegible]"(乃子克鼎),从"畐"从"鼎"形;亦有写作"[illegible]"(周乎卣),增加饰笔部分;还有仅写为畐(畐,如西周早期后段季宁尊)。总之,"畐"是"福"字的主体部分。

西周彝铭显示,西周早期,福的观念就已经十分清晰了,对于福字的含义、福的来源,人们都有颇为明确的认识。

西周早期有关"福"字的铭文,有其套路,由这个套路,可以观察人们对于福的理解。其基本格式是某人为祖考作器,祭祀祖考,因而某人受福②。如西周早期乃子克鼎谓:

①于省吾:《甲骨文字释林》,北京:中华书局,1979年,第35页。例8中的"𦔻(艺)"字,于省吾先生指出:"古音𦔻与从尔得声之字音近通借",因此,卜辞的"王宾𦔻","即王宾祢,谓王宾祭于亲近之庙"于省吾《双剑誃殷契骈枝》,转引自宋镇豪、段志洪主编:《甲骨文献集成》第8册,四川大学出版社,2001年,第221—222页。

②严格说来,"福"之来源,还当包括去世的至亲。如西周中期前段南姞甗铭文云"南姞肁乍厥皇辟伯氏宝鬻彝,用匄百福,其万年孙子子永宝用"(吴镇烽:《獄器铭文考释》,《考古与文物》2006年第6期),这里南姞作器的对象是"皇辟伯氏",即其去世的丈夫。南姞作器以求"百福",则福来源于其夫。

> 㺇辛伯蔑乃子克曆……用乍父辛宝尊彝，辛伯其竝受厥永畐（福）。（《集成》2712）①

是说器主克受到上司辛伯的赏赐而为日名是辛的父考作器，上司辛伯则遍受其福②。这里的受福，实际就是受祖先保佑的意思。再如宁簋盖铭文云：

> 宁肈其作乙考尊簋，其用各百神，用妥（绥）多福，世孙子宝。（《集成》4021）

意谓宁为其父考作器，祭祀时用以来至百神（即祖先），用以受多福。总之，生者为祖考作彝器，祭祀父祖，求取先祖的保佑，这就是福。换言之，福即是获得祖先之佑。尽管铭文并没有直接说明，但可以肯定，福来自祖先，祖先是福的渊源。

十分有意思的是，在周人的信仰领域中，天、帝、祖先并为最重要的神灵，但在西周早期人们的观念中，皇天上帝却并不具备降福的能力。众所周知，天、帝皆具有强大的神性，皆可降大命，从而成为周之政权合法性的最高来源。如大盂鼎（《集成》2837）铭文谓“受天有大命”、五祀㝬钟（《集成》358）谓“受皇天大鲁令”，周公簋（《集成》4241）谓“帝无终命于有周”，在周人的逻辑中，上天、上帝授予周人以永命。在降大命之外，天、帝的神力还表现为降灾、降祸，如《尚书·大诰》说“天降割于我家”③，《尚书·多士》篇记载周公诰殷遗多士说“惟时上帝不保，降若兹大丧”④，意指上帝不再保佑商国，降下使其丧亡的惩罚。但是，可堪注意的是，纵使天、帝神性强大，西周早期的人们并未将天帝与福祉联系起来，皇天上帝并不是福的来源。

西周中期以降，福的观念发生了微妙的变化。

首先，从西周金文观察，文辞明确说明福降自祖先、源自先祖。此类铭文也多用套语，基本路数是先称扬祖先“其严在上”、“數數纂纂”，然后称先祖降子孙以福。如善夫克盨谓：

> 克其用朝夕享于皇祖考，皇祖考其數數纂纂，降克多福、眉寿、永令，畯臣天子，克其日易无疆，克其万年子子孙孙永宝用。（《集成》4465）

---

①中国社会科学院考古研究所编：《殷周金文集成》，北京：中华书局，2007年。以下简称《集成》，铭文以通行字写出。

②铭中“竝受”，陈英杰《西周金文作器用途铭辞研究》（北京：线装书局，2009年，第484页）引王引之《经义述闻》“竝受其福”条，释为“普受”。

③孔颖达：《尚书正义》，阮元校刻：《十三经注疏》，北京：中华书局，1980年，第198页。

④孔颖达：《尚书正义》，阮元校刻：《十三经注疏》，第220页。

器主克自谓勤奋地献享于祖考，祖考盛大威严，降赐多福。又如叔向父禹簋谓：

作朕皇祖幽大叔尊簋，其皇在上，降余多福、緐釐，广启禹身，勵于永命，禹其万年永宝用。（《集成》4242）

叔向父禹为祖父作器，祖父光明盛大在上，赐降禹多佑、多福，广泛地佑助禹，助力禹长命①。这两例铭文清晰地表明，是在上的祖先降赐多福②。

"福"源自祖先的观念，在诗篇中亦有反映。《诗经·周颂·烈文》称颂先公谓"烈文辟公，锡兹祉福，惠我无疆"③，在这里，赐予福祉的是光明有文采的先祖。《周颂·执竞》篇是祭祀诗，谓"执竞武王，无竞维烈。不显成康，上帝是皇。自彼成康，奄有四方……降福穰穰，降福简简"④。穰穰，多貌；简简，大貌。指成王康王等先王降下隆盛之福。总之，祖先降福的观念在西周中期之后更加清晰明了。

其次，引人瞩目的是，在祖先赐福之外，上帝也具有了降福的功能。西周中期史墙盘谓：

上帝降懿德大甹……天子眉無匄（害），𩁹祁上下，亟獄逗慕，昊照亡斁，上帝司擾尢保，授天子绾令，厚福、丰年，方蛮亡不𢭏見。

铭文意谓上帝赐降懿德、屏藩，天子眉寿无疆⑤，天子敬事上下⑥，谋略极其光明远大⑦，昊天无终地临照，上帝授予周天子美令、丰福、大好年成，诸方及外族无不朝见。"上帝司夏

①关于"勵"字之释，或谓"协"、或谓"龢"、或谓"嗣"、或谓"擢"（详见陈英杰：《西周金文作器用途铭辞研究》，第442页）。揆诸铭文，感觉仍是得祖先之佑获长命之义。

②现实中，祖考也是家族财富的重要来源，生者需世代相传。西周早期旂鼎记载"文考遗宝積，弗敢丧，旂用作父戊宝尊彝"（《集成》2555），意谓亡父所遗珍宝，子孙莫敢失去。在这里，祖考所遗，成为家族珍贵的宝藏。

③孔颖达：《毛诗正义》，阮元校刻：《十三经注疏》，北京：中华书局，1980年，第585页。

④孔颖达：《毛诗正义》，阮元校刻：《十三经注疏》，第589页。

⑤关于"无害"，于豪亮先生指出"匄、害并当读为介，《诗·思文》：'无此疆尔界'，《文选·魏都赋》李善注引薛君云：'介，界也'。疆与界义同。因此'眉寿无匄'与'眉寿无有害'即眉寿无疆"（《墙盘铭文考释》，《古文字研究》第七辑，北京：中华书局，1982年）。

⑥"𩁹祁"，此两字诸家所释不一。可参看徐中舒：《西周墙盘铭文笺释》，《考古学报》1978年第2期；李学勤：《论史墙盘及其意义》，《考古学报》1978年第2期；裘锡圭：《史墙盘铭解释》，《文物》1978年第3期；李仲操：《史墙盘铭试释》，《文物》1978年第3期。按照文例，应是恭敬上下之义。

⑦"亟獄逗慕"句，亟，同極；獄，通熙，光明之义；逗，诸家释为"桓"，大之义；慕，可通为谟，指谋划。

(擾)亢保”句,虽然诸家所释不同[①],但显而易见的是,上帝具有降赐“厚福”的神力。这是西周中期以来人们在观念方面的微妙变化。

需要指出的是,西周金文中上帝降福之说仅此一例,表明帝虽然也可降福,但在这方面的功能尚未强大。不过,这一例却表明周人意识中出现了新的因素,中国传统文化中皇天上帝降福的观念,滥觞于此。

再次,西周中期以后,“福”的内容趋于丰富、具体,不再笼而统之。西周早期,祖先所降之“福”仅仅表示获得祖先之佑,但缺乏具体内容。西周中期之后,祖先所福佑的内容明确了。上举善夫克盨铭文中,“降克多福”之后尚有“眉寿”、“永令”、“畯臣天子”等内容。析而言之,老寿、长命、永远效力于天子(保有禄位)是祖先赐予生者的具体内容;合而言之,诸项之总体就是祖先所降的福佑。徐中舒先生曾说“《洪范》分一切幸福为五类,曰富,寿,康宁,攸好德,考终命,而总名之曰‘福’。故祝嘏之辞,称福必置于并列诸仂语之首或末,以示总挈总束之意”[②],其说甚谛。概言之,福是总体称谓,是集合长寿、长命、厚禄等等一切美事的总和。在这个意义上,《韩非子·解老》云“全寿富贵之谓福”,《尔雅·释诂》曰“禄、祉、履、戬、祓、禧、禠、祜,福也”[③],《礼记·祭统》甚至说“福者,备也,备者百顺之名也,无所不顺者之谓备”[④],福就是大全之美、无尽之好。

三

入春秋以来,福的观念又有变化。最为显著者,是天一举成为福的最重要来源,确立了传统文化中天赐之福的意识。

前文已述,西周时期不见天降福佑的记载,但是春秋时期,天却成为福、禄、寿的一种主要来源,天开始接地气了。这一观念的出现,盖在两周之际。春秋早期曾伯霥簠盖铭文谓:

①裘锡圭先生认为铭文中的“司夏”为后稷,“据《大雅·生民》:‘后稷不克,上帝不临’,《閟宫》:‘皇皇后帝,皇祖后稷’,皆以后稷与上帝并提”。“亢保”隶定为“亢保”,“亢”为“蔽”之义(《史墙盘铭解释》,《文物》1978年第3期,又收入《裘锡圭学术文集》金文卷,上海:复旦大学出版社,2012年,第12页)。“司夏”释为后稷,并不可信。徐中舒先生释“亢”为“抵”,“抵”与“匡”通,匡,匡保,辅助之义。“亢保受”,为三动词连用(徐中舒:《西周墙盘铭文笺释》)。今取徐先生说。

②徐中舒:《金文嘏辞释例》,《徐中舒历史论文选辑》,北京:中华书局,2008年,第539页。

③邢昺:《尔雅注疏》,阮元校刻:《十三经注疏》,北京:中华书局,1980年,第2568页。

④孔颖达:《礼记正义》,阮元校刻:《十三经注疏》,北京:中华书局,第1602页。

> 余择其吉金黄铝,余用自作旅簠,以征以行,用盛稻粱,用孝用享于我皇祖文考,天赐之福,曾伯霥叚不黄耇,万年眉寿无疆。(《集成》4631)

器主自谓作器以享孝于祖考,天赐予其福,器主永葆不老,长寿万年,眉寿无疆。铭文中,清晰地显示上天是福的来源。春秋时期宋国右师延敦铭文谓:

> 唯赢赢昷昷,扬天恻,骏恭天常,作粢饎器,天其作市(福),于朕身永永有庆。①

宋国执政之卿称"右师";铭文中的"赢",义为长,盛;"昷",即温字,段玉裁云"凡云温和、温柔、温暖者,皆当作此字。温行而昷废矣"。② "恻恻",即则,春秋晚期竞孙旟号鬲"子孙是恻"之"恻"即读为则,义指法则;铭文中的"天则"、"天常"表示天所代表的一种道义;"市",通于"福"。铭文意思是说,宋国右师长久、和顺地弘扬天道,大顺天意,铸作装粢盛的祭器。天将赐福,于己身长久有嘉庆。两例铭文中,皆称天赐福、天作福,将皇天视为福佑的来源。

天赐福佑是春秋时期盛行的观念,常常见于人们的求祷祝福声中。《诗经·小雅·桑扈》是为君子颂德求佑的诗歌,诗谓"君子乐胥,受天之祜",胥,语助词。诗中的君子可能是周王朝的执政者,他自称受到天的护佑。《鲁颂·閟宫》是鲁国人祭祀祖先的庙歌,诗篇称"天锡公纯嘏",纯,大;嘏,福。意谓上天将大福赐与鲁僖公。天赐予大福,获得天的护佑,就会万事遂顺。《诗经·小雅·天保》是为君主祝福的诗③,诗篇称贵族得天保佑,一切皆大吉大利:

> 天保定尔,亦孔之固。俾尔单厚,何福不除。俾尔多益,以莫不庶。
> 天保定尔,俾尔戬穀。罄无不宜,受天百禄。降尔遐福,维日不足。
> 天保定尔,以莫不兴。如山如阜,如冈如陵,如川之方至,以莫不增。……
> 如月之恒,如日之升,如南山之寿,不骞不崩。如松柏之茂,无不尔或承。

①徐俊英:《南阳博物馆藏一件春秋铜敦》,《文物》1991年第5期。按,铭文里的"粢",指供祭祀的黍稷;"饎",《说文》训谓"餱也。从食,非声。陈、楚之间相谒而食麦饭曰饎"(段玉裁:《说文解字注》,上海:上海古籍出版社,1981年,第219页)。铭文"粢饎",意犹《左传》鲁桓公六年随侯说自己恭敬于祭礼"粢盛丰备",杜预注谓:"黍稷曰粢,在器曰盛"(孔颖达:《春秋左传正义》,阮元校刻:《十三经注疏》,北京:中华书局,1980年,第1750页),粢盛指盛于祭器中的用于祭祀的黍稷。

②段玉裁:《说文解字注》,第213页。

③高亨先生说,见《诗经今注》,上海:上海古籍出版社,1980年,第225页。

这首诗大意是说:天保佑安定你,十分稳固。使你福祉丰厚,一切福祉没有不赐予你的①。使你每物益多,故物无不众多。天保佑你平安,使你福禄尽有②。所赐予你的没有一样不好,承受了天的百禄。天降长远之福与你③,每日享乐,受用不尽。天保佑你平安,诸事无不兴盛发达。如山峰如高岭,如山冈如丘陵,如河流纵横,无不增福加禄。如月亮之圆,如旭日东升,如南山长寿,永不亏损崩坍,如松柏茂盛,无不受之享用。诗人宣称,福与禄,皆赖上天所赐。全诗用高山大川、日月松柏等来形容天赐福禄之丰厚无疆。因为诗中有九个“如”字,后人称为“九如”诗,这是那个时代对于天所赐之福的高度颂美。人们还将天赐之福称作“天福”,进一步明确了天与“福”的关系④。

当然,春秋时期,祖先降福的功能依旧强大。春秋早期宗妇鄁嫛鼎(《集成》2683)谓“王子剌公之宗妇鄁嫛为宗彝䵼彝,永保用,以降大福,保辥鄁国”,此器是为宗室所作,器主宗妇鄁嫛祈求祖先降大福,安保鄁国。山东曲阜鲁国故城望父台所出春秋早期鲁伯盨(《集成》4458)谓“鲁伯悆用公龏,其肇作其皇考皇母旅盨簋,余夙兴用追孝,用祈多福”,器主称自己公正、恭敬,他为父母作器,求取无尽之福。同为春秋早期的冶仲考父壶(《集成》9708)谓“冶仲考父自作壶,用祀用飨,多福滂滂,用祈眉寿,万年无疆”。滂滂,多貌,器主祈祷祖先赐福无尽。显然,祖先仍有降福之神力。但毋庸置疑的是,这一时期祖先降福类铭文较之西周时期大为减少,西周金文中常见的“用祷福”“用匄鲁福”“用匄永福”“用匄百福”等词句不见于春秋时期铭文,表明在人们的心目中祖先降福的功能有所削弱。

无论是天帝降福,还是祖先赐福,总体而言,都是神予之福,福由神灵掌握。然而,需要注意的是,春秋战国之时,出现了“自求之福”的观念,福不仰赖于神灵,而依靠自我修

①“俾尔单厚,何福不除”句,毛传“单,信也。或曰单,厚也。除,开也”,郑笺“单,尽也。天使女尽厚天下之民,何福而不开,皆开出以予之”(孔颖达:《毛诗正义》,阮元校刻:《十三经注疏》,第412页)。马瑞辰云“单者,亶之假借。《尔雅》邢疏引某氏注云:《诗》曰‘俾尔亶厚’。《潜夫论》引《诗》亦作‘俾尔亶厚’。盖本三家诗。《说文》‘亶,多谷也’,亶之本义为多谷,引申之为信厚……‘单厚’即指下‘福’言,言予福之厚。笺云‘天使女尽厚天下之民’,失之”(《毛诗传笺通释》,北京:中华书局,1989年,第510页)。

②“俾尔戬穀”句,毛传“戬,福。穀,禄。罄,尽。”(孔颖达:《毛诗正义》,阮元校刻:《十三经注疏》,第412页)

③遐,郑笺“远也”(孔颖达:《毛诗正义》,阮元校刻:《十三经注疏》,第412页)。马瑞辰以为与“嘏”声近而义同,即大意(《毛诗传笺通释》,第511页)。

④《左传》襄公二十六年记载“《商颂》有之曰‘不僭不滥,不敢怠皇,命于下国,封建厥福’。此汤所以获天福也”(孔颖达:《春秋左传正义》,阮元校刻:《十三经注疏》,第1991页),成汤受天命建立殷商,在春秋时人的观念中,这是天降之福。

为来获得。这是人们在观念方面的又一重要变化。原本《诗经·大雅·文王》有“永言配命，自求多福”句，其中的“自”，“词之‘用’也”①，用为虚词，意谓合于上天之命，以求多福。然而在春秋战国之际，人们赋诗断章为其所用，将“自”解为“自我”，于是“自求多福”就变成了自我求福，“在我而已”②，福成为自我主动掌握的事项，而不单单端赖神灵赐予了。这一观念典型地体现于《礼记·祭统》之中，是篇谓：

> 贤者之祭也，必受其福。非世所谓福也。福者备也，备者百顺之名也，无所不顺者谓之备。言内尽于己，而外顺于道也。忠臣以事其君，孝子以事其亲，其本一也。上则顺于鬼神，外则顺于君长，内则以孝于亲，如此之谓备。唯贤者能备，能备然后能祭。是故贤者之祭也，致其诚信，与其忠敬，奉之以物，道之以礼，安之以乐，参之以时，明荐之而已矣，不求其为，此孝子之心也。

是说贤能的人祭祀，必受祭祀之福。但这不是世人所说的福，这个福，是备的意思。凡事皆顺称为备，具体而言，向内能尽自己的心意，向外能够顺从情理。忠于国君，侍奉双亲，上顺鬼神之旨意，外顺君长之教令，内顺亲之教导，这就是备。只有贤能的人才能够做到“备”，因此具有贤德的人祭祀，表达自己的诚信、忠敬，进以献享，以礼作指导，以乐来安定，在合适的时节，进献却不求赐予，这就是孝子之心③。在这里，并未强调祭祀中神的作用，而是侧重于君子之德。君子内尽于己心，外顺于大道，忠君、事亲，可谓内外兼修，这样的君子，无所不顺，达到“备”的境界，这就是福。显而易见，这里的福，与君子的修身联系在一起，君子修己安人，在处理一切事物、一切关系时，无往而不顺，这就是福。而这个福的获取，在于贤者的自修，不再依靠神之赐予了。

四

总结上述，殷商卜辞中已有学者隶定为“福”之字，然而由卜辞观察，其中的“福”主要表示祭祀之举动，或用为祭名，并无后世“福”之含义。西周时期，福的观念发展起来。西周早期，周人已经有福系祖先之佑，福源自祖先的观念。不过，关于福的具体内容，即

①王引之：《经传释词》，长沙：岳麓书社，1982年，第168页。

②《左传》桓公六年，“《诗》云‘自求多福’，在我而已”（孔颖达：《春秋左传正义》，阮元校刻：《十三经注疏》，第1750页）。

③参考杨天宇：《礼记译注》，上海：上海古籍出版社，1997年，第827页。

祖先所保佑的具体事项,还比较笼统宽泛。

西周中期以后,周人发展出福囊括长寿、富有、永有禄位等等的含义,福成为集一切美好的代名词,其内涵丰富起来。在这一时期,上帝也成为福的一种来源,传统文化中天赐之福的观念,肇端于此。

入春秋以来,祖先降福的功能十分强大,祖先仍是福的重要来源。但是,值得注意的是,天之祜、天之庆、天之福的说法愈益普遍,上天成为福的重要来源,洪福来源于天的说法根深蒂固。

可是,对于儒家来说,君子修习,内外兼修,顺于万物,这才是福。这个福,并不是神灵赐予,而是君子修身的结果。在这个意义上,也可说,周人不单单追求的是一己之福,也是家族之福、家国之福。

总之,在周人的观念中,寿、禄、康宁等等一切美好成为福所含括的主要事项,福意味着十全十美。有了祖先、皇天、上帝的护佑,周人便可祈多福、用受百福、用匄万福、以受屯鲁①,从而达到万福无疆之境了。

Fu 福 in Pre-Qin Period

Luo Xinhui

(Beijing Normal University)

Abstract:Chinese people endow Fu with the best meaning, Fu represents sincere hope and good wishes. The character Fu appeared in the oracle bone inscriptions previously, however, it referred to sacrifice instead of happiness and good fortune. Beginning with the Western Zhou Dynasty, people believed that Fu was a blessing from ancestors, and changed from referring to sacrifice to having spirituality. People at the time believed that all Fus were descended from ancestors. In the middle Western Zhou period, the content of Fu was enriched, the long lives, everlasting peace, immortal life, high rank, long occupation of high positions, and endless happiness, etc, were all included in Fu. It is worthy to note that the Di (帝), except ancestors, became a source of Fu, this led to the belief in ancient Chinese history that Fu descended from above. In the Spring and Autumn, people believed that Fu was bestowed by their ancestors, however, Heaven became the most important source of Fu, and from then on, the i-

①屯,有厚意,徐中舒先生认为屯鲁即"厚福、大福、全福之意",其于经典则作"纯嘏"(《金文嘏辞释例》,《徐中舒历史论文选辑》,第545页)。

dea like Fu of Heaven was deeply rooted in the mind of people. But for Confucianism, the perspective of Fu is different: the righteous men cultivated themselves, following the rules of the world, which is Fu. Fu does not depend on the heaven's descending; it relates to people's self-cultivation.

Keywords: Fu; Zhou Dynasty; Ancestor; Heaven

“桃之夭夭”补论

——兼论重言词的性质与释义

凌丽君

（北京师范大学民俗典籍文字研究中心）

提要：作为模拟声貌的重言词，一般训释的词都是义域范围广、概括性强的广义词。如《诗经》“桃之夭夭”的“夭夭”以“盛貌”为主要意见。但由于“盛”的词义范围较广，对其理解也有多种不同看法。为了更好地理解重言词的词义，本文以重言词的性质作为基础，提出不同性质的重言词应有不同的词义探寻方法，尤其作为合成词的重言词，其意义往往与单音词相关。结合古人“以重言释一言”的训释体例，“夭夭”词义和单音词“夭”相关，由于“夭”有少、小的意思，因此，“夭夭”的“盛貌”实际指的是“幼嫩的美盛”，强调的是一种生命力。

关键词：夭夭；重言词；广义；词义特点

《诗经·周南·桃夭》中的“桃之夭夭，灼灼其华”一句，总体的认识都将桃花比喻出嫁的女子。但“夭夭”一词的词义有多种看法①，其中以“盛貌”为主要意见。但由于“盛”

①有将“夭”视为“媄”，花笑貌，指花之姣好。如钱钟书：“盖夭夭乃比喻之词，亦形容花之姣好，非指桃树之少壮。”（钱钟书：《管锥编》，北京：三联出版社，2001年，第140页。）也有认为是“枝叶弯曲倾斜貌”，如清人牟庭：“余按夭夭，言枝斜屈之貌也，以兴女子不端操也。”（牟庭：《诗切》第一册，济南：齐鲁书社，1983年，第65页。）闻一多：“《说文·夭部》：‘夭，屈也。’《凯风》篇曰：‘凯风自南，吹彼棘心，棘心夭夭。’谓棘受风吹而屈曲也。乐府古辞《长歌行》曰‘凯风吹长棘，夭夭枝叶倾，黄鸟飞相追，咬咬弄音声’，语意全本《诗·风》，‘夭夭枝叶倾’者，正以枝叶倾申夭夭之义，倾与屈义相成也。……《桃夭》传训少壮，《凯风》传训盛貌，并失之。”（闻一多：《诗经讲义》，南昌：江西教育出版社，2018年，第8页。）

本身是广义词①,因此还有诸多不同意见:

有的认为只是茂盛义,如万祥祯《诗经词典》“茂盛的样子”,杨合鸣《诗经词典》“盛壮貌”;有的认为是少壮、茂盛,如程俊英《诗经注析》“夭夭,桃树少壮茂盛貌”,屈万里《诗经诠释》“夭夭,《说文》引作‘枖枖’,云:‘木少盛貌。’”②有的认为是美盛,如《礼记·大学》“桃之夭夭”郑玄注:“夭夭,美盛貌。”《辞源》(第三版)“美盛貌”。向熹的《诗经词典》则综合了以上几种观点,解释为“(草木)幼嫩美盛”。

这些差别,一方面固然有训释本身的特点所致,比如随文训释和辞书释义要求不同,但另一方面也的确引发我们思考“夭夭”的“盛”义到底有何特点?这一问题既涉及到对“桃之夭夭”词义的确切理解,也涉及到如何更好地揭示重言词的词义特点。

一

重言词一般是模拟声貌之词,正如《文心雕龙·物色》所说:“故‘灼灼’状桃花之鲜,‘依依’尽杨柳之貌,‘杲杲’为日出之容,‘瀌瀌’拟雨雪之状,‘喈喈’逐黄鸟之声,‘喓喓’学草虫之韵。”③因此在古人的注释中,常常以某貌、某声等方式加以训释,这里的“某”有时是情貌的发出主体,如“邻邻,众车声也”(《秦风·车邻》一章“有车邻邻”传),“众车”就是发出“邻邻”之声的主体。更多情况下,“某”就是某种情貌,如“绵绵,长不绝之貌”(《王风·葛藟》一章“绵绵葛藟”传),“长不绝”本身就是“绵绵”的状貌。由于情貌本身难以科学描摹,因此,很多时候,用来训释的词都是义域范围广、概括性强的广义词。本文所探讨的“夭夭”,郑玄以“美盛”训释,但美、盛都是广义词,以“美”训释的重言词还有“穆穆”“膴膴”“抑抑”“皇皇”等④,以“盛”训释的还有“瀰瀰”“孽孽”“蓬蓬”“镳

①关于广义问题,王宁先生曾在《文言字词知识》一书中指出“所谓词的广义,是从两个方面来说的:一方面,词的某一义项所能适用的物类和事类往往不止一种……另一方面,某一义项能适用的是这一物类和事类的全体,而不单指其中的某一个。任何词在贮存状态时,都具有这两种广度。但是当他一进入使用状态,这两种广度都要受到一定的限制,指向单一了,有的甚至具体到某一特指上去。”(《文言字词知识》,北京:北京教育出版社,1987 年,第 69 页。)这是从分辨词的储存和使用状态角度所界定的广义。本文所说的“广义”主要是指在词义类聚系统中,义域较广的词。

②屈万里:《诗经诠释》,台北:联经出版社,2000 年,第 12 页。

③王志彬译注:《文心雕龙》,北京:中华书局,2012 年,第 521 页。

④《大雅·文王》四章“穆穆文王”传:穆穆,美也。《大雅·绵》三章“周原膴膴”传:膴膴,美也。《大雅·假乐》三章“威仪抑抑”传:抑抑,美也。《鲁颂·泮水》六章“烝烝皇皇”传:皇皇,美也。

镳"等①。以后者为例,这些同被训为"盛"的重言词,既有数量的众多,也指气势的盛大,具体特点是有所不同的。因此,将"夭夭"解释为"美盛貌",还只是一个意义范畴的训释,需要在此基础上进一步明确其词义内涵。

那么,重言词作为复音词,是否有客观的词义分析方式呢?要回答这一问题,首先在于厘清重言词的性质。关于这一点,邵晋涵《尔雅正义》就已指出重言词有两类,应区别对待,他说:"古者重语,皆为形容之词。有单举其文,与重语重义者,如'肃肃,敬也''伾伾,大也',只言'肃',只言'伾',亦为敬也,大也。有单举其文与重语异义者,如'坎坎,喜也''居居,恶也',只言'坎',只言'居',则非喜与恶矣。"②邵晋涵是从重言词和单音词的意义关系角度去分类的,如用现代语言学术语重新阐释的话,"一种情况是,重言词纯粹由两个重叠的音节构成,同单音词的意义没有任何联系……另一种情况是重言词的意义与单音词的意义基本相同,不过重言词带有描写的性质"③。在此基础上,学界对重言词从词的性质进一步区分,划分为单纯词和合成词④,认为"一类是由音变造词而产生的叠音单纯词,这类词两个音节仅是一个词素,不能单独运用……另一类是由语法造词而产生的重叠式合成词,重叠的是单音词,能够独立运用"⑤。

结合上述两种分类方法,可以看到重言词基于不同的构成方式和性质,对其词义的探寻,从理论上说,也就有不同的途径和方法。对于单纯词的重言词而言,它们以音生义,我们一方面可从语境中归纳其意义,另一方面也可从语音角度勾系同源词,明确其语义特点。⑥ 对于合成词性质的重言词而言,它与单音词词义相同或相近,因此可以考虑以单音词义为基础,并结合其使用的语言环境,进而探寻其词义。那么,"夭夭"是何种性质的重言词呢?

古人虽对重言词没有鲜明的分类理论,但在训诂实践中隐含了他们的认知和理解。其中,就重言词和单音词词义相同或相关这一点,毛传、郑笺都有明确的认识,体现在他

①《邶风·新台》一章"河水瀰瀰"传:瀰瀰,盛貌。《卫风·硕人》四章"庶姜孽孽"传:孽孽,盛饰。《小雅·采菽》四章"其叶蓬蓬"传:蓬蓬,盛貌。《卫风·硕人》三章"朱幩镳镳"传:镳镳,盛貌。

②邵晋涵:《尔雅正义·释训第三》解题,缩印本《皇清经解》卷66。

③向熹:《〈诗经〉里的复音词》,《〈诗经〉语文论集》,成都:四川民族出版社,2002年,第45—46页。

④有关现代学者对重言词性质的区分,可参见徐振邦《联绵词的来源·声音的重叠》,《联绵词概论》,北京:大众文艺出版社,1998年,第54—56页。

⑤徐振邦:《联绵词概论》,北京:大众文艺出版社,1998年,第18页。

⑥有关重言词的同源研究,可参见叶冬梅:《〈诗经〉叠音词的同源关系》,《北京师范大学学报》(社会科学版),2019年第2期。

们的训释中,形成了"以重言释一言"的这一训释体例。清代学者对此作了很好的归纳①,以钱大昕为例,他在《十驾斋养新录》"以重言释一言"条中指出:

《诗》:"亦汎其流。"《传》云:"汎汎,流貌。""有洸有溃",《传》云:"洸洸,武也;溃溃,怒也。"《笺》云:"洸洸然,溃溃然,无温润之色。""硕人其颀",《笺》云:"长丽俊好,颀颀然。"……"零落漙兮",《传》云:"漙漙然盛多。""子之丰兮",《笺》云:"面貌丰丰然。""零露湑兮",《传》云:"湑湑然萧上露貌。"……②

从上述归纳中我们可以看到,《诗经》原文中有些形容词,毛传、郑玄都用这一单音语素所组合的重言词对其加以解释,如以"汎汎"解释"汎",以"漙漙"解释"漙"等,这恰好体现了他们对于重言词和单音词有意义关系的认知。那么,"夭夭"和"夭"是否有关系呢?从《毛诗故训传》的训释来看,毛亨是认可两者语义关系的。如:

《桧风·隰有苌楚》一章:"夭之沃沃,乐子之无知。"毛传:夭,少也。

《周南·桃夭》一章:"桃之夭夭,灼灼其华。"毛传:夭夭,其少壮也。

文本中"夭"既单用又重叠使用,《毛传》用"少壮"解释"夭夭",两者都有共同意义"少"(幼小),词义相关。

王念孙在《广雅疏证》中更是频频引用文献中某一单音词的用法,然后再与由其组合而成的重言词沟通,常表述为"重言之则曰……"③,以此证明两者的词义相关性。就"夭夭"这一词,他在《广雅·释训》"媄媄,茂也"下也沟通了单音词和重言词的关系。《疏证》:"《禹贡》云:'厥草惟夭。'是夭为茂也。夭,与'媄'同,字又作'枖',重言之则曰'媄媄'……《桧风·苌楚》篇云'夭之沃沃','沃沃'与'夭夭'亦同义。既言'夭'而又言'沃沃'者,言重词复以形容其盛,若《中庸》言'渊渊其渊'"④。从这段话可以看到,尽管王念孙主要是为了沟通夭夭、媄媄、沃沃之间的关系,但在沟通过程中,其实也说明了"夭"和

---

①除了钱大昕之外,顾炎武、俞樾都肯定了这一现象,只不过顾炎武将之解释为长言和短言,如"《诗》本肃、雍一字,而引之二字者,长言之也"(《日知录》卷六"肃肃敬也"条)。而俞樾则是利用这一体例来进一步校注古书正文,见《古书疑义举例》"以重言释一言例"条。

②钱大昕:《十驾斋养新录》,上海:上海书店出版社,2011年,第16页。

③如《广雅·释训》"飒飒,风也",《疏证》:"《说文》:'飒,翔风也。'宋玉《风赋》云:'有风飒然而至。'重言之则曰飒飒。《楚辞·九歌》:'风飒飒兮木萧萧。'"又如"区区,小也",《疏证》:"区,小也。重言之则曰区区。"

④王念孙:《广雅疏证》,上海:上海古籍出版社,2016年,第957页。

"夭夭"都表盛义,两者意义相同。

因此,想要了解"夭夭"的词义,可以先从"夭"入手。毕竟单音词的词义,可以借助汉字字形、语音等线索,有更明确的词义探索条件。

二

"夭",《说文》训释为"屈"。这一训释既是造意又是实义,段玉裁解释为"象首夭屈之形也",由"头弯曲"这一构意表达弯曲之义。"弯曲"和"少(幼小)"是否存在语义关系呢?众所周知,语言有它的民族性、经验性,在汉民族的文化认知中,弯曲与刚出生就有天然的联系。《礼记·月令》:"句者毕出,萌者皆达。"郑玄注:"句,曲生者。芒而直曰萌。""句"实际是弯曲之义,此处指代的是植物的新芽,因为新芽是弯曲的,在文本语境中恰好与后文的"萌"对应。唐代孔颖达在《左传正义·昭公二十九年》"木正曰句芒"下更为直接地指出:"万物始生,句而有芒角。"因为这样的文化认知,所以在词汇的孳乳派生过程中,由于刚出生的幼小动物是蜷缩状态的,因此在命名的时候,与"句"音近或音同,如"羔""驹""狗"等,形成了一批具有共同特点的同源词。

"夭"字的意义正符合这一文化认知,正如学者所指出的,"屈曲不伸既然是出生万物的共同特征,那么本表屈曲的'夭'字自然也可用来指称动植物之出生者"①。如《国语·鲁语上》:"且夫山不槎蘖,泽不伐夭。"韦昭注:"草木未成曰夭。"《淮南子·主术》:"不取麋夭。"高诱注:"夭,麋子也。"可以看到,无论植物还是动物,没有长大者都称为"夭",所以"夭"字在古代的常训便是"少","少"正指明其"幼小"义。

"夭"的"少",并非纯粹描写客观形态的幼小,更多地是从生命的成长阶段看待,"少"指幼嫩时期,表示生命的初级状态。扬雄《太玄·少》"少,阳气澹然施于渊,物谦然能自韯",范望注:"阳气澹然温和万物于土中,万物始自韱幼,故谓之少。"我们可以看到,在古人眼里,这种幼嫩是由阳气孕育而成,虽是幼小阶段,但却代表了生命的从无到有,充满了生机。在文献使用中,"少"也常与"壮"连用,代表生命发展壮大的阶段,对应"老死"的垂暮之年。如《列子·天瑞》"婴孩也,少壮也;老耄也,死亡也",《长歌行》"少壮不努力,老大徒伤悲",《后汉书·陈龟传》"老者虑不终年,少壮惧于困厄"。因此,从生命的本体角度看,"少壮"代表了生命的兴盛、巅峰,鼎盛过后就是生命的衰退。也正是因为这样的理解,古人常将"夭"或"夭夭"所指向的这种"少",概括为"盛貌"。如:

---

①傅永和、李玲璞、向光忠:《汉字演变文化源流》,广州:广东教育出版社,2012年,第98页。

1.《书·禹贡》:“厥草唯夭,厥木惟乔。”伪孔传:少长曰夭。《汉书·地理志》:“中夭木乔。”颜师古注:夭,盛貌也。

2.《周南·桃夭》“桃之夭夭”毛传:夭夭,其少壮也。朱熹集传:夭夭,少好之貌。《礼记·大学》“桃之夭夭”郑玄注:夭夭,美盛貌。

3.《邶风·凯风》“棘心夭夭”毛传:夭夭,盛貌。郑笺:夭夭,以喻七子少长。朱熹集传:夭夭,少好之貌。

以上三例或者是同一句诗的不同解释,或者是异文的解释,基本都是同一语境下的“夭”或“夭夭”。但由于注释者的关注角度不同,一种从成长的阶段角度而言,重在揭示其少义,一种则从生命力的角度,训为“盛”义。因为“夭”的这种“少”,是带着生命力的幼嫩,因此,上述注释都对这一词义特点作了进一步的揭示和补充,如“长”“壮”“好”等。

再回到《诗经》中,《周南·桃夭》“桃之夭夭”、《邶风·凯风》“棘心夭夭”,《毛传》分别训为“其少壮也”“盛貌”,其实并没有本质区别,这两句诗中的“夭夭”实际词义是一致的,正如陈奂所指出的,“少壮与茂盛同义”①。《毛传》对这两处的训释,一个是具体的,一个是概括的,两者相合才能真正体现这一状貌的具体所指。这种现象在《毛传》的训释中并不少见,如“芃芃”在《诗经》中分别被训为“木盛貌”“长大貌”②,“长大”正是对“盛”的具体诠释。而“夭夭”则通过“少壮”这一训释的补充,让我们明白它的“盛”并非数量或者气势的盛大,而是指生命的幼嫩,代表了走向兴盛的阶段,从而使广义训释词“盛”的词义指向真正落到实处。

三

解决了“夭夭”的词义特点后,我们也可以进一步讨论“桃之夭夭”这句诗。由于植物名词自身的特点,单名既可以指树木的总称,也可指部分,如果实、花朵等。因此,“桃”本身所指就有多种可能。再加对“夭夭”的不同理解,“桃之夭夭”中的“桃”,就有多种理解,有的认为是整树,有的认为是树的某部分,或指枝叶或指花朵。尤其后者,因为比喻的对象是女子,因此常认为“桃”即指盛开的桃花。

但如果将“桃”理解成桃树的某部分,从语言的角度看,无法与诗中的“其华”“其实”

①陈奂:《诗毛氏传疏》,北京:中国书店,1984年,第19页。

②《大雅·棫朴》一章“芃芃棫朴,薪之槱之”传:芃芃,木盛貌。《小雅·黍苗》一章“芃芃黍苗,阴雨膏之”传:芃芃,长大貌。

“其叶”匹配。《桃夭》一诗共分三章，每章前两句都以“桃”比兴。以首章为例，“桃之夭夭，灼灼其华”，其中，“灼灼其华”是指盛开的桃花明艳亮丽，“其”指代的是前句中的“桃”，结合后文的花朵，此处理解成桃树更为合适。所以全诗三章都用蓬勃生长的桃树起兴，并进一步用“花朵”“果实”“叶子”来比喻女子的貌、德等，正如陈奂所言“三章皆言桃夭夭，以喻女子之少壮也。其花喻色，实喻德，叶喻形体，又分三章，则桃不专指花矣”①。

而《毛传》在此处之所以训释为“少壮”，没有解释为“美盛”，一方面诗中“灼灼其华”已指出其盛，另一方面则是为了切合小序。《桃夭》小序说：“桃夭，后妃之所致也。不妒忌，则男女以正，婚姻以时，国无鳏民也。”②虽然诗旨有着浓厚的经学思想，在称扬后妃之德，但对诗歌表达婚姻一事有着清晰的认识，强调此诗是在美嫁娶及时。而古代女子适婚年龄可以“壮”称之，如《礼记·内则》：“男三十壮有室，女二十壮有嫁。”同时又如徐锴在《说文解字系传·木部》：“枖，木少盛皃”下所言：“谓草木始生未几，得地力而渐长大……亦喻女子在家形体日盛长也。”③因此以“少壮”解释，既切合其词义，同时也能通过字词解释落实到小序诗旨。

从“夭夭”的词义探寻中，我们可以看到重言词出于其自身词性的特点，对它的释义，更多的是借助语境中的注释，进行比较概括的词义描写。但若想更好地了解其具体的词义内涵，一方面可以结合重言词的不同性质，采用不同的词义探寻方法，另一方面，充分利用随文注释下的不同训释，放置一起加以比并，有些貌似特定语境下的具体指向，或许就是其隐含在概括词义内的特点。

参考文献

〔汉〕毛　亨、郑　玄：《毛诗传笺》，台北：学海出版社，2001年。

〔清〕陈　奂：《诗毛氏传疏》，北京：中国书店，1984年。

〔清〕王先谦撰，吴　格点校：《诗三家义集疏》，北京：中华书局，1987年。

王凤阳：《古辞辨》，长春：吉林文史出版社，1993年。

宗福邦、陈世铙、萧海波：《故训汇纂》，北京：商务印书馆，2003年。

刘毓庆、贾培俊等编撰：《诗义稽考》，北京：学苑出版社，2006年。

---

①陈奂：《诗毛氏传疏》，北京：中国书店，1984年，第19页。

②〔汉〕毛亨、郑玄：《毛诗传笺》，台北：学海出版社，2001年，第3页。

③〔南唐〕徐锴：《说文解字系传》，北京：中华书局，1987年，第110—111页。

陈健章:《毛诗》重言词研究,新北:花木兰文化出版社,2013 年。

Supplementary Research on "Tao Zhi Yao Yao(桃之夭夭)": Concurrently Discuss the Characteristics and Interpretation of Reduplicative Words

Ling Lijun

(Beijing Normal University)

Abstract: Onomatopoeic and descriptive adjectives in reduplication patterns are usually interpreted and explained by general words, which have broad semantic range and strong generality. For instance, the word "yao yao(夭夭)" of "Tao Zhi Yao Yao(桃之夭夭)" in *Shijing* (*the Classic of Poetry*), were generally paraphrased to "sheng mao(盛貌)". And opinions vary on this explanation as "sheng" has a wide range of lexical meanings. Based on the characteristic of reduplicated adjectives, this paper presents that different methods should be applied to explore the meaning of reduplicative words with different characteristics. In particular, when a compound word takes reduplicated form, its meaning usually relates to its monosyllable form. According to the "paraphrasing a monosyllable word with reduplicative binomes(以重言释一言)" rule in traditional exegetics, the lexical meaning of "yao yao(夭夭)" is bound up with its monosyllable form "yao(夭)". "Yao" has a sense of young and tender, therefore the explanation "sheng mao" of "yao yao" actually refers to fresh lushness, revealing the vitality of youth.

Keywords: Yao yao(夭夭); reduplicative words; general semantics; the characteristics of lexical meanings

《孟子》“富岁子弟多赖”解

卜师霞

（北京师范大学民俗典籍文字研究中心）

提要：《孟子·告子上》：“富岁，子弟多赖。”其中，对“赖”的解读多有不同。主要有两种解释：一是认为“赖”当训为善。此说本于赵岐，后孙奭、朱熹、王念孙等均主此说；二是认为“赖”于此处当做“懒”，意为松懈、懒散。此说本于阮元，焦循赞同阮说。本文认为“赖”训为善符合语言规律和孟子思想，此句训释当从赵岐之说。

关键词：孟子；子弟多赖；赵岐

《孟子·告子上》：“富岁，子弟多赖；凶岁，子弟多暴。非天之降才尔殊也，其所以陷溺其心者然也。”其中，对“赖”的解读多有不同。主要有两种解释：一是认为“赖”当训为善。此说本于赵岐，后孙奭、朱熹、王念孙等均主此说；二是认为“赖”于此处当做“懒”，意为松懈、懒散。此说本于阮元，焦循赞同阮说。现代学者在《孟子》注释和解读中亦多采纳阮元之说①。本文认为“赖”当从赵岐之说，训为善。

一、“赖”训为“懒”“嬾”考辨

“赖”训为“嬾”，最早见于焦循（2017:628）《孟子正义》中引用阮元说，原文如下：

“富岁子弟多赖”，赖即嬾。按：《说文·女部》云：“嬾，懈也，从女赖声，一曰嫛

①杨伯峻先生采用阮元之说，后学者多引用杨注。可参见，杨伯峻：《孟子译注》，北京：中华书局，2010年，第241页。

也。"《贝部》云:"赖,赢也,从贝剌声。"《礼记·月令》云:"不可以赢。"注云:"赢犹解也。"解即懈,赢、赖、解同义。然则富岁子弟多赖,谓其粒米狼戾,民多懈怠。《月令》"不可以赢",即是不可以嬾。而子弟多赖,即是子弟多懈也。赖与暴俱是陷溺其心,若谓丰年多善,凶年多恶,未闻温饱之家皆由礼者矣。

阮元从本字、词义、文本解读三个方面来论证此处"赖"当释为懈怠。首先,沟通字际关系,认为"赖"当做"嬾"。其次,以"赢"为中介,沟通"赖"和"嬾"的词义。因典籍训释中有"赖,赢也""赢,犹解也",故而得出"赖"有"解"义,与"嬾,懈也"相合。第三,认为释为"懈怠"更符合《孟子》文本,认为"赖与暴俱是陷溺其心,若谓丰年多善,凶年多恶,未闻温饱之家皆由礼者矣"。

现代学者反驳赵岐训"赖"为"善"中,多采用阮说,但皆直接引用其义,未对其此条考证内容详加考辨。

"赖"与"嬾"字形上具有分化关系,语音上"赖"为来母月部、"嬾"为来母元部。"嬾"为"懒"的本字。三字古音声同,韵部具有对转关系。无论从语音、字形和意义都有密切的关联。但将其放在《孟子》文本考证中,则有两个问题:一是先秦"懒惰"义如何表达?"赖""嬾""懒"在先秦文献中有无"懒惰"意义上的用例?二是"赖"在先秦文献中通"嬾""懒"是否有其他例证?

"赖",《说文》训为"赢也"。在先秦典籍中,多为"赢利"和"依赖"义。《孟子》以外,未见有怠惰之义。《说文》正篆中有"嬾",无"懒"。《正字通》认为"懒"为"嬾"的俗字。《说文》训释"嬾"为"懈怠也"。《集韵》中指出"嬾"又作"㦨、孄、𡢃"。考察此组用字,较早文献用例为三国时期。如:嵇康《与山巨源绝交书》:"简与礼相背,嬾与慢相成。"南朝宋范晔《后汉书·王丹传》:"每岁农时,辄载酒肴于田间,候勤者而劳之。其惰𡢃者,耻不致丹,皆兼功自厉。"李贤注:"𡢃,与嬾同。"先秦两汉文献中未见例证①。在先秦文献中,表"懈怠""懒惰"义,常用"懈""怠""惰"等词。例如:

> 战胜而将骄卒惰者败。(《史记·项羽本纪》)
> 禹立,勤劳天下,日夜不懈。(《吕氏春秋·古乐》)
> 壮而怠则失时,老而解则无名。《吕氏春秋·达郁》

①《说文》正篆收录此字,当说明在先秦两汉文献中有用例。目前文献未见例证,也可以说明"懒"的使用并不常见。

因此,将《孟子》文本中“赖”通“懒”,释为“懒惰”,与汉语词汇发展的历史实际不甚切合。

此外,阮元在勾稽“赖”与“懈怠”义的关联时,阮元认为《说文》有“赖,赢也”,《礼记·月令》郑玄注有“赢,犹解也”,“解”与“懈”通。故“赖”也当有“懈”义。此条问题在于:第一,两条训释沟通的义项并不相同。“赖”训释为“赢”,是从“利”的角度进行的训释,两者均有“赢利”意义。“赢”训“解”则与此并非同一义项。第二,“赢犹解也”中的“解”可否理解为“懈怠、懒惰”义。《礼记·月令》原文为:“审断决狱,讼必端平。戮有罪,严断刑。天地始肃,不可以赢。”郑玄注云:“赢犹解也。”《吕氏春秋·孟秋》亦有此句:“不可以赢。”毕沅新校正:“高氏本以赢与盈同。”《礼记·月令》中这句话讲的是“判决诉讼,必须端直公正,杀戮有罪,从严断刑。这个月,天地开始有肃杀之气,不可以骄盈”。骄盈而易懈怠,因此郑玄注释词条用了“犹”字,说明“赢”在此处训为“解”,为文意训释。阮元以此沟通“赢”“赖”词义关系的纽带,失之偏颇。

二、“赖”与“善”的词义关联

在《孟子》此文中,将“赖”训为“善”,始于赵岐章句:

> 富岁,丰年也。凶岁,饥馑也。子弟,凡人之子弟也。赖,善。暴,恶也。非天降下才性与之异也,以饥寒之阨陷溺其心,使为恶者也。

孙奭疏、朱熹集注虽与赵说略有不同,但均以为“善”为《孟子》文本之意:

> 孟子言丰熟之年,凡人之子弟,多好善,赖,善也;凶荒之年,凡人之子弟,多好暴恶。然而非上天降下才性与之殊异也,而其所以由饥寒之厄陷溺,去其良心而为之恶也。无他,所谓礼义生于富足,盗贼起于贫穷是也。(孙奭疏)
>
> 富岁,丰年也。赖,藉也。丰年衣食饶足,故有所顾藉而为善;凶年衣食不足,故有以陷溺其心而为暴。(朱熹集注)

元代陈天祥在《四书辨疑》中对朱熹注释进行申说:

> 训赖为藉,乃是富岁子弟多藉,不知藉为藉甚也。有所赖藉而为善,一藉字宁兼

许意邪？赖本训善，止当直解为善。①

赵岐注释此句，将“富岁”“凶岁”、“赖”“暴”比对作训。我们看待“赖，善”这条直训时，应注意两个问题：第一，此条训释是词义训释还是文意训释；第二，如果是词义训释，“赖”是否还有其他文献用为“善”义；如果是文意训释，“赖”与“善”是如何以词义为基础，勾稽在一起。

“赖”《说文》释为“赢也”，本义为赢利，引申为依赖、依靠。在典籍中，常用以上两义。在辞书、字书中，“赖”训为“善”，见于《广雅》。《广雅》：“赖，善也。”王念孙此条下疏证引《孟子》“富岁子弟多赖”与《战国策·卫策》“为魏则善，为秦则不赖矣”，作为例证支持“赖”有“善”义。《战国策》原文“为魏则善，为秦则不赖矣”，高诱注为“赖，利也”，鲍彪校注为“赖犹利”。《史记》亦有此文，裴骃集解释为“赖，利也”。可见从原文出发，“赖”的本义在此处是适切的。这句话的意思是“您攻打蒲城，是为了秦国呢，还是为了魏国？如果是为了魏国，那当然好了；如果是为了秦国，那就不算有利了”。但在文意表达中，此处“不赖”与“善”对文使用，此处“不利”在文意上和“不好”“不善”是相通的。

从词义引申来看，“财利”与“良善”在汉语中也具有词义的关联。章太炎先生曾指出：

“臧谷”“臧获”，（男卖人为奴曰臧，女嫁人为婢曰获），引申为府藏，盖臧获皆可为财产也。财产可宝藏，故引申为藏匿。古人甚势利，故有钱财曰贤。帑，财产也，妻子亦曰帑，盖引申可为财产也。良，为身家殷实，故引申为良善。无赖即无钱财，引申为无赖子，训不善。总之，有财即善，无财即不善。②

太炎先生认为，“臧”“良”的美善义均是由“财产”引申而来。与此相同，“利”后也有“吉善”之义。因此，“赖”即便没有发展成为独立的“善”义，但在表达“利”时，与“善”的意义也是密切的。《吕氏春秋·离俗篇》：“苟可得已，则必不之赖。”高诱注云：“赖，利也，一曰善也。”王念孙亦云：

利与善义亦相近，故利谓之戾，亦谓之赖。善谓之赖，亦谓之戾。戾、赖，语之转耳。③

---

①陈天祥：《四书辨疑》，四库全书本。

②章太炎：《说文解字授课笔记》，北京：中华书局，2010年，第271页。

③王念孙：《广雅疏证》，北京：中华书局，1983年，第17页。

三、“赖”训为“善”的文本解读

无论训为“懒”或“善”，从句意都可以解释的通。依照前者此句文意可释为“丰收的年成子弟大多懒惰，灾荒的年成子弟多凶暴”；依照后者此句文意可释为“丰收的年成子弟大多良善，灾荒的年成子弟多凶暴”。如果我们把此句置于篇章中，就会更清楚哪种更符合孟子的原意。我们将此章原文节录于下：

> 富岁，子弟多赖；凶岁，子弟多暴。非天之降才尔殊也，其所以陷溺其心者然也。今夫麰麦，播种而耰之，其地同，树之时又同，浡然而生，至于日至之时，皆熟矣。虽有不同，则地有肥硗，雨露之养、人事之不齐也。故凡同类者，举相似也，何独至于人而疑之？……心之所同然者，何也？谓理也，义也。圣人先得我心之所同然耳。故理义之悦我心，犹刍豢之悦我口。

理解此章，应将其置于孟子整个人性论的思想体系中。从孟子人性层面上，孟子面对最大质疑是：既然人性是善的，那么如何解释人在具体行为中的有善有恶。也就是说，“人性本善”与“人有恶行”是否相互矛盾？如何回应这种矛盾是孟子人性论能否立足的基础。因此，孟子提出“才”的概念。所谓“才”，就是人类与生俱来的资质。“富岁，子弟多赖；凶岁，子弟多暴”，接下一句即为“非天之降才尔殊也”。《说文·才部》：“才，艸木之初也。”段玉裁《说文解字注》：“艸木之初而枝叶毕寓焉，生人之初而万善毕具焉，故人之能曰才，言人之所蕴也。”段注的解释极为精当，草木之出孕育着生命的无限可能，人生之出也孕育着行善的无限可能。但一颗种子的成长还关乎“地有肥硗，雨露之养、人事之不齐”，人的成长也同样需要外在的培养和对“善”的呵护。“富岁”和“凶年”的不同，也会使人展示出不同的做法和行为，外在环境的影响导致人的“善”“恶”，但不能以此否定人性中为善的可能性。因此，“富岁，子弟多赖；凶岁，子弟多暴。非天之降才尔殊也，其所以陷溺其心者然也”正是孟子人性观点的基本逻辑。其中，“赖”“暴”“才”，正是对应着“善行”“恶行”和“善性”。

此外，在上一章中，公都子除了转述告子观点，认为“义”自外来，“性无善无不善也”之外。同时也指出了当时两种关于人性的认识：一为“性可以为善，可以为不善”；一为“有性善，有性不善”。无论是哪种人性论，本质上都是否定了孟子的性善论。而其主要论证就在于：社会生活中有善人，亦有不善之人；有善行，亦有不善之行。因此“文武兴则民好善，幽厉兴则民好暴”“以尧为君而有象，以瞽瞍为父而有舜，以纣为兄之子且以为君,而有微子启、王子比干"。两种对比,都是在民有"善""恶"两个方面展开的。在词语使用上,"善"与"暴"也是对文出现。孟子正是接续此章而生发议论,在主张性善的同时,并不否定人有不善之行的事实,而是强调"善""恶"不同"非才之罪也",是受到外在环境的影响。因此,赵岐在"富岁,子弟多赖;凶岁,子弟多暴"中训释为"赖,善""暴,恶",将"赖""暴"分别训释为"善""恶"是前文的讨论相切合的。

孟子在讨论人性时,是将"人"作为类存在,其性质也应为其类属性,即"人类"与其他类属的区别。既强调其作为类本质上的相同之处,同时也强调在类内部的差异性。因此,此章讲"圣人与我为同类",同时孟子分析人与人的差异时,也始终有两个层次对比:一是圣人与普通人的对比;二是普通人之间的对比。圣人与我们不同的是其所为常善。但其为善的根本不是因为圣人与我们是异类,而恰恰因为圣人与我为同类,但不同是"先得我心之所同然",即圣人充分认识到人的本性中具有对理义(共同道德标准)判断和实行的能力,并自觉地"为善"和"推善"。圣人充分发扬了理义,而我们则日用而不察。《孟子》中有很多对圣人的表述,都与此相关:

> 圣人之于民,亦类也。出于其类,拔乎其萃。(《孟子·公孙丑上》)
>
> 规矩,方员之至也。圣人,人伦之至也。(《孟子·离娄上》)

普通人之间的不同,则有"善"有"恶"。但"善""恶"的本质不在于才质的不同,而在于后天的涵养。朱熹:"性虽本善,而不可以无省察矫揉之功,学者所当深玩也。"

在类属性上对人性进行讨论,其本质是强调了人的社会性,这也是人类与动物的区别。人是在关系中存在的,讨论人的善恶也必然是在人与人之间的关系中进行讨论。在关系中建立的"善""恶"置于个体行为的道德评价上,都是强调我们如何对待他人。理清这些问题,就会看到将"赖"解释为"懒"或"善",其道德评判的视角是不同的。前者是个人行为视角,后者为社会关系视角。后者更符合《孟子》中对人性的认识。

清人崔纪《读孟子札记》中对此段有一段注释:

> "多赖",循乎理义者也。"多暴",反乎理义者也。赖与暴皆才为之,才似有殊矣,然而才不任其咎,其咎在陷溺其"同然理义"之心耳。"圣人与我同类",则其心之无不同可知矣。下文言足与口、耳、目,又以小体之同,明大体之同,皆承"圣人与我同类"而言,以明降才无殊之意。①

①崔纪:《读孟子札记》,《山右丛书初编》,山西省文献委员会辑,1936年,第71页。

因此,无论从上下文语境,还是《孟子》的整体篇章语境中,"赖"训为"善"均较"懒"具有合理性。

四、余论

根据上文考证,我们可以将此条考辨总结如下:

首先,从语言层面上,训释为"嬾""懒"的不合理性在:一是先秦文献中"赖"没有通"懒"的文献语例;二是在先秦文献中表示"懒惰、懒散"义均常用"懈""怠""惰"等词,未见"嬾""懒"等词;三是阮元在考辨"赖"为"嬾"所使用的《礼记》材料也有待斟酌。训释为"善"的合理性在于:"赖,善"从训释角度应为文意训释,但此条文意和"赖"表"赢利"的词义是切合的,汉语词汇中有很多表财利的名词均有美善、吉利之义。

其次,从篇章思想上,训释为"善"合理性在于:一是符合上下文语境中"善"与"暴"的对举;二是符合《孟子》整篇人性论思想,人展示出不同的做法和行为,外在环境的影响会导致人的"善""恶",但不能以此否定人性中为善的可能性,而是要通过教育去保持人性之善。训释为"懒"则缺乏与孟子人性讨论内在理路的切合。

The explanation of "Fu Sui Zi Di Duo Lai"

Bu Shixia

(Beijing Normal University)

Abstract: Mencius says: "During a year of bumper harvest, young people are prone to kindness (or laziness)." (Mencius, Gaozi (Part A)) There are some different explanations of Lai, and they could be divided mainly into two types of explanations. ZhaoQi explained Lai as kindness, SunShi, ZhuXi and WangNianSun followed him. But RuanYuan held the view that Lai should be explained as laziness, and JiaoXun agreed with him. According to Mencius' thought, this paper agrees with ZhaoQi, who explained Lai as kindness.

Keywords: Mencius; young people are prone to kindness (or laziness); ZhaoQi

说《滕王阁序》“时运不齐，命途多舛”*

谢国剑

（广州大学人文学院、语言服务研究中心）

提要：《滕王阁序》“时运不齐，命途多舛”当依正仓院本改作“大运不齐，命涂（途）多绪”，意思说天时运行参差不齐或天时在同一时段对万物的影响不一致，人生之路复杂多样。《滕王阁序》的主旨之一是感叹人生复杂，祸福难以预料，而非单纯的“怀才不遇”。

关键词：时运不齐；命途多舛；滕王阁序；王勃

一

王勃《滕王阁序》（下简称“《序》”）是千古传诵的骈文名篇，影响深广，但其中“时运不齐”句，至少有三种不同的解释，就我们所知，无一正解。

一解为“等于说命运不好”。如王力主编《古代汉语》、人民教育出版社课程教材研究所等《普通高中课程标准实验教科书语文5（必修）》等。还有以为“齐”通“济”的，如《汉语大词典》“齐（jì）”下义项6第4条：“通‘济’。好；顺利。”有以为“齐”为“好”义、是“齋”字之省借的，如《汉语大字典》“齐（qí）”下义项14。

二解为“各人遇到的时机不一样”。如邓英树、刘德煊等《古文观止译注》（1997）：“时机命运各不相同。”郭锡良等《古代汉语》（1999）等亦同。

* 基金项目：国家社科一般项目“东汉至隋石刻文献字词关系研究”（17BYY018）的阶段性成果。本文修改过程中吸收了匿名审稿人的意见，文责作者自负。

三解为“时代和命运不一同出现”。如经元堂刻本清林云铭《古文析义》卷十《序》“岂乏明时”下：“时命不犹处，所谓兴尽之悲，即悲此耳。”此“时命不犹处”，为“时、命不同处”义，即释“时运不齐”之语。

“命途多舛”句，大都理解为“人生多不顺”义，差异不大，从略。

二

先看版本。就我们所知，其版本有以下三种差异：

(1)时运不齐，命途多舛。(明隆庆刊本《文苑英华》卷七一八“一作”)

(2)大运不穷，命途多舛。(明隆庆刊本《文苑英华》卷七一八)

(3)大运不齐，命涂(途)多绪。(正仓院本《王勃诗序》)

以上例(1)(2)之所以出自《文苑英华》，是因为王勃文集的宋元旧本今已不存，明以来的《序》全文，源自南宋嘉泰年间周必大等校理刊印的《文苑英华》。之所以用明隆庆刊本，即明胡维新等用嘉泰定本的一个明抄本为底本进行刻印、刻成于隆庆元年的本子，是因为嘉泰定本《文苑英华》存世残卷没有该卷。

嘉泰定本《文苑英华》刊印前经过三次校理。第一次校勘，由宋真宗于景德四年下诏推行①，应是严肃认真的，但成果毁于大火。第二次校勘，具体负责的人在学识和责任心上都很不够，以致错误极多。到周必大、彭叔夏等专心从事的第三次校勘，才纠正了很多错误。但即便如此，嘉泰定本所收王勃诗文离原貌也应有不少距离，该本中的大量异文在一定程度上就说明这一点，这是其一。其二，虽然周必大等校勘《文苑英华》用了当时的王勃文集，但其中的《序》似乎无明确记录显示也用了文集校勘，这或许和王勃文集在南宋后期不完整有关②。

例(3)正仓院本，虽是抄本，但文末所记抄写日期为“庆云四年七月廿六日”，即唐中宗景龙元年(707)，这时距王勃的卒年676年仅三十年。其中“天”“地”“日”“月”等字，皆为武后新字。又有“物华天宝”“郧水朱华”的“华”字，皆缺末笔，为避武周讳

①苗书梅等点校：《宋会要辑稿·崇儒》，开封：河南大学出版社，2001年，第213页。

②按：四部丛刊续编本南宋洪迈《容斋四笔》卷五“王勃文章”下：“勃之文今存者二十七卷云。”

所致[①]。金开诚等《古诗文要籍叙录》认为“是最接近王勃集原貌的本子”[②]。有道理。值得指出的是，咸晓婷《从正仓院写本看王勃〈滕王阁序〉》通过对7处重要异文加以辨证后认为，正仓院本明显优于其它版本[③]。

基于以上情况，可知例(3)的版本价值要高于例(1)(2)。也就是说，如果在意义上无不妥，则当以例(3)为是。

三

例(3)“大运不齐”该作何解呢？

据考察，唐朝与“大运不齐”结构相同、字数相同、同含“不齐”一词、使用环境类似的短语，还有“时命不齐”“大时不齐”。

其中，“大运不齐”还有1例。

(4)大运不齐，贤圣罔象兮。(陈子昂《我府君有周居士文林郎陈公墓志铭》)

“时命不齐”有1例。

(5)盖时命不齐，奇偶有数。(陈子昂《送吉州杜司户审言序》)

“大时不齐”有1例。

(6)大时不齐兮，茫茫彼苍。(唐《裴郾墓志》)[④]

唐代还有使用环境不同的“大时不齐”5例。

(7)“大时不齐”者，大时，谓天时也。齐，谓一时同也。天生杀不共在一时，犹春夏华卉自生，荠麦自死，秋冬草木自死，而荠麦自生，故云“不齐”也，不齐为诸齐之本

①《新唐书·地理志》：“华州华阴郡，上辅。义宁元年析京兆郡之郑、华阴置，垂拱二年避武氏讳曰太州。”〔宋〕宋敏求《长安志·唐京城四》“次南崇化坊东南隅龙兴观”注云：“本名西华观……垂拱三年以犯武太后祖讳，改为金台观。”〔宋〕宋敏求《长安志》，台北：成文出版社有限公司，1970年，第246—247页。

②金开诚、葛兆光：《古诗文要籍叙录》，北京：中华书局，2012年第2版，第276页。

③咸晓婷：《从正仓院写本看王勃〈滕王阁序〉》，《文学遗产》，2012年第6期。

④胡戟、荣新江主编：《大唐西市博物馆藏墓志》(下册)，北京：北京大学出版社，2012年，第722—723页。

也。（《礼记·学记》“大时不齐”郑注“或时以生，或时以死”孔疏）

（8）以其大时不齐，不能无死者。（《诗·小雅·谷风》“无草不死，无木不萎”毛传“虽盛夏万物茂壮，草木无有不死叶萎枝者”孔疏）

（9）a. 大时不齐（同年有丰凶之异也《礼记》）。（唐白居易《白氏六帖事类集·旱》）

b. 大时不齐（同年有丰凶之异）。（同上《饥馑》）

（10）大时不齐，大信不约，大白若辱，大直若屈。（白居易《进士策问五道之第二道》）

再往前追溯，发现还有“大时不齐”2例，“大运不齐”“时命不齐”未见。

（11）大德不官，大道不器，大信不约，大时不齐。（《礼记·学记》）

（12）行有参差，生有先后，大时不齐，但人以此为正焉。（《易纬通卦验》卷上“此谓冬日至成天文，夏日至成地理”郑注）

由上述可知，“大运不齐”仅两个例证，要确证其义不易。基于使用频率差异明显、出现时代有先后等因素，我们有理由认为，“大运不齐”“时命不齐”当源自“大时不齐”。这样，可由求证“大运不齐”义转为求“大时不齐”义。

天时有“齐”的一面，“齐”为“一致、相同”义，四时循行、万物生灭，年年如此，所谓“天行有常”即是。也有“不齐”的一面，从历法的角度看有“不齐”，《后汉书·律历志中·贾逵论历条》：“天道参差不齐，必有余。”《元史·历志一·序》：“盖天有不齐之运，而历为一定之法。”从一些日常自然规律看也有“不齐”，后世俗云：“天有不测风云。”

梳理以上8例“大时不齐”，可以把它们归纳为三个义项。

一指天时运行参差不齐，没有常态。例（11）“大时不齐”，与“大德不官”“大道不器”“大信不约”并列，字面义当为“最大的天时参差不齐”。例（10）句式与例（11）同，当同义。据语境，可知是在天时“齐”的基础上指出天时“不齐”的根本性，可理解为“天时运行的最根本特点是没有常态”。具体地说，天时可以不齐于历法。如例（12）“大时不齐”，是总结补充“行有参差，生有先后”之语，所谓的“参差”“先后”是相较于冬至、夏至的日期而言，即“不齐于历法”。此“大时”，为天时义。天时也可不齐于一些日常自然规律。如例（9），涉及的是旱和饥馑，此“大时不齐”应指风雨不调、寒暑不时等，即与“风调雨顺、寒暑以时等”不同，以致凶年。

二天命出了差错。由天时运行“不齐”常对人有害引申而来。例（6）上文有“何神理之谬戾欤”、下文有“茫茫彼苍”与之照应,可知当理解为“天命出了差错”义。唐《贺拔定妃墓志》:“而昊天不慭,歼此淑姬,乾道茫茫,奄如风烛。”①可与之比勘。

三天时在同一时段对万物的影响不一致。例(7)(8)的解释,即指出在同一时段,天时对待万物不一样,有些使之生,有些使之死。其中“共在一时”,即“同一时段”,属误读。

既然“大时不齐”有三个义项,《序》“大运不齐”继承的是哪一个呢?还是说又有新的引申义呢?此时需借助下一句来确定,因为上下句的文意应相合。

下一句“命途多绪”,未见与之一模一样的用例。据《汉语大词典》,“命途”为“平生的经历,生活的道路”义,“多绪”为“多端,多样”义,则“命途多绪”可理解为“生活道路复杂多端”义。“多绪”也见于王勃《上巳浮江宴序》,“吾之生也有极,时之过也多绪”②。其诗文集甚至还有“万绪”,《采莲赋》:“故其游泳一致,悲欣万绪。”③但未见王勃使用第二例“多舛”。东汉张衡有意义更接近的“多绪”,《鸿赋》:“永言身事,慨然其多绪。”④隋卢思道袭用,本传:“永言身事,慨然多绪。”此“永言身事,慨然多绪”二句,换言之即“身事多绪,永言慨然”,而“身事多绪”即“命途多绪”。据上下文,可知此“身事多绪”正是强调“生活道路复杂多端”,人生祸福难料。因此,上一句“大运不齐”也当与“生活道路复杂多端”义相应。这样,“大运不齐”只能属义项一或义项三。至于到底是哪个义项,不得而知。

综上可知,《序》“大运不齐”应如例(12)(11)(8)(7)“大时不齐”一样,也当解作“天时运行参差不齐”或“天时在同一时段对万物的影响不一致”⑤。例(3)天时、人事相连而言,是古人常见笔法。两句话的整体意思是,天时人事的发展变化复杂多样,难以预测,由天不由人。

---

①胡戟、荣新江主编:《大唐西市博物馆藏墓志》(上册),第22—23页。

②〔清〕董诰等编:《全唐文》,第1839页。

③〔清〕董诰等编:《全唐文》,第1803页。

④〔清〕严可均校辑:《全后汉文》,北京:中华书局,1958年,第771页。

⑤按:《关于王勃〈滕王阁序〉的几个问题——并论正仓院〈王勃诗序〉和〈王勃集注〉的文字差异》(道坂昭广,2011):“以上例子,虽然文字有所不同,但意义大体相同。即使表达方式有所不同但解释起来没有太大差别。消极地说,至少可以说认为正仓院本中的文字没有问题。”由以上论述可知,说正仓院本中的文字没有问题,是可以的;说这些不同的表达方式意义大体相同,是不对的。《王勃〈滕王阁序〉异文考疏》(胡可先、胡凌燕,2018)认为“时运不齐”的“不齐”为“不顺通”义;认为“多绪”和“多舛”,难辨哪个是原本文字。由下文第五节论述可知,“不齐”的解释欠妥;结合版本和王勃语言使用习惯看,“多绪”优于“多舛”。

四

这种理解是否符合上下文意呢?回答是肯定的。

在例(3)之前,有"穷睇眄于中天,极娱游于暇日。天高地迥,觉宇宙之无穷;兴尽悲来,识盈虚之有数"几句,总起下文。其中,从"望长安于日下"到"天柱高而北辰远",既说穷睇眄之所见,又说怀君王之悲,如"日下""北辰"二词均暗指君王;从"关山难越"到"奉宣室以何年",则完全是说"悲来"之"悲",既是悲自己,也是悲"失路之人""他乡之客"。而从"嗟呼"至"岂乏明时",则是说"盈虚之有数"了。数,字面意思是"天之历数",即天命、天道。"有数"是说天时人事的发展变化由天命决定,不由人。所以,"盈虚之有数"是说天时人事的发展变化由天不由人,难以预料。

在例(3)之后,王勃列举了四个典故,其中冯唐、李广之事,说明有德才者未必通达;贾谊之事,后有"非无圣主",侧重指人生的穷通和当世有没有明君关系不大;梁鸿之事,后有"岂乏明时",侧重表明人生的穷通和国家是否清明没有直接关系。因此,王勃用这四个典故所要表达的意思也是说人生的穷通由天不由人,非人力所能预料。

而且,"岂乏明时"句之后,用"所赖"二字引起下文,则更是说明前文的意思是天时人事的发展变化由天不由人,非人力所能预料。既然人生的穷通难以掌控,那么所可依赖的就只有君子达人的"安排"和"知命"了。下文接着说,君子不忧老、穷,不惧贪泉、涸辙,不怨地远、时晚。那怕如德才兼备的孟尝一样因病辞职后,被同僚多次举荐终不见用,也要坚持古之君子达人的本分,而不能效仿哭途穷的阮籍,破罐子破摔。这里的"安排"①"知命",即古之君子达人的本分,如北齐颜之推《颜氏家训·勉学》:"欲其观古人之达生委②命,强毅正直,立言必信,求福不回,勃然奋励,不可恐慑也。"③这样,就可知上下文确实贯通一气。

照这样分析,处于中间的例(3)也只能表达天时人事的发展变化由天不由人、复杂难料的意思,否则上下文意就不连贯。

王勃的这种思想也见于它处,如《上刘右相书》:"故曰:死生有数,审穷达者系于天;

---

①此从正仓院本作。

②按:徐复《后读书杂志·颜氏家训杂志》:"委命,即知命。委有确知一义。"敦煌文献 P. 2607《勤读书抄》即作"知"。徐复:《后读书杂志》,上海:上海古籍出版社,1996 年,第 127 页。

③王利器撰:《颜氏家训集解》(增补本),北京:中华书局,1993 年,第 166 页。

材运相符，决行藏者定于已。”[①]《上绛州上官司马书》：“故曰知与不知，用与不用，观夫得失之际，亦穷达之有数乎！”[②]其中“死生有数”“穷达之有数”等句，与“盈虚之有数”类同。又如《为人与蜀城父老第二书》“则知冥机所运，吉凶于倏忽之间；玄命所移，飞伏于斯须之际”[③]，也是说事情发展由天不由人，吉凶难料。

五

由以上分析可知，前人的三种理解的确均非正解。

第一解，虽然与本文理解的言外之意一致，但毕竟实际意义差异明显。值得注意的是，唐以前似乎尚未出现以好坏来判定个人命运的情况。我们以“命（或运、时、气）不”作为关键词，检索了《全上古三代秦汉三国六朝文》[④]《先秦汉魏晋南北朝诗》[⑤]《全唐文》[⑥]《全唐诗》[⑦]《全唐文补编》[⑧]《全唐诗补编》[⑨]，未发现以好坏来评价个人命运的表达，较常见的是“命与时违”“才命不齐”“才高命舛”之类的语句。

“齐”通“济”或为“齎”之省借说也不可靠。检索相关语料（范围与上同），得到形容词性短语“不齐”共有 81 例，表指称的 13 例，包括作人名的 6 例；表陈述的 68 例，其中不带宾语的 64 例，带宾语的 2 例，带介宾补语的 2 例。这些“不齐”，除人名外，均为“不同、不一致”义，无“不好”义。在这种情况下，说“齐”通“济”或为“齎”之省借大有问题。有关辞书中“齐”通“济（好、顺利义）”的最早用例就是《序》，不妥。

第二解，问题在于整句的意思无法与下文冯唐等四个典故所表达的意思相合。典故的意思是，人生的穷通与德才、圣主、明时都没有直接关系，而不是说“各人遇到的时机不一样”。

第三解，缺少必要的文献支持，因为最好的本子“时命”作“大运”。况且，从下文的四个典故看，文章并非简单强调“时”“命”的关系，也还有“才”“命”的关系等。

---

①〔清〕董诰等编：《全唐文》，第 1821 页。
②〔清〕董诰等编：《全唐文》，第 1824 页。
③〔清〕董诰等编：《全唐文》，第 1827 页。
④〔清〕严可均校辑：《全上古三代秦汉三国六朝文》，北京：中华书局，1958 年。
⑤逯钦立辑校：《先秦汉魏晋南北朝诗》，北京：中华书局，1983 年。
⑥〔清〕董诰等编：《全唐文》。
⑦中华书局编辑部点校：《全唐诗》（增订本），北京：中华书局，1999 年。
⑧陈尚君辑校：《全唐文补编》，北京：中华书局，2005 年。
⑨陈尚君辑校：《全唐诗补编》，北京：中华书局，1992 年。

六

“大运不齐，命途多绪”二句，事关《序》的主旨，对它们的理解不同，则对本文主旨的理解也不同，可谓关系重大。

由前文综述可知，目前学界认为“时运不齐，命途多舛”二句为“命运不好，人生不顺”义，虽然细微处仍有争议。正因此，学界认为《序》的主旨之一是慨叹怀才不遇。如《中国历代文学作品选·王勃〈滕王阁序〉解题》（朱东润主编，1980）：“结尾处抒写羁旅之情，寓有怀才不遇的感慨。”《古代汉语》（王力主编，1999）：“也抒发了封建时代文人怀才不遇的感慨。”①果真如此吗？

从本传看，王勃去世前说得上命运不好的事有两件：一因戏写《檄英王鸡文》，遭唐高宗斥逐；二因擅杀被其窝藏的有罪官奴，当诛，后遇赦除名。前一事，说怀才不遇是可以的。王勃为展示文笔，戏写斗鸡檄文，也算文臣常情，或许高宗也并非不认可其文采，只是更注意到此文可能导致的不良后果，因此以君臣不能遇合来解释是可以的。王勃被斥后补虢州参军，期间作《涧底寒松赋》，说：“徒志远而心屈，遂才高而位下。”②正是说自己怀才不遇。而后一事，则和怀才不遇没关系。因为，王勃既窝藏了罪犯，又把罪犯杀掉，后遇赦免死，实属幸运。要说此时王勃还公然慨叹怀才不遇，他岂非成了是非不分之人?! 这怎能说得通呢？

按常理，应该是以上的两件或一件事在左右着王勃写《序》时的心情。那么，到底是两件还是一件呢？如果只有一件，又会是哪一件呢？

据《唐才子传校笺》（傅璇琮主编，1987），王勃被斥出府6年后才写《序》，而从杀官奴事发到大赦再到写《序》，这三件事在三、四年间紧挨着发生。从时间上看，窝藏有罪官奴并杀之一事和写《序》的心境关系更大，所导致的后果也更严重，自然更可能成为王勃感慨人生的直接原因。如果是一件事，王勃只能是受杀官奴事的影响。如果是两件事，慨叹怀才不遇加慨叹人生祸福无常，则还是慨叹人生的复杂多样。要说他写《序》时只想到被斥出府一事而慨叹怀才不遇，应该不可能，何况宴会上还有其他各色人等，仅抒发属部分人的“怀才不遇”不合适。

---

①按：另有《中国古代文体概论》（褚斌杰，1990）、《古代汉语》（郭锡良等编，1999）、《古文观止译注》（阴法鲁主编，2001）等，亦同。

②〔清〕董诰等编：《全唐文》，第1806页。

因此,《序》所抒发的情感不是单纯的“怀才不遇”,而应该是慨叹命运的复杂难料。

前贤指出,王勃杀官奴一事可能遭他人构陷。清姚大荣《王子安年谱》:“子安在虢州,《旧书》称其‘恃才傲物,为同僚所嫉’,《新书》亦云‘倚才陵藉,为僚吏共嫉’。其为官奴事致罪,疑或为嫉者朋谋构陷,假手官奴,以攻其瑕,古今事冤诬类此者多矣。”①《〈滕王阁诗序〉一句解——王勃事迹辨》(傅璇琮,1982):“譬如记载王勃杀官奴而得罪一事,前人也已经有过怀疑。最早记述王勃生平的杨炯《王勃集序》即未载其事,只是说‘长卿坐废于时,君山不合于朝’,以司马相如、桓谭隐喻王勃,暗示他是因政治原因而受到打击。在这两句之前,还说他‘先鸣楚馆,孤峙齐宫,乘(枚乘)、忌(邹忌)侧目,应(应玚)、刘(刘桢)失步’,这是说王勃乃受别人的妒忌陷害。”这种说法颇有道理。从本传看,王勃窝藏官奴在先,可推知他一开始想帮助官奴,而非蓄意杀奴②。

这样来理解整件事情,倒契合“大时不齐,命途多绪”之义,天时运行尚且无常,或天时在同一时段对万物的影响尚且不一致,人生之路充满意外就正常了。自己本想帮人,但因遭人嫉害,最终事发当诛。同样使用过“多绪”一词的卢思道,在《孤鸿赋》中也说自己遭人陷害,“忽值罗人设网,虞者悬机,永辞寥廓,蹈迹重围”。这算是一个小小的印证。

总之,《序》“时运不齐,命途多舛”当依正仓院本改作“大运不齐,命涂(途)多绪”,意思说天时运行参差不齐或天时在同一时段对万物的影响不一致,人生之路复杂多样,祸福难料,即后世所谓“天有不测风云,人有旦夕祸福”。只有这样的理解,才与“大时不齐”的意义相合,才与上下文意契合。《序》的主旨之一是感叹人生复杂,祸福难以预料,而非单纯的“怀才不遇”,只有这样的理解才与王勃当时境遇相合。

参考文献

褚斌杰:《中国古代文体概论》(增订本),北京:北京大学出版社,1990 年。

〔日〕道坂昭广:《关于王勃〈滕王阁序〉的几个问题——并论正仓院〈王勃诗序〉和〈王勃集注〉的文字差异》,《清华中文学报》,2011 年第 6 期。

邓英树、刘德煊等:《古文观止译注》,成都:巴蜀书社,1997 年。

---

①北京图书馆编:《北京图书馆藏珍本年谱丛刊》(第 9 册),北京:北京图书馆出版社,1999 年,第 292—293 页。

②按:至于王勃为何会被妒忌陷害,或许和他的所谓“浮躁浅露”有关。唐刘肃《大唐新语》卷七:“(裴行俭曰)勃等虽有才名,而浮躁浅露,岂享爵禄者!”〔唐〕刘肃:《大唐新语》,北京:中华书局,1984 年,第 114 页。

傅璇琮主编:《唐才子传校笺》(第1册),北京:中华书局,1987年。

傅璇琮:《〈滕王阁诗序〉一句解——王勃事迹辨》,《古典文学论丛》(第二辑),西安:陕西人民出版社,1982年。

郭锡良等编:《古代汉语》(下册,修订本),北京:商务印书馆,1999年。

汉语大词典编辑委员会、汉语大词典编纂处:《汉语大词典》(缩印本),上海:汉语大词典出版社,1994年。

汉语大字典编辑委员会:《汉语大字典》(第二版),武汉/成都:崇文书局/四川辞书出版社,2010年。

胡可先、胡凌燕:《王勃〈滕王阁序〉异文考疏》,《梯航集》,上海:上海古籍出版社,2018年。

李梦生、史良昭等:《古文观止译注》,上海:上海古籍出版社,1999年。

人民教育出版社课程教材研究所中学语文课程教材研究开发中心,北京大学中文系语文教育研究所:《普通高中课程标准实验教科书语文5(必修)》(第2版),北京:人民教育出版社,2006年。

王 力主编:《古代汉语》(第3册,第3版),北京:中华书局,1999年。

阴法鲁主编:《古文观止译注》(修订本),北京:北京大学出版社,2001年。

朱东润主编:《中国历代文学作品选》(中编第一册),上海:上海古籍出版社,1980年。

Discussion on *the Preface of Teng Wang Ge* "时运不济,命途多舛"

XieGuojian

(Guangzhou University)

Abstract: According to "Zheng Cangyuan" version, *The Preface of Teng Wang Ge* "时运不济,命途多舛" should be "大运不齐,命途(涂)多绪", which means *Tao* runs variously, or the influence of time on all things is not consistent at the same time, and fortune is unpredictable, instead of "怀才不遇" simply.

Keywords: "时运不济,命途多舛"; the Preface of Teng Wang Ge; Wang Bo

流行的词源误说辨正

杨　琳

（南开大学文学院）

提要：本文对“寻常、消、忽刺八、婊子、露水夫妻、雷声大雨点小”六个词语的词源提出了新的解释，修正了流行的说法。

关键词：寻常；消；忽剌八；婊子；露水夫妻；雷声大雨点小

寻　常

流行的观点认为“寻常”的平常义源自古代长度单位的“寻常”。赵克勤：“寻常，原为长度单位，八尺为寻，十六尺为常。《国语·周语下》：‘其察色也，不过墨丈寻常之间。’后泛指一般的长度。《韩非子·五蠹》：‘布帛寻常，庸人不释。’《淮南子·说林》：‘甚雾之朝，可以细书，而不可以望寻常之外。’又引申为普通、平常，这才是‘寻常’作为一个复音词的意义。”①《现代汉语词典》（第7版）：“寻常，平常（古代八尺为‘寻’，倍寻为‘常’，寻和常都是平常的长度）。”卜师霞：“‘寻’和‘常’均为古代的长度单位，八尺为寻，一丈六尺为常。在古人的经验中，这个长度单位属于普通的长度，其隐含意义为‘普通的’，在词义引申中，原义的这个隐含意义独立为新的显现意义。”②这种说法似乎已成常识，但未见有详细的论证，缺乏合理性。

①赵克勤：《古代汉语词汇学》，北京：商务印书馆，1994年，第34页。
②卜师霞：《源于先秦的现代汉语复合词研究》，北京：中华书局，2018年，第54页。

其一,古代度量单位一般采用十进制,寻、常作为非十进制的长度单位,古籍中很少使用,其常用性远低于丈、尺、寸,为什么古人经验中的普通长度不是丈尺或尺寸而是寻常?难以解释。

其二,平常义的“寻常”《汉语大词典》最早举例为唐刘禹锡《乌衣巷》诗:“旧时王谢堂前燕,飞入寻常百姓家。”我们找到的最早用例见于东晋南北朝。后秦竺佛念译《菩萨璎珞经》卷一《普称品第一》:“人欲闻法,寻常指示,令知要道。”南朝梁宝唱《比丘尼传》卷二《广陵僧果尼传十四》:“便自开眼,语笑寻常,于是愚者骇服。”南朝梁宝亮等集《大般涅槃经集解》卷十九《如来性品之第二》:“法瑶曰:‘此偈明俱寻常典,得旨则命长,失旨则早夭也。’”也可以说“常寻”。北凉昙无谶译《佛所行赞》卷四《父子相见品第十九》:“王师及大臣,先遣伺候人,常寻从左右,瞻察其进止。”“寻常”作为长度单位先秦曾使用过,东晋南北朝时期现实中并不使用。词在旧义的基础上引申出新义必须要有较高的使用频率,不曾使用的意义是不可能引申出新义的。

“常”早在先秦就有经常、寻常义,可作形容词和副词。《战国策·赵策二》:“常民溺于习俗,学者沉于所闻。”《庄子·人间世》:“采色不定,常人之所不违。”以上为形容词。《左传·襄公十九年》:“小国之仰大国也,如百谷之仰膏雨焉,若常膏之,其天下辑睦,岂唯敝邑?”《庄子·天地》:“三患莫至,身常无殃,则何辱之有。”以上为副词。《说文》:“常,下帬也。”与寻常义无关。有人认为“常”的本义为“天子之旗”,“天子之旗上画有日月徽识,日月象征永恒,于是‘常’便有了‘恒’的意思”。① 这是想当然的说法,拿不出具体的引申过程。照此思路,你也可以说经常义是由“裳”义引申出来的。裳指下裳,先秦没有连裆裤,裳就相当于今天的裤子,人可以不穿上衣,但下裳则须经常穿着,故引申为经常义。这都是猜测,不是科学的论证。“常”的寻常义当是来自“长”。《汉语大字典》:“常,通‘长’。清朱骏声《说文通训定声·壮部》:‘常,叚借为长。’《管子·七法》:‘官无常,下怨上,而器械不功。’丁士涵云:‘常读为长。’”“长”有长久义。《说文》:“长,久远也。”《尚书·盘庚中》:“汝不谋长。”孔传:“汝不谋长久之计。”引申为经常、寻常。《庄子·秋水》:“吾长见笑于大方之家。”《商君书·算地》:“故兵出,粮给而财有余;兵休,民作而畜长足。”

“寻”有重复义。日本空海《篆隶万象名义》卷三十《寸部》:“寻,似林反。重也。”《左传·哀公十二年》:“若可寻也,亦可寒也。”晋杜预注:“寻,重也。”引申为连续。晋向秀《思旧赋》:“听鸣笛之慷慨兮,妙声绝而复寻。”南朝梁何逊《七召·治化》:“天瑞磊珂而

---

①纪凌云:《“常”字本用辨》,《汉语汉字研究》,2020年第1期。

相寻,地符氛氲而不少。”又引申为经常。西晋法炬译《法海经》:“世尊告目连曰:‘汝为一切,请求如来,慇懃乃至四五,吾今当为汝等说之。吾僧法犹如大海,有八德,汝等听之。大海之水,无满不满;吾法如之,无满不满,此第一之德。大海潮水,寻以时而来,不失常处;吾四部众,受吾戒者,不犯禁戒违失常法,此第二之德。’”此谓潮水常按时而来。东晋僧伽提婆译《增壹阿含经》卷四十九《非常品第五十一》:“尔时,鸡头城中生自然粳米,皆长三寸,极为香美,出众味上,寻取寻生,皆不见所取之处。”此谓常取常生。白居易《好去落谁家又复戏答》:“柳老春深日又斜,任他飞向别人家。谁能更学孩童戏,寻逐春风捉柳花。”王锳:“此犹言常逐春风。”①元稹《苦乐相倚曲》:“一朝诏下辞金屋,班姬自痛何仓卒,呼天号地将自明,不悟寻时暗销骨。”王锳:“寻时,常时、平时。”

所以,平常义的“寻常”是同义连文,与古代的长度单位无关。

消

“消”有需要义,一般认为是“需要”的合音。胡竹安:“消,‘需要’的合音。”②刘丹青:“‘消’是‘需要’的合音。”③彭慧:“‘需要’合为‘消’。”④此观点与历史事实不符。“消”用作需要见于唐代。唐吕岩《绝句》:“来往八千消半日,依前归路不曾迷。”五代冯贽《云仙杂记》卷十《花裀》:“学士许慎与亲友宴花圃中,聚花铺座,曰:‘吾自有花裀,何消坐具。’”宋代常见。宋苏轼《赠包安静先生》诗之三:“便须起来和热喫,不消洗面裹头巾。”宋范成大《早衰》诗:“晚景只消如此过,不堪拈出教儿童。”“需要”一词《汉语大词典》所举都是现代用例。我们在宋代文献中仅见一例“需要”连文。宋王洋《东牟集》卷十四《吴周朋墓志》:“王氏遵命,挽舟复上,以需要不过岁月,卜良日以葬焉。”这里的“要”是总归的意思,“需要”并非一词。试比较:宋陈祥道《论语全解》卷一《为政第二》:“其所观虽殊,要不过是三者而已。”目前所知最早的“需要”用例见于元代。《元典章·刑部》卷六《典章四十四·杂例》:“虽有告发到官,当该官吏故意迁延,纵令行凶人或恃权势,或行贿赂,或有转托他人关节,或驰骋凶暴,恐吓告者,百端需要元告人自愿拦告。休和文状到官,擅便准拦了当。”这里的“需要”是要求的意思,与今义“应该有”尚有距离。与今义相同的“需要”见于明代。明圆悟、圆修等《龙池幻有禅师语录》卷五:“我需

①王锳:《诗词曲语辞例释》第2次增订本,北京:中华书局,2005年,第336页。

②胡竹安:《水浒词典》,上海:汉语大词典出版社,1989年,第462页。

③刘丹青:《著名中年语言学家自选集·刘丹青卷》,上海:上海教育出版社,2014年,第126页。

④彭慧:《“高邮王氏四种”汉语语义学研究》,上海:上海古籍出版社,2014年,第131页。

要觅个无真如处，才好站立。”①元明时期“需要”用例罕见。即便是清代，也不多见，下面是一例。清花月痴人《红楼幻梦》卷五：“双兰道：‘婚姻固难勉强，但是妹身已为他擒，需要同他拜为兄妹，学其伎艺，则前疵方可掩饰。’”因此，早见于唐代的“消”不可能是后出“需要”的合音。

我们认为“消”的需要义是自身引申出来的。“消”有消费、花费义。东汉王符《潜夫论·浮侈》：“此等之俦，既不助长农工女，无有益于世，而坐食嘉谷，消费白日。”唐姚合《答窦知言》：“金玉日消费，好句长存存。”由消费引申为受用。唐白居易《哭从弟》：“一片绿衫消不得，腰金拖紫是何人？”敦煌变文《庐山远公话》：“缘此个生口，不敢将别处货卖，特来将与相公宅内消得此口。”再引申泛指用。“何消坐具”谓哪里用得着坐具。南宋杨万里《己未春日山居杂兴十二解》：“今岁春迟雨亦然，生愁无水打秧田。不消三日如麻脚，线样溪流浪拍天。”此谓不用三日，这里的“消”仍然带有花费的含义。所谓“消”的需要义，不过是用义在某些语境中的重新理解而已。

忽剌八

《金瓶梅词话》第十一回：“预备下熬的粥儿又不吃，忽剌八新梁兴出来，要烙饼做汤。”《汉语大词典》：“忽剌八，亦作‘忽喇叭’。亦作‘忽剌巴儿’。突然；无端。……明沈榜《宛署杂记·民风二》：‘仓促曰忽喇叭。’”很多人认为“忽剌八”是蒙古语的音译词。顾学颉、王学奇：“忽剌八，蒙古语，意谓突然、凭空。又作忽剌巴、忽喇叭。《华夷译语》译作‘忽儿八’。”②白维国：“忽剌八，突然，蒙古语译词。《华夷译语》：‘翻，忽儿八。’”③徐征等：“忽剌八：蒙古语音译，忽然间、平白无故地。”④李漪云：“忽剌八，蒙古语，突然、凭空意。”⑤此说不可信。明火源洁《华夷译语·人事门》：“扯，塔塔。翻，忽儿八。”明郭造卿《卢龙塞略》卷十九《蒙古译语》：“扫曰拭兀儿，翻曰忽儿八。”清会同四夷馆《华夷译语·人事门》（乾隆抄本）对应的蒙古文为ᠬᠤᠷᠪᠠ（hurba）。现代蒙古语中 hurba 的词首辅音 h 已经脱落。保朝鲁《汉译简编穆卡迪玛特蒙古语词典》：“urba-，转身，转；翻转。”⑥显而易

①中华大藏经编辑局：《中华大藏经》第 80 册，北京：中华书局，1994 年，第 210 页。

②顾学颉、王学奇：《元曲释词》第 2 册，北京：中国社会科学出版社，1984 年，第 47—48 页。

③白维国：《金瓶梅词典》修订本，北京：线装书局，2005 年，第 164 页。

④徐征等主编：《全元曲》第 8 卷，石家庄：河北教育出版社，1998 年，第 6094 页。

⑤李漪云：《行者笔记》，呼和浩特：内蒙古大学出版社，2014 年，第 320 页。

⑥保朝鲁：《汉译简编穆卡迪玛特蒙古语词典》，呼和浩特：内蒙古大学出版社，2002 年，第 159 页。

见,蒙古语的“忽儿八”没有突然的意思,跟汉语的“忽剌八”无关。“剌八”也写作“剌巴”“喇叭”“拉巴”等,是汉语官话中的词缀,可作后缀和中缀。如山东淄博话、青海西宁话中称口吃为“结拉巴”、江苏东台话中称裸体为“光拉巴”、河北廊坊话中称麻雀为“家拉巴”,其他如“傻啦吧唧”(北方官话)、“恶拉巴心”(北方官话)、“胡拉巴涂”(糊涂,东北官话)、“树拉巴杈”(树杈,江苏赣榆话),其中的“拉巴”都是词缀。“忽剌八”在今天的北京话和东北话中还在使用,多写作“虎拉巴儿”。

婊 子

《金瓶梅词话》第十回:“众人见花子虚乃是内臣家勤儿,手里使钱撒漫,都乱撮合他在院中请表子,整三五夜不归家。”“表子”即“婊子”,指妓女,毋庸赘言,但该词理据是什么则仍有探究的必要。流行的说法认为理据义是外妇、外室。明周祈《名义考》卷五《人部·㕁表》:“俗谓倡曰表子,私倡者曰㕁老,表对里之称,表子犹言外妇。”明陆嘘云《世事通考》卷一《人物》:“表子,表,外衣也,言倡非内室妻子,乃外边苟合者。”《汉语大词典》:“婊子,娼妓。本作‘表子’。‘表’是‘外’的意思,意为外室。《金瓶梅词话》第十五回:‘老身又不曾怠慢了姐夫,如何一向不进来看看姐姐儿,想必别处另叙了新婊子来。’”按:《词话》原文作“表子”,此当据后世排印本。洪成玉:“表子,表,‘婊’的古字。表,外。表子,犹外室、外妇,与表示妻子的‘内室’‘内妇’相对。后用于表示妓女。”①信从此说者甚众,其实并不可靠。

《金瓶梅词话》第十五回:“孙寡嘴道:‘我是老实说,哥如今新叙的这个表子,不是里面的,是外面的表子。’”“里面的”指妓院的表子,“外面的表子”指李瓶儿,反而不是娼妓,这种说法与外室说有矛盾。钱南扬既已指出:“外妇之说,盖出坿会。……宋元市语,表为妇女之总称,表子即是女子。”②王锳:“表、表儿、表子:妇女;妓女。《事林广记》续集卷七《圆里圆》套《缕缕金》曲:‘把金银锭打旋起,花星临照,我怎躲避?今日闲游戏,因到花市,帘儿下瞥见一个表儿圆,咱每便着意。’按《圆社锦语》‘表,妇人’;‘用表,使女’;‘嗟表,少女’;‘五角表,村妇人’。可知‘表’、‘表儿’本指一般妇女,后来专用于指称妓女。元汤式《一枝花》套(自省):‘妆孤的已受王魁戒,赡表的休夸双渐才。’‘赡表’即‘赡

①洪成玉:《谦词敬词婉词词典》增补本,北京:商务印书馆,2010年,第334页。
②钱南扬:《永乐大典戏文三种校注》,北京:中华书局,1979年,第245—246页。

养表子'之省。《元曲选·曲江池》二折:'也则俺一时间错被鬼昏迷,是赡表子平生落得的。'"[①]上引二说揭示"表"有女子义,但此义从何而来则未加阐发。刘瑞明:"'表'本是宋代踢足球的人之间称呼一般妇女的隐语。……这是从女儿要出嫁,不能继承香烟(火?)而言的。……'表'用以称妇女,是指对父母乃至全家而言的'外'义。用以指妓女,是指对丈夫及其妻子而言的'外'义。"[②]仍在女子义内兜圈子。

南宋佚名《蹴鞠谱·圆社锦语》(《玄览堂丛书》三集)中有不少由"表"构成的锦语(隐语),摘录如下:"表,妇人。光表,和尚。老表,道士。用表,使女。水表,娼妓。嗟表,少女。五角表,村妇人。五角,村。"该资料表明,"表"不仅可以指女人,也可以指男人,指女人时也不限于妓女,可见外妇说不可靠,妇女总称说也有问题。确切地说,"表"泛指人。问题是该义从何而来?

华夏文化很看重亲属关系,遇见非亲属关系的人时喜欢用亲属称谓去称呼,以示亲切,如大爷、大叔、叔叔、大哥、大娘、大妈、大嫂、大姐、大妹子等都有泛称非亲属的用法。作为异姓亲戚的表亲是亲属关系中的一个大类,相关的称谓很多,如表伯、表叔、表舅、表兄、表哥、表弟、表侄、表姑、表婶、表嫂、表姐、表妹等,统称为"诸表"。唐薛调《无双传》:"诸表同处,悉敬事之。"单称为"表"。北齐颜之推《颜氏家训·风操》:"亲表聚集,致讌享焉。"亲指直系亲属,表指表亲。直系亲属是内亲,相对的表亲是外戚,故用外义的"表"指称。表亲称谓也常用作泛称。清郑钟祥、庞鸿文纂修《光绪重修常昭合志》卷六(光绪三十年刊本):"乡里人泛称年长者曰爷叔,犹常川人之称为表叔,苏州人之称为娘舅也。"许宝华、宫田一郎:"表嫂,①对三、四十岁陌生女人的尊称。吴语。浙江金华、岩下。②老乡(称呼女的)。赣语。江西宜春。""表婶,对五、六十岁陌生女人的尊称。吴语。浙江金华、岩下。"[③]金鸿儒《轻松学国学》:"'老表'在不同地区,有不同的意思。在江西,'老表'表示对同省老乡一种亲昵的称呼;回族中的'老表'是指回族内通婚或者旁系表亲之间缔结的传统;在南方一些地方,'老表'指行为老气、穿着老土的人;在北方一些地区,'老表'一词多指代父亲的兄弟姐妹的子女与自己之间、母亲的兄弟姐妹的子女与自己之间的互称。"[④]河南民权方言中"老表"是舅父、姨母、姑母子女之间的互称,不分年龄大小和性别。[⑤] 有些方言中"老表"特指表兄弟。刘超班主编《中华亲属辞典》:"老表,对

①王锳:《宋元明市语汇释》修订增补本,北京:中华书局,2008年,第7页。
②刘瑞明:《刘瑞明文史述林》上册,兰州:甘肃人民出版社,2012年,第36—37页。
③许宝华、〔日本〕宫田一郎主编:《汉语方言大词典》,北京:中华书局,1999年,第3077页。
④金鸿儒《轻松学国学》,北京:中国商业出版社,2016年,第100页。
⑤李雪琪:《民权方言词汇研究》,南开大学文学院硕士毕业论文,2019年。

表兄弟的称呼。”①引申用来称呼非表亲关系的男子。《汉语大词典》:“老表,亦作‘老俵’。方言。年龄相近的成年男子间的客气称呼。”经典中国编辑部《江西》:“漂泊在外的江西人相互见面,会用‘老表’代表‘老乡’、‘同乡’等称谓;而在江西地界,‘老表’更是被赋予了有着亲戚血缘色彩的称谓,是比拜把子兄弟还更亲近的姑表亲关系了。‘老表’这个透着泥腥土气的称谓,是拉近相互之间关系的纽带,朴实之中有着一份独特的亲切。”②“老表”在一些地方指土气的人则是老乡义的进一步引申。

宋代圆社(蹴鞠社团)的隐语行话中称道士为“老表”与一些方言中称成年男子为“老表”理据是一样的,女子称“表”与男子称“老表”实质上也是相同的,只是不同的地区用来特指不同的人群而已。女人或妓女可单称“表”。元石德玉《曲江池》第一折:“那一个生的好些的,是上厅行首李亚仙,这一个是他妹子刘桃花,就是敝表。”元汤式《一枝花 · 自省》:“妆孤的已受王魁戒,赡表的休夸双渐才。”明朱有燉《桃源景》:“他则待统镘的撞着额颅,赡表的蹑着足根。”“表”也可加上词尾“儿”“子”。宋陈元靓《事林广记》续集卷七《圆里圆 · 缕缕金》:“把金银锭打旋起,花星临照,我怎躲避? 今日闲游戏,因到花市,帘儿下瞥见一个表儿圆,咱每便着意。”“表儿圆”谓女子美丽,“表儿”指普通女子。元佚名《宦门子弟错立身》第十二出:“被父母禁持,投东摸西,将一个表子依随。”元睢玄明《要孩儿 · 咏鼓》:“排场上表子偷睛望,恨不得街上行人将手拖。”钱玉林、黄丽丽主编《中华传统文化辞典》:“表子,宋、元时称女演员。”③清李百川《绿野仙踪》第五十四回:“你这婊姐就不是了,亏你还相与过几千百个人,连我王老茂都不晓得。”“婊姐”即“表姐”,此指妓女,可见妓女称“表子”来自表亲义。“表子”之所以后世特指妓女,是因为妓女在人群中有较高的凸显度,有凸显度的事物容易将泛指义转化为特指义。不少词与“表子”一样经历了相同的引申路径。

“倡伎”原本也是不分男女的。《后汉书 · 梁冀传》:“冀、寿共乘辇车……游观第内,多从倡伎,鸣锺吹管,酣讴竟路。”《汉语大词典》:“倡伎,古称以歌舞杂戏娱人的男女艺人。”后世演化为特指妓女,故写作“娼妓”。唐孙棨《北里志 · 附录 · 杨汝士尚书》:“杨汝士尚书镇东川,其子知温及第,汝士开家宴相贺,营妓咸集,汝士命人与红绫一匹。诗曰:‘郎君得意及青春,蜀国将军又不贫。一曲高歌红一匹,两头娘子谢夫人。’”“娘子”本是敬称,这里指营妓(军中官妓)。“小娘”原是对年轻女子的敬称。明冯梦龙《醒世恒

①刘超班主编:《中华亲属辞典》,武汉:武汉出版社,1991 年,第 105 页。

②经典中国编辑部:《江西》,北京:中国旅游出版社,2015 年,第 76 页。

③钱玉林、黄丽丽主编:《中华传统文化辞典》,上海:上海大学出版社,2009 年,第 625 页。

言》卷三十四:“一向多承小娘相爱,故不说起。”也指称妓女。《醒世恒言》卷三:“一家之中有妈妈做主,做小娘的若不依他教训,动不动一顿皮鞭,打得你不生不死。”清末吴趼人《二十年目睹之怪现状》第三十五回:“富贵人家的女子便叫千金小姐,这上海的妓女也叫小姐。”当代汉语中“小姐”最初是对年轻女子的敬称,但后来便有了特指从事色情服务的女子的含义,这不是清末“小姐”词义的继承,而是词义演变规律的重现。

“乡亲”本指同乡亲戚。《宋书·翟法赐传》:“(法赐)丧亲后,便不复还家,不食五谷,以兽皮结草为衣,虽乡亲中表,莫得见也。”引申泛称任何人。宋佚名《异闻总录》卷四:“(雍友文)见一白衣男子坐道上草间,而面内向,呼之不答,又语之曰:‘乡亲,这里不静洁,将相黄昏,难以在此。’”原注:“乡亲,俗相呼之称。”清文康《儿女英雄传》第十四回:“站住抬头一看,见是个向他问路的。他一面拉下手巾来擦汗,一面陪个笑儿道:‘老乡亲,我也是个过路儿的。’”“老表”与“老乡亲”可以比照。

“友”原指朋友,称谓中为了表示亲切或礼貌,将并非朋友的人也称为“友”,于是“友”的词义泛化为“人”。如同僚称为“寮友”。晋夏侯湛《东方朔画赞》:“戏万乘若寮友,视俦列如草芥。”佛教徒之间互称“法友”。唐范摅《云溪友议》卷四:“法友谈玄,幸先达其深趣。”其他如机关单位的勤杂人员称为“工友”,同在一个学校毕业或工作过的人称为“校友”,业余戏曲演员称为“票友”,还有“网友、听友、室友、辩友、旅友、球友、病友、歌友、发烧友”等等。媒体常见的“友商”一词多指存在竞争关系的商家,“友商”之间常常互相贬损拆台,“友”不但不是朋友,反而有敌对的意味了。

以上这些词义引申现象都与“表”之人义的由来轨迹相同,可以互相比证。

露水夫妻

一般认为“露水夫妻”因短暂而得名。《现代汉语词典》(第7版)“露水”条:“露水夫妻,指短暂同居的男女。”商务印书馆辞书研究中心《新华成语大词典》:“露水夫妻,露水:比喻短暂。指暂时结合、非正式的夫妻。也指有不正当关系的男女。”[①]阎德喜《何为“露水夫妻”》:“露水是凝结在地面或靠近地面的物体表面上的水珠,存在的时间比较短,太阳一出来很快就蒸发掉。所谓‘露水夫妻’,正是根据它短暂的特点而得名,是一种很形象的叫法。”[②]这种说法在古代文献用例中讲不通。

①商务印书馆辞书研究中心:《新华成语大词典》,北京:商务印书馆,2014年,第911页。

②阎德喜:《何为“露水夫妻”》,《咬文嚼字》,2015年第2期。

《金瓶梅词话》第十二回:"(潘金莲)说道:'我的哥哥,这一家都谁是疼你的? 都是露水夫妻,再醮货儿。惟有奴知道你的心,你知道奴的意。'"潘金莲所说的"露水夫妻"指的是西门庆的所有妻妾,这些人可不是与西门庆短暂同居的,她们都是正式的妻妾,只不过都是"再醮货儿"。《词话》第二十三回:"只听老婆(宋慧莲)问西门庆说:'你家第五的秋胡戏,你娶他来家多少时了? 是女招的是后婚儿来?'西门庆道:'也是回头人儿。'老婆道:'嗔道恁恁久惯老成,原来也是个意中人儿,露水夫妻。'"这里的"露水夫妻"也是指半路夫妻,没有短暂、不正式的含义。第九十九回:"奴与他虽是露水夫妻,他与奴说山盟,言海誓,情深意厚,实指望和他同谐到老,谁知天不从人愿,一旦他先死了。"韩爱姐自认为她与陈经济是"露水夫妻"(不是正式的夫妻),却"指望和他同谐到老",说明"露水夫妻"未必短暂。见于这类用例,有些学者对"露水夫妻"的释义有所修正。白维国:"露水夫妻,不长久的夫妻。指非(正)式的或丧偶后再婚的半路夫妻。"①"不长久"是对"短暂"的修补,但下文说可指"丧偶后再婚的半路夫妻",再婚夫妻就不长久吗? 仍有矛盾。《汉语大词典》:"露水夫妻,有非正常性关系的男女。"干脆不提"短暂",但"有非正常性关系的男女"并不周延。

其实,"露水夫妻"的语源清代学者已做过正确的解释。清李光庭《乡言解颐》卷一《天部·露》:"又有曰露水夫妻者。《诗》'厌浥行露'笺:'《周礼》:仲春之月,令会男女之无夫家者。'疏谓之露会。又'野有蔓草'注:'谓男女相遇于野田草露之间。'则乡人之言,可谓原原本本矣。"《诗经·召南·行露》"厌浥行露"唐孔颖达疏:"此引《周礼》者,辨女令男以始有露之时来之意,由此始有露会无夫家者故也。"周代的时候男女交往比较自由,他们常私会于野田草露之间。《诗经·郑风·野有蔓草》:"野有蔓草,零露漙兮。有美一人,清扬婉兮。邂逅相遇,适我愿兮。野有蔓草,零露瀼瀼。有美一人,婉如清扬。邂逅相遇,与子偕臧(藏)。"描写的就是这种相会。为了繁殖人口,政府也鼓励未婚男女在仲春之月自由"野合",《史记·孔子世家》中所说的"纥与颜氏女野合而生孔子"就是指这种结合。后世虽然贬斥野合,但野合现象一直存在。清蒲松龄《聊斋志异》卷五《荷花三娘子》:"湖州宗湘若,士人也,秋日巡视田垄,见禾稼茂密处振摇甚动,疑之,越陌往觇,则有男女野合。"因田野草丛中有露水,故称男女的这种私会为"露会"。"露水夫妻"是"露会"男女的不同说法,"露水"指幽会的场地。所以"露水夫妻"原本指不合礼教的苟合男女。明佚名《续西游记》第五十五回:"若说姻缘,也要个媒的,三茶六礼,寻个门当户对,怎么撞着途路之人做个露水夫妻? 也被人笑为苟合。"清王有光《吴下谚联》卷三

①白维国:《金瓶梅词典》修订本,第 247 页。

《续目·三世修来同一宿》:"若露水夫妻,偶然邂逅,是孽障孽缘。"蔡东藩《南北史演义》第五十四回:"欢本老奸巨猾,阴为伺察,稍有所闻,即设法赚他二人。果然奸夫淫妇,中了欢计。一夕正续旧欢,偏被欢破门突入,当场捉出一对露水夫妻。"若苟合后正式结婚,露水夫妻也可以成为结发夫妻或半路夫妻。清李渔《肉蒲团》第十一回:"穿窬豪杰浪挥金,露水夫妻成结发。"若只是停留在苟合状态,其关系一般难以长久维持,故有"露水夫妻不长久"之类的说法。清钱德苍《缀白裘新集合编》第十一编《打面缸》:"这叫做露水夫妻不到底!"清陈森《品花宝鉴》第十八回:"想当年是鸳与鸯,到今是参与商,果然是露水夫妻不久长。"

综上,"露水夫妻"有两个含义:1. 私下苟合的男女。源于古代野合习俗。2. 半路结合的夫妻。

雷声大雨点小

《金瓶梅词话》第二十回:"贼没廉耻的货!头里那等雷声大雨点小,打哩乱哩,及到其间也不怎么的。""昨日那等雷声大雨点小,要打着教他上吊,今日拿出一顶䯼髻来,使的你狗油嘴鬼推磨。"白维国、卜键:"雷声大,雨点小,比喻声势大而实际行动少。"①《汉语大词典》:"雷声大,雨点小,《景德传灯录·文益禅师》:'雷声甚大,雨点全无。'后即以'雷声大,雨点小'比喻话说得很有声势,或计划订得很大而实际行动却很少。"举《词话》上例。两家的解释只是"雷声大雨点小"后来常见的喻义,这一喻义对《词话》的用例并不适用。《词话》中"头里(昨日)那等雷声大雨点小"跟今日的"不怎么的"相对,"那等雷声大雨点小"只是声势很大的意思,没有实际行动少的含义。常见的"雷声大"与"雨点小"之间是转折关系,《词话》的"雷声大"与"雨点小"之间是并列关系,"雨点小"是陪衬"雷声大"说的,类似于"大呼小叫""大惊小怪",是大声嚷嚷、气势汹汹的意思。

管见所及,此谚语最早见于《词话》。虽然《景德传灯录》中已有"雷声甚大,雨点全无"的说法,毕竟二者无论是字面还是喻义,都有差别,未必有继承关系。类似的说法还有"霹雳声高雨点小"。清戴璐《藤阴杂记》卷二:"若是例难逃,律不饶,忙检举也半边儿焦。只怕因公罣误几降调,幸得霹雳声高雨点小,赶办过平安暂报。"又有"干打雷不下雨"。

①白维国、卜键:《金瓶梅词话校注》,长沙:岳麓书社,1995年,第569页。

A correction of the popular etymological misconception

Yang Lin

(Nankai University)

Abstract: This paper proposes new explanations of the etymology of the six words and expressions, corrected the popular views.

Keywords: etymology; misconception

◎词汇与汉语史研究

复音疑问代词"何所"凝固的过程、动因与机制

王　浩

（河北师范大学文学院）

提要：探索汉语词汇双音化的发生发展机制一直是汉语史上的重要问题。本文对上、中古汉语、汉译佛经"何所"的用例进行了较为全面的考察，旨在探讨复音疑问代词"何所"的来源及促成其词汇化的动因与机制。复音疑问代词"何所"有两个来源，一是源于跨层结构"何/所 V"；一是源于偏正短语"何所"。语义—语法两维条件，隐喻、语用推理机制、主观认同类推机制和重新分析，致使"何所"由跨层结构或偏正短语逐步凝固为一个复音疑问代词。而且，通过穷尽的"何所"用例考察，我们认为汉译佛经的"何所"与本土汉语存在历史演变关系。

关键词：何所；双音化；动因；机制

汉语词汇双音化是汉语词汇发展史上一个重要的现象。两个独立的单音词或经常搭配的短语如何凝固成一个双音词，完成词汇化的过程，一直是认知语言学和功能语言学长期密切关注的问题。"何所"这一形式在文献中不是同一个语言单位，意义用法有别，因此受到语言学者的关注。但以往"何所"的研究多是从一些例句出发，辨析其意义及用法分类的不同，很少探讨其来源及凝固的动因、机制问题。本文从历史发展的角度，从语义层面，再辅以语法环境进行分析探讨，试图从认知上阐明复音疑问代词"何所"凝

固的过程、动因与机制。

一、“何所”以往的研究

王力(1981)、太田辰夫(1988)、尹君(1989)很早就关注了“何所”意义的变化,只是他们各家的理解存在分歧,松江崇(2010)认为几家主要的分歧点在两个方面:一是“何所”到底是怎样的句法成分;二是“何所”是否为同一个句法成分。这两个问题是分析“何所”的关键。而各家的不同看法正说明了“何所”的结构需要辨析,“何所”的意义容易产生误解。下面详细分析各家的看法。

王力《古代汉语》将“何所不容”分析为“所不容者为何”①。并认为这种说法在意思上带有“周遍性”。“周遍性”意义学术界已认同,但将其句法分析为“所不容者/为何”,有人提出异议。尹君(1989)认为此句属于“何/所/不容”句式,“何”为主语,“所”为语气副词②。这一句式质疑了“所”与“不容”的关系。张亦堂(1994)亦质疑“所+V”作主语“何”作谓语的“主谓倒装说”,认为“何所不容”的“何所”是一个整体。只是他用后代用例证明前代用例的方法有问题③。吴东平(2000)则明确指出这个例证中的“何所”是复音疑问代词,意义相当于“何”④。张幼军(2004)分析了《道行般若经》中“何所”的用法,并指出其“汉语中本无的用法”⑤。冯赫(2014)认为佛经中特有的“何所”与本土汉语“何所”不存在历史演变关系⑥。或者说他不认为这部分“何所”是本土“何所”直接词汇化的结果。以上学者对“何所 V”看法不同,“何所”到底能否看作一个整体,中古的“何所”和上古的“何所”有无关系,我们认为,如果把握了复音疑问代词“何所”凝固前后的变化,并将“何所”放在整个演变过程中分析,可能会增加分析的准确率。

二、“何所”的来源及其发展演变

“何所”在上古语料中已经存在,在中古语料中大量使用。但这些“何所”是不是同

①王力:《古代汉语》(修订本),北京:中华书局,1981 年,第 367 页。
②尹君:《关于“何所”这一形式》,《古汉语研究》,1989 年第 2 期。
③张亦堂:《“何所+动词”刍议》,《菏泽师专学报》,1994 年第 3 期。
④吴东平:《古汉语中 X 所的结构新论》,《中南民族大学学报》,2000 年第 3 期。
⑤张幼军:《〈道行般若经〉中“何所”的用法》,《古汉语研究》,2004 年第 3 期。
⑥冯赫:《论汉译佛经“何所”与“诸所”的源形式》,《东岳论丛》,2014 年第 2 期。

一个语言单位，结构是否相同，需要穷尽性考察“何所”在文献语言中的实际用例，分析其整个历史发展过程中的意义和用法。“何所”用例的检索，我们利用了上古中期、上古晚期的语料，还有中古早期汉译佛经的语料，试以显示“何所”的详细演变历程。

2.1 上古中期语料

本文搜索到“何所”在上古中期的语料①《论语》1 例，《左传》6 例，《国语》1 例，《管子》1 例，《吕氏春秋》1 例，《楚辞》14 例，共 24 例。（成书年代有争议的文献不在考察范围，如《列子》）。因为“何所”在上古中期的用法已经很复杂，而且前辈学者对它们的分析并不一致，需再讨论。

(1)子夏之门人问交于子张。子张曰：“子夏云何？”对曰：“子夏曰：‘可者与之，其不可者拒之。’”子张曰：“异乎吾所闻。君子尊贤而容众，嘉善而矜不能。我之大贤与，于人何所不容？我之不贤与，人将拒我，如之何其拒人也？”（《论语·子张》）

此例是文章开头提到的学界观点有分歧的例证。学界分歧的关键点：一是“所”与“何”是不是一个整体；二是句子成分如何划分；三是“所”的词性和意义是什么。要厘清这三个问题，应该放在更大的语言环境中分析。

这几句话主要讲我与人的交往，上文“我之大贤与”为假设复句的第一个分句，引出下文新情况“于人何所不容”。原文的句义是：如果我很贤明，不能包容的（人或品质）是什么？此句用反问的形式表达了深层的含义：我没有什么（人或品质）不能包容。我们赞同王力先生的观点，“所”与“不容”构成所字结构，在小句中做主语，倒装为“何/所不容”。因为句中的“所”仍具有指代作用，指代包容的人或品质。如果把“何所”看成一个整体或把“所”看成语气词，就把原文中“人或品质”这个含义抹杀了，与原文意义不符。所以这里的“何”与“所”不是一个整体，也不在一个语法层次上，只是具有线性序列关系的跨层结构。

何乐士（2012）认为：“‘何所’共 6 例，这是‘何’+‘名’的一种固定词组，表示什么处所。”②分析《左传》具体例证，我们得出更进一步的看法：

(2)叔侯曰：“虞、虢、焦、滑、霍、杨、韩、魏，皆姬姓也，晋是以大。若非侵小，将

①我们采用的上古时期指商—西汉段。上古早期是商、西周时期，上古中期是东周（春秋战国时期），上古晚期是秦代、西汉。商代和西周的语料不在我们的考察范围。

②何乐士：《〈左传〉语法研究》，郑州：河南大学出版社，2012 年，第 188 页。

何所取？武、献以下，兼国多矣，谁得治之？”（《左传·襄公二十九年》）

（3）“今铜鞮之宫数里，而诸侯舍于隶人。门不容车，而不可逾越。盗贼公行，而天厉不戒。宾见无时，命不可知。若又勿坏，是无所藏币，以重罪也。敢请执事，将何所命之？”（《左传·襄公三十一年》）

以上两例“何所”有“什么地方”之义，但不是表达对处所的确指询问。从认知的角度看，句中有“何”为疑问词，与表“处所”义的“所”组合，本是针对人或事件存在发生的地点进行询问，要求听话人对疑问部分做出确指的回答，问话人对答案没有倾向性的意向。这应该是“何”与“所”组合的本义。而这两句的“何处”不是询问具体处所，而是表反诘：“如果不侵略小国，将取得哪里的土地呢？”意指：除侵略小国之外，晋国无论哪里都不能取得土地。“敢请繁问执事，将命令我们把东西放置在哪里呢？”意指：不让我们放在这里，放在任何地方都不安全啊。这两处的“何所”用在反诘问句中，整个句子表示否定，带有问话人较强的追问、责问的感情色彩。“何所”的意义也不再表示确指询问，而是带有周遍性、任指性，指代“无论什么地方、任何地方”。

“何所”意义的变化是吸收了句义而来，而整个组合意义的变化，加强了组合的整体性。这和“何”从表询问到表反问的变化一致；从句法上看，“何所”用在副词“将”和动词“取”“命”之间，加强了其整体性，促使了其凝固。《左传》中 6 例情况均如此。我们推测这些“何所”的/何（定语）+所（中心语）/偏正短语的结构已经非常紧密，可以称为习语。董秀芳（2006）指出自由短语变为习语（idiom），也可以算作词汇化①。

（4）桓公为司徒，甚得周众与东土之人，问于史伯曰：“王室多故，余惧及焉，其何所可以逃死？”（《国语·郑语》）

此例“何所”是名词性偏正短语，表示“什么处所”。桓公询问具体逃死的地方，下文史伯有回答：“其济、洛、河、颍之间乎！”这个例证学界没有异议。

（5）问所以教选人者何事？问执官都者，其位事几何年矣。所辟草莱有益于家邑者几何矣？所封表以益人之生利者何物也？所筑城郭修墙闭绝通道阨阙深防沟以益人之地守者何所也？所捕盗贼，除人害者几何矣？（《管子·问》）

①董秀芳：《词汇化与语法化的联系与区别：以汉语史中的一些词汇化为例》，《汉语词汇化和语法化的现象与规律》，上海：学林出版社，2017 年，第 1 页。

此例“何所”与上文“何事”“何物”“几何”使用的语境相同,都是对事情数量的询问。义为“哪些”。此处“何所”已经凝固为复音疑问代词。

(6)郏之故法,为甲裳以帛。公息忌谓郏君曰:“不若以组。凡甲之所以为固者,以满窍也。今窍满矣,而任力者半耳。且组则不然,窍满则尽任力矣。”郏君以为然,曰:“将何所以得组也?”公息忌对曰:“用之则民为之矣。”(《吕氏春秋·去尤》)

此例“何所”与“何处”义无关。此问是对行为方式的确指询问。郏君问:“将用怎样的方式得到组呢?”公息忌答出对策:以“上用之则民为之”的方式。因为有副词“将”的存在,突出了句中的动词“得”,因此不可能是“所以得组”的结构关系。只能是“所”与“何”结合作介词“以”的宾语。受当时疑问代词作介词宾语前置的规律制约,“何所”放在“以”之前。“所”为指示代词,指代方式,“何所”表示“什么方式”。我们认为此例“所”已经与“何”凝固,是询问方式的复音疑问代词。

《楚辞·天问》14 例,其中有 6 例表示“什么处所”,1 例表示“什么时间”。其他 7 例“所”与后面的成分构成所字结构,与“何”不在一个语法层次上,仅举一例如下:

(7)鲧何所营?禹何所成?(屈原《楚辞·天问》)

图表【1】上古中期文献“何所”使用概况

用法／文献	跨层结构	偏正短语		习语		复音疑问代词	
	个数	个数	意义	个数	意义	个数	意义
论语 1	1						
左传 6				6	哪里(任指性、周遍性)		
国语 1		1	什么地方				
管子 1						1	哪些
吕氏春秋 1						1	什么方式
楚辞 14	7	6	什么地方			1	什么时间

从上古中期语料可以较清晰地看到,“何所”并不一定是同一个语言单位。主要分四种情况:(1)“何”与“所”之间没有直接句法关系,跨越两个语法层次,表示为:/何(谓语)/+/所 V(主语)/;(2)“何”与“所”在一个语法层次上,但未凝固成一个词,是名词性

偏正短语,表达对处所的询问,表示为:/何(定语)/+/所(中心语)/;(3)名词性偏正短语的结构已经非常紧密,用例渐多,可以称为习语,表示为:/何(定语)+所(中心语)/;(4)“何”与“所”在一个语法层次上,且已凝固成一个复音疑问代词,表示为:/何所/。(2)(3)(4)之间有直接演变关系,与(1)语言性质不同。我们认为(3)(4)的“何所”在上古中期已经凝固为复音疑问代词,在句中充当状语、主语、谓语或介词前置宾语。而来源是表询问方所的偏正短语“何所”。

上古文献一直在使用单节词“安”“焉”“恶”等表示对方所的询问,我们推测,偏正短语的出现,不仅可以代替“何”“安”“焉”而且使得语义的分辨更清楚,可能又同时反映了汉语按照自己的发展规律,逐步走向双音节化的趋向。冯胜利(2010)从韵律构词学的角度解释了汉代同义复合的双音词大量出现的现象:这些双音词并无表义功能的差别只是“词气稍觉浑厚”①。可见这些双音词是作为同义单音词的风格变体而存在的,具有一定的修辞功能。语言使用者可以在具体的语境中根据需要选择使用。与偏正短语“何所”相似的还有“安所”“焉所”,它们的意义与单音词相同,且意义演变方式也与单音词一致。

2.2 上古晚期语料

本文搜索到“何所”在上古晚期的语料《史记》8 例,《淮南子》2 例,共 10 例。具体例证省略,其结构和意义是上古中期的延续。

图表【2】上古晚期文献“何所”使用概况

用法 / 文献	跨层结构	偏正短语		习语		复音疑问代词	
	个数	个数	意义	个数	意义	个数	意义
史记 8	5	2	什么地方	1	哪里(任指性、周遍性)		
淮南子 2				1	哪里(任指性、周遍性,虚化)	1	怎样(任指性、周遍性)

2.3 中古语料

中古语料的选择主要分两部分,一部分是中土传世文献,其中包括《论衡》12 例,《抱朴子》14 例,《世说新语》18 例,《搜神记》5 例,《后汉书》7 例,《三国志》30 例,《宋书》26 例,《南齐书》13 例;一部分是早期汉译佛典,其中包括《道行般若经》63 例,《中本起经》3 例,《六度集经》1 例,《杂宝藏经》4 例,《过去现在因果经》6 例,共 202 例。与上古相比,

①冯胜利:《汉语韵律句法学》,上海:上海教育出版社,2000 年,第 118 页。

中古时期“何所”的用例大量增加。选择《道行般若经》,是因为在东汉佛经中其“何所”的用例最多、选择《中本起经》《六度集经》《杂宝藏经》《过去现在因果经》是因为这些材料的真实性和可用性均被松江崇论证过①。具体列表说明其结构和意义。

中古传世文献“何所”的使用情况,仍基本延用上古的用法,又增加了新用法,表现在(1)意义上,询问“哪里”不表示确切的实际处所,而泛指某个空间位置或指示来源;(2)询问事物“什么”,带有了周边、任指意义,在句子中作主语或前置宾语。(3)询问方式“怎么”,已有了副词的性质,有时亦带有周边、任指意义,在句中作状语。副词用法的出现,说明“何所”已经发生了转类,这也是一个词词汇化程度较高的表现。

图表【3—1】中古传世文献“何所”使用概况

用法 / 文献	跨层结构	偏正短语		习语		复音疑问代词	
	个数	个数	意义	个数	意义	个数	意义
论衡 12		3		2	哪里(任指性、周遍性、虚指)	7	谁、怎样、什么(任指性、周遍性)
抱朴子 14	9	3	什么地方			2	什么(任指性、周遍性)
世说新语 18	10			2	哪里(任指性、周遍性、虚指)	6	什么(任指性、周遍性、确指询问)
搜神记 5		4	什么地方			1	什么(确指询问)
后汉书 7	2	2		1	哪里(任指性、周遍性、虚指)	2	什么(任指性、周遍性)
三国志 30	15	1	什么地方	5	哪里(任指性、周遍性、虚指)	9	怎么(任指性、周遍性、确指询问)
宋书 26	11			2	哪里(任指性、周遍性)	13	什么(确指询问)怎么(任指性、周遍性)
南齐书 13	4					9	什么(任指性、周遍性、确指询问)怎么(任指性、周遍性)

①〔日〕松江崇:《古汉语疑问宾语词序变化机制研究》,东京:好文出版社,2010 年,第 9—20 页。

图表【3—2】中古汉译佛典"何所"使用概况

用法 文献	跨层结构	偏正短语		习语		复音疑问代词	
	个数	个数	意义	个数	意义	个数	意义
道行般若经 63		16		3	哪里(任指性、周遍性)	44	什么、谁、哪個、怎样、怎么(确指询问)
中本起经 3				2	哪里(任指性、周遍性)	1	什么(确指询问)
六度集经 1						1	什么(任指性、周遍性)
杂宝藏经 4		1	什么地方			3	什么(任指性、周遍性)
过去现在因果经 6		2	什么地方	1	哪里(任指性、周遍性)	3	什么(任指性、周遍性)

冯赫(2014)认为汉译佛经有的"何所"与本土汉语不存在历史演变关系。他归纳佛经"何所"有三种用法:特指问句用法、修饰名词询问人或事物的抉择性用法和询问事物的性状或样态的用法,认为本土汉语中都不存在①。可是,通过我们穷尽性逐个例证的考察,特指问句中"何所"作宾语,修饰名词询问事物的性状或样态的用法还是有的。魏培泉(2004)认为由本土汉语"何所"发展出了译经的"何所"②,我们还是赞同魏培泉的看法,当然佛经中"何所"的用法不是本土"何所"的自然发展,它受到佛经特质的影响,原典语言和汉语差异的影响,异域翻译者汉语素养的影响。尤其是原典语言和汉语的差异,译者会选择接近原典,姑且选用与之不完全对译的"何所"来翻译,这也创造性地发展出"何所"的许多新用法。辛岛静志(2010)归纳了《道行般若经》中"何所"的三种用法,第二、三种用法就是对译的原典中的关系词,相当于英语的 which、wherever③。译者之所以选用"何所"对译,可能与"何所"的指代性及指代的周遍性、任指性有关。而其他四本佛经与本土汉语的用法基本相似。

三、"何所"凝固的动因与机制

通过对上、中古汉语、汉译佛经中"何所"用例的全面考察,我们发现"何所"的用法

①冯赫:《论汉译佛经"何所"与"诸所"的源形式》,《东岳论丛》,2014 年第 2 期。

②魏培泉:《汉魏六朝称代词研究》,台北:中研院语言学研究所,2004 年,第 240 页。

③〔日〕辛岛静志:《道行般若经词典》,Meiwa Printing company,2010 年,第 203—208 页。

主要有四种,而且这四种用法贯穿始终:(1)跨层结构;(2)偏正短语,什么地方(确指询问);(3)习语,哪里(反诘问),带有任指性与周边性;(4)复音疑问代词。从上古中期的用例,可以清晰的看到(2)是(4)的源头,而从上古晚期到中古时期的用例看,也不排除(1)演变为(4)的可能。

3.1 偏正短语“何所”凝固的动因及机制

3.1.1 语义动因

“所”常用为名词“处所”义。《说文解字·斤部》:“所,伐木声也。从斤户声。《诗》曰:伐木所所。”段玉裁注:“伐木声,乃此字本义。用为处所者、假借为处字也。若王所、行在所之类是也。用为分别之词者,又从处所之义引申之,若予所否者、所不与舅同心者之类是也。”“所”借为“处所”义,也成为其在文献中的常用义。段氏所说的引申,是“所”的“处所”义空间概念的泛化。文献语言的使用中,“所”常泛化为事物存在处、身体存在处、事件发生处、身份地位等。如:

(8)庇荫处。“赫赫炎炎,云我无所。”(《诗经·大雅·云汉》)

(9)坐处。“武子去所曰:‘臣不堪也。’”(《左传·襄公二十年》)

(10)火灾发生处。“使华臣具正徒,令隧正纳郊保,奔火所。”杜预注:“所,使随火所起,往救之。”(《左传·襄公九年》)

(11)身份地位。“为人子孝,患不孝,不患无所。”杜预注:“所,位处。”(《左传·襄公二十三年》)

“处所”义的空间概念是其重要概念特征,这一概念特征不断泛化,进而演变为指代空间事物的指示代词。“所”演变为指示代词,是“何”“所”凝固为复音疑问代词的语义条件,这时,“所”由原来提示“何”的“方所”义,进而提示“何”所询问的人、事物、方式等意义。

3.1.2 语法动因

偏正短语“何所”+V 结构前副词的出现,使“所”与“何”的关系密切,副词在“何所”+V 结构句中不断出现,致使“何所”趋向凝固。

(12)佞人得志,是使晋国之武舍仁而后佞,虽得鼓,将何所用之!”(《淮南子·人间训》)

(13)随命则无遭命,言遭命则无随命,儒者三命之说,竟何所定?(王充《论衡·命义》)

例(12)“何所”,用于副词“将”与动词“用”之间,不是具体处所的询问,而是指泛化的区域性空间“哪里”,意为“将哪里再用得着它”。例(13)“何所”,用于副词“竟”与动词“定”之间,修饰“定”,意为“怎么、怎样”,这是偏正短语“何所”复音化后意义的丰富和深化。

3.1.3 空间隐喻与语用推理

王克仲(1987)《关于先秦汉语“所”字词性的调查报告》从空间概念说明“所”的名词“处所”义演变为代词的理由,即某一空间总与事物事件的发生相关联①。方有国(2002)也同意此演变动因,并从语法发展的角度,指出“所”被分析为助词和代词的缺陷,并认为所字结构的“所”不是助词也不是只指代动作对象的代词,而是指示代词,指代动作对象的施事、受事、方式、凭借、原因等②。

我们赞同“所”为指示代词的看法,并且认为空间概念向事件范畴和性状范畴的转化是“所”发展为指示代词的关键。“所”常用为“处所”义,空间概念是其重要概念特征。从认知的角度看,行为、事件发生在一定的空间,空间人便将视点转向观察空间的事件,感知空间事件的存在、属性、发展变化的动态特征,从而使空间范畴向着事件范畴或特征范畴转移,致使“所”脱离空间范畴,由表达处所的名词进而演变为指示事件主体、动作凭借、动作样态等的指示代词。蒋绍愚(2000)曾提到唐代的“何处”除表示什么地方外,还可以表示“何时”“何由”“何曾”等意义③,可以作为偏正短语“何所”凝固的印证。

“什么地方”本表确指询问,而在我们的文献调查中,“何所”经常用于反诘句中,传递“任何地方”“所有地方”的隐含义,这种隐含意义反复运用逐渐固化,使句子使用中生发的意义进入原来的形式,最后使“什么地方”由表确指问向不确指转化。“何所”作为一个整体接受了句子隐含的意义,加强了其整体性。(见第三部分上古中期例证分析)

3.2 跨层结构“何所”凝固的动因及机制

3.2.1 语义动因

太田辰夫(1987)认为:“构成名词性词组的‘所’是一个关系代名词(relative pronoun),它转为疑问代名词是很好理解的(英语的关系代名词 which、when、where 等兼作疑

①王克仲:《关于先秦汉语“所”字词性的调查报告》,《古汉语研究论文集(三)》,北京:北京出版社,1987 年,第 69 页。

②方有国:《上古汉语“所”字与所字结构再研究》,《上古汉语语法研究》,成都:巴蜀书社,2002 年,第 78—100 页。

③蒋绍愚:《杜诗词语札记》,《汉语词汇语法史论文集》,北京:商务印书馆,2000 年,第 13 页。

问代名词。)”①蔡镜浩(1992)肯定了太田的观点,并进一步阐释了演变原因及演变时间:“这一演变的具体原因是同义异构句型之间的相互转换关系造成的词的语法功能的类化。这种演变大约发生在东汉与魏晋之际。”②文献例证也证明了这一点。如:

(14)问帝崩所病,立者谁子,年几岁。(《汉书·武五子传》)

(15)危须王何故不到,胺久等所缘逃亡?(《后汉书·班超传》)

“所”的疑问代词的语义特征,为其与“何”的词汇化提供了语义条件,再加上两者经常处于同一个音步,“何所”就有可能被理解为一个整体。

3.2.2 句法环境与重新分析的可能

跨层结构“何/所”一般处于动词前面,“所”的作用是使后面的动词变为名词性结构。随着句中副词的出现,句子的重心转移到副词或动词的身上,致使“所”与后面动词关系的疏远分离,这种句法环境不断出现,反映在人的记忆中,“何”与“所”近邻关系不断强化,因视觉上的相连被认定为一个整体,意义等同于“何”。太田辰夫(1991)认为“中古的‘何所’应是一个词,意义跟‘何’一样,‘所’已经词尾化了。”③

(16)不死之事已定,无复奄忽之虑。正复且游地上,或入名山,亦何所复忧乎?(葛洪《抱朴子·对俗》)

(17)祸败已成,犹不觉悟,退加寻省,方知自招,刻肌刻骨,何所复补。(《宋书·列传第二十九》)

例(16)(17)副词“复”出现在“何所”与动词“忧”之间,“复”直接修饰动词,表达说话人的一种主观态度,成为句子的重心。致使“所”与“忧”关系的疏远,不再是一个所字结构。

(18)中常侍赵忠谓诸黄门曰:“袁本初坐作声价,不应呼召而养死士,不知此儿欲何所为乎?”(《三国志·魏书袁绍》)

例(18)副词“欲”出现在“何所”与“为”前,突出了“动词”的位置,而前句中已经交

①〔日〕太田辰夫:《中古(魏晋南北朝)汉语的特殊疑问形式》,《中国语文》,1987年第6期。

②蔡镜浩:《也谈汉魏六朝的疑问代词“所”》,《汉语研究论集》(第一辑),北京:语文出版社,1992年,第62—63页。

③〔日〕太田辰夫著,江蓝生、白维国译:《汉语史通考》,重庆:重庆出版社,1991年,第69页。

代袁绍"应呼召而养死士",做了什么已经清楚,而且是非常出格的事情,所以下文不是突显做的是什么,而是又想做什么,突出的是动词"为",以表达什么也不要再做了之意。

到中古时期,"何所"的位置有用"何"代替的现象,两种用法渐近混用,从某种程度上可以看到"所"与后面动词结合使其名词化的用法不再是强势用法。如:

(19)齐王曰:"天下何所归?"曰:"归汉。"(《史记·郦生陆贾列传》)

(20)齐王曰:"天下何归?"食其曰:"天下归汉。"(《汉书·郦陆朱刘叔孙传》)

"所"与后面动词的关系疏远,逐渐分离出来,加之"何"直接作前置宾语的情况一直存在,与"何所"所处语位相同,很容易看成相同的句子结构。结构上的类同认知导致了语义上的类同分析,从而引起了对"何所"性质认识的改变。这种句子的增多,最终导致了重新分析的完成。经过重新分析之后,"所"与"何"认同类推为一个整体,跨层凝固为复音疑问代词。需要说明的是,有些句子发生了重新分析,有些没有,有些则处于边界状态。

结　语

通过"何所"例证的历时考察,我们推测,在汉语词汇双音化的大趋势下,复音疑问代词"何所"的词汇化过程经历了两个阶段,第一个阶段是上古中期,表询问处所的偏正短语"何所"习语化,并随着"所"名词性意义逐渐丧失、空间概念的指代化而进一步凝固。第二个阶段是中古时期,"何/所 V"中"所"与后面动词的关系疏远,所字结构解体,与"何"直接前置的结构类同而被认同类推为一个复音疑问代词。

"何所"在古代文献中的用例呈现出非常复杂的面貌。其复杂性在于:一,"何所"的最初使用并不是同一个语言单位,不具有同一性。二,"何所"在发生了重新分析之后,其原有的意义与功能仍然存在;三,复音疑问代词"何所"是由两种不同形式凝固而来,这种词汇化的过程不易被人察觉。因此,本文的分析也许能对更好地了解"何所"的发展历史与性质有所帮助。

Motivation and mechanism on the Lexicalization of *hesuo*(何所)

Wang Hao

(Hebei Normal University)

Abstract: It has been an important issue in the history of Chinese language to explore the mechanism of the occurrence and development of disyllabic words. This paper makes a comprehensive study of the use cases of *hesuo*(何所) in sutras of upper and middle ancient Chinese, aiming at exploring the form before its solidification and the motivation and mechanism of its lexicalization. We think that the compound interrogative pronoun *hesuo*(何所) comes from two sources: one is the constructions of *he/suo*(何/所); the other is the partial phrase of *hesuo* (何所). The reasons for evolution are semantic motivation and grammatical mechanism. We believe that there is a historical relationship between *hesuo*(何所) in the buddhist scriptures and literatures.

Keywords: *hesuo*(何所); Lexicalization; Motivation; Mechanism

“抢”的语义内涵及其语法表现*

李 瑞

（首都师范大学国际文化学院）

提要：“抢”的字形源于“枪”，意义与“侵夺”义的“攘”关系密切。通过与“夺”和“争”的对比可知，“抢”的语义内涵主要包含〔出其不意〕〔强力〕和〔快速〕三个要素。其中，〔快速〕作为“抢”最根本的语义特点，决定了其词义衍生的方向和语法表现。“抢+NP”中的“抢”是“强取”或“速取”义，其不同性质的宾语是转喻、隐喻和某一义素突显的结果。“抢+VP”中的“抢”是〔快速〕义进一步突显形成的，与“速取”义有着内在的关联。“抢、争、赶、跟、拖、让”等含有〔±快速〕义素的词形成了规律性多义聚合体，存在一致的语义衍生规律。

关键词：抢；语义内涵；词义衍生；义素突显；规律性多义

“抢+NP”在不同语境中可能有不同的解读，请看下面两个句子：

（1）小伙大街上抢钱包，被民警及市民联手擒获。（《青岛早报》2013.5.20）

（2）晋江一对夫妻沉迷“抢红包”，3岁儿走丢竟不知。（《海峡都市报》2016.10.27，转引自刘探宙2017）

刘探宙注意到，例（1）中的“抢钱包”是“抢夺”义，例（2）中的“抢”是“抢先”义①。这两个

---

* 本文为2016年度北京市优秀人才培养资助青年骨干个人项目“近代以来北京官话的正式化和雅驯化——现代汉语书面语体形成过程和机制研究”的阶段性成果。

①刘探宙：《从“抢钱”到“抢红包”——“抢”相关的句式和宾语》，《汉语学习》，2017年第4期。

意义在《现代汉语词典》(第7版,以下简称《现汉》)中都有收录①。刘文认为,在"抢+NP"中,抢夺义的NP是"抢"的受事或目标,而抢先义的NP是"抢"表目的的旁格成分。

既然动词的意义影响到了相关结构的解读,那么动词词义本身就很有继续探究的必要。郭继懋曾提到,有些现象表面看起来是语法问题,实际上"是动词词义本身的问题"。因此,很多看起来属于语法学的问题可能有待于诸如"动词词义学"之类的学科去解决。汉语动宾关系难解,问题的根源就在于"对动词的词汇意义迄今还没有办法作出科学的令人满意的全面的分类"②。而现实是,由于历史原因,语义学尤其是词汇语义学研究还比较薄弱。王宁、黄易青等探讨了词义内涵运动元素的语法表现,证实了"语义决定语法"这一命题③,对本研究颇具启示意义。我们试图沟通古今汉语,利用传统训诂学对词义的研究成果,对现代汉语动词"抢"的语义内涵及其在相关结构中的变化作出解释。

一、"抢"的来源

"抢"字在先秦文献中不常见,其今义亦产生较晚。《庄子·逍遥游》本作"枪榆枋",陆德明《经典释文》作"抢榆枋"。现通行各本均从后者。这个"抢"前人注为"犹集也""著也"或"突也"。《战国策·魏策四》"以头抢地尔"鲍彪注:"抢,突也。"这两处的"抢"都有两物碰触之意。东汉许慎的《说文解字》(以下简称《说文》)没有收录"抢",《木部》的"枪"释为:"歫也。一曰枪攘也。"现代的"抢",其字形或许就来源于"枪"。据段玉裁"枪有相迎斗争之意"的解释,用强力违背被抢人的意愿夺取其财物,与用"枪"拒人有相似之处。换言之,"枪"大概是基于隐喻原理变为"抢"的。

上古文献中还有"攘"字。《论语·子路》"其父攘羊,而子证之",杨伯峻和杨逢彬都

---

①中国社会科学院语言研究所词典编辑室编:《现代汉语词典》(第7版),北京:商务印书馆,2016年,第1049页。

②郭继懋:《谈动宾语义关系分类的性质问题》,《南开学报》,1998年第6期。语法学和语义学的分工是一个很值得探讨的问题,句法语义学和词汇语义学之间究竟是什么关系也可以继续讨论。这些问题的解答有待于语义学自身的独立发展和完善。传统训诂学的主要内容是词义训释,由对词义的把握达到理解句义和章旨的目的,对现代语义学的理论建设有积极的借鉴意义。可参看王宁:《汉语词汇语义学在训诂学基础上的重建与完善》,《民俗典籍文字研究》,2006年第2辑。由于学术传统的断裂,传统训诂学通过字义把握句意进而疏通章旨这种由下而上的研究模式在现代汉语研究中似乎没有得到继承。

③王宁、黄易青、王诚:《词义内涵的语法表现(之一)》,《民俗典籍文字研究》,2015年第2辑。

译为“偷”①。《淮南子·泛论》“直躬其父攘羊而子证之”高诱注:“凡六畜自来而取之曰攘也。”《尚书·费誓》“无敢寇攘”孙星衍今古文注疏引《论语》周氏注、《孟子·滕文公下》“今有人日攘其邻之鸡者”焦循正义引《周书·吕刑》郑氏注并曰:“有因而盗曰攘。”“自来而取”“有因而盗”,都是说私下趁人不注意取走,跟今天的“抢”在细节上不甚相同。沈家煊认为,“偷”和“抢”都有施事、受事和夺事三个语义角色,但前者的受事“失窃物”得以突显,后者则突显夺事“遭抢者”。之所以如此,是由于同为将他人财物据为己有,“偷”含有〔私下〕的语义特点,而“抢”的特点则主要是〔强力〕②。

在上古文献中,“攘”可与“强取”义的“敚”连用。《尚书·周书·吕行》:“蚩尤惟始作乱,延及于平民,罔不寇贼、鸱义、姦宄、夺攘、矫虔。”《说文》引此文作“敚攘”。“敚”训“强取”,“攘”既与“敚/夺”连用,大概就不是今天的“偷”,而是“强取”。因此,章太炎先生说:“今人谓盗劫为抢,‘抢攘’古连语,知抢即攘也。”③而根据段玉裁的分析,“攘”是“䙴”(读若穰)的假借。后者《说文》训“乱”,段氏注:“凡发乱曰鬤鬤,草乱曰葶蘘,皆抢攘同意。”④由此可见,“争”和“抢”也有密切的关系。

通过以上分析大致可以断定:“抢”的字形源于“枪”;意义与“攘”关系密切,与“争”和“夺”亦相近。

二、“抢”的语义内涵

《现汉》将“抢”解释为“抢夺;争夺”⑤。这是一个义项组,“抢夺”突出一方主动夺取,“争夺”强调因多方参与而场面混乱。也就是说,“抢”同时具有“夺”和“争”两个词的意义特点。这三个动词出现的典型结构都是“$NP_{人}+V+NP_{事物}$”,因此下文的分析首先考虑事物宾语。

“夺”义为“强取”,亦即“不与而取”(贾逵《国语》注),指施事违背受事的意愿实施抢夺财物的行为。在这一点上,“抢”和“夺”相同。其意义可以初步表述为:

抢/夺:施事违背受事的意愿用强力获取其财物。

①杨伯峻:《论语译注》,北京:中华书局,1980 年,第 147 页;杨逢彬:《论语新注新译》,北京:北京大学出版社,2016 年,第 252 页。

②沈家煊:《说“偷”和“抢”》,《语言教学与研究》,2000 年第 1 期。

③章太炎:《章太炎全集·新方言》,上海:上海人民出版社,2014 年,第 55 页。

④段玉裁:《说文解字注》,上海:上海古籍出版社,1981 年,第 62 页。

⑤中国社会科学院语言研究所词典编辑室编:《现代汉语词典》(第 7 版),2016 年,第 1049 页。

刘探宙把“抢+NP”的“抢”分为“抢劫”和“强取”两类,认为前者是非法暴力行为,后者则是非暴力获取。其实只要违背被抢夺者的意愿,是否非法暴力并不是“抢”或“夺”词义本身关注的焦点。许慎在《说文》中说“人欲去,以力胁止曰劫”,意即违背他人意愿,以强力胁迫阻止其逃脱。只要违背他人意愿,不管是“抢劫”还是“强取”,都可能对他人造成人身伤害,但不能因为现代法律中有“抢劫罪”就将“非法暴力”的特点说成“抢”本身意义的构成要素。例如:

(3)家眷行囊,俱被乱民抢去,还把学生打倒在地。(《桃花扇·逃难》)

(4)被些乱民抢劫一空,仅留性命。(《桃花扇·逃难》)

例(3)中,马士英的“家眷行囊”被乱民抢走。这个过程自然是暴力的,但“把学生打倒在地”并非“抢”的自然结果,而是乱民的另一行为。例(4)马士英重述此事使用“抢劫”一词,但乱民图的是财而不是命,该暴力行为并未伤及其性命。换言之,“抢”本身并没有暴力的特点。现代用例如:

(5)上海:逃犯抢劫金店,48小时落网。“该男子4号在上海奉贤区南桥镇的一家金店实施了抢劫,随后逃走……男子在试戴时,趁店员不备,抢走两条金项链后逃跑。”(CCTV13《新闻直播间》,2015.7.8)

从新闻画面看,犯罪嫌疑人在整个过程中并没有任何暴力行为,也没有给店员造成任何人身伤害,但该案件仍然被定性为“抢劫”。该男子的行为显然不能用“夺”描述,原因是两条金项链当时就放在柜面上,并没在店员手中。可见,与“夺”相比,“抢”的语义特点是“出其不意”“趁人不备”。

“夺/奪”本字作“敓”。如果物品的所有权是明确的,一方强力转移物品所有权的行为就是“夺”。在“夺”这一事件发生的典型语境中,物品一定是牢牢抓在其所有者手里的。如果物品已经脱离主人控制,抢夺者也就无需实施“夺”这一行为了。

根据《现汉》的解释,“抢”还有“争”的意义特点。《说文》:“争,引也。从𠬪、厂。”徐铉释其构意曰:“厂音曳。𠬪,二手也,而曳之,争之道也。”徐锴注:“厂,所争也。”段玉裁注:“凡言争者,皆谓引之使归于己。”“争”的字形是两手相争,其构意反映的是多方竞相夺取的场景。用“争”构成的合成词“竞争”“斗争”和“战争”等无不带有“多方引取”的语义特点。与此相应,“争”常出现的结构是“A与B(多方)+争+某物”。例如:

(6)两个孩子老争东西咋办?(《生命时报》2016.11.1)

(7)两个娃儿争玩具打闹了几下,双方家长就打上了。(华龙网,2017.5.31)

(8)当老大和老二争东西时怎么办?(妈妈网,2016.10.23)

“争”强调的是多方参与,至于物品的实虚、过程的安暴均非关注重点。“冠军”“上游”“先机”“时间”等抽象事物,经常是所争的对象。根据上文的分析,“抢”的语义特点是“趁人不备”,而趁别人不注意拿走物品速度通常要快,因此〔快速〕的语义特点是隐含在“抢”的词义中的。这一点从“抢”的声符“仓”中亦可看出。许慎在解释“仓”的得名之由时说:“仓黄取而藏之,故谓之仓。”段玉裁改“仓”为“苍”,注:“苍黄者,匆遽之意,刈获贵速也。”“争”则没有这个意义特点。例如:

(9)女子路边突然抢走男孩,被制服后发现患有精神疾病。(《山东商报》2016.5.25)

(10)*女子路边突然争走男孩。

表示“出人意料”“意外”的副词“突然”跟“抢”很和谐(例9),跟“争”则起冲突(例10)。

总而言之,“夺”的语义特点是“强力获取”,“争”的语义特点是“多方引取”。“抢”相当于“夺”时,除了“强力获取”义外,还有“趁人不备”的意义特点;“抢”相当于“争”时,还有“快速”的意义特点。“抢”的原型意义可以完整地表述为:

抢:施事违背受事的意愿,出其不意地用强力快速取得其财物。

三、抢+NP

根据刘探宙的分析,“抢”的名词性宾语NP有四种类型:受事$_1$(钱包)、目标(银行)、受事$_2$(篮球)、目的(座位)。刘文认为,目标是受事的转喻用法。因此,“抢”实际上有两大类三小类宾语。随着宾语的不同,“抢”的意义也会发生变化:

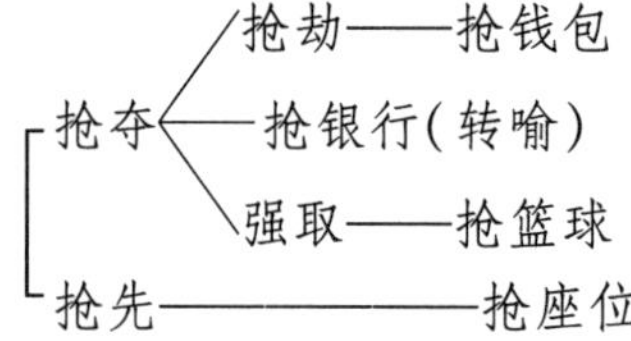

上文已指出,非法暴力或对物主造成伤害并非“抢”意义本身的要求。而通过与“夺”和“争”的比较可以得知,“抢”的意义特点是〔出其不意〕〔快速〕〔强力〕,〔出其不

意〕又隐含着〔快速〕①。此外，财物所有权归属的确定与否，也影响到“抢”的词义和句法表现。

以《现汉》分列的义项作为分析的起点，容易过于强调不同义项间的区别，而不易看出多义词意义的统一性。采用事件分解的策略，可对“抢+NP”这一结构做出如下分析：

a1. **张三抢(李四)钱包**：李四有一个钱包，张三想占有这个钱包，张三跟李四比速度和注意力，张三快且主动，钱包从李四转移到张三。

a2. **张三抢银行(钱)**：银行有很多钱，张三想占有这些钱，张三跟银行(安保人员)比速度和注意力，张三快且主动，钱从银行转移到张三。

b. **张三抢篮球**：很多球员共享一个篮球，张三想临时占有该篮球，张三跟其他球员比速度，张三快，篮球到张三手里。

c. **张三抢座位**：很多乘客共享座位，张三想临时占有其中一个座位，张三跟其他乘客比速度，张三快，张三临时取得座位的使用权。

可见，“抢”的这几个意义其实有着统一的模式。在a1(抢钱包)和a2(抢银行)中，财物的所有权是确定的，因此施事在财物转移过程中通常会遇到阻碍(即“不与而取”)，实施强力的过程又往往会给物主造成伤害。但施事的目的在于获取财物，而不是伤害物主。“抢篮球”和“抢钱包”真正的差异，是物品所有权的确定与否。因为“篮球”并非专属某人所有，而是场上全体球员共享，所以“抢”的具体表现就跟“抢钱包/银行”不同，并且在语法上会有明显的差异。

c与a、b的差别是由NP的不同特点导致的：座位是固定的，而钱包和篮球是移动的。现实社会中，一般不会有人把“抢座位”理解为把座位拆下来搬回家去，因此“座位”就被解读为“抢”这个行为的目标。刘文认为“抢座位”是“抢(先机)+(于)+座位”，也就是“为座位而争先”。其实从广义上说，红包和篮球又何尝不能理解成目标呢？两相对待的事件，客体往往是主体的目标。比如“猫捉耗子”就是“猫捉于耗子”或“猫为了耗子而捉

①“抢道、抢口令、抢节拍”跟“抢座位”不太相同。有人认为前者中的“抢”含有“在……(结束、到来)之前”或“比……快”的意义特点。试想乐队指挥对某学员说“刚才你抢了”，意思是他比别人快了；“排了两天队，终于抢到了一部苹果”，意思是在手机卖完之前买到了一部。我们认为，上例中的“抢苹果(手机)”并不是哄抢，而是为了得到苹果手机，而比别人早到现场。这种情形跟“抢座位”没有本质差异。“抢道、抢节拍/口令”或“你抢了”则很值得讨论。“抢节拍/口令”的“节拍/口令”不是施事的目的，因为一般没有人打破规则，故意超过别人。该结构的意思是，就事件结果看，施事的速度比他人快。“抢”的这个意义是在“抢座位”的基础上进一步突显事件结果的效应，并且已经具有一定独立性。“抢道”根据语境的不同有两种解读，有时相当于“抢座位”，有时则相当于“抢节拍”。感谢郝锐博士提供的相关分析。

取”。果真如此,“抢”的“争先”义又是从何处解读出来的呢?

与a相比,b和c也有共同点:a中李四和银行的注意力通常比较涣散,因此“抢”〔出其不意〕的特点得以表现;b和c中所有球员和乘客的注意力则高度集中,“抢”〔出其不意〕的特点无从表现。在b和c中,施事获胜的希望仅在于速度,谁的速度快谁就能先占有目标,“争先”义由此而来。

在实际语境中,某些词义要素或隐或现是很常见的语言现象。通常情况下“抢钱包”是趁物主不注意实施的行为,但“明抢”就是“公开地、毫无顾忌地强取”,不管物主是否有所准备。例如:

(11)在传火炬前一天晚上就有朋友发短信让我当心,说伦敦已经有抢火炬的事件了。一开始还好,后来……那时感觉还是小心一点,做了点心理准备,但没想到真正到那天别人抢的时候,抢得那么厉害……我当时脑子里乱乱的。只是在想(有人)要来抢火炬了,我要怎么样保护火炬不被抢去。我只想让他们知道,别想从我手里抢走火炬。(《济南日报》2008.4.10)

在“抢火炬”事件中,金晶事先就知道会有人来抢,因此非常“小心”、做了“心理准备”,想到“保护”火炬,坏人“别想”抢走,但当天坏人还是“抢得那么厉害”。“抢”〔出其不意〕的特点在一定程度上隐去,〔强力〕和〔快速〕的特点得以突显。

至于“抢”的主体是一个人或一个团伙还是一群人,需要根据语境具体分析。“抢钱包/银行”的主体一般是一个人或一个团伙,“抢座位”通常是一群人实施的行为,但“抢篮球”有时是指一个人从其他球员那里抢,有时则是指多人争抢。换言之,“抢篮球”是有歧义的,主体是一个人则相当于“夺”,主体是多人则相当于“争”。亦即:

a. 抢钱包——夺钱包
b. 抢篮球——夺篮球/争篮球
c. 抢座位——争座位

这是通常情况下人们对不同“抢”的解读。而事实上,实施“抢”的行为必然有主客两方。“张三抢李四钱包”一般是“张三夺李四的钱包”,但也能转化为“张三和李四争钱包”;“很多乘客抢座位”一般是“很多乘客争座位”,但就结果而言,也能转化为“张三跟其他乘客抢座位”。因此,“夺”和“争”之间并没有不可逾越的鸿沟,而是可以转化的。“抢”则兼有“夺”和“争”的特点。与“强夺”和“纷争”不同,“抢”可以是“抢夺”,也可以是“争抢"。

刘文认为,"抢座位"是"抢"带表目的的旁格宾语,其完整结构应是"抢+(先机)+(于)+NP",整个句式强调的是动作和目的,受事和目的事件所涉及的动作"得到"不予强调。其实,"抢"的目的必然是得到。"抢钱包"也可以解读成"为得到钱包而抢速度","抢篮球"是"为得到篮球而抢速度"。〔快速〕义是"抢"的词义本身所蕴含的,速度快就意味着时间短,所以带有〔时间〕或〔速度〕义的名词一般均可作"抢"的宾语。有些名词表面上没有此类义素,但"抢+NP"表示的事件则有迟速或久暂之别,例如"抢票房"和"抢风头":

(12)大年初一真热闹,8部电影抢票房。(《周口晚报》2017.1.24,转引自刘探宙2017)

(13)庙会"大师兄"抢风头。(《北京晨报》2018.2.18)

在例(12)中,八部电影都想在大年初一得到更多的票房收入,如果过了这个档期收入就会受影响。例(13)中,2018年本是狗年,但孙悟空造型的玩偶却大受欢迎,所以说"大师兄"抢了"狗"的风头。在很短的时间内获取票房收入或占到风头不太容易,所以才说"抢票房""抢风头",〔时间〕义隐含于事件本身。再看下例:

(14)进口片又来抢票房了,国产片要顶上!(《国际商报》2017.5.5)

如果观众买电影票的钱是个定额,看了进口片,看国产片的钱必然减少,所以才说"进口片跟国产片抢票房"。这跟"老大跟老二抢玩具"没有本质差别:"玩具"只有一个或数量恒定,老大抢走了,老二就没法玩儿了。

有问题的是"时间"和"速度"两个词本身,或明显含有〔时间〕或〔速度〕义素的名词,如"工期""进度""机会/时机"等。例如:

(15)为了抢时间,医护人员连台手术,中间不休息,常常就在手术室的休息间轮流吃盒饭。(《人民日报》1996.12.25)

(16)为了抢速度,杨观先第一个挽起袖子,用手抓起泥巴往袋子里装,双手都磨起了血泡。(新华网,2001.7.15)

如果做手术需要的时间不能变,为了救更多人,医生就必须牺牲休息和吃饭的时间,用这些时间做手术。例(15)的"时间"就是休息和吃饭的时间,这些时间是医务人员付出牺牲换来的。同样,“抢”的“不与而取”和“违背物主的意愿”也需要施事付出很大的努力。也就是说,在“不易获得”这一点上,“时间”和“钱包”是有共性的,因此不妨说“抢时间”是“抢钱包”的隐喻。即:

抢钱包:为了得到钱包,张三克服李四的阻挠,付出了很大努力。

抢时间:为了得到更多时间,医务人员付出了很大牺牲。

例(16)中的“抢速度”跟“抢时间”道理一样,因为速度快往往意味着时间短。不同在于,例(15)的“时间”是牺牲其他时间节省下来的,例(16)的时间则是加快速度省下来的,速度快了,工作效率也就高了。换言之,“时间”有两种抢法,因为不做他事而换来的时间是“抢时间”,提高工作效率省下来时间则是“抢速度”(但也可以说成“抢时间”)。“工期”“进度”“机会/时机”等均可作如是观。

以上分析表明,“抢”和不同的 NP 搭配,看似不同的意义,其实是由原型义通过转喻、隐喻和义素突显等语义运作机制产生的不同解读:

“争先”和“突击”两义是在“抢+VP”结构中产生的解读,而这两种解读产生的关键仍然是〔时间〕或〔速度〕义素。

四、抢+VP

“抢”本身隐含着〔快速〕义,而快速跟短时是相通的。速度和时间是谓词事件的必要条件,因此“抢”的语义内涵决定了它天然具有修饰其他谓词的可能性。修饰方式有两种:“抢+着+VP”和“抢+VP”。

其实说“抢先”义的“抢+NP”隐含着宾语“先机”,不如说是“抢”本身含有的〔快速〕义突显。“抢座位”就是“快速<u>占到</u>座位”,“抢红包”就是“快速<u>得到</u>红包”。亦即:

抢=做/do+快速/quickly+得到/get

如此,"抢红包"和"抢钱包"的分析模式即得以统一。"抢钱包"是施事克服物主的阻碍得到钱包,"抢红包"则是施事排除他人的竞争得到红包。不管是"抢夺"还是"抢先","抢+NP"的目的都是"得到 NP"。

在"抢红包"的基础上,如果"抢"的〔快速〕义进一步突显,〔得到〕义隐去,"抢"就成了"快速做(某事)"。即:

抢=做/do+快速/quickly

"抢着买手机"意思就是"(跟其他人相比)快点儿买手机"。"抢"的目的还是"得到手机",得到的方式则是"买"而非直接"抢",两个事件融合起来就是"抢买手机"。从根源上看,"抢手机"才是主体事件,"买"只是辅助方式。加上"着"以后,事件地位翻转,"买"成了主体事件,"抢"反成了辅助方式,因此"抢着+VP+NP"才被解读为状中结构。

不带"着"的"抢+VP"中,"抢"就可以解读成主体事件。"抢修道路"的结构是"抢_修道路",也就是"快速做修道路(这件事)",亦即"在短时间内完成修道路的任务"。针对该事件适宜的提问方式是:"快速做(抢)什么?""抢"之"快速做"的意义,就是《现汉》列出的"突击"义。这个意义是"抢"本身含有的〔快速〕义进一步强化形成的。

五、余论

"抢"首先构成"抢+NP","抢+VP"是由于本身含有[快速]义的"抢"修饰其他谓词而形成的衍生结构。通过这样分析,对"抢"的词义和由其形成的结构就有了统一的解释。即:

抢 NP	抢 VP
抢钱包=快速得到钱包	抢修道路=快速修道路
抢银行=快速得到银行(的钱)	抢着买手机=快速买手机
抢红包=快速得到红包	
抢时间=快速得到时间	

上文说"争"的意义特点是"多方引取",强调的是"多方",其本身并没有"抢"所具有的〔快速〕义。例如:

(17)为争家产相互斗了多年的敌人居然是亲生女儿。(凤凰网,2017.9.8)

(18)这对亲生父女——老杨和阿明(化名)终致反目成仇,争家产连场官司一打就是将近3年。(南方网,2004.8.25)

以上两例中为“争家产”分别“相互斗了多年”、打官司“将近3年”,都说明“争”对时间要素不敏感。但在有些情况下,“多方相争”会演变为“多方竞取”,事件的结果就成了谁快谁得。这时候,“争”就有了〔快速〕义。“争冠军”“争上游”跟快慢无关,但“争时间”就跟“抢时间”类似。“争”跟“抢”一样,也可以加“着”修饰谓词,例如:

(19)人大代表争着发言抢话筒。(浙江新闻,2016.1.26)

(20)村选举已经开始了,有人争着去当村干部,有人却不愿干。(北京时间,2018.1.27)

两例中的“争”跟“抢红包”的“抢”意义接近,虽然“争着VP”有纷争的意味,“抢着VP”有快速的意味,但在基本意义上二者几乎等同。

“夺”强调对实物的强取以及物品脱离物主的结果,这一行为很多时候同样需要快速,所以“夺”也有了“争先取到”的意思(《现汉》义项②)。但与“争”和“抢”相比,“夺冠”“夺红旗”的〔快速〕义并不突出。同时,因为“夺”要求宾语是具体物品,这一意义的比喻意味非常明显。倒是“夺路/门而逃”表现出明显的〔快速〕义,从而与“抢”相似(但不是“抢先”义)。

“争”和“抢”本是体宾动词,但其隐含的〔快速〕义突显导致了“争先”和“突击”等意义,句法功能也发生了明显变化:其后的NP变成了VP。类似的还有“赶”,“赶路/任务/稿子/时间”是“赶+NP”,“赶着上班/交货/回来”是“赶+着+VP”,“赶赴”和“赶考”则是〔快速〕义突显的“赶”构成的状中式合成词。“跟”可以是“跟客人”“跟进度”“跟着做事”,可构成合成词“跟进”。

“抢、赶、争、跟”隐含〔快速〕义,“拖”和“让”则有〔慢速〕义,这个义素决定了它们具有类似的用法。例如:

(21)拖桌子——拖工期/时间——拖着走

(22)让别人——让路——让着办奥运会

中国传统训诂学把类似现象称为“同律引申”①。苏俄语义学家阿普列相(Apresjan)

①冯胜利(冯利):《“同律引申”与语文词典的释义》,《辞书研究》,1986年第2期。

则称之为“规律性多义”(regular polysemy),认为只要能在两个词中找到相同的语义关系,那么该关系很可能普遍存在①。其后,帕杜切娃(Падучева)创建了词义动态模式,声称“同一主题类别的动词往往具有共同的词义衍生能力,也就是产生相同的语义衍生词”②。李瑞借鉴该理论模式,初步挖掘出汉语去除义动词(揭、掀、刮、剃、剔、剥、削、卸、裁、脱)存在规律性语义衍生现象③。同一语义系统内的成员普遍存在相同的语义衍生规律,在某种程度上证实了本文对“抢”的语义内涵和相关构式的分析。

The Semantic connotations of *Qiang*/抢 and Its Grammatical Realization

Li Rui

(Capital Normal University)

Abstract: The grapheme of *Qiang*/抢 originates from *Qiang*/枪, with its meaning coming from the sense of ‘snatching’ *in Rang*/攘. Compared with *Zheng* /争 and *Duo*/夺, the semantic connotations of *Qiang* are [+unexpectedly], [+forcefully] and [+quickly], in which the last one is fundamental and can determine the orientation of its semantic derivation and its grammatical realization. The meaning of ‘*Qiang*+NP’ is ‘to *get sth. forcefully or quickly*’, and the different objects of *Qiang* are the results of metaphor, metonymy or sememe salience. ‘*Qiang*+VP’ is formed as the further semantic salience of [+quickly]. Verbs like ‘*Qiang*, *Zheng*, *Gan*, *Gen*, *Tuo*, *Rang*’ have the same sememe [+speed], demonstrating the regular polysemy as well as the law of semantic derivation so regular semantic derivation exists in them, which can verify the analysis of *Qiang* in this paper.

Keywords: *Qiang*/抢; semantic connotations; semantic derivation; sememe salience; regular polysemy

①Apresjan, Juri. D, *Regular Polysemy. Linguistics*, Volume 142, 1974.

②〔俄〕帕杜切娃著,蔡晖译:《词汇语义的动态模式》,北京:北京大学出版社,2011 年,第 28 页。

③李瑞:《帕杜切娃词义动态模式对汉语多义词研究的启示》,《欧亚人文研究》,2020 年第 1 期。

“侵早”与“清早”辨*

霍生玉

（江苏师范大学文学院）

提要：“清早”是今人熟知的一个词。针对学者有关“清早”系源于“侵早”的文章，本文提出了不同意见：一、“清早”并非源于“侵早”；二、“侵早”和“清早”意思不一样；三、“侵早”的消失并非由于其变声音转为“清早”了，而是由于近代汉语-m韵尾的消变导致了“侵早”的消失。

关键词：“侵早”；“清早”；-m韵尾的消变

“清早”是今人熟知的常用词，白建忠《“清早”考释》①一文对“清早”的来源进行了考释。白文认为“‘清早’为‘侵早’之变声音转，‘清早’与‘侵早’意思一样，‘侵’是深邃黑暗之貌的意思，是指天欲明未明之际的一段时间。”其意谓今之“清早”系源于古之“侵早”，“侵早”和“清早”词义一样。可是，对此我们有不同看法：一、“清早”并非源于“侵早”，二者本为两个不同的词；二、“侵早”和“清早”意思不一样；三、“侵早”的消失并非由于其变声音转为“清早”了，而是由于近代汉语-m韵尾的消变导致了“侵早”的消失。下面试一一辨说。

---

* 本文是国家社会科学一般项目“《毛诗》古注中语词替换与汉语词汇演变的研究”（项目号：18BYY145）的阶段性成果。

①白建忠：《“清早”考释》，《语文知识》，2011年第2期，第43—44页。

一、“清早”并非源于“侵早”

白文认为“清早”原为“侵早”的依据是清人梁章钜在《浪迹续谈》卷八《黎明》①中所说“今人以早晨为‘清早’,而不知古人但作‘侵早’”之语。今引梁文如下:

> 今人以早晨为“清早”,而不知古人但作“侵早”。杜老《赠崔评事》:“天子朝侵早。”贾岛《新居诗》:“门尝侵早开。”王建《宫词》:“为报诸王侵早入。”翟晴江曰:“侵早即凌晨之谓,作清早者非。”然杜老诗“老夫清晨梳白头”,清早即清晨之意,亦未为不可也。

其实,梁章钜这里的意思并不是说今之“清早”即古之“侵早”,其意是古代“侵早”通行,而今天“清早”使用普遍。看下文,其特意引翟晴江说诸诗中“侵早即凌晨之谓,作清早者非”,又述杜老诗“老夫清晨梳白头”中“清晨”却可为“清早”,这说明梁章钜是将“侵早”和“清早”看作两个不同的词的,且认为二者不当混用。可见,白文对梁章钜所说的理解乃断章取义,是有偏误的。

不仅梁章钜、翟灏②认为“侵早”不能混作“清早”,还有学人也曾指出二者不能混用。清代宋长白《柳亭诗话》也说:“王建《宫词》:‘为报诸王侵早入,隔门催进打毬名。’‘侵早’即凌晨之谓,作‘清早’者非。”③宋长白和梁章钜、翟灏一样,也认为二者不可混用。可见,“清早”并非源于“侵早”,二者本为两个不同的词。下文对这两个词意义的探讨以及对其在历代文献中使用情况的考察,也可证明这一点。

二、“侵早”和“清早”的词义不同

接着,我们再来探讨一下“侵早”和“清早”的词义。白文认为“侵早”与“清早”二者含义一致,都指“天欲明未明之际的一段时间”,并认为“‘侵’是深邃黑暗之貌的意思”。白文引近人丁惟汾《俚语证古》“清早”条云:

---

①〔清〕梁章钜:《浪迹续谈》,北京:中华书局,2007年,第387页。

②清代翟灏(字晴江)《通俗编·时序》“侵早”条引杜甫《赠崔评事诗》“天子朝侵早”、贾岛《新居诗》“门尝侵早开”、王建《宫词》“为报诸王侵早入”诗,其按语云:“侵早即凌晨之谓,作清早者非。”见〔清〕翟灏:《通俗编》,卷3,第18页,清乾隆十六年无不宜斋刊本影印本。

③〔清〕宋长白:《柳亭诗话》,卷3,第14页,清康熙间天苗园刻本影印本。

清早，侵早也。早晨，早朝也。早晨谓之清早。清为侵之变声音转。《诗·大雅·抑》篇《正义》训“夙兴”为“当侵早而兴”。按：侵当读“涉之为王沈沈者”之沈（古音读侵）。“沈沈”为深邃黑暗之貌。侵早，犹昧爽也，又谓之早晨。早、朝双声通用。《诗·小雅·彤弓》笺：“一朝，犹早朝”。

我们查阅了《俚语证古》原文，发现白文所引不确①，丁氏原文其实为“双声音转”，而白文误作了“变声音转”。这可能是由于“双（雙）”和“变（變）”的繁体字有些相像而致误。此外，丁惟汾这里对“侵”的释义也是可商榷的。“涉之为王沈沈者”出自《史记·陈涉世家》，陈涉既称王，曾经与他一起佣耕的故人入宫见陈涉，见殿屋帷帐，客曰：“夥颐！涉之为王沈沈者！”“沈沈”一词，裴骃《史记集解》引应劭曰：“沈沈，宫室深邃之貌也。沈，音长含反。”意为陈涉故人惊叹王者的殿室深邃。宋子然（1989）对此有专门论述，他指出此“沈沈”为盛多之貌，不当解为“宫室深邃貌”。窃以为宋文所述有理。其由有二：（1）“沈沈”训为“盛貌”乃常训。（2）“沈沈”训盛多貌，与上文“夥颐”之叹相谐。陈涉故人入宫见殿屋帷帐，惊呼“夥颐！涉之为王沈沈者！”《史记索隐》：“服虔云：‘楚人谓多为夥。’按：又言‘颐’者，助声之辞也。谓涉为王，宫殿帷帐庶物夥多，惊而伟之，故称夥也。”②古时楚人谓多为“夥”，今川鄂一带仍有此遗语。“沈沈”训盛多之貌，正与上文故人“夥颐”的感叹相一致。因此，故人之叹，意在感叹王者殿屋帷帐之盛多，而非谓其宫室深邃。可见，丁惟汾据此将“侵”释为“深邃黑暗之貌”是不可取的。

关于“侵早”的词义，清人范寅所辑《越谚》中卷有“侵早头”条：“‘侵早头’，又曰‘天亮头’，皆凌晨时也。唐诗用甚多。”③范寅同翟灏，将“侵早”释为“凌晨”，这是对的。《说文解字·人部》：“侵，渐进也。从人又持帚，若扫（掃）之进。”④由“渐进”引申为“迫近，接近”义，是很自然的。“侵”在古书中也常释为迫近、接近。杜甫《陪诸贵公子丈八沟携妓纳凉晚际遇雨之二》：“缆侵堤柳系，幔卷浪花浮。”仇兆鳌注：“侵，迫近也。”⑤故“侵早”为动宾结构，将其释为“凌晨”，即接近早晨，顺理成章。而“清早”是偏正结构，

①白文引丁惟汾《俚语证古》引文有误，丁惟汾原文不仅非“变声音转”，而是“双声音转”，而且也不是“早、朝”双声通用，而是“晨、朝双声通用”。此外，白文标注的页码也有误，该条在《俚语证古》（济南：齐鲁书社，1983年）的第5页，而不是第186页。

②《史记》，二十四史点校本修订本，北京：中华书局，2014年，2364页。

③引文出自《越谚·天部·时序》“侵早头”条，中卷第6页左栏。见〔清〕范寅：《越谚》，上海：上海文艺出版社，1987年，该书据清光绪壬午（1882年）谷应山房刊本影印。

④〔清〕段玉裁《说文解字注》，上海：上海古籍出版社，2006年，卷8第374页下栏。

⑤〔清〕仇兆鳌注：《杜诗详注》，北京：中华书局，1979年，第173页。

“清新的早晨”,即清晨的意思。所以,“清早”与“侵早”结构不一致,词义也不一样。

我们认为,“侵早”和“清早”意义的差别主要表现在二者所指的时间段不同:“侵早”为“迫近、接近早晨”,而“清早”是“清新的早晨”,所以,“侵早”表示的时间要稍早于“清早”。如果以“进入早晨”为时间界点的话,二者意义的区别可如下图所示。

“侵早”　进入早晨　“清早”

三、“侵早”消失的原因

今人皆晓“清早”,而不知“侵早”。是什么原因导致了“侵早”的消失呢?白文引丁惟汾《俚语证古》,认为“清早”是“侵早”变声音转而来。其实丁惟汾说的是“双声音转”,而不是“变声音转”。不过,丁氏也未具体言明“清”和“侵”具体是什么音转关系。

为了弄清楚这个问题,我们考察了“侵早”和“清早”在历代文献中的使用情况①,发现“侵早”的产生要早于“清早”。“侵早”最早见于唐代,尤其在唐诗中较为多见,《全唐诗》②中有5例。如:

天子朝侵早,云台仗数移,分军应供给,百姓日支离。(《(杜甫)赠崔十三评事公辅》,2492页)

一月一回同拜表,莫辞侵早过中桥。老于君者应无数,犹趁西京十五朝。(《(白居易)拜表早出赠皇甫宾客》,5287页)

近得水云看,门长侵早开。到时微有雪,行处已无苔。(《(项斯)早春题湖上顾氏新居(二首)》③,6466页)

新调白马怕鞭声,供奉骑来绕殿行。为报诸王侵早入,隔门催进打球名。(《(王建)宫词一百首》,3437页)

采莲女儿避残热,隔夜相期侵早发。指剥春葱腕似雪,画桡轻拨蒲根月。(《(方干)采莲》,7491页)

①本文检索语料主要以文渊阁四库全书和北京大学CCL语料库为据。

②本文引唐诗所据纸本为:〔清〕彭定求编:《全唐诗》(增订本),北京:中华书局,1999年。诗句后括注该诗在《全唐诗》中的页码。

③此诗一题贾岛作,然题目稍有异,为《早春题友人湖上新居》,首句为“近得云中路”。见《全唐诗》第6700页。故此例仅计入1次。

除唐诗外,“侵早”在别的唐代文献中也屡见。例如:

《诗·大雅·抑》“夙兴夜寐,洒扫庭内,维民之章。”孔颖达疏:“既不听为恶,即教之行善,当侵早而起,晚夜而寐,洒扫室庭之内,勤行政事,维与民之为表宪文章。”(《毛诗正义》①,1369—1370 页)

《诗·鲁颂·有駜》“有駜有駜,駜彼乘黄。夙夜在公,在公明明。”孔颖达疏:“群臣以尽忠之故,常侵早逮夜,在于公所。其在于公所,则君臣无事,相与明明德而已。”(《毛诗正义》,1638—1639 页)

《诗·齐风·东方未明》“东方未明,颠倒衣裳。”郑玄笺:“挈壶氏失漏刻之节,东方未明而以为明,故群臣促遽颠倒衣裳。群臣之朝,别色始入。”孔颖达疏:“以挈壶氏失漏刻之节,每于东方未明而为已明,告君使之早起……。此则失于侵早,故言朝之正法,群臣别色始入。”(《毛诗正义》,395 页)

《备急千金要方·诸论·论服饵》“凡服利汤欲得侵早,凡服汤欲得稍热服之,即易消下不吐。若冷则吐呕不下,若太热则破人咽喉,务在用意。”(《备急千金要方》,见四库 735 册—卷 1/36②)

岩来日侵早入堂召师,师近前。岩曰:“昨日只对上座话不惬老僧意,一夜不安。”(《筠州洞山悟本禅师语录》③)

到宋代,“侵早”仍有见。我们统计了《全宋诗》《五灯会元》《古尊宿语录》《诚斋集》《册府元龟》五部文献中“侵早”的出现次数,如下表所示:

	全宋诗	五灯会元	古尊宿语录	诚斋集	册府元龟
侵早	5	4	4	3	1

元明以后,“侵早”就很少了。元代文献中未见“侵早”。我们分别统计了明清 6 部文献中“侵早”和“清早”两个词的出现频次,如下表所示:

①《毛诗正义》(十三经注疏繁体本),北京:北京大学出版社,2000 年。

②本文对大型丛书类古籍的引文标注出处的格式是:先是丛书册次和引书卷次页码之间用“—”连接,继而卷次和页码之间用“/”连接。另,页码后的英文字母 a/b 表示引文所在古籍右/左或上/下栏次。例如:“见《藏春集》,四库 1191 册—卷 5/7a”,指引文出自《藏春集》,该书在文渊阁四库全书第 1191 册,引文位于《藏春集》第 5 卷第 7 页右栏。

③出自《禅宗语录辑要》,上海:上海古籍出版社,1992 年,第 15 页。

	醒世恒言	初刻拍案惊奇	金瓶梅	醒世姻缘传	红楼梦	儒林外史
侵早	3	1	1	2	0	0
清早	15	12	7	61	16	25

可见,“侵早”到元明时候已很少见,清代则基本消失不见。

再看“清早”在历代文献中的使用情况。“清早”始见于宋代,但尚不多见,在四库全书和北京大学CCL两个语料库中,我们一共检得4例①。列举如下:

杨宜中教授之弟,为人轻浮,不护细行,忽梦黄衣道人告之曰:“明日清早可来山中相会,至旦以语所善者。”(《杨教授弟》,见《夷坚志》,四库1047册—戊卷1/2a)

有仆黄兴外厨煮料,置猪蹄其中。小婢如僧窃食之。兴讼于公。公曰:“正合占诗云:如僧清早厨边过,偷却黄兴料里蹄。”(《类说》,见四库873册—卷55/41a)

又疑而未决,乃书作相姓名,置琉璃器中,一夜燃香祝星辰。清早以箸夹之,首得文纪名,故命之。(《册府元龟·帝王部·命相》,见四库902册—卷74/29b)

却说那小娘子清早出了邻舍人家,挨上路去,行不上一二里,早是脚疼走不动,坐在路傍。(《错斩崔宁》②)

元代文献中,“清早”见4例。列举如下:

便是徐熙相对染,丹青不到天真。雨余红色愈精神。夜眠清早起,应有惜花人。(《临江仙·海棠》,见《藏春集》,四库1191册—卷5/7a)

---

①白文引杨万里诗《清早出城别王宣子舍人》证“清早”始见于宋代。其实,宋杨万里撰《诚斋集》(四部丛刊1195册—卷2/13页)题作“清晓出城别王宣子舍人”。此外,《诚斋诗集笺证(一)》(杨万里著,薛瑞生校证,西安:三秦出版社,2011年,第159页)和《杨万里年谱》(于北山著,于蕴生整理,上海:上海古籍出版社,2006年,第86页),引此诗皆作“清晓出城别王宣子舍人”。此外,白文列举有南宋刘克庄《惜花春起早》:“清早披衣起,春深好事家。”一诗,然《四库全书》《全宋诗》皆未见此诗。故此2例存疑,本文皆不计入。

②出自吴伟斌等选注:《宋元话本赏析》,南宁:广西教育出版社,1991年,第71页。编者在《错斩崔宁》篇末注释里说:“本篇选自《京本通俗小说》。据篇中‘我朝元丰年间’、‘却说高宗建都临安……不减那汴京故园’等句,可断为南宋作品。”另,程毅中辑注《宋元小说家话本集》(济南:齐鲁书社,2000年,第256页)和武汉市教师进修学院编选《中国古代文学作品选》(1978年,第302页)二书,也都把《错斩崔宁》作为宋代话本收入。因此,我们将该例计入宋代例。

南枝当户生，积素流羽葆。孤钟息群动，独鹤候清早。（《夜集西太一宫分韵得草字》，见《清容居士集》，四库1203册—卷4/8b）

今对酒如长鲸之吸，愿与高谈期大寒一日之先，望清早群贤之集。（《右请陈嘉会》，见《龟巢稿》，四库1218册—卷8/14a）

余与赵博士继清早作，出平则门，沿大堤并驻跸亭，下转入湖曲。（《西山诗序》，见《元诗选初集》，四库1469册—卷37/29a）

明清以后，“清早”极为常见，成为常语，例多不赘举。如前所述，元明时候“侵早”已极为少见，清代以后消失，今人已普遍不知汉语史上曾经存在过“侵早”这么一个词。正如清人梁章钜所说：“今人以早晨为‘清早’，而不知古人但作‘侵早’。”

“侵早”于明代（1368—1644）以后消失，我们推测，这应该跟近代汉语里-m韵尾并入-n尾有关系。中古“侵”属清母侵韵，属深摄；“清”属清母清韵，属梗摄。“侵早”和“清早”声同而韵不同，“侵”属闭口韵（韵尾为-m），“清”是后鼻韵（韵尾为-ŋ）。关于-m韵尾的变化过程，王力先生（1980：135页）说：“在北方话里，-m的全部消失，不能晚于16世纪，因为17世纪初叶的《西儒耳目资》（1626年）里已经不再有-m尾的韵了。”杨耐思（1981：27页）说：“-m的部分转化不晚于14世纪，全部转化不晚于16世纪初叶。”安奇燮《从朝汉对音考察-m韵尾的转化》一文指出，《洪武正韵译训》中的“俗音”反映出：“北方话里-m尾的全部消失，大约应该不晚于15世纪中后半叶。”综合诸家所论，在汉语通用语中，-m韵尾的部分转化不晚于14世纪，全部消变不晚于15—16世纪。可见，“侵早”的消失时间与之大致相当。

那么，-m并入-n尾之后，“侵早”去向如何呢？吕坤《交泰韵》（河南宁陵人，书成于万历三十一年，1603）将-m尾韵“侵、覃、咸、盐”等合并于-n尾韵“真、寒、删、先”中。王骥德《曲律》（浙江绍兴人，书成于万历三十八年，1610）云：“盖吴人无闭口字，每以侵为亲，以监为奸，以廉为连。”樊腾凤《五方元音》（河北尧山人，书成于康熙初1662—1664间）代表了当时北方话的语音系统，他把臻摄“真文”与深摄“侵寻”合为“人韵”：ən、in、un、yn。根据上述明清学者所论①，-m并入-n尾之后，“侵”应该是由深摄归入了臻摄，由闭口韵变为了读如“亲［in］”的音。“清早”的“清”字属清韵，梗摄。众所周知，在很多方言里，前、

①依次参看〔明〕吕坤：《交泰韵·凡例·辨分合》，四库全书存目丛书，210册—7a；〔明〕王骥德：《曲律·论闭口字第八》，明毛以遂刻本，2册—卷2/16b；〔清〕樊腾凤：《五方元音·人韵》，清光绪扫叶山房本，1册—37b。

后鼻韵尾是不分的,-n 和-ŋ 属同一个音位。吴烺《五声反切正韵》①(安徽全椒人,作书序于乾隆二十八年,1763)反映的是当时金陵官话的读音,他在书中将-ŋ 尾“梗、曾”和-m 尾“深”三摄字并入了-n 尾“臻”摄中。可见,在-m 并入-n 尾之后,“侵早”的读音实际上已经与“清早”基本无异。由于二者意义的差别也很细微,因而在人们看来,“侵早”与“清早”音义已几无区别。加之“清早”是后起新兴成分,相比“侵早”更有竞争力,于是在经过一段时间的混用之后,“接近早晨”和“清新的早晨”两个义位就合二为一,都写作了“清早”,从而导致了“侵早”的最终消失。这也就是为什么“侵早”在-m 尾全部消变之后的一段时间里随即消亡的原因。

综上,“清早”并非源于“侵早”,“清早”和“侵早”本为两个产生时间不同但曾经并存过的词。“侵早”和“清早”词义也不一样,“侵早”为“接近早晨”,而“清早”是“清新的早晨”的意思。“侵早”的消失也并非是由于其变声音转成为了“清早”,而是由于近代汉语-m 韵尾的消变导致了它的消失。

参考文献

安奇燮:《从朝汉对音考察-m 韵尾的转化》,《语言研究》,1995 年第 2 期。

李宗江:《汉语常用词演变研究》(第 2 版),上海:上海教育出版社,2016 年。

宋子然:《释“涉之为王沈沈者”》,《四川师范大学学报(社科版)》,1989 年第 4 期。

王 力:《汉语史稿》(修订本),北京:中华书局,1980 年。

万献初:《近古百种韵书-m 韵尾消变的历时进程》,《励耘语言学刊》(第 28 辑),北京:中华书局,2018 年第 1 期。

杨耐思:《近代汉语-m 的转化》,《语言学论丛》(第 7 辑),北京:商务印书馆,1981 年。

张爱云:《“深臻曾梗”四摄韵尾分混的地域分布及历史来源》,《古汉语研究》,2019 年第 3 期。

Discussion about *Qinzao*(侵早)and *Qingzao*(清早)

Huo Shengyu

(Jiangsu Normal University)

Abstract: The word *Qingzao*(清早) is familiar to people. A scholar hold the opinion that

①参看〔清〕吴烺:《五声反切正韵·定正韵第四》,续修四库全书,258 册—26a 至 27b。

Qingzao(清早)*originates from* Qinzao(侵早),but I put forward some different perspectives in this article. Firstly, *Qingzao*(清早)doesn't originates from *Qinzao*(侵早); Secondly, the two words have different meanings; Thirdly, the disapprance of *Qinzao*(侵早) was not because of its changing pronunciation to *Qingzao*(清早), instead, *Qinzao*(侵早) disappeared for the reason that the "-m" rhyme tail faded away in the Chinese language history.

Keywords: *Qinzao*(侵早); *Qingzao*(清早); the "-m" rhyme tail faded away

马来西亚华语词汇变异类型研究*

徐 祎 彭 爽

（东北师范大学国际汉学院；东北师范大学文学院）

提要：由于马来西亚多元化的社会背景和马来西亚华语的长期独立发展，马来西亚华语词汇在个体词语和词汇系统层面都相较于普通话产生了比较明显的变异，变异类型主要包括词形变异、词义变异、词语用法变异和无对应词语四大类。其中，词形变异所占比例最高，广泛分布于各词义类别的词语中。影响马来西亚华语词汇变异的因素主要来自汉语内部和与其他语言的接触，以及当地独特的自然和社会环境。

关键词：马来西亚华语词汇；变异类型；分布；影响因素

一、引言

马来西亚作为一个多种语言汇聚的国家，华裔族群与其他族群的语言接触是比较明显的。在长期的独立发展过程中，马来西亚华语逐步本土化，成为了汉语的一个比较有代表性的海外变体，从而相较于普通话存在一些变异。词汇作为语言中最活跃的成分，地域变异较为明显。（王晓梅，2017）因此，相较于语法和语音，马来西亚华语词汇的研究成果是比较多的。但是，现有研究大多是采用普—华对比的方法（李计伟，2014），针对马来西亚华语词汇的某一问题进行分析，或是针对其与相对应的普通话词汇进行简单的对比，缺乏对于马来西亚华语词汇系统的全面梳理。本文以马来西亚华语词汇系统为研究

＊本文为中国博士后科学基金面上资助项目（2018M641758）的阶段性研究成果。

对象,从语言变异视角对其相较于普通话词汇的变异情况及变异的分布进行描写分析,以期初步建立马来西亚华语词汇变异的体系,进而对马来西亚华语有更为深入和清晰的认识。

二、马来西亚华语词汇的变异类型

在当代语言变异理论中,变异指的是某个语言项目在实际使用着的话语中的状况,变素指的是变异的一个个实际存在形式,变异是由变素按照是否有共同的社会分布这一原则归纳出来的。(陈松岑,1999:48—49)其中,语言项目可以是音位、语义或词等语言的各组成部分,也可以是语言的各种组合规则和聚合规则。(陈松岑,1999:48)在社会语言学中,变异并不表示有一个正体或本体,只是表明它有别于其他的变异而已。(陈松岑,1999:55)基于上述语言变异理论,本文所研究的马来西亚华语词汇变异指的是,相较于普通话词汇,马来西亚华语词汇的实际状况。这个实际状况是由一个个马来西亚华语词语的具体情况概括而来的,而词语的具体情况则主要体现在词语的形式、意义和用法上。因此,本文从词形、词义和词语用法三个维度进行考察,将马来西亚华语词汇的变异分为以下四种类型。

2.1 词形变异

在马来西亚华语中,有一些词语与普通话指称同一事物或概念,但是,其构词语素或语素排列顺序与相对应的普通话词语存在差异。本文将马来西亚华语词汇相较于普通话的这种变异归纳为词形变异。根据词语的具体形式,词形变异可以分为同素异序词语、同序异素词语、异素词语和缩略形式。

2.1.1 同素异序词语

同素异序词指的是马来西亚华语和普通话中,构词语素完全相同或部分相同,而语素排列顺序相反的词语。例如:

(1)布碎—碎布

a. Instagram 人气日本艺术家 Chinami Mori 经常在网络分享手作织物,用色彩缤纷的绵线、布碎等编织成颈巾、帽子、上衣甚至小袋子,但更特别之处是,她的模特儿不是别人,正是她 93 岁的嬷嬷美子(Emiko)。(《星洲日报》,2016 年 1 月 1 日)

b. 由于昨天星期日私人界休息,环境局借不到抽油机,只好向纺织厂求助,用布碎包裹塑料水管后,置于水面上阻止油渍漂浮到河口。(《南洋商报》,2018 年 7 月

24 日）

2.1.2 同序异素词语

同序异素词指的是，马来西亚华语和普通话中，构词语素部分不同而语素排列顺序相同的词语。例如：

（2）干案—作案

a. 当铺劫匪三变装，匿藏 99 小时之后，昨天傍晚在马士吉街清真寺落网。原来他是一名逾期逗留的孟加拉外劳，被捕时胡子全剃光，干案前后判若两人。（《星洲日报》，2018 年 8 月 2 日）

b. 专在旅游区冒警及假扮移民局官员，3 名沙巴人与印尼外劳上得山多终遇虎，本月初在西南区一带干案时，被捕归案。（《南洋商报》，2018 年 9 月 16 日）

2.1.3 异素词语

异素词语指的是，马来西亚华语和普通话中，所指的事物或概念相同，而构词语素不同的词语。例如：

（3）巴仙—百分比/百分之……

a. 据悉，蕉赖选区共有大约 7 万 2000 名选民，其中华裔占了 82 巴仙、巫裔占了 11%及印裔占了 7%，而当中女性选民占了 51 巴仙。（《星洲日报》，2018 年 3 月 12 日）

b. 祖莱达说，建筑材料豁免销售与服务税后，房屋价格下降是肯定，至于下调的巴仙率，她就不了解。她表示，她也不能够预计房屋价格会下降多少巴仙。（《南洋商报》，2018 年 9 月 28 日）

2.1.4 缩略形式

缩略形式指的是，马来西亚华语词语是相对应的普通话词语的缩略形式。在普通话中，这些词语一般都以完整形式出现，而在马来西亚华语中，均使用缩略形式。例如：

（4）今午—今天下午

a. 今午一场大雨也导致雪隆多区发生闪电水灾，其中包括隆市十五碑、莲花苑打昔柏迈及甲洞大街永旺购物商场前，从吉隆坡往双溪毛糯路方向出现积水，一度造成交通缓慢，出现车龙。（《星洲日报》，2018 年 9 月 26 日）

b. 7 月 2 日在印尼落网的“红衫军”领袖拿督斯里贾马将于今午被遣送回国，过后直接从机场押往雪州安邦警区协助调查其之前涉嫌的案件。(《南洋商报》,2018 年 7 月 5 日)

2.2 词义变异

在马来西亚华语中，一些词语的词形与普通话词语相同，但词义发生了变化。本文将马来西亚华语词汇相较于普通话的这种变异归纳为词义变异。根据词义的变异程度，词义变异可以分为词义变异显著、词义变异细微和词性变异。

2.2.1 词义变异显著

词义变异显著指的是，词形相同的词语，在马来西亚华语中的词义相较于普通话中的词义发生了比较明显的改变。例如：

(5) 入伙

普通话中，“入伙”的词义为“加入某个集体或集团”或“加入集体伙食”①。而在马来西亚华语中，这一词语用来表示“乔迁新居”。例如：

a. 入伙至今 8 个月的芙蓉武吉英丹商业区，不曾有垃圾车前往收垃圾，迫使商家得自行设法处理垃圾，带来不少麻烦，其中更有来自外地业者因不知本地哪里有大垃圾槽，而把垃圾载回吉隆坡及跨州丢弃！(《星洲日报》,2017 年 8 月 13 日)

b. 我最近在忙着选择适合的家具，即将摆放在就快入伙的新家，不晓得在风水方面是否有什么需要注意的吗？(《南洋商报》,2018 年 7 月 28 日)

2.2.2 词义变异细微

词义变异细微指的是，词形相同的词语，在马来西亚华语中的词义相较于其在普通话中的词义，有一部分发生了变异。按词义变化的具体方式，词义变异细微又可以分为词义缩小、词义扩大和词语情感色彩变异。例如：

2.2.2.1 词义缩小

词义缩小指的是，相较于普通话中同音同形的词语，马来西亚华语词语的义项减少，或词义外延小于普通话词语。例如：

①中国社会科学院语言研究所词典编辑室编：《现代汉语词典》(第 7 版)，北京：商务印书馆，2016 年，第 1113 页。

(6)爱人

普通话中的“爱人”一词可以指恋人,也可以用来指配偶。而马来西亚华语中的“爱人”一词,仅用来指恋人。例如:

a. 爱人结婚了,新娘不是我,凶悍女子在前男友结婚当天,带着两名男子来势汹汹持枪闯进婚礼现场,当着众多宾客面前放话说“除了我,他不准娶任何女子”,然后将新郎掳走。(《星洲日报》,2017 年 5 月 20 日)

b. 印尼羽毛球男双世界第 1 名将基迪翁,上周六和爱人艾妮斯阿美琳达正式共结连理,步入人生另一阶段。(《南洋商报》,2018 年 4 月 17 日)

2.2.2.2 词义扩大

词义扩大指的是,相较于普通话中同音同形的词语,马来西亚华语词语在原有词义的基础上,产生了新义,或者其词义外延大于普通话的词义。这些词义通常都与原来的词义有一些联系,但在普通话中并不使用。例如:

(7)暗示

普通话中,“暗示”的词义是“不明白表示意思,而用含蓄的言语或示意的举动使人领会”①;马来西亚华语中,“暗示”除普通话的词义外,还表示“建议”。例如:

a. 巫统柔州联委会主席拿督哈斯尼揭露,有人私下接触该党柔州的 2 名国会议员,暗示他们跳槽,但 2 人仍对党忠诚,并未接受献议。(《星洲日报》,2018 年 9 月 26 日)

b. 国际货币基金(IMF)总裁拉嘉德周一表示,贸易纠纷及关税使得全球经济成长蒙上一层阴影,暗示 IMF 将下调全球经济成长预测,呼吁各国尽早解决意见分歧,并改革世界贸易的规则。(《南洋商报》,2018 年 10 月 2 日)

2.2.2.3 词语情感色彩变异

词语的情感色彩是一种主观感情意义,包括褒义、贬义和中性三种。词语情感色彩变异指的是,相较于普通话中同音同形的词语,马来西亚华语词语的基本概念义没有什么变化,但是词语所带有的主观情感发生了变异。例如:

(8)不劳而获

在普通话中,“不劳而获”指的是“自己不劳动而取得别人劳动的成果”②,含贬

①中国社会科学院语言研究所词典编辑室编:《现代汉语词典》(第 7 版),第 11 页。
②中国社会科学院语言研究所词典编辑室编:《现代汉语词典》(第 7 版),第 110 页。

义。在马来西亚华语中,“不劳而获”有时是中性词,有时也带有贬义。比如,

a. 列为本赛会头号种子的安赛龙,本来在港羽赛首圈对阵日本的坂井一将,不过,在赛前他以受伤为由申请退赛。不劳而获的坂井一将下一圈将对垒印度的布拉诺。(《星洲日报》,2017 年 11 月 23 日)

b. 每个人都想要发达,更希望金钱能从天而降,不劳而获,尤其是时下的年轻人。(《星洲日报》,2018 年 4 月 9 日)

2.2.3 词性变异

词性变异指的是,相较于普通话同音同形的词语,马来西亚华语词语的词义发生了变化,使得这些词语的句法功能也产生了变化,也就是词语的词性产生了变化。例如:

(9) 常年

在普通话中,“常年”一般用作副词或名词,指“终年;长期”或“平常的年份”。①在马来西亚华语中,“常年”还可以用作形容词,指“每年一次的”②。例如:

a. 他日在为大马房地产发展商会(REHDA)研究院主办的“常年产业发展大会”上致词时说,在短期内,中国和美国贸易战可能会给我国带来一些独特的机会。(《星洲日报》,2018 年 9 月 24 日)

b. 柔州大臣拿督奥斯曼说,为打造彼咯成为旅游热点,柔州政府计划在彼咯成立一间榴莲研究中心,并把彼咯水果嘉年华列入柔州旅游局常年活动。(《南洋商报》,2018 年 7 月 27 日)

2.3 词语用法变异

在马来西亚华语中,一些词语与普通话词语在读音、词形、基本词义上均相同,但其使用频率或搭配对象等产生了变异。本文将马来西亚华语词汇相较于普通话的这种变异归纳为词语用法变异。例如:

(10) 驾崩

“驾崩”一词在普通话中已经不再使用,而马来西亚华语仍使用这一词语,用于指苏丹、王室成员等去世。例如:

a. 首相拿督斯里纳吉伉俪将于周六(22 日)飞往泰国,向上周四驾崩的泰国国

①中国社会科学院语言研究所词典编辑室编:《现代汉语词典》(第 7 版),第 148 页。

②李宇明主编:《全球华语大词典》,北京:商务印书馆,2016 年,第 170 页。

王普密蓬致最后敬意。(《星洲日报》,2016 年 10 月 21 日)

b. 霹雳州王储妃拉惹诺玛哈妮(Raja Nor Mahani)周二下午 5 时 07 分驾崩,享年 75 岁。(《南洋商报》,2017 年 10 月 4 日)

2.4 无对应词语

在马来西亚华语中,有一些词语无法在普通话中找到与其相对应的词语,或者其表达的事物、概念是普通话中所没有的。本文将马来西亚华语词汇相较于普通话的这种变异归纳为无对应词语。例如:

(11)穷籍

a. 槟州巫统联委会主席拿督斯里再那阿比丁的弟弟,也是本那牙州议席盟土团党候选人的耶谷奥士曼因列入穷籍,被选委会取消提名资格。(《星洲日报》,2018 年 4 月 29 日)

b. 因发展商被判入穷籍,导致甲洞中央花园组屋业主自 1992 年以来申请分层地契申请程序受阻。(《南洋商报》,2018 年 7 月 2 日)

三、马来西亚华语词汇变异类型的分布

本文基于近年来的马来西亚《星洲日报》和《南洋商报》,共收集 3989 个相较于普通话存在变异的马来西亚华语词语,并以这些词语为样本,对马来西亚华语词汇变异类型的分布情况进行统计分析,以了解马来西亚华语词汇相较于普通话词汇变异的体系。

3.1 变异类型的数量和比例

如表 1 数据所示,马来西亚华语词汇的变异以词形变异和无对应词语两种类型为主,这两种变异类型所占的比例共计超过了本文所收集的所有变异词语的 80%。词义变异和词语用法变异这两种变异类型的词语较少,所占比例也比较低。

表 1:马来西亚华语词汇变异类型的分类数量和比例

变异类型	词形变异	词义变异	词语用法变异	无对应词语
数量	1865	459	137	1528
比例	46.75%	11.51%	3.43%	38.31%

各变异类型的具体情况如表 2—表 4 所示。词形变异主要以同序异素词语为主,其

次是异素词语,同素异序词所占比例最小。词义扩大是词义变异的主要表现形式,约占所有词义变异词语的一半。词性变异词语略少于词义变异显著的词语,词义色彩变异所占比例最小。词语用法变异则以词语搭配变异为主。

表 2:词形变异分类数量和比例

变异类型	同素异序词	同序异素词	异素词	缩略形式
数量	48	1139	567	111
比例	2.57%	61.07%	30.40%	5.95%

表 3:词义变异分类数量和比例

变异类型	词义变异显著	词义变异细微			词性变异
		扩大	缩小	情感色彩变异	
数量	108	229	43	10	69
比例	23.53%	49.89%	9.37%	2.18%	15.03%

表 4:词语用法变异分类数量和比例

变异类型	使用频率变异	词语搭配变异
数量	82	55
比例	59.85%	40.15%

3.2 变异类型的分布

将变异类型与词义类别结合起来进行统计分析,四种变异类型在不同词义类别词语中的分布情况如图 1 所示。在各词义类别中,存在变异的马来西亚华语词语均以词形变异和无对应词语这两种变异类型为主。其中,词形变异主要分布于交通通讯、教育科技、人与自然、生产生活、文艺体育和医疗卫生类词语中,所占比例均在 50%以上,而在民俗宗教和政治军事这两类词语中所占比例均低于 20%。无对应词语这一变异类型主要分布于政治军事、民俗宗教、房产建筑这三类词语中,所占比例均超过了 50%,而在医疗卫生类词语中所占比例则小于 20%。此外,词义变化也是各词义类别中都包含的变异类型,但其所占比例较低。词语用法变异主要分布在动作行为、法律警务、房产建筑、交通通讯和抽象类等类别的词语中。

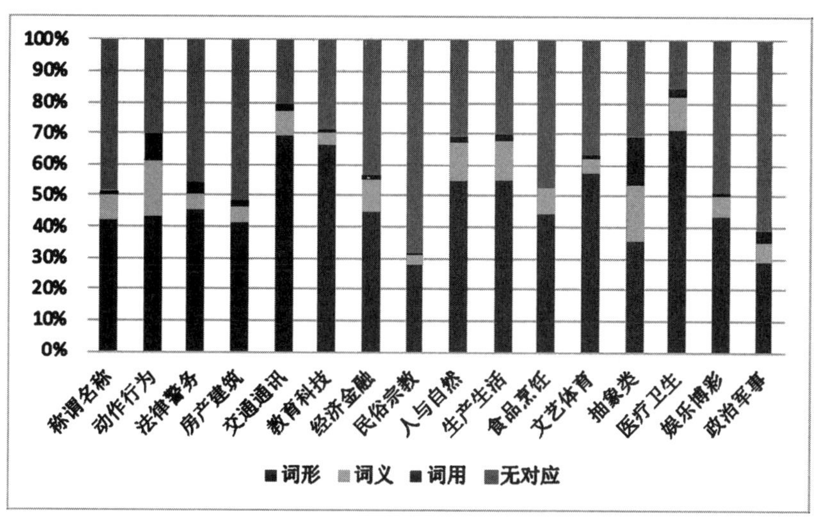

图 1:马来西亚华语词汇变异类型的分布

词形变异在各词义类别中的分布情况如图 2 所示。其中,同序异素词和异素词分布于各词义类别的词语中。同序异素这一变异类型主要分布在法律警务、交通通讯、教育科技、娱乐博彩类词语中,所占比例大约都在 70%左右,在医疗卫生类词语中所占比例最小,约为 30%左右。异素词主要分布在房产建筑和民俗宗教类词语中。同素异序词在医疗卫生类词语中的比例最大,而在房产建筑、教育科技、人与自然、文艺体育和政治军事类词语中则没有分布。缩略形式在政治军事类词语中所占比例最高,在房产建筑、食品烹饪、医疗卫生和娱乐博彩类词语中没有分布。

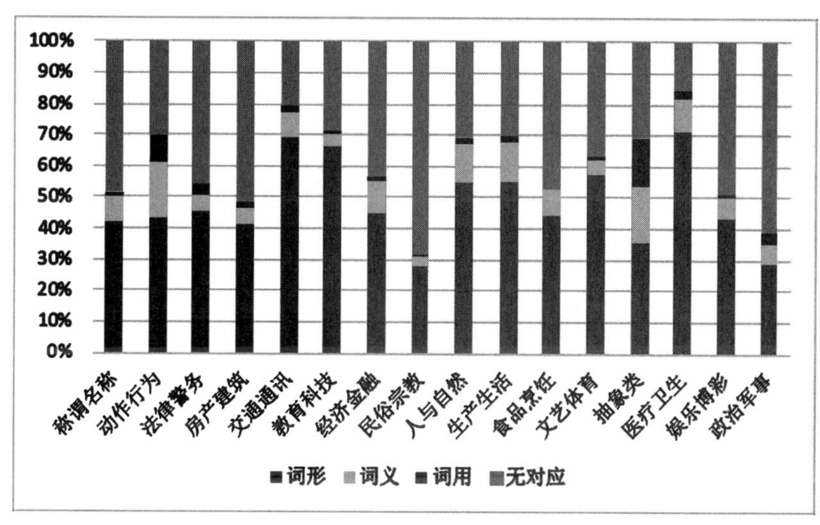

图 2:词形变异的分布

在词义变异这一变异类型中，词义扩大在各词义类别中均有分布。其中，在房产建筑和民俗宗教类词语中，词义存在变异的词语均属于词义扩大这一变异类型，而在交通通讯和教育科技类词语中，词义扩大这一变异类型所占比例较小。词义变异显著这一变异类型分布于除房产建筑和民俗宗教类词语以外的各类别词语中，其中，在教育科技类词语中的分布比例最高，而在娱乐博彩类词语中的分布比例最低。词义缩小这一变异类型仅分布于称谓语、交通通讯、生产生活、娱乐博彩等几个类别的词语中，其中，在交通通讯类词语中的分布比例较高，而在抽象类词语中的分布比例最低。词形变异主要分布在动作行为、经济金融、文艺体育和抽象类词语中。词义色彩变异仅分布于动作行为、人与自然、生产生活、医疗卫生和抽象类词语中，且所占比例都比较低。词义变异的具体分布情况如图 3 所示：

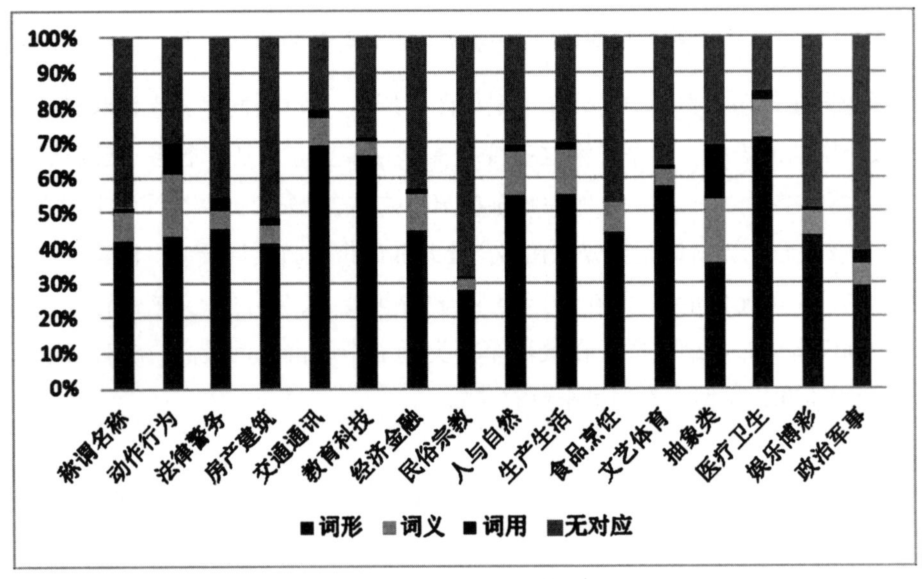

图 3：词义变异的分布

词语用法变异在各词义类别的分布情况如图 4 所示，教育科技、民俗宗教、食品烹饪、政治军事类词语中没有词语用法变异的分布。在其他几个词义类别中，除动作行为和抽象类词语外，均以词语使用频率变异这一变异类型为主。在动作行为和抽象类词语中，词语搭配变异所占的比例高于使用频率变异。

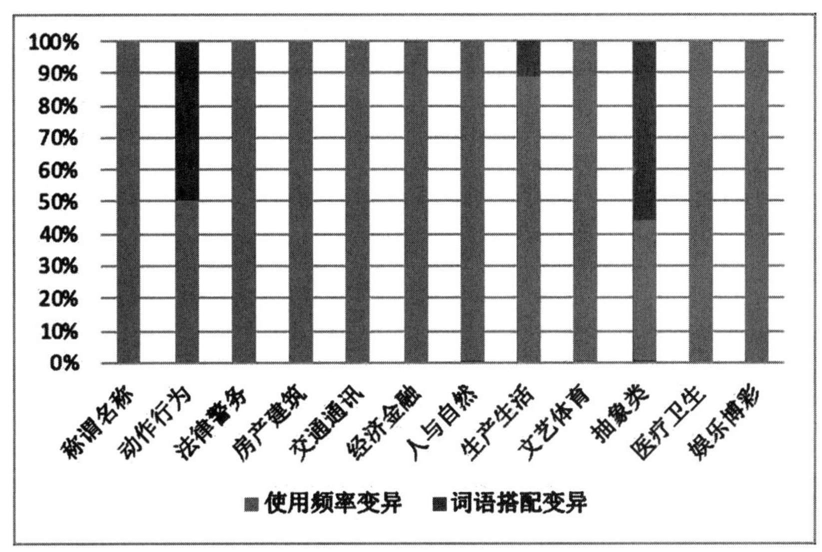

图 4:词语用法变异的分布

四、影响马来西亚华语词汇变异的因素

拉波夫(W. Labov)认为,语言的变异受到两方面因素的影响,一是语言内部结构的影响,一是种族、社会制度等外部因素的影响(陈松岑,1999:144-164)。语言因素与社会因素在语言演变的进程中有着密切的内在联系,任何局限于某一方面的解释,无论建立得多么完善,都无法说明在语言行为的经验性研究中所观察到的大量规律性事实①。基于以上认识,本文将从语言和社会两大方面来分析影响马来西亚华语词汇变异的因素。

4.1 语言因素

在马来西亚的多语环境下,通用华语不仅受到了古汉语、早期现代汉语和闽粤等汉语南方方言的影响,也受到了来自英语、马来语等外语的较大影响。因此,本文将影响马来西亚华语词汇变异的语言因素分为汉语内部因素和与外语的接触两方面。

4.1.1 汉语内部因素

刁晏斌(2013)将两岸民族共同语书面语差异的语言内部因素总结为"两个距离"的差异,即,大陆的普通话与早期现代汉语之间的距离大于台湾地区的汉语,大陆口语与书面语的距离小于台湾地区。马来西亚华语是在早期现代汉语基础上发展而来的,由于社

①Uriel Weinreich, William Labov, Maivin I. Herzog,王洪君:《语言演变理论的经验基础(下)》,《国外语言学》,1989 年第 1 期,第 22 页。

会历史和地理位置等因素,在其发展过程中,与台湾地区的汉语联系十分密切,而与大陆的普通话距离较远。因此,与台湾地区的汉语相似,马来西亚华语与早期现代汉语的距离也小于普通话,从而更多地保留了古汉语和早期现代汉语的痕迹,相较于普通话存在一些差异。例如:"书记"一词,在古汉语中指从事公文、书信工作的人员,马来西亚华语保留了这个词义,而普通话已经不再使用这一词义,改为指"党、团等各级组织中的主要负责人"①;"誓言"一词在普通话中指"宣誓时说的话"②,只有名词词性,而在马来西亚华语中,还有动词词性,指"发誓;起誓"③,这一词义也是古汉语词义的保留。也正是因为与早期现代汉语的距离更近,同台湾地区的汉语相似,马来西亚华语书面语和口语之间的距离也比普通话大。又因为没有相应的语言规范,所以,马来西亚华语词语的使用相较于普通话更为灵活,从而出现了很多普通话不使用的缩略形式。例如:马来西亚华语的"通膨"即普通话的"通货膨胀","健保"即"健康保险","今午"即"今天下午"。

除古汉语和早期现代汉语的影响外,马来西亚通用华语还受到了来自闽粤等汉语南方方言的较大影响。在马来西亚华人社会中,虽然有通用华语,但是,对大多数华人来说,方言仍是他们的第一语言。在日常的交际中,尤其是与家庭成员或亲戚朋友交谈时,他们会优先选择使用方言,其次才是通用华语,更多的时候是方言与通用华语掺杂使用,从而使得通用华语吸纳了很多方言词语。同时,作为东南沿海移民的后代,马来西亚华人对于通用华语的使用习惯更接近中国讲南方方言的人使用普通话时的语言习惯,在学习和使用通用华语时,会无意识地带有母语方言的一些要素。然而,普通话词汇是以北方官话为基础的,因此,在构词语素的选择上,与南方方言背景的马来西亚通用华语存在一定的差异。例如,马来西亚华语的"角头"一词对应的是普通话的"角落",马来西亚华语的"穿煲"一词对应的是普通话的"穿帮",马来西亚华语的"讲电话"对应的是普通话的"打电话",等等。

4.1.2 与其他语言的接触

马来语是马来西亚唯一的官方语言和国语,英语是第二重要的语言,广泛应用于行政、教育、服务、媒体、商业和科技等领域。由于接受三语教育,大部分马来西亚华人掌握了马来语、英语、通用华语和一个或多个汉语方言。在这样的语言格局下,马来西亚华语和马来语、英语由于长期频繁的接触,从而形成了一种等势接触的语言接触模式,其直接

①中国社会科学院语言研究所词典编辑室编:《现代汉语词典》(第7版),第1210页。
②中国社会科学院语言研究所词典编辑室编:《现代汉语词典》(第7版),第1199页。
③李宇明主编:《全球华语大词典》,第1399页。

结果就是词汇的借用。(陈保亚,2012)因此,相较于普通话,马来西亚华语更多地借入了马来语词汇,尤其是表示马来西亚当地特色食物、称谓和文化的词语,比如,“阿渣”是马来语 acar 的音译,是一种开胃小菜;“班顿”是马来语 pantun 的音译,是马来传统四行诗;“甘榜”是马来语 kampung 的音译,即“乡村;村庄”的意思。

除马来语借词外,马来西亚华语中也有很多英语借词,而其与普通话英语借词的差异则主要在于对同一词语的翻译方式有所不同,主要体现在以下三个方面:第一,马来西亚华语和普通话在同一词语的翻译上选择了不同的构词语素,例如:奈米—纳米,这两个词都是 nanometer 的音译词语,但是对于第一个音节 nano 的翻译则选择了不同的语素;食水—饮用水,这两个词都是 drinking water 的意译词语,但是对于 drinking 一词的翻译不同。引起构词语素选择差异的原因,很大程度上也是由于南北方言背景的人在语言使用习惯上的差异。第二,马来西亚华语和普通话在同一词语的翻译上采用了不同的翻译方法,例如:纽西兰—新西兰,这两个词语都是 New Zealand 的翻译,但是马来西亚华语采用了音译的方法,而普通话则采用了音译兼意译的方法;史古打/史谷打—踏板摩托车,这三个词都是 scooter 的翻译,马来西亚华语采用了音译的方法,而普通话则采用了意译的方法。第三,马来西亚华语在翻译外来词时,还会受到方言读音的影响。例如:健力士世界纪录—吉尼斯世界纪录,这两个词都是 Guinness World of Records 的音译兼意译,但是,马来西亚华语对于 Guinness 的译音是根据广东方言的发音而来的。

4.2 社会因素

梅耶(A. Meillet)认为,语言的变异不过是社会变化的结果。(陈松岑,1999:12)语言与社会背景的联系十分紧密,当语言所在社会的政治、经济、历史、地理、文化等发生任何一点变化时,语言就会随之产生一些变化。而作为语言中最活跃的因素,词汇常常最能敏感地反映社会生活和社会思想的变化。(陈原,1980:1)因此,除语言因素的影响外,马来西亚华语词汇的变异还受到了来自马来西亚社会文化等因素的影响。

4.2.1 自然和社会背景因素

作为一个地处热带的多民族国家,马来西亚在自然环境、社会制度、民俗文化等方面都与中国有很大的差异。因此,华人在马来西亚的衣食住行等各个方面也都与中国存在很大的差别。然而,普通话词汇并不能够满足马来西亚华人社会生活和交际的需要。为了更好地融入到马来西亚社会中,除了从其他语言借入词语外,马来西亚华人也创造了一些反映当地情况的词语,就是前文提到的普通话中不使用的词语。比如,“割胶”“小园主”“青卡”“燕屋”等与马来西亚经济相关的词语,“敦”“潘”“苏丹”等与马来西亚政治相关的词语,“扁担饭”“茶餐室”“全津贴学校”等与华人日常生活相关的词语。

4.2.2 语言教育政策因素

目前,马来西亚的语言教育政策是“国语地位不变,英语地位提升,放松华语及淡语”。(孔颂华,2007)在这一语言教育政策下,马来语和英语是所有学生的必修课程,而对于华语及华文教育,马来西亚政府一直以来都不是很重视,甚至通过各种政策和手段将华文教育边缘化。但是,马来西亚政府并没有明令禁止华语的教学和使用,华文教育体系目前在马来西亚拥有合法地位(叶俊杰,2012)。近年来,马来西亚教育部又将华语列为国民小学和国民中学的选修课程,增加了华语课程的课时数,增强并提高了华文教育的师资水平。虽然,华文教育目前仍然没有得到公平的对待,但是,马来西亚政府还是为通用华语和汉语方言的传承和发展提供了一定的空间,也为通用华语与其他语言的接触创造了条件。受现行语言教育政策的影响,大多数马来西亚华人都掌握两种以上的语言,在日常交际中,会不自觉地产生语码混用的现象。在这种情况下,马来西亚华语词汇发生变异就是再正常不过的了。此外,马来西亚现行的语言教育政策也在一定程度上降低了华人对于华语的忠诚度和认同感,使得他们在使用华语的时候更加注重语言的实用性和经济性,即语言表达的效率(刁晏斌,2011),从而更加灵活地运用华语词汇。

五、结语

作为汉语的一个海外变体,在长期相对独立的发展过程中,马来西亚华语相较于普通话产生了一些变化,马来西亚华语词汇也相较于普通话词汇存在一些变异。马来西亚华语词汇的变异类型主要包括词形变异、词义变异、词语用法变异和无对应词语四大类。其中,词形变异和无对应词语是马来西亚华语词汇变异的主要类型,广泛分布在各词义类别的词语中,产生这些变异的因素则主要来自汉语内部、与马来语和英语的语言接触,以及马来西亚华人社会所处的独特的自然和社会环境。

参考文献

陈保亚:《马来西亚多语现象:一种独特的接触类型》,《当代评论》,2012 年第 2 期。

陈松岑:《语言变异研究》,广州:广东教育出版社,1999 年。

陈　原:《语言与社会生活——社会语言学札记》,北京:生活 · 读书 · 新知三联书店,1980 年。

刁晏斌:《港台汉语独特的简缩形式及其与内地的差异》,《华文教学与研究》,2011 年第 1 期。

刁晏斌:《从两个距离差异看两岸共同语的差异及其成因》,《杭州师范大学学报(社会科学版)》,2013 年第 3 期。
孔颂华:《当代马来西亚语言教育政策发展研究》,华南师范大学硕士学位论文,2007 年。
李计伟:《基于对比与定量统计的马来西亚华语动词研究》,《汉语学报》,2014 年第 4 期。
王晓梅:《全球华语国外研究综述》,《语言战略研究》,2017 年第 1 期。
叶俊杰:《马来西亚华文教学研究》,中央民族大学博士学位论文,2012 年。
Uriel Weinreich, William Labov, Maivin I. Herzog,王洪君:《语言演变理论的经验基础(下)》,《国外语言学》,1989 年第 1 期。

The Study on the Categories of Malaysian Chinese Lexical Variation

Xu Yi　Peng Shuang
(Northeast Normal University)

Abstract: Due to the diversified social context and the long-term independent development of Malaysian Chinese language, Malaysian Chinese lexicon has some obvious variations from Mandarin lexicon in terms of individual words and the vocabulary system. The variation of Malaysian Chinese words includes the following four categories: variation of word form, variation of the meaning of a word, variation of word usage and no corresponding word. Among them, the variation of word form has the highest proportion and is widely distributed. The factors affecting the variation of Chinese lexicon in Malaysia are mainly from Chinese language and the contacts with other languages, as well as the unique natural and social backgrounds.

Keywords: Malaysian Chinese lexicon; variation categories; distribution; affecting factors

◎语法研究

情态标记语“好家伙”①

吴德新

(延边大学朝汉文学院)

提要:现代汉语中“好家伙”是表达说话人情感和语气的情态标记语。语义上“好家伙”表达的是说话人人际感情色彩的情态意义;表义类别上“好家伙”可表达惊讶、赞叹、夸张、不满,出乎意外等各种话语情态意义,其中惊讶和赞叹是核心意义,而夸张、不满等是非核心意义。“好家伙”情态意义的形成受制于三个因素:一是其构成成分本身的性质,二是其所处的句法语义环境,三是话语环境中语用推理的影响,合作原则中“量的准则”和经济原则对“好家伙”情态意义的形成有重要作用。

关键词:好家伙;情态标记语;语用推理;合作原则

一、引言

“好家伙”是现代汉语表达说话人语气情态的三音节词,《现代汉语词典》(第7版)

---

①基金项目:本文获得吉林省教育厅“十三五”社会科学项目“现代汉语情态副词的语义语用功能研究”(JJKH20200544SK),延边大学博士科研启动基金“‘V不C’式情态词的话语标记功能研究”(2018SK05),延边大学外国语言文学世界一流学科建设科研项目“类型学视野下东北亚语言情态范畴研究”(18YLFC05)资助,谨致谢忱!

(2016:520)对其的释义为:[叹],表示惊讶或赞叹。学界对“好家伙”的已有研究,或是立足于历时的词汇化或语法化,比如于立昌(2016:184),韩金秒(2019),或是立足于叹词化,如张斯文(2017)。至今无人从情态视角对其情态意义及形成展开细致研究。我们认为,“好家伙”是表达说话人情感和语气的情态标记语,现代汉语中其意义和用法都很特殊。意义上,惊讶或赞叹并不能概括其全部意义;用法上,作为独立成分也不一定只能居于句首。例如:

(1)他们不能随便离队去喝口水或买个烧饼吃。好家伙,万一在队伍不整齐的时候,贵人来到了呢,那还了得!(老舍《民主世界》)

(2)闹半天你们是为这码事来的!好家伙。早知道你们跟我玩这个,我可不磨蹭。(冯志《敌后武工队》)

例(1)—(2)“好家伙”并不表达惊讶或赞叹,至少该语气并不明显。如例(1)“好家伙”表达揣测语气,例(2)则表达说话人有所醒悟,突然明白过来,而且“好家伙”单独成句,作为复句的分句行使的是关联上下文的篇章衔接功能。可见,“好家伙”的意义和用法都是很特殊的。

本文的目的就是考察这种情态语义功能的“好家伙”,详细讨论其各种情态意义的内部差异及表现,证明其作为情态标记语的身份地位,并阐释其情态意义的形成条件和动因。本文首先离析现代汉语中的“好家伙”,界定叹词化了的情态成分“好家伙”的性质,然后详细讨论其情态意义并分析形成动因,最后是结论。

二、现代汉语中的“好家伙”

现代汉语中“好家伙”是一个独立的、叹词化了的情态标记语,它可以单独成句,或者充当复句的分句。① “好家伙”构成成分“好”和“家伙”的意义已经难以离析出来单独理解。于立昌(2016:182)指出,有些“X+家伙”已经词汇化。其中的“家伙”已不再有具体所指,“伙”也读轻声,“家伙”已具有类词缀的性质。但是于文只是简单举例提及,并没有讨论“好家伙”的情态意义、功能和用法。实际上,叹词化了的“好家伙”在话语里的功能是展现说话人的人际情感意义。例如:

①现代汉语中“好家伙”也有短语用法,短语性质的和叹词化的“好家伙”有无关联,有何关联需另文专述。下文如无特殊说明,均为叹词化的情态义的“好家伙”。

(3)水壶,那么小的一个东西,上面却有五个弹眼!“好家伙!仗打得真厉害!”(老舍《无名高地有了名》)

(4)赵德路不看不知道,一看吓一跳!好家伙,原来王玉的这个骨灰就是贺老总的骨灰?!(李威海《贺龙元帅悄然离去》)

例(3)—(4)“好家伙”就是表达说话人惊讶的语气。“好家伙”完全不参与句法组合,单独使用,后面有停顿,其中例(3)单独成句,例(4)位于篇章小句的句首。“好家伙”虚化为标记情态义的叹词,“家伙”具有无实在意义的类词缀性质①(于立昌 2016)。

需要注意的是,虽然叹词化的“好家伙”与后续句之间不存在句法组合关系,但却存在着密切的语义联系。刘宁生(1983:54)指出,表示惊讶或赞叹的叹词更多地依赖于后接句,否则容易使人莫名其妙。情态成分“好家伙”对后续句也有较强的依赖性,考察发现,语境里后续句往往是对“好家伙”的进一步解释或补充说明。比如例(3)那么小的水壶上面有五个弹眼,说话人对这种罕见情况很惊讶,因此用“好家伙”凸显这种情感,后续句“仗打得真厉害”正是对“好家伙”惊讶语气的进一步解释和证明。

现代汉语口语中“好家伙”还有变体形式“好家伙儿”。有时“好家伙”可以与“嚯”“嗬”“啊”“呕”“哎呀”以及“好吗/嘛”②等情态语义成分相互替换。例如:

(5)嚯/嗬/好嘛/好家伙!这也太省事啦!(《老舍戏剧选》)

(6)啊/呕/好嘛/好家伙,他是你亲戚哪!(《北京话调查资料》)

需要说明的是,虽然现代汉语中“好家伙”也存在从近代汉语中继承下来的短语用法,但是本文的研究对象是叹词化了的情态义“好家伙”,下文如无特殊说明均为情态义“好家伙”。以下讨论“好家伙”的性质。

三、情态成分“好家伙”的性质

判断情态标记“好家伙”的性质,可以跟其他的情态标记成分或者上下文语境进行对比,以下从“好家伙”的形式、意义和后续句几个角度展开分析。

①北方官话中还有表示程度的指代词“这家伙”“那家伙”,其中的“家伙”也是虚化的成分,无实在意义。
②“好吗/嘛”的性质较为特殊,它不是词,也不是短语,而是“好”后附语气词“吗/嘛”。

3.1 从形式上看“好家伙”

正如上文所言，情态标记“好家伙”已经叹词化为表示说话人感叹语气的成分，但是相较于其他的一般叹词，“好家伙”形式上较为特殊，它由三个音节组合而成，为次生性的情态标记成分。Poggi(2009)将叹词分为原生叹词和次生叹词，原生叹词是与生俱来的叹词，如英语的oh，uh，汉语的“啊、唉”等；次生叹词是由其他词类或结构派生而来的叹词，如英语的well，my god等。“好家伙”就是现代汉语里的一个三音节情态化的叹词。“好家伙”与原生的叹词不同：原生叹词形式不固定，读音和写法也不止一种，黄伯荣，廖序东(2017:24)指出，叹词的写法不十分固定，同一声音往往可以用不同的汉字表示。比如汉语中表惊讶就有“嚯”“嘍”“啊(阳平)”等形式。

情态成分“好家伙”的读音和写法却是基本固定的，只有一个“儿化”变体“好家伙儿”，其内部组合层次为[好[家伙]]，即“好”为词根，“家伙”为后缀。“好家伙”的这些特点完全不同于那些派生得来的三音节叹词词组，如“哎呦喂”“哎呀呀”等，它们的写法仍是不固定的，内部组合层次也是混沌的，比如“哎呦喂”也可写成“诶呦喂”“唉吆喂”等，也分不出谁主谁次。

3.2 从意义上看“好家伙”

考察发现，早在1978年《现代汉语词典》(第1版)就已经收录“好家伙”，可见其作为情态标记成分的地位早已成定论。但由于它毕竟是次生性的情态成分，因而除了显性的形式差异以外，在意义上与原生叹词也存在着显著差异。比如原生叹词的意义无法进行追踪，很难找到构词理据，比如叹词“啊”“咦”“哎呀”等。“好家伙”则不然，我们认为“好家伙”的情态义与构成成分“好”和“家伙”仍存在关联。

首先，构成成分形容词“好”，词义本身就带有评价性，有【+使人满意】的语义特征。比如《现代汉语词典》(第7版)(2016:518)“好”形容词义项①，释义为“优点多的；使人满意的”(跟“坏”相对)。“好”作为副词的释义为，“用在动词、形容词前，表示程度深，并带感叹语气。”

其次，构成成分“家伙”，杜晓莉(2006)、于立昌(2016:184)认为，“家伙”最早是有实在词汇意义的名词，后来在“主语+是+(程度词)+形容词+家伙”中逐渐虚化。比如“好厉害家伙”“实在好家伙”。有意思的是，杜文和于文中的“家伙”都是指工具或武器，其实“家伙”指称动物或人的引申义更加常用，而这两种引申义都带有评价色彩。比如《现代汉语词典》(第7版)(2016:624)“家伙”义项②，释义为“指人(含戏谑或轻视意)”。

总之，意义上“好家伙”的构成成分“好”和“家伙”都带有评价色彩。

3.3“好家伙”后续句蕴涵量的对比信息

话语交际中“好家伙”表达说话人惊讶或者赞叹语气确实占多数。① 为了验证这个结论，我们在北京大学中国语言学研究中心（CCL）现代汉语语料库里对老舍 4 部（约 61.34 万字）和王朔的 6 部（约 36.06 万字）小说②中“好家伙”句进行了统计，有效例句分别为 67 例和 46 例。统计结果如下：

表 1 “好家伙”情态语义内容统计表

	惊讶	赞叹	其他	总计
老舍	25(37.31%)	20(29.85%)	22(32.83%)	67
王朔	20(43.47%)	12(26.09%)	14(30.43%)	46

由表 1 可见，“好家伙”表惊讶、赞叹占比相对较高，达到例句总数的近 2/3，但是不排除有些语义不易确定的也归入其中，其他类意义的占到了近 1/3，也就是说“好家伙”还可以表示夸张、不满、出乎意外等意义。现在需要作出回答的是，“好家伙”惊讶或者赞叹的情态意义在语篇中究竟是怎么实现的。考察发现，当“好家伙”表达惊讶、赞叹义时，语境里总是会出现蕴涵强烈对比意味的信息，通过强烈的对比反差来凸显并证实说话人的惊讶或赞叹语气。例如：

(7)好家伙，他们一夜足足走了一百里。(《现代汉语词典》第 7 版)

(8)好家伙，你们怎么干得这么快呀！(《现代汉语词典》第 7 版)

(9)好家伙，这么重的箱子，一下就提起来了。(《现代汉语规范词典》第 2 版)

(10)好家伙，差点儿撞着我。(《现代汉语规范词典》第 2 版)

上述“好家伙”后续句都含有量的对比意味，比如例(7)是数量词“一夜”和“一百里”直接比较，例(8)—(9)是表程度加深的指示代词“这么”修饰性质形容词的间接比较，是与说话人的心理预期形成对比，“这么快”“这么重”中“快”和“重”是表相对量的形容词，它们与说话人的心理预期（心目中认为的“快、重”）形成对比，例(10)是程度副词“差点儿”修饰动作动词的间接比较，副词“差点儿”本身就带有对比意味。可见，“好家伙”的

①《现代汉语词典（第 7 版）》(2016:520)和《现代汉语规范词典（第 2 版）》(2014:52)都将“好家伙”释义为惊讶或赞叹。

②老舍的 4 部小说是：《骆驼祥子》《牛天赐传》《鼓书艺人》《四世同堂》；王朔的 6 部小说是：《浮出海面》《枉然不供》《永失我爱》《玩儿的就是心跳》《我是你爸爸》《无人喝彩》。

后续句蕴涵量的对比信息,从后续句反观“好家伙”进一步证明了它的情态标记语的性质。以下具体分析“好家伙”的意义及其相互关系。

四、情态成分“好家伙”的意义

在历时发展进程中“X家伙”里“家伙”的语音弱化,意义逐渐变虚,最终成为具有类词缀性质的成分,而“好家伙”整体叹词化为表达人际意义的情态标记成分,具体而言,就是表达说话人对某人或某事所持的某种情感态度。例如:

(11)她对镜端详,好家伙,真是腰是腰,胳臂是胳臂,站到标准磅上一秤,不多不少,五十公斤。(亦舒《紫薇愿》)

(12)他兴奋极了,心里直跳。“好家伙!好家伙!这么多!这么多!”(汪曾祺《黄油烙饼》)

例(11)—(12)中“好家伙”是表达说话人对某人某事或某种情况的惊讶或赞叹语气的情态成分。我们认为,“好家伙”表赞叹其实就是对客观事件的肯定评价,而表惊讶就是对事件发生感到出乎意料。惊讶或赞叹是“好家伙”的核心意义,同时还具有非核心意义。

4.1“好家伙”的核心意义

4.1.1 表示惊讶

首先,情态成分“好家伙”最主要的意义就是表惊讶,具体有三种情况:

(一)实质性惊讶。“好家伙”表达说话人对某事实实在在的惊讶、诧异等。例如:

(13)黑龙江省绥化市兴福乡党委书记李树祥一开口,就让人一惊:好家伙,一个乡就弄了一个皇冠车队!(《人民日报》1993年)

(14)当时一个班能上本科的也就10来个人。结果他高考移民去了甘肃,好家伙,回来就是西安交大了。(天涯论坛2010-08-18)

例句中“好家伙”就是表示说话人的惊讶语气,语境里还有体现惊讶语气的标示成分,比如例(13)中的兼语成分“让人一惊”。

(二)非实质性惊讶。有时“好家伙”起到一种口头搭讪或缓和语气的作用,句子有惊讶义,但不突出。例如:

(15) a. 好家伙,几年不见,你儿子都这么大了?

b. 几年不见,你儿子都这么大了?

(16) a. 我得找二嘎子去!好家伙,他可别再跟小妞子似的。(老舍《龙须沟》)

b. 我得找二嘎子去!他可别再跟小妞子似的。

例句中"好家伙"虽然带有惊讶语气,但是"好家伙"可以删除,删除后句子的意思依然完整,相对于实质性的惊讶,我们将其称之为非实质惊讶,有缓和语气的功能。

(三)交叉性惊讶。惊讶意义与其他感情意义交互作用,不是单纯惊讶。例如:

(17) 蓝东阳慢慢的走开,心中掂算着:"好家伙,真有高人呀,连日本人都不见!(老舍《四世同堂》)(惊讶、赞叹)

(18) 像这会儿这工厂,好家伙,什么都讲究什么牌儿的焊药棍儿,哼。《北京话调查资料》1982 年)(惊奇、不满)

例(17)"好家伙"同时含有赞叹和惊讶语气,用副词"真"修饰动宾结构"有高人"用以加强肯定(吕叔湘 1980:668),其实所谓的肯定评价就是赞叹语气。例(18)"好家伙"除了表示惊讶外,还带有说话人的不满情绪,下文有提示语"哼"。

其次,如果从惊讶强度上来看,"好家伙"表达惊讶、惊奇、惊疑等语气的强弱程度并不一致,需要联系语境来判断。

(一)有标示词语。说话人在表达"惊讶"、"惊奇"等语气时上下文里有标示语,据此可以判断惊讶的强度。例如:

(19) 他可见过和这风格迥异的老婆,吴胖子的老婆就是一个。好家伙,金戒指、金耳环、金手链,要是鼻子上能穿眼,她恨不能也戴上一个。(陈建功、赵大年《皇城根》)

(20) 何大拿一听:好家伙,来了这么多的人啊!这到底是从哪儿来的呢?真是奇怪!(刘流《烈火金刚》)

例句中"好家伙"表惊奇、惊异,在上下文里有标示词语,比如例(19)"好家伙"后续句对"风格迥异"的具体内容和情状进行解释,例(20)"好家伙"后续句则对"真是奇怪"的原因做了交代。

(二)无标示词语。有时语境里并无标示词语,但是句子照样可以表达惊讶语气,此时决定惊讶程度的因素主要有二:

第一,后续句的句类选择。“好家伙”表达诧异语气时可以独立成句,后续句可以通过几个疑问句或感叹句连用,来突出表达说话人强烈的惊诧、诧异语气。例如:

(21)好家伙!姚宓疯了吗?要做方芳了!妈妈都不顾了!(杨绛《洗澡》)

(22)放机关枪似的说:“好家伙!这是谁的?里面什么东西?”(钱钟书《围城》)

上述例句“好家伙”表达说话人的惊讶语气时,例(21)后续句是疑问句和两个感叹句连用,而例(22)则是两个疑问句连用。目的都是为了突出并强化说话人的惊讶程度。

第二,与常理的偏离。根据理想化认知模型(ICM),考察语料发现,“好家伙”较少单独表达惊讶语气,上下文语境一般会出现“惊讶”、“惊奇”等的具体内容,即通过数量对比产生的强烈反差,来凸显说话人的惊讶,这些内容与常理(ICM)的偏离度越大,“惊讶”语气就越强烈,反之就越弱。例如:

(23)培养一个人出去给找个业余学习,好家伙,一百多块!那会儿没有这么多,最多一个月就两三块钱儿,对吧?(《北京口语语料》)

(24)小摊儿坐着,您猜怎么着,晌午六万一斤的大饼,晚上就十二万啦!好家伙,交完车份儿,就没了钱了。(老舍《龙须沟》)

例(23)如果听话人不具备相关的背景知识,可能体会不出说话人要表达的意思,通过下文的对比才会明白,说话人要表达的是在收入极低的情况下花那么多钱培养人,这种做法令人很惊讶。例(24)“好家伙”上文语境对比信息“晌午六万一斤的大饼,晚上就十二万啦”,是说话人通过夸张的修辞手段表达令人惊讶的结果,按常理,食品的价格不会半天之内就翻倍的,说话人故意用数量的反差来凸显惊讶的语气情态。

值得注意的是,有时语境里并没有出现数量词语,但是“好家伙”的后续句仍然可以通过其他方式和手段来表达说话人强烈的惊讶或诧异语气。例如:

(25)好家伙,真是瞒的好,连老子也瞒过了!(马峰《吕梁英雄传》)

(26)今天咱可不敢招惹你,好家伙,特使都召见你呀!好的很!(老舍《四世同堂》)

以上两例后续句用“连”字句来表达惊讶语气①,比如例(25)说话人是很聪明的人,

①有时虽然形式上没有“连”字,但是可以补出,如例(26)可以说成“连特使都召见你呀”。

最不容易被瞒过,但是现实情况是被瞒过了,由此产生了令说话人出乎意料的惊讶效果。例(26)是省略了标记词的"连"字句,上述例句中"好家伙"后续句所凸显的惊讶语气其实是通过是语用推理得来的。回溯推理(一):

事理:如果某事件超出一般的常规或常理,就会令人吃惊。

事实:现在发生的事件很令人吃惊。

结论:该事件很可能超出了常规常理。

4.1.2 表示赞叹

首先,表赞叹是"好家伙"情态标记身份的重要标志。主要包括两类:

(一)实质性赞叹。所谓实质性赞叹,是指说话人在语境里使用"好家伙",对某事的发生或某状态的出现表达了实实在在的赞叹、惊喜等情感。例如:

(27)好家伙,巴掌大一条非洲鲫鱼,足足有大半桶!(崔晓《麻子阿哥》)

(28)这个军官的做派把陈墨涵镇住了。好家伙,真是一派将者风范啊。(《历史的天空》)

例句中"好家伙"就是表示说话人的赞叹语气,语境里还有体现赞叹语气的标示成分,比如例(27)、(28)中后续句有强化赞叹语气程度的副词"足足""真是"。

(二)非实质性赞叹。有时"好家伙"在语境里只到起缓和语气、开启话题的作用,说话人的赞叹语气并不明显。例如:

(29)a. 好家伙,不仅有好酒,还做了这么一大桌子菜!(小楂《客中客》)

b. 不仅有好酒,还做了这么一大桌子菜!

仔细分析例(29),"好家伙"也带有些许赞叹语气,但是"好家伙"可以删除,删除后句子的意思依然完整,我们将其称之为非实质赞叹,有开启话题或缓和语气的功能。

其次,"好家伙"表赞叹的感情意义时,在语境里也采取别的表达手段,主要有三种:

(一)标示词语。说话人使用"好家伙"表达赞叹语气时,在后续句往往会出现相应的语气副词。例如:

(30)《新华辞典》后边的附录部分还有各种历史、地理、科学的知识,我就背诵,直背得滚瓜烂熟,好家伙,简直一部百科全书呢!(冯骥才《一百个人的十年》)

(31)王师傅边说边满意地拍拍他的肩膀,"好家伙,我们山沟里可出了个人物了。"(白帆《迷途的羔羊》)

例句中“好家伙”表赞叹时在下文语境有标示词语，比如例(30)、(31)“好家伙”后续句里就分别使用了表达说话人强烈感情色彩的语气副词“简直”和“可”。

(二)特殊句式。有时“好家伙”表达说话人的赞叹语气时，后续句使用的是某种特殊句式，比如用“X是X，Y是Y”“是”字句等表达赞叹。例如：

(32)清晨起来，她对镜端详，好家伙，真是腰是腰，胳臂是胳臂，站到标准磅上一秤，不多不少，五十公斤。(亦舒《紫薇愿》)

例(32)“是”字句表示某事物合乎标准，不依不偏，恰到好处。如“腰是腰，胳臂是胳臂”像是废话，但是根据会话合作原则，为了保证有效沟通和交流，说话人不可能说没有用的废话，因此，“好家伙”后续句的“是”字句有特殊的表达功能，句子的会话含义就是她的身材太好太完美了，因此这是一种赞叹，恰好符合情态成分“好家伙”的语境条件。

(三)重复使用。有时“好家伙”的语境里既没有标示词语，也不使用某种特殊句式，但是依然可以表达赞叹语气。这时候就可以采用重复使用的手段，“好家伙”既可连续重复，也可断续重复。例如：

(33)他心里直跳。“好家伙！好家伙！这么多！这么多！”(汪曾祺《黄油烙饼》)

(34)过去那时候儿，好家伙，你要是抱个定时弹什么的，好家伙，你就军管局给你记个什么特功，后来就表扬。(《北京口语语料库》)

上述例句都是表达赞叹语气，例(33)是连续使用“好家伙”凸显说话人的赞语气，例(34)是间隔使用“好家伙”，说话人的目的也是凸显赞叹语气。

总之，话语里情态成分“好家伙”确实经常可以用来表达说话人的惊讶或赞叹语气，但是惊讶和赞叹这种情感意义本身就不是均质的，既有内部语气强弱程度的差别，也有跟其他语气相互纠缠的情况，因此，我们将“好家伙”的该意义离析为两类：实质性的惊讶赞叹和非实质的惊讶赞叹，并在语境里找到了验证形式或语用推理依据。

4.2“好家伙”的非核心意义

情态标记成分“好家伙”除了表达惊讶和赞叹的核心意义之外，在语境里还经常独立或伴随性地表达说话人的夸张、不满、不以为然、出乎意外等语气情态，我们称之为“好家伙”的非核心意义。具体情况如下：

4.2.1 表夸张。考察发现，有时说话人使用“好家伙”并不意在表达单纯的惊讶或者赞叹，而是说话人故意“夸大其词”，后续句直接使用比喻或夸张的形式，有时还出现表达说话人主观情态的语气副词。例如：

(35)好家伙！光是烟头也足够我们四名卫士抽一天。(权延赤《红墙内外》)

(36)那两头“高加索”，好家伙，比毛驴还大。那么大个脑袋两盘大角，不知绕了多少圈，最后还旋扭着向两边支出来。(汪曾祺《羊舍一夕》)

(37)张少军这才小声地说：“好家伙，真不易呀，有三十个晚上了，周政委老是失眠，简直快折磨死了。”(雪克《战斗的青春》)

例(35)“光是烟头就够四名卫士抽一天”是一种夸张说法，说话人使用这种夸大其词的表达，意在凸显主席抽烟抽得很多，呼应了“好家伙”的夸张功能。例(36)通过比较句表达夸张语气，一般情况下，羊不可能比毛驴还大，此为夸张。例(37)后续句有语气副词“真”“简直”。以上例句若删掉“好家伙”也能理解，但明显变得很生硬。

4.2.2 表不满。情态成分“好家伙”有时也可以表达说话人因为事情变得糟糕而导致的不满，不屑、自责、埋怨、抱怨、愤怒等情感和态度。此时，“好家伙”的后续句主要使用反问句或感叹句。例如：

(38)好家伙！我在德国听见的纳粹党教育制度也没有这样厉害。这能算牛津剑桥的导师制么？(钱钟书《围城》)

(39)“好家伙，还敢顶嘴翻案，我让你不老实！”一皮带飞过来，郭建英“哑巴”了。(许晨《汪锋与一笔由国库偿还的特殊“债务”》)

例(38)“好家伙”后续句是反问句，例(39)后续句是感叹句。反问句的功能在于，对于一个明显的道理或事实用反问的语气来加强肯定或否定，以达到加强语势的目的。例(38)用肯定形式的反问句加强否定语气，表达说话人的不满或埋怨。而在话语中感叹句一般直接用来抒发说话人的情感态度，例(39)“我让你不老实！”表达的就是说话人的愤怒情绪。感叹句不同于反问句，其不满或者愤怒的感情意义是通过语用推理得来的。回溯推理(二)：

事理：如果某事件令人不满，很可能发生了原本不该发生的事件。

事实：某件原本不该发生的事件真实地发生了。

结论：这件事情很可能令人不满。

4.2.3 表出乎意料。语境中“好家伙”有时还能表达说话人对某事件的发生感到意外，有出乎意料之意。此时“好家伙”的后续句有两种表现：一是出现语气副词“居然”、

“竟(然)”或者短语“想不到”“没想到”等;二是句子信息内容形成反差,从而彰显出乎意料的语气。例如:

(40)好家伙!居然用党参当烧柴。(《市场报》1994年)

(41)好家伙!老匹夫竟然还活着,真没有想到他用这招躲了过去。(新浪网2020-05-21)

(42)好家伙!想不到你成为网红后,还自带吸引玩家体质了。(腾讯网2019-09-01)

(43)前几天夜里开河,我担心冲了坝,第二天天不亮我就赶到坝上,好家伙,坝上已站着10来个人了,都是入股户。(《报刊精选》1994年)

例(40)—(42)“好家伙”后续句里有语气副词“居然”“竟然”或者动补结构“想不到”等,比如例(40)党参是一种中药材,是用来治疗疾病或养生的,如果拿来做烧柴就违背了生活常理,因此后续句中说话人使用副词“居然”凸显出乎意料的语气,与上文的“好家伙”对应。而例(43)后续句里没有明显的标记成分,说话人使用“天不亮我就赶到坝上”说明来得早,但是下文“坝上已站着10来个人了”表明来得并不算早,而是来晚了。这样语境里语句信息的前后反差对照,就产生了出乎意外的表达效果。该意义的产生也是语用推理的结果。

回溯推理(三):

事理:如果某事件不按照常理推进,就会产生出乎意料的结果。

事实:现在某事件产生了出乎意料的结果。

结论:这件事很可能超乎常理。

4.2.4 表揣测。“好家伙”有时还能表达说话人对事件发生可能性进行的揣测和估计。主要表现有二:一是后续句里有揣测语气的词语;二是后续句有表达意愿的能愿动词。例如:

(44)好家伙,说不定他们已对我下过功夫,做过调查。(朱邦复《巴西狂欢节》)

(45)好家伙,这要传到金喜的妈耳朵里去,又得给我造一片谣言,说我是专制魔魔王!(老舍《方珍珠》)

例(44)(45)情态标记成分“好家伙”的后续句中出现了副词“说不定”、能愿动词“得”,凸显说话人的语气情态。此时“好家伙”是以分句身份出现的,结构上的特点表明了它并不是可有可无的成分,在语境里主要表达说话人对事件发生可能性的某种推测。

综上，情态成分“好家伙”所表达的夸张、不满、出乎意料、揣测等语气，就是其惊讶或赞叹的核心意义之外的非核心意义。可见，用惊讶或赞叹并不能完全概括“好家伙”的全部意义，至少是不十分准确的。至此，我们可以将现代汉语中情态标记“好家伙”的情态意义概括如下：

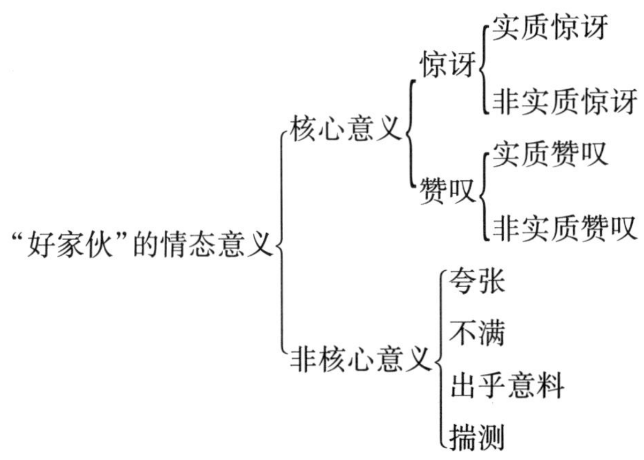

五、情态成分“好家伙”的形成动因

5.1“好家伙”的感情意义

“好家伙”由形容词“好”和名词“家伙”组构而成，整体表达的是说话人的一种情态语气意义，包括说话人感情意义在内的情态意义是一种非理性意义。① 作为非理性义的感情意义，可以用叹词来表达，甚至感情意义只有在叹词中才有其独立的存在。（石安石1993：14）例如：

（46）哎，实在没有想到！（转引自石安石 1993）

（47）哼，这是他说的！（同上）

例（46）中“哎”表示惊讶。它不用“我真惊讶”这样的句子表达，而是用感叹的声音让人感受到说话人处于惊讶的情绪之中。例（47）同理。其实情态成分“好家伙”跟“哎”“哼”的功能类似，在表达感叹或惊讶等感情意义时，也不是用“我真感叹”“我真惊讶”“我真愤怒”等这样的句子来表达。例如：

①词义包括理性意义和非理性意义两部分。理性意义是与词的概念相联系的那部分意义，而非理性意义则包括多方面的内容，比如感情意义、语体意义、联想意义等。（参见王红旗 2008：142）。

(48)a. 好家伙,看你干的好事!(语境:妈妈指责做了错事的孩子。)

b. 好/哼/嚯,看你干的好事!

*c 我真惊讶!看你干的好事!

例(48)中的“好家伙”不同于叹词“嚯、嗬、哼”等,后者只是单纯地通过声音表达感叹语气,而“好家伙”除了表达感叹语气外,表义的重点在于突出说话人的人际情感态度,“好家伙”中的“好”带有说话人的评价语气,实际的含义是“不好”,这与后续句中的“好事”是呼应的,例(48)中的“好事”是坏事的意思,表达的是不满、嗔怪或责怪等语气。

5.2 词义性质决定“好家伙”的意义

“好家伙”情态意义的形成既同“好”的词义性质有关,也同“家伙”的词义性质有关。首先,从“好”的词义性质来看,“好”是性质形容词,表示对事物或事件的评价,这样用法的“好”都带有褒义色彩。有时在特定语境里“好”还有了贬义色彩,比如《现代汉语词典(第7版)》(2016:519)的释义,“形 反话,表示不满意:好,这一下可麻烦了。”“好家伙”中“好”仍具有一定的实义性,有时可以用“好嘛”替换。例如:

(49)a. 好家伙,他是你亲戚哪!(《北京话调查资料》1982年)

b. 好嘛,他是你亲戚哪!

其次,从“家伙”的词义性质来看,“家伙”最初来源于“家火”,是家什、器皿等意思,也可指工具、武器等。后来引申指人(含轻视或戏谑义),比如“这个卑鄙的家伙什么事都做得出来”,也可指牲畜,比如“这家伙真机灵,见了主人就摇尾巴。”后两种用法“家伙”的词义从无生命的工具到有生命的人或牲畜,词义带有褒贬色彩。

在“好家伙”形成之初“家伙”的词义还带有一定的实义性,后来就逐渐变得模糊了。(于立昌 2016:183)“好家伙”连用最早出现在清代小说中,而且出现语境都是打斗场景的描写,“好家伙”多用在言说动词“说、嚷、道”等直接引语中。例如:

(50)山东马正在得意之时,又见贼人把手一扬,一飞刀直奔成龙咽喉而来。山东马大嚷一声,说:“好家伙!”那飞刀落在就地。(清《康熙侠义传》)

(51)瞧那篮子,还和头先一样,满满的仍是一篮鲜甜的白饭和一瓶芬芳的好酒。后羿笑道:“好家伙,好耍子,把这东西带在身边,走遍天下。”(清《八仙得道》)

例(50)—(51)“好家伙”在上下文里有具体所指,比如“飞刀”、“篮子”,可以说成“好刀”,“好篮子”。例(50)中“好家伙”换成叹词“嚯、嗬”等不太自然,但例(51)却很自然,因此“好家伙”只表惊讶或赞叹语气,可以看成情态标记语。

5.3 语境和语用推理影响“好家伙”的意义

“好家伙”情态意义的产生既有语言内部原因,也有语言外部原因。内部原因就是“好家伙”组构成分“好”和“家伙”的意义的影响,如上文 3.2 所述。外部原因主要有两点:一是语义句法环境的影响,比如“好家伙”后续句有时蕴含对比信息,对比造成的强烈反差导致惊讶或赞叹意义的产生,上下文语境里有提示性的词语(如语气副词等)或是特殊的句类(如疑问句、感叹句等),直接为“好家伙”各种感情意义的生成提供了条件;二是语用推理的作用,由于不可能所有的后续句都含有量的对比的词汇提示成分,有时句类选择也不明显,这时语用推理就起到了重要作用,如上文 4.1 和 4.2 所述。

5.4“量的准则”决定“好家伙”的意义

“好家伙”的后续句有时会出现包含对比信息的语义环境,而且是大量或超量的信息对比,根据话语交际中的会话合作原则,交际双方在信息传递过程中要遵守“量的准则”,提供的信息量要适中,不能多也不能少,如果说话人故意违反“量的准则”,就会产生会话含义。正如 2.3 所指出的“好家伙”后续句蕴涵着量的对比信息,说话人通过信息的超量对比,向听话人传达言外之意,所谓的赞叹、惊讶、出乎意外等意义都是由此产生的。

“好家伙”可以表达多种情态意义,不限于惊讶、赞叹,俨然已经成为现代汉语中常用的情态标记语,其实这也是“经济原则”作用的结果,一词多义是为了省力,为了减轻记忆负担,没有必要为表义有细微差别的“好家伙”分别确立一个新形式。从这个意义上来说,《现代汉语词典(第 7 版)》将“好家伙”的意义概括为“惊讶或者赞叹”也是有道理的,但是也付出了误导人们“好家伙”只能表达这两种意义的代价。

六、结语

现代汉语中“好家伙”已经固化为表达说话人情感和语气的情态标记语,其意义带有较强的人际感情色彩。由于说话人的情感态度包含了喜怒哀乐等,因此在不同的语境里“好家伙”除了具有惊讶和赞叹意义外,还具有夸张、不满等情态意义。“好家伙”情态意义的产生除了与词义自身性质相关外,还与如下因素有关:一是语义句法环境,可以解释“好家伙”后续句有明显标记的情态意义的由来,比如后续句有词汇形式,或者有特殊句类限制等;二是语用回溯推理,可以解释一部分“好家伙”后续句没有形式标记的情态意义的来源。三是“量的准则”和经济原则的作用,可以解释“好家伙”后续句含有对比意味的意义的由来。

参考文献

北京大学中文系现代汉语教研室编:《现代汉语》(重排本),北京:商务印书馆,2004 年。
戴维·克里斯特尔(沈家煊译):《现代语言学词典》,北京:商务印书馆,2000 年。
韩金秒:《从历时语法化角度看“好家伙”一词》,《兰州教育学院学报》,2019 年第 2 期。
李行健:《现代汉语规范词典》(第 2 版),北京:外语教学与研究出版社/语文出版社,2014 年。
刘宁生:《叹词研究》,《南京师范大学学报》(社会科学版),1987 年第 3 期。
刘月华:《实用现代汉语语法》,北京:商务印书馆,2001 年。
吕叔湘:《现代汉语八百词》,北京:商务印书馆,1980 年。
沈家煊:《语用原则、语用推理和语义演变》,《外语教学与研究》,2004 年第 4 期。
石安石:《语义论》,北京:商务印书馆,1993 年。
王红旗:《语言学概论》,北京:北京大学出版社,2008 年。
于立昌:《“家伙”的类词缀用法及“X+家伙”词汇化》,《励耘语言学刊》,2016 年第 3 期。
张斯文:《“好家伙”的叹词化》,《现代语文》,2017 年第 1 期。
中国社会科学院语言研究所词典编辑室:《现代汉语词典》(第 7 版),北京:商务印书馆,2016 年。
Poggi, Isabella. *The Language of interjections*. In A. Esposita et al. (eds.), Multimodal Signals: Cognitive and Algorithmic Issues. Berlin/Heidelberg: Springer, 2009.

On the Meaning of "*Haojiahuo*" and Its Motivation of Formation

Wu Dexin
(Yanbian University)

Abstract: "*Haojiahuo*" is a modal marker to express the speaker's emotion and mood. In the view of semantics, the meaning of "*haojiahuo*" is usually used to express emotional meaning from interpersonal communication. In the view of the range of meaning, "*haojiahuo*" can convey many emotional meanings: surprise, sigh, exaggeration, dissatisfaction and so on. They are affected by syntactic context, semantic collocation and pragmatic inference. The maxim of quantity and the economic principles are important in its meaning expression.

Keywords: "*haojiahuo*" (好家伙) modal markers; emotional meaning; pragmatic inference; cooperative principle

程度副词"全"及其规约化语义特征

张佳慧　吴长安

(东北师范大学文学院)

提要:"全"的程度副词身份是不容忽视的,其代表的程度为百分之百。判断句子中的"全"是范围副词还是程度副词,取决于其所在句的主语或宾语是否是复数集合名词。"全"可做补语,还可通过重叠变成"全全"做程度补语,起到加强程度的作用。根据词义的规约化原则,状语位置上的"全"有[+一体化]语义特征,补语位置上的"全"有[+强调范围或程度的完整性]语义特征,补语位置上的强调功能不是句子焦点赋予的,而是"全"的基本语义决定的。

关键词:"全";程度义;范围义;规约化语义特征

一、前言

《现代汉语八百词》(以下简称《八百词》)列出了"全"作为副词的两种用法:一是表示"所指范围内无例外",相当于"都";二是表示"程度上百分之百地"①。但《现代汉语词典》(第七版)(以下简称《现汉》)仅指出"全"表示"完全",相当于"都"②。《现汉》是在《八百词》之后出版的,为什么没有列出"全"有修饰程度的用法呢?本文认为是因为"全"的程度义脱胎于"全"的范围义,在使用中仍带有"范围义"的痕迹,让人混淆。如:

(1)反正去一次无妨,结婚与否,全看自己中意不中意那女孩子,旁人勉强不来,

①吕叔湘:《现代汉语八百词》,北京:商务印书馆,2010年,第457页。

②中国社会科学院语言研究所词典编辑室:《现代汉语词典》,北京:商务印书馆,2016年,第1076页。

答应去吃晚饭。(钱钟书《围城》)

例句(1)中的“全”作为范围副词,总括对象是左侧的“结婚与否”,代表两种情况。但除此之外,不可否认“全”的语义还指向谓语中心语“看”,修饰“看”的程度,“全看”可以理解为“百分之百/完全取决于”。一般情况下,人们认为这句话中“全”的范围义比程度义突显,原因在于范围义的句法条件比程度义的句法条件更突显,也就是说作为总括对象的“两种情况”比谓语中心语“看”更突显。

(2)医生要他在医院休息三天,结果刚打完一瓶点滴,烧就全退下去了。(《人民日报》1993年11月)

从例句(2)看,已有研究会把“全”看作范围副词,其语义指向左侧的总括对象“烧”。其实,也可以把“全”看作程度副词,其语义指向谓语中心语“退”,修饰其程度为百分之百。该例句中,“全”程度义的突显度要高于范围义,更容易识辨,原因在于程度义的句法条件“退”比范围义的句法条件“烧”更突显。“退烧”是一个渐变的过程,含有程度的变化。而“发烧”是一个点概念,不含有范围,“烧”作为“全”的隐性总括对象(句法位置合格,语义不合格,结构形式不合格),其所代表的范围是人认知印象中的残留义,是句法位置赋予的。例句(2)中的“全”更适合理解为程度副词,或者说主要句法功能为程度副词。因此,“全”程度副词的身份应重新得到重视。

本文将主要讨论程度副词“全”的认知基础,多角度考察“全”是可补副词。根据“全”的句法位置析出其规约化的语义特征。

二、“全”是程度副词

武振玉发现,古汉语中,当“全”的上下文没有表示范围的总括对象时,“全”含有夸张、强调的意味,这种用法介于范围副词和程度副词的中间状态。唐宋时期,“全”有三种用法,除范围副词外还表示强调,相当于“全然”“完全”之义,亦可表示程度,第三种用法是在“全然”义的基础上产生的①。曹利华认为“全”可用在肯定句中,表示程度的百分之百,加强肯定语气。而且“‘全’本身就有程度高的蕴含,如‘全强’各方面都强,‘全盛’各

①武振玉:《试论副词“全”的产生与发展》,《贵州师范大学学报(社会科学版)》,2005年第3期。

方面都繁盛,自然就引申出‘极其’等程度副词用法”[①]。李小军认为典型的程度副词“全”出现在唐代,从范围副词到程度副词存在整齐的语义对应性“总括—高程度”。原因在于“无论是范围还是程度都属于量范畴,总括与高程度存在量度上的相似性和平行性”[②]。由此可见,无论是现代汉语还是古代汉语,“全“都有程度副词的用法。

林曙提出“范围”可以指“时间范围”,也可以指“程度的高低”,以及“语气的强弱”[③]。程度的高低从某种角度可看作范围的大小,如“全班同学都参加了运动会”可看作出席率高,也就是“参与度高”。语气的强弱从某种角度也可看作程度的高低,如“命令语气的强弱可看作是命令强度的高低”。戴浩一、叶蜚声认为汉语的时间表达是以空间为基础的,即“范围的观念在我们的基本空间知识中有观念的基础;换句话说,抽象范围的逻辑内涵是我们仿照所感知的空间内涵形成的,而空间内涵的感知又以‘整体—部分’的关系为基础”[④]。也就是说,抽象的程度范围实际是以空间范畴为基础产生的。由此可见,“空间”“时间”和“程度”三个范畴可相互转换,“全”可以总括的范畴包括“空间”“时间”和“程度”。

目前,学界比较认可的程度副词的分类标准是以语义划分的,把程度副词分为绝对程度副词和相对程度副词。绝对程度副词是不含有比较的,能够独立表达程度的词。相对程度副词是通过比较来实现的,根据比较项的数量还可以进一步细分。周小兵根据程度的高低将绝对程度副词进一步分为“程度过头”“程度高”“程度低”[⑤]。李小军认为无论是范围还是程度都属于量范畴,从范围副词到程度副词,“全”的语义存在对应性,即“总括—高程度”。本文认为“全”属于绝对程度副词,但不属于已有次分类中的任何一种,应单独列出。段玉裁的《说文解字注》曰“大郑云。全、纯色也。许玉部云。全、纯玉也”[⑥]。这段话可译为“郑玄说,‘全’是颜色单一、纯粹的玉。许慎说‘全’是无瑕疵的玉”。郑玄的释义着重于玉的颜色具有一致性和完全性,许慎的释义着重于玉的质地具有一致性和完全性,两者虽侧重点不同,但强调的性状都不超过也不小于本体的物质范围且刚刚好覆盖了本体的物质范围。肖奚强把“全”归为“等同范围副词”,其特性是“所

①曹利华:《“都”“并”“全”的历时演进及相互影响》,《新疆大学学报》,2016 年第 4 期。

②李小军:《试论总括向高程度的演变》,《语言科学》,2018 年第 5 期。

③林曙:《确定范围副词的原则》,《上海师范大学学报》,1993 年第 1 期。

④戴浩一、叶蜚声:《以认知为基础的汉语功能语法刍议(下)》,《国外语言学》,1991 年第 1 期。

⑤周小兵:《论现代汉语的程度副词》,《中国语文》,1995 年第 2 期。

⑥〔清〕段玉裁:《说文解字注》,北京:中华书局,2013 年,第 226 页。

概括的对象(集合A)等同于所论范围(集合B)”①。本文的观点与肖文的观点大致一致,也就是说“全”修饰的程度也是以其主体的物质范围为基础的最大客观值,既不表示程度高,也不表示程度低,而是“百分之百”的程度,可以非常直观地知道其代表的程度值,不需要比较,也不需要主观估计,具有一定客观性。《现代汉语虚词例释》认为含程度义的“全”侧重于表示程度深②,其实质是指“全”的主观用法。

“全”是否是程度副词取决于其所在句的主语或宾语是否是单数个体名词,即是否有总括对象。只有其所在句的主语或宾语是单数个体名词时,即没有总括对象时,“全”的程度义才最为突出。若句子的主语或宾语是复数集合名词,即使谓语的程度可以受“全”修饰,“全”的程度义也会因不如范围义突显而被忽略。如:

(3)乔大夯深感遗憾地说:“这次全怪我。炸药没放好,还牺牲了几个同志,我也没去成……”(魏巍《东方》)

(4)她此时已经丧失了平日自高自傲独断独行那种硬气,全像一个安静可喜的小孩子。(林语堂《京华烟云》)

(5)迟疑了一会儿,这才低声说,“学生们,这几天全像一捆一捆的干柴,我们是睡在这些干柴上面;要是这件事一闹大,他们还不借题发挥么?那我们的威信完了。”(茅盾《腐蚀》)

例句(3)(4)中的主语都是单数个体名词,并不具备成为“全”总括对象的条件,“全”总括范围的句法功能无用武之地,反倒是能够修饰谓语程度的句法功能更为突显。“怪”和“像”都是可以受程度副词修饰的谓语中心语,“全”可修饰其程度为百分之百。例句(5)中的谓语中心语“像”虽然也能受“全”修饰,但“全”程度义的突显度不如范围义高,大部分人会把“全”看作范围副词。原因在于“全”所在句的主语“这几天”是复数集合名词,作为“全”的总括对象,认知度较高。

当句子中的“全”具有双重句法功能时,一般情况下,范围副词的句法功能更突显,但当状语位置上含有其他程度副词时,依据语义距离像似原则,靠近谓语的“全”,其程度义更突显,远离谓语而更靠近主语的“全”,其范围义较突显。朱峰也认为“当句中有多个成

①肖奚强:《范围副词的再分类及其句法语义分析》,《安徽师范大学学报》,2003年第3期。文中把范围副词分为“超范围副词”“等同范围副词”“子范围副词”。“等同范围副词”又可分为容他性范围副词和排他性范围副词,“全”属于“容他性范围副词”。“等同范围副词”的两个次类具有一个共性,即本文所说的“等同范围副词”的特性。

②北京大学中文系1955/1957级语言班:《现代汉语虚词例释》,北京:商务印书馆,2010年,第402页。

分符合‘全’的指向标准时，‘全’在指向目标选择上倾向于离‘全’近的成分”①。原因在于若“全”和“很”“挺”“有点儿”等其他程度副词同时修饰谓语的程度，则语义冲突。“全”的双重句法身份导致其在句子中的位置较为灵活，也是其能避免语义冲突的前提。如：

(6) 安全套，发的拿的全有点儿难为情。(《常州晚报》2008 年 10 月 23 日)

例句(6)中的“全”貌似只有总括范围的句法功能，是因总括对象的存在导致范围副词的功能更为突显罢了，“全”所在句的主语“发的拿的”指称的范围是复数。实际上，谓语“难为情”也可受程度副词修饰。但是，若“全”和“有点”同时修饰谓语的程度，则语义冲突。根据语义距离像似原则，“全”的位置更靠近主语，更适合看作是总括主语的范围副词。

(7) 最初一个月，虽有些人还不能达到，但经工人努力后，到一月份就差不多全可以超额。(《人民日报》1950 年 8 月 4 日)

(7a) 最初一个月，虽有些人还不能达到，但经工人努力后，到一月份就全差不多可以超额。

例句(7)中的“差不多”和“全”一样，既可修饰时间范围“一段时间(某一时间点到一月份)”，又可修饰谓语“可以超额完成任务”的程度。根据语义距离像似原则，在两个句法功能同样灵活的状语成分之间，谁在线性距离上靠近谓语，谁的程度义更突显，谁靠近主语，谁的范围义更突显。例句(7)中“全”更靠近谓语，其程度副词身份更为突显，例句(7a)中“全”更靠近主语，其范围副词身份更为突显。但“差不多”“全”不可能同时修饰主语的范围，也不可能同时修饰谓语的程度，因为两者的语义冲突。

三、可补副词“全”

一般认为补语位置上的“全”应该是形容词。张海荣在考察“都”和“全”的异同时，认为范围副词“全”可以作补语，而“都”不行②。本文也认为补语位置上的“全”应该是副词。张谊生(以下简称“张文”)认为“能够充当补语的副词都是程度副词”，可细分为兼

①朱峰：《“全”字句歧义分析》，《社会科学家》，2005 年第 5 期。

②张海荣：《“都”还是“全”》《对外汉语论丛(第 4 集)》，上海：学林出版社，2005 年，第 150 页。

职做补语的"可补副词"和专职做补语的"唯补副词"①。"全"应该是可补副词,可做程度补语也可做结果补语。如:

(8)使得山镇上一些没有文化的人如听天书一般,尊他为"天上的事情晓得一半,地上的事情晓得全"。(古华《芙蓉镇》)

(9)但杨摩西一句也没听全,觉得这是自听经以来,老詹最啰嗦的一晚。(刘震云《一句顶一万句》)

(10)老先生看见孙子进来,本想立起来去拉他的小手,继而一想大家还没都到全,还不便马上离开红木椅子。(老舍《蛤藻集》)

了解副词的有效方法是比较,通过比较来确认副词的特性和共性。例句(8)的"全"看作结果补语时,语义指向"地上的事情",是谓语的作用对象。若缩小谓语的结果,可变成"地上的事情晓得一半",也行得通,"全"和"一半"是谓语作用于小句主语产生的结果,语义指向主语成分。把"全"看作程度补语时,修饰的是谓语中心语"晓得"的程度,若降低谓语的程度可变成"地上的事情晓得一知半解"也行得通,"全"和"一知半解"修饰谓语作用于主语的程度,语义指向谓语。因此,例句(8)中"全"的语义指向是双向的。这也是本文认为补语位置上的"全"是副词,而不是形容词的原因,因为形容词与谓语中心语不发生直接语义关系。例句(9)(10)中的"全",其语义指向也是双向的,语义既可指向谓语作用的对象("老詹的话""大家"),看作是结果补语;也可指向谓语,修饰谓语中心语("听""到")的程度,看作是程度补语。所以,"全"既可以做结果补语,也可以做程度补语。

张文根据是否需要加"得",把程度副词做补语的述补结构分为"组合式"和"粘合式",必须加"得"的是组合式,不需要加"得"的是粘合式。程度副词做补语的述补结构存在三种情况,有的程度副词只能出现在组合式里;有的程度副词只能出现在粘合式里;有的既可以出现在组合式里,也可以出现在粘合式里。"全"属于第三种情况。如:

(11)像这样的人现在到处都是,你管得全吗?(巴金《家》)

(12)在抓生产中,不少厂都做到了抓得早、抓得全、抓得深、抓得细和抓得狠,有力地保证了生产计划的完成。(《人民日报》1960年6月3日)

(13)四九年,换新天,穷人夺回铁算盘,我拿算盘上学校,文化技术学得全。

①张谊生:《程度副词充当补语的多维考察》,《世界汉语教学》,2000年第2期。

(《人民日报》1966 年 4 月 8 日)

例句(9)(10)中的“全”做补语时,述补结构中不能出现“得”,例句(11)—(13)中的“全”做补语时,述补结构中必须有“得”。

根据张文提出的程度副词做补语的语义特征标准,程度副词“全”所在的述补结构不能含有比较义,只代表谓语的程度深浅。这一观点也与“全”做补语的实际语料一致,例句(8)—(13)都不含有比较义。

另外,从语义色彩看,“全”做补语时通常用于褒义,偶尔可以表示中性义,但不能表示贬义。如:

a 记得全;掌握得全;总结得全;想得全

b＊说全;＊写全

c＊病全;＊死得全;＊忘得全

a 组的搭配所适用的句法环境常用于“要求类”语境中,如党报,学习总结,会议报告,表扬信等。b 组的搭配虽然单拿出来不合法,但放在具体的语境中就没有句法问题,如“你刚才说全了嘛?”“一定要记得把人名都写全”。这些搭配在语境中呈现的语义色彩是中性的,且一般出现在粘合式中。从 c 组的搭配可以看出,“全”无论是以组合式还是粘合式的形式出现,贬义的语境都不适用。这一点与李宇凤通过统计总结的结论“程度副词主要与肯定和中性感情色彩成分搭配”①一致。

刘金表提出在河北任丘方言中存在一种特殊的程度补语“多多”,表示程度的增加,相当于“极”,位于形容词后,做程度补语,如“那棵树高多多咧”;或者与形容词一起位于谓语动词后,做情态补语,如“那棵树长得高多多咧”②。

目前各版本的词典均未收录“全全”一词,“百度释义”给出的解释为“全部,统统”,表示程度的加深。本文将“全全”视作程度副词“全”的重叠式,可做程度补语,表示程度高。如:

(14)把社会主义理解为将一切“统”得死死的、管得严严的和“包”得全全的,在经济领域里已经证明是完全错误的了,在艺术领域难道不更是如此吗?(《人民日

①李宇凤:《程度副词句法与用特点的调查研究——兼论程度副词量性特征与其句法与用特征的对应》,《汉语学习》,2007 年第 2 期。

②刘金表:《河北任丘方言的一种特殊程度补语“多多”》,《中国语文》,1995 年第 2 期。

报》1980 年 11 月 26 日)

(15)前几天,我到县城去进货,社员们对我说:"满元呀!到城里把货进得全全的,我们可以不跑远路买东西了。"(《人民日报》1983 年 04 月 06 日)

(16)过节过年一点儿也不用自己操心,什么面啦、肉啦送得全全的;有病时拿着介绍信到指定的医院去治,也不用花医药费;政府为了军属的文化生活,还经常给家里送来电影票、话剧票……(《人民日报》1952 年 4 月 14 日)

四、"全"的规约化语义特征

在英汉互译过程中,"全"可以翻译为"all""entirely""wholly""completely",而这四个单词在英语中都有各自适用的句法环境,如"entirely"常用在坏事上,"wholly"强调紧接在后的成分,强调大或重要。同理,既可做范围副词又可做程度副词的"全"在词典中的释义是否有些单一或不足呢?众所周知,词义不应该受语用因素的影响,因语用而产生或是因语用的变化而变化的词义都是临时的,不是社会规约化的词义,而是语用意义。陆俭明认为"语法中所讲的词的语义特征都是结合具体的句法格式概括得到的,而不是离开具体的句法格式单纯从词义的角度来分析、概括出来的"。"语义特征"是指"着眼于分析、概括属于同一句法格式的各个实例中处于同一关键位置上的实词所共有的语义特征"①。左思民提出"至少有一部分词义是从会话含义经过规约化过程而形成的"②。从语料看,"全"作为副词可以出现的句法位置主要有"状语"和"补语"两种。本小节尝试对这两种句法位置上的"全"的语义进行探究,试析出其在使用过程中凝结的规约化词义,以此补充"全"的义项,进一步深入研究副词"全"的词义,以期达到更细致,更精确的表达效果。

4.1 状语位置上的"全"含有[+一体化]语义特征

李宝伦等人注意到"全"与总括对象的整体性有关③,周韧直接提出"全"有[+整体性]语义特征④。"整体性"和"一体化"的区别在于,前者有静态的定性功能,后者是动态的整合功能,可以将表示"全部"的总括对象或表示量级为"满值"的量级域打包成一个

①陆俭明:《现代汉语语法教程研究》,北京:北京大学出版社,2003 年,第 111 页。
②左思民:《论和词义有关的语用操作》,《当代修辞学》,2019 年第 4 期。
③李宝伦,张蕾,潘海华:《汉语全称量化副词/分配算子的语义共现和语义分工——以"都""各""全"的共现为例》,《汉语学习》,2009 年第 3 期。
④周韧:《"全"的整体性语义特征及其句法后果》,《中国语文》,2011 年第 2 期。

主体，再与句子的其他成分进行结合，省去听话人对语义关联项的语义值计算，这个打包过程就是“一体化”。若总括对象被一体化成一个主体，那谓语就是这个主体的共同特征；若谓语（动作或形容词）的全部量级被一体化成一个主体，谓语中心语本身所代表的动作或性质就是这个主体的共同特征。可见，“一体化”功能不止应用于空间范畴，还适用于程度范畴。“全”总括的对象可以是表示复数的名词、名词性短语或谓词性短语，这部分学界共识度高，暂不做进一步说明。“全”可修饰的谓语中心语包括“动词”和“形容词”两种。

4.1.1 谓语中心语为动词及动词性短语。如：

(17) 茄子东瓜香椿原先都是进贡的东西，现在全下了市，全不贵。（老舍《新韩穆烈德》）

(18) 那时节要以心悟而不以目视，全凭一个寸劲儿，将刚刚飘游离体之魂收入囊中……（张炜《你在高原》）

例句(17)中“全”的总括对象是“茄子东瓜香椿”，从形式上看可视作显性的总括对象，“全”将其一体化为一个主体，谓语“下了市”则是这个主体的共同特征，主体中的每个成员或每一部分都具有该共同特征。另一方面，“全”的语义也可以指向谓语“下了市”，即“市面上一点影子都没有了”，修饰其退市的彻底性。从这个角度看，“下”作为动词，自身的量级域就是主体，而“下”的动作性质就是主体的共同特征。因此，例句中的“全”既可看作范围副词又可看作程度副词，但相对于程度副词来讲，范围副词的身份更为突显。例句(18)没有显性的总括对象，“全”的语义仅指向后面的谓语中心语“凭”，将“凭”的量级域一体化成一个主体。

4.1.2 谓语中心语为形容词及形容词性短语。如：

(19) 第二天一早，它来喝水的时候，发现湖里的水全干了。（冰心《冰心全集第四卷》）

(20) 来日一起床，昨夜滚在地上的几个苹果全烂了。（阎连科《家诗》）

由于“几个苹果”和“湖里的水”在形式或语义上是复数，总括对象呈显性，“全”的语义指向主语。虽然“全”也可以修饰谓语“干”和“烂”的程度，但程度义不如范围义突显。所以，以上两个例句中的“全”一般被认作范围副词。无论是把总括对象一体化成一个主体还是把谓语成分“干”和“烂”的量级域一体化成一个主体，其谓语中心语的性质都是这个主体的共同特征。

(21)似乎暌违好久好久,他打电话过去,知道她感冒全好了。(林语堂《朱门》)

一般认为例句(21)中“全”的语义指向对象是“感冒”,但其在语义和形态上都不是复数形式,总括对象呈隐性。实际上,“感冒”作为小句总括对象的条件不够突显,“全”的范围义更像是因其句法位置残留的认知印象。不如把“好”看作被程度副词修饰的对象,“全”将“好”的量级域一体化成主体。

无论句子的总括对象呈显性还是隐性,无论句子的谓语是动词及动词性短语还是形容词及形容词性短语,状语位置上的“全”都可以将其一体化成主体,成为谓语中心语动作或性质的主体,本文称之为“一体化”。从整体看,状语位置上的“全”表达出来的语用含义带有准确性和客观性。

由此可见,状语位置上的“全”无论是做程度副词还是做范围副词,都具有[+一体化]语义特征。

4.2 补语位置上的“全”强调范围或程度的完整性

状语和补语位置上的“全”都可以修饰谓语,区别在于补语位置上的“全”有强调作用,强调与谓语相关的主语或宾语的完整性,或是强调谓语中心的完整性,主观性较强。本文讨论的补语位置上的“全”不包括含“全”的“状中短语”,如“炸得全都跳起来”“折腾得全乱了”。

4.2.1 谓语为动词及动词性短语时。如:

(22)“像这样的人现在到处都是,你管得全吗?”他们三个人沉默了一会儿。(巴金《家》)

(23)走资派板起面孔教训他:“这是上面的指示,人家比你站得高,想得全。”(《人民日报》1970年4月7日)

(24)如果不查字典,有多少人能念得全呢?(网络新闻标题)

兰宾汉(以下简称“兰文”)对程度补语和结果补语做了区分,当程度补语的成分为形容词或形容词性短语时,前面须有“得”,否则则是结果补语①。根据兰文的判断标准,例句(22)—(24)中的“全”都是程度补语,语义指向都是小句的谓语中心语“管”“想”“念”。除了是程度补语,是否也可以看作结果补语呢?从结构上看也是可以解释的,从

①兰宾汉:《也谈程度补语与结果补语》,《陕西师大学报》,1993年第3期。

语义上看是完全可以的。结构方面,补语位置上的“全”仍然可以在句子中找到其可以总括的对象,只是相对于状语位置上的“全”来说,需要更多的查找和推算过程。语义方面,根据焦点信息理论,补语常常是句子的焦点所在,有强调信息的作用,而“全”强调的是范围信息不明显,结构零散且距离较远的主体。从这个角度看,补语位置上的“全“也可看作结果补语。需要强调的是,补语位置上的“全”的强调功能并不是句法位置和句子焦点赋予的,这只是其中一部分原因。当中补结构带宾语时,“全”的语义指向对象位于其右侧,即宾语,此时,“全”的强调功能就弱化了,原因在于原本距离较远,原本需要查找和推算的总括对象紧挨补语“全”。这也从侧面反映出补语位置上的“全”的强调功能是为了强调句内距离较远的总括对象的完整性,即以句子谓语中心语为突显特征的主体。如:

(25)陶影拼命心记,还是没能记全作家的话。(毕淑敏《一厘米》)

“记”作用的对象“作家的话”得到了突显,“全”的范围义明显较程度义突显,“全”的强调功能弱化了。原因在于其要强调的范围呈显性,且结构上相邻,谓语中心语、“全”、作用对象在结构上构成了句子的平衡。

通过对补语位置上的“全”的语义进行规约化分析可以发现,其在补语位置上的“强调义”是在其“一体化”功能的基础上发展而来的。

4.2.2 谓语中心语为形容词及形容词性短语。如:

(26)菱姐惟恐老爷好全了,又要强逼她。(茅盾《小屋》)

以形容词为谓语的中补结构“A 全”,经考察目前只有“好”能进入该结构。

综上所述,“全”不仅是范围副词,还是程度副词。“全”属于绝对程度副词,其代表的程度义相对客观且直接,不表示程度高也不表示程度低,而表示程度上的百分之百。同一句法环境下,“全”可能具有双重句法功能,“全”同时具有范围义和程度义,两者常常相互伴随,只是谁更突显的问题。当总括对象为复数集合名词时,“全”的范围义更突显;当“全”所在句的主语或宾语是单数个体名词时,“全”的程度义更突显。特定句法环境中“全”不具有范围义,范围义是人的认知残留。“全”是可补副词,这是语义进一步虚化的结果。还可以重叠成“全全”做程度补语,起到加强程度的作用。状语位置上的“全”含有[+一体化]语义特征,补语位置上的“全”含有[+强调范围或程度的完整性]语义特征,后者的强调功能不仅仅是因为句子焦点所在,主要是为了强调因为距离远而被弱化的“主体”。后者的规约化词义是在前者的基础上发展起来的,也是表达的需要。结

合“全”的句法位置和其范围义与程度义的突显情况,在具体语例中呈现的情况如下:

全	状语		补语	
范围义	+	-	+	-
程度义	-	+	-	+
	一体化		强调范围或程度的完整性	

副词“全”的词义分布大致如下:

“全”	词性	词义
	范围副词/程度副词	“范围内无例外”/“一体化”
	可补副词	强调范围或程度的完整性

The Degree Adverb “Quan” and Conventionalized Semantic Features

Zhang Jiahui　Wu Chang’an

(Northeast Normal University)

Abstract: The degree adverb “quan” cannot be ignored, and its degree represents 100%, which is equivalent to “completely”. Whether “quan” in a sentence is a range adverb or a degree adverb depends on whether the subject or object in the sentence is a plural set noun. “Quan” can be used as a complement, and can be overlapped into “quan” to make a degree complement, which plays a role in strengthening the degree. According to the conventionalization principle of meaning, according to the syntactic position of “quan”, the “quan” at the position of adverbial has the semantic feature of [+ integration], and the “quan” at the position of complement has the semantic feature of [+ emphasis the complete of scope and degree]. Emphasis on meaning is not determined by the focus of the sentence, but by the basic semantics of “quan”

Keywords: “quan”; degree meaning; scope meaning; conventionalized semantic feature

◎方言研究

中古精组声母在河北方言的失塞失擦逆向演变研究*

郑晓媛　桑宇红

（河北师范大学文学院，石家庄 050024）

提要：河北方言石家庄和邢台地区存在精母擦化读同心母以及精、清母塞化读同端、透母的现象，后者在南方方言比较多见，在关中方言以及冀鲁官话已有一定报道；而前者精母读同心母现象在其它方言很少见，但送气音清母擦化读同心母的情况在南方方言比较多见。在河北方言中存在同一种方言兼具精母、清母同时发生逆向演变的情况，一种是清母丢掉擦音朝着塞音方向发展，一种是精母丢掉塞音朝着擦音方向发展。这是一种创新音变现象，只发生在新派读音当中。

关键词：精组声母；河北方言；逆向演变

“塞化”是指来自同一声纽的字其声母按照语音发展规律应读塞擦音但实际读为相对应的塞音的现象。从定义来看，这是发生在声母系统中不同聚合群之间的一种音变现象。由于塞擦音有送气与不送气之分，所以塞化现象可以是单独送气或不送气塞擦音读为相应的送气或不送气塞音的现象，也可以是送气与不送气一起读为相对应的塞音的现

* 本研究为河北省教育厅重大攻关项目“河北太行山麓的语音层次结构研究”（项目编号：ZD202026）的阶段性成果。

象。同样，这一现象既可以发生在精组字内，也可以发生在今读塞擦音的见组细音或知庄章组字内。曾春蓉《现代汉语方言中古精组字今读 t、t^h 现象考察》指出这种现象广泛分布在湘、赣、客、闽、粤、平话中，此外还有官话中的山东日照，作者认为这种现象是上古音在现代音中的保留。据邢向东先生调查，这种现象在关中话也有表现。

"擦化"是指来自同一声组的字其声母按照语音发展规律应读塞擦音但实际读为同部位的擦音的现象。从定义来看，这是发生在声母系统中同一聚合群内部的音变现象。根据发音方法的不同，塞擦音可以分为送气塞擦音与不送气塞擦音，因此无论是送气的塞擦音读为同部位的擦音，还是不送气的塞擦音读为同部位的擦音都属于擦化现象。根据塞擦音的古音来源，擦化现象可以是精组字的擦化现象，也可以是见组字或知庄章组的擦化现象，当然，不同方言的实际语音状况不同，但只要是将塞擦音读为同部位的擦音都属于擦化现象。现代南方方言中不乏清母读心母的情况，可能与其送气更易于擦化有关，但是其它方言精母读如心母的报道未见。河北方言集中体现在精母读如心母字，并且还多与清母读如透母字伴行。

	洪音	细音
1 威县梨园屯镇	θ $tθ^h$ θ	θ $tθ^h$ θ
2 藁城市张家庄镇	s ts^h s	s t^h s
3 元氏县苏村乡	ʦ $ʦ^h$ s	ʦ t^h s
4 临城县临城镇	tθ $tθ^h$ θ	t t^h s

一、河北方言中精组字擦化现象的分布

河北方言中精组字擦化现象主要有两种读音类型：1、精组不送气塞擦音[tθ]擦化为[θ]，精组字读音为[θ $tθ^h$ θ]；2、精组不送气塞擦音[ts]擦化为[s]，精组字读音为[s ts^h s]。下面我们分别对其地域以及读音分布情况进行详细的描写。

1.1 精组不送气塞擦音[tθ]擦化为[θ]现象的分布

这种类型主要分布在邢台市的威县。威县下辖 5 个镇，11 个乡：洺州镇、梨园屯镇、章台镇、侯贯镇、七级镇、张营乡、方营乡、常庄乡、第什营乡、枣园乡、高公庄乡、贺营乡、固献乡、赵村乡、常屯乡、贺钊乡。其中，七级镇、固献乡、方营乡精组字没有擦化现象，张营乡精组字发生塞化，其余乡镇精组字都存在擦化现象。

1.2 精组不送气塞擦音[ts]擦化为[s]现象的分布

这种类型主要分布在石家庄市藁城县滹沱河以北的南董镇、南孟镇、增村镇。

1.3 精母字擦化现象各方言点精组字的实际读音情况

威县内存在擦化现象的乡镇擦化程度存在差异，其中贺钊乡、梨园屯镇精组字不送气塞擦音擦化不彻底，仍能听到弱的塞音成分，这种塞音成分已经没有区别意义的作用，其余的乡镇都已经明显的擦化。除了擦化程度不同外，各乡镇的读音比较一致。因此我们列出侯贯镇的读音代表明显擦化地区的读音，贺钊乡的读音代表擦化不彻底地区的读音。

藁城县内发生塞化的乡镇读音比较一致，我们以南董镇的读音为代表。

由于擦化地区发生音变的主要是声母部分，无论韵母洪细，声母部分都发生音变，因此为了节约篇幅，我们只列出精组洪音字的读音情况，如下表所示。（“威贺”代表威县贺钊乡的读音，“威侯”代表威县侯贯镇的读音，“藁南”代表藁城县南董镇的读音）

代表点	再	自	罪	澡	才	腮	词	寺	猜
	蟹开一 精代去	止开三 从至去	蟹合一 从贿上	效开一 精皓上	蟹开一 从代平	蟹开一 心咍平	止开三 邪之平	止开三 邪志去	蟹开一 清咍平
威贺	θɛ꜄	θɿ꜄	θuei꜄	꜂θɔ	꜁tθʰɛ	꜀θɛ	꜁tθʰɿ	θɿ꜄	꜀tθʰɛ
威侯	θɛ꜄	θɿ꜄	θuei꜄	꜂θɔ	꜁tθʰɛ	꜀θɛ	꜁tθʰɿ	θɿ꜄	꜀tθʰɛ
藁南	sai꜄	sɿ꜄	suei꜄	꜂sɑu	꜁tsʰai	꜀sai	꜁tsʰɿ	sɿ꜄	꜀tsʰai

具体分析声母的特点：

1、该方言最大特点是精组有声母空格现象，只有[tsʰ、s]，没有[ts]声母。精母字不读塞擦音声母[ts]，而是与心母合流读擦音[s]；全浊从母仄声字清化后与不送气精母合并，也读擦音[s]；全浊邪母字也与心母合流念[s]。（只有少数例外，如邪母“囚泗”心母“粹伺赐”，这些与今普通话的不规则音变表现是相同的。）这样就形成了精、从、心、邪四母合流的局面，如：酱$_{\text{精}}$ = 匠$_{\text{从}}$ = 相$_{\text{心}}$ ~ 貌 = 象$_{\text{邪}}$ siaŋ꜄、醉$_{\text{精}}$ = 穗$_{\text{邪}}$ sui꜄、自$_{\text{从}}$ = 四$_{\text{心}}$ sɿ꜄、字$_{\text{从}}$ = 寺$_{\text{邪}}$ sɿ꜄、借$_{\text{精}}$ = 褯$_{\text{从}}$ = 泻$_{\text{心}}$ = 谢$_{\text{邪}}$ siɛ꜄、再$_{\text{精}}$ = 载$_{\text{从}}$ = 赛$_{\text{心}}$ sai꜄。

2、分尖团：精组字无论韵母洪细，都读尖音[tsʰ、s]，如焦$_{\text{精}}$ = 消$_{\text{心}}$ ꜀siau、紫$_{\text{精}}$ = 玺$_{\text{心}}$ ꜀sɿ、侵$_{\text{清}}$ ꜀tsʰin ≠ 钦$_{\text{溪}}$ ꜀tɕʰin；见组字读音情况与普通话相同，根据韵母洪细分别读[k][kʰ][x]、[tɕ][tɕʰ][ɕ]。精组细音与见组细音不同音，形成分尖团的情况。例如焦꜀siau ≠ 骄꜀tɕiau、清꜀tsʰiŋ ≠ 轻꜀tɕʰiŋ、将$_{\text{~来}}$ ꜀siaŋ ≠ 疆꜀tɕiaŋ、全꜁tsʰyan ≠ 权꜁tɕʰyan。

3、藁城（张家庄镇）方言有新、老读音之分，主要差别在：清母、从母平声与细音相拼的字，老派读[tsʰ]声母，新派读[tʰ]。如：悄（老）꜀tsʰiau ≠ 悄（新）꜀tʰiau、秋（老）꜀tsʰiəu ≠ 秋（新）꜀tʰiəu、签（旧）꜀tsʰian ≠ 签（新）꜀tʰian。溪母、群母平声与细音相拼的少数字，主要是与韵母[y]相拼的字，老派读音念[$tɕ^h$]，新派读音念[t^h]。如：曲(老)꜀tɕy≠曲(新)꜀t^hy、渠꜁tɕy≠渠꜁t^hy。

河北藁城张家庄方言精组声母与开口呼合口呼相拼时今读为 s、ts^h、s；与齐齿呼、撮口呼韵母相拼时老派读音仍读 ts^h，新派读 t^h。

二、张家庄方言精组声母今读 s、ts^h、s 的历史层次

我们先来看一下张家庄方言声母 s 与普通话、与《切韵》的对照表以及精组声母古今清浊对照表。如下图所示：

表 1 张家庄方言声母 s 与普通话对照表

张家庄	北京话	例字
s	ʦ	资姿咨滋兹紫姊子自字租卒兵~族足祖组阻杂作~坊,工~昨左佐坐座则责新宰载年~再载~重,满~贼嘴罪最醉遭糟凿早枣蚤澡躁灶皂造灾栽邹走奏做簪攒暂赞钻~进去纂编钻木工用具尊遵赃脏不干净葬藏西~脏内~曾姓增憎赠棕鬃宗综踪总粽纵~横;放~
s	s	斯撕私司丝思饲死四肆似祀祭~巳寺苏酥素诉塑嗉鸟~子速肃宿粟俗洒撒~手,~种萨蓑梭唆~使缩锁琐所新索绳~瑟色腮鳃赛虽尿猪~泡塞髓随绥碎岁遂隧穗扫~地嫂骚臊~气扫~帚搜飕嗽三散鞋带~了伞散分~酸算蒜森孙笋榫损丧~失嗓搡桑丧婚~僧松嵩怂送宋诵颂讼
s	ʨ	积集辑挤穄剂一~药,面~子迹绩阶接节结老姐借皆捷截绝嚼揪一把~住鸠纠~缠;~正酒就煎剪溅践贱饯荐津尽~前头浸进晋尽俊将~来浆奖桨酱将大~匠精晶睛井静靖净
s	ɕ	西栖悉息熄惜昔夕锡析习袭媳席洗细虚须需徐絮序叙绪续婿恤些楔~橛子邪斜卸谢泄屑不~,木~写泻薛雪消宵霄硝销萧箫削小笑修羞秀绣宿星~锈袖仙鲜先线羡宣喧旋玄悬癣选镟~床楦鞋~心辛新薪寻老信循巡讯逊迅殉相互~箱厢湘襄镶详祥想相~貌象像橡星腥省反~醒性姓

表 2 张家庄方言声母 s 与《切韵》对照表

《切韵》	张家庄	例字
精开口一、二等	s	左佐坐座灾栽宰载年~再载~重,满~遭糟枣蚤澡早躁走奏簪赞脏不干净葬作~坊,工~曾姓增憎则
精合口一、二等	s	租祖组做最钻~进去纂编攒钻木工用具尊卒兵~棕鬃宗综踪总粽

续表

《切韵》	张家庄	例字
精开口三、四等	s	姐借挤穄紫资姿咨姊滋兹子揪一把~住酒接煎剪溅荐节津尽~前头进晋将~来浆奖桨酱将大~精晶睛井迹积绩
精合口三、四等	s	嘴遵俊纵~横;放~足
从母仄声开口一、二等	s	皂造杂暂藏西~脏内~昨凿赠贼
从母仄声合口一、二等	s	罪族
从母仄声开口三、四等	s	剂一~药,面~子自就渐捷集辑践贱饯截尽匠嚼静靖净
从母仄声合口三、四等	s	绝
心开口一、二等	s	蓑梭唆~使锁琐腮鳃赛扫~地嫂骚臊~气扫~帚嗽三散鞋带~了伞散分~撒~手,~种萨丧~失嗓搡桑丧婚~索绳~僧塞
《切韵》	张家庄	例字
心合口一、二等	s	苏酥素诉塑嗉鸟~子碎酸算蒜孙损逊送速松宋
心开口三、四等	s	些写泻卸西栖洗细婿斯撕私死四肆司丝思消宵霄硝销小笑萧箫修羞秀绣宿星~锈心仙鲜癣线薛泄先屑不~,木~楔~橛子辛新薪信讯悉相互~箱厢湘襄镶想相~貌削息熄媳省反~性姓惜昔星腥醒锡析
心合口三、四等	s	絮须需岁髓虽绥宣选雪榫迅恤怂嵩肃宿
邪开口三、四等	s	邪斜谢似祀祭~巳寺饲袖寻习袭羡详祥象像橡夕席
邪合口三、四等	s	徐序叙绪续随遂隧穗旋镟~床循巡殉诵松颂讼俗
晓母合口三等	s	虚喧楦
匣母合口四等	s	玄悬
生母开二、三等	s	洒搜飕森瑟色所新
生母合三等	s	所新

表3 张家庄方言精组声母古今清浊对照表

<table>
<tr><td colspan="2" rowspan="2"></td><td colspan="4" rowspan="2">清</td><td colspan="3">全浊</td><td rowspan="2">次浊</td><td colspan="2" rowspan="2">清</td><td colspan="3">全浊</td></tr>
<tr><td colspan="2">平</td><td>仄</td><td colspan="2">平</td><td>仄</td></tr>
<tr><td rowspan="2">精组</td><td>今洪</td><td rowspan="2">精</td><td>s</td><td rowspan="2">清</td><td>tsʰ</td><td rowspan="2">从</td><td>tsʰ</td><td>s</td><td></td><td rowspan="2">心</td><td rowspan="2">s</td><td rowspan="2">邪</td><td>s,tsʰ</td><td rowspan="2">s</td></tr>
<tr><td>今细</td><td>s,tɕ</td><td>tsʰ,tʰ</td><td>tsʰ,tʰ</td><td>s,tɕ</td><td></td><td>s、tɕʰ</td></tr>
</table>

1、从表1我们可以看出,与普通话相比,张家庄方言的精组字较少腭化,大致都读尖音,与见组腭化为舌面音声母不同,这里保留着分尖团的特征,不送气的塞擦音读如同部

位的擦音。

2、从表 2 我们可以看出，张家庄方言精组字全浊声母已经清化，精母、从母仄声与心、邪母合流都读 s。

3、从表 3 我们可以看出，精母洪音读 s，细音也是大部分读 s，只有一小部分字腭化读 tɕ，清母不分洪细都读 ʦ^h，从母以声母的平仄为条件，平声与清母合流，仄声与精母合流。心母都读 s，邪母除少数洪音读 ʦ^h 外，其余都读 s。

4、从表 2 和表 3 中，我们可以看出张家庄方言精组字 ʦ>s 的演变应发生在全浊声母清化以后，即全浊从母以声调的平仄为条件，平声与清母合流读 ts^h，仄声与精母合流读 ts。全浊邪母与心母合流读 s 之后，声母为 ʦ 的精母与从母仄声字又经历了 ʦ>s 的过程。如图所示：

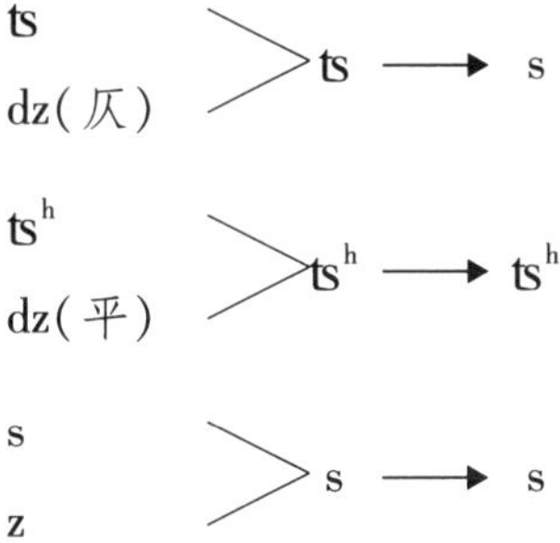

张家庄方言这种读音现象应是一种语音自身的演变，属于创新音变，因为在老派读音中还保留着精组字读 ts 即 ʦ、ts^h、s 的读法，在新派读音中失掉闭塞成分而变为 s。王福堂（2005）认为“汉语方言语音的变化，究其原因，主要是人们出于发音上省力和方便的要求，引起发音动作的改变。”从 ʦ 到 s，从塞擦音演变为擦音，发音方法发生了变化，擦音与塞擦音相比，少了一个阻塞的动作，发音更加省力、方便。陈忠敏（2013）指出格林姆定律，非日耳曼语族 P、t、k 对应日耳曼语族 f、θ、x/h，非日耳曼的清不送气塞音对应于日耳曼的擦音，p→f，t→θ，k→x/h，后来认为后者是前者的演变结果。

送气音擦化的情况在方言中比较多见，比如海南儋州话，比如傣语，但是不送气音 ʦ>s 的演变现象在汉语方言中还未见报道，我们暂时来借鉴下其他方言塞音擦化动因的分析。

赣语中有一种比较广泛的塞音擦化现象，即透定母擦化为 h。

关于这种现象的动因，前人的研究有两种观点，一种是省力说。万西康（1985）认为这种现象是发音过程中追求省力所致。一种是语言接触说。何大安（1987）认为这种现象是汉语与壮侗语和越南语等民族语言接触后发生的连锁音变的一部分。陈中立(1996)认为这种现象"绝不只是单纯的语音现象或生理现象,而是汉族南徙过程中与中国南方百越民族及其后裔融合而产生的一种规律性音变现象。"

由于精母字与从母仄声字发生 ʦ>s 的演变,整个语音系统就因为缺少 ts 声母变得不平衡,谁来弥补这个空格呢? ʦ 声母读 s 的现象,还见于一些文献记载中,以及其他语言中。

据《华夷译语》记载,蒙古语"尊"读"孙","箭"读"速门",这两条记载正反映了蒙古语 ʦ 声母读 s 的现象。

《中国音韵学研究》中记录的日本译音和安南译音中也存在 ʦ 声母读 s 的现象。

高本汉认为在借字的时代,日本跟安南的语音系统,并没有可以翻译汉语塞擦音的塞擦音,于是"日本译音照例把古塞擦音翻译作摩擦音。这样,古爆发音老是用带有闭塞成分的音来翻译,后来或读 t、d,或读 ʨ,ʥ,依后面的元音而定;古塞擦音个摩擦音老是用不带闭塞成分的音来译,后来或读 s、z,或读 ɕ,ʑ,依从后面的元音而定。安南译音,根据一个浊塞音已失送气的古方言,对待古代 ts 跟 dzʰ 是一种办法,对待古代 tsʰ 另是一种办法。tsʰ 的送气需要一个很紧的闭塞,所以它跟古代的 tʰ 译一样。换言之,都是用 tʰ 代表;而 ts 跟 dzʰ 本来都是用 s 代表。所以 s 在安南译音是跟古代汉语 ts,dzʰ,s,z 相当的。后来安南话的 s 变成 t,所以安南译音到现在看起来成了一个 t 代表这四个古声母"。如:

	左	搓	借	且	籍	写	邪
古音	tsɑ	ʦʰɑ	ʦia	ʦʰia	Dzia	sia	zia
汉音日译	sa	sa	sa	sa	ɕa	ɕa	ɕa
安南	ta	tʰa	ta	tʰ	Ta	ta	ta

(摘录自《中国音韵学研究》的字汇表)

以上所列的其他民族语言也存在 ʦ 声母读 s 的现象。

三、张家庄方言清母细音字老派读 tsʰ,新派读 tʰ

3.1 存在精组字读 t、tʰ 现象的其他方言

根据曾春蓉(2006)的考察,粤语、赣语、湘语、闽语、客家话、平话、官话等方言中都存在精组字读 t、tʰ 的现象。但是在列举这种现象在官话区的分布时,她只列了山东日照一个地区,并指出官话中只有日照发现这种现象。需要指出,官话中不只日照这一个地方

存在这种现象。据李旭(2008)河北行唐县龙州镇以外西、北部的上方乡等各乡镇,灵寿县除灵寿镇、狗台乡、南营乡以外的宅头等所有乡镇,赞皇县西南部院头镇,柏乡县读的西南部各乡,临城县及其所属各乡村,都是精组字读 t、t^h、s。古鲁营今读撮口呼韵母的字读 tθ、$tθ^h$、θ,今读齐齿呼的字有的读 t、t^h,有的读 tθ、$tθ^h$。据刘存雨(2012),江淮官话中也存在精组字读舌尖前塞音的现象。所以精组字读 t、t^h 的语音现象无论在南方方言还是在北方方言中都有分布。

3.2 以往不少学者对这一现象产生的原因进行了探讨,其观点可归纳为:

(1)上古音或古代江南汉语的遗存。黄甘谷(1998)认为海南闽语和其他南方方言里精组读 t、t^h 是秦汉时期南楚方言精、端组均读舌头音现象的保留。刘纶鑫(1999)认为或许就是古代江南汉语的反映,而不仅仅是南楚方言。李连进(2000)认为平话中"精端不分"与"知端不分"和"帮非不分"一样,是上古音的保留。

(2)语言接触的结果。语言接触的观点最早是由高本汉提出的,他注意到安南译音有精组读 t、t^h 的情况,如前所说,高本汉认为安南的语音系统在借字时代没有塞擦音,所以用 s 和 t^h 分别代替汉语的精、从母和清母,后来 s 又变成 t,所以就成了精组汉语借词 t、t^h 的读音。同时他还注意到精清从母在广西新宁读 t、t^h、江西乐安读 ts、t^h 的现象。但是他并未对此做出分析。

何大安(1987)认为赣方言南丰等地精庄组的 ts>t,$ʦ^h$>t^h,是南方方言中由于语言接触形成的一套连锁变化中的两个环节。民族语言的调查研究表明,壮侗语和越南语原来没有舌尖塞擦音声母,但却有读阴调的先喉塞音 ʔb、ʔd(张均如 1983)。当它们与带舌尖塞擦音声母 ʦ、$ʦ^h$ 及配阴调的清塞音 p、t 的汉语接触之后,便发生出下列的连锁变化:

p→ʔb(ɓ)　　t→ʔd(ɗ)
b→p　　　　th→h
　　　　　　ʦ→t
　　　　　　ʦh→th

这种连锁变化本来是壮侗语和越南语受汉语的影响而成的,但是在形成规律之后,反过来也影响了它们附近的汉语方言。不过他认为"这些变化应解释为壮侗语南亚语的底层,还是赣方言受到区域性规律扩散的波及,现在只能暂时存疑。"

张光宇(1989)认为海口话中精庄组反映的 ts>t,$ʦ^h$>t^h,属于语言接触导致的连锁变化的一部分。李新魁 1994《广东的方言》认为,粤语中精组读 t、t^h 的现象"可能与古代当地聚居的少数民族语—古台语有关,而不是古代汉语的特点。麦耘(1997)则进一步对中古精组字在粤语各次方言的读法进行了考察，认为粤语的一些次方言中中古精组读 t、t^h 是宋代或以后汉语受岭南土著民族语言（古壮侗语等）重大影响的结果。彭小川（2004）认为精组字读 t、t^h 是一种后起的变化，万波（2009）认为赣语中精组字读 t、t^h 是受古代岭南土著民族语言（古壮侗语等）的影响而产生的连锁式音变中的两个环节。

（3）后起的音变。唐伶（2005）对永州南部土话中精组读 t、t^h 的现象作了分析，认为精组读 t、t^h 存在分化的语音条件，所以是一种后起的创新音变，而不是一种"古无齿头音"的存古现象。吴波（2008）认为安徽江淮官话枞阳方言中精组字读 t 组声母的现象是有语音条件的，"其语音条件是后接[u]或[y]。从方言比较的角度来看，这一现象并不是'古音的遗留'，而是一种以高圆唇音为语音条件的后起音变。"刘友祥（2009）从音理方面进行分析，认为"塞擦音的擦音部分的易于失落可能还与它的发音强度有关。"

精组字读 t、t^h 的现象，在南方方言是一种比较普遍的语音现象，在北方方言中虽然也有分布，但分布范围比较小，所以以往的研究大多着眼于南方方言，对官话方言中这一现象产生原因的解释却比较少，只有个别学者进行了分析。就南方方言而言，我们认为将这种现象解释为是语言接触的结果还是比较合理的，即汉语与壮侗语等民族语言接触融合产生的底层现象。但是具体到张家庄方言，我们认为新老派 ts^h>t^h 的演变是后起的音变。下面我们将通过张家庄方言声母 t^h 与普通话、以及与《切韵》的对照表来说明问题。如下所示：

表 1　张家庄方言声母 t^h 与普通话对照表

张家庄（新派）	北京	例字
t^h	t^h	梯踢题提蹄啼体替涕剃屉剔突秃徒屠途涂图土吐$_{\sim痰;呕\sim}$兔他塌溻$_{汗\sim湿了}$塔踏拖脱托驼驮$_{\sim起来}$妥椭特帖$_{请\sim}$贴铁胎台苔抬态太泰推忒腿退蜕滔掏萄涛桃逃淘$_{\sim米}$陶讨套挑条调$_{\sim料}$跳粜偷头投透贪滩摊潭谭谈痰檀坛弹$_{\sim琴}$毯坦探$_{试\sim,侦\sim}$炭叹添天甜田填舔疃团屯豚臀囤汤棠螳唐糖塘堂躺烫趟腾誊藤疼厅听亭停廷庭蜓挺艇通同铜桐筒童瞳桶捅痛统
t^h	$tɕ^h$	妻$_{新}$七$_{新}$漆$_{新}$齐$_{新}$脐$_{新}$砌$_{新}$戚$_{新}$蛆$_{新}$趋$_{新}$区$_{新}$驱$_{新}$屈$_{新}$麯$_{新}$曲$_{新}$渠$_{新}$瞿$_{新}$取$_{新}$娶$_{新}$趣$_{新}$黢$_{新}$切$_{新}$且$_{新}$妾$_{新}$雀$_{新}$鹊$_{新}$悄$_{新}$樵$_{新}$瞧$_{新}$俏$_{新}$秋$_{新}$囚$_{新}$签$_{新}$迁$_{新}$千$_{新}$潜$_{新}$钱$_{新}$前$_{新}$浅$_{新}$全$_{新}$泉$_{新}$侵$_{新}$亲$_{新}$秦$_{新}$寝$_{新}$亲$_{\sim家,新}$枪$_{新}$墙$_{新}$抢$_{新}$清$_{新}$青$_{新}$蜻$_{新}$情$_{新}$晴$_{新}$请$_{新}$
t^h	ɕ	膝$_{新}$

表 2　张家庄方言声母 t^h 与《切韵》对照表

《切韵》	张家庄	例字
透母	t^h	梯踢体替涕剃屉剔秃土吐~痰;呕~兔他塌溻塔踏体拖脱托妥椭帖请~贴铁胎态太泰推忒腿退蜕滔掏讨套挑跳粜偷透贪滩摊毯坦探试~,侦~炭叹添天舔疃汤躺烫趟厅听通桶捅痛统
定母平声开口一、四等	t^h	驼驮台苔抬题提蹄啼萄涛特桃逃淘~米陶棠螳唐糖塘堂头投潭谭谈痰檀坛弹~琴腾誊藤疼条调~料甜田填亭停廷庭蜓
定母平声合口一等	t^h	突徒屠途涂图团屯豚臀囤同铜桐筒童瞳
精开口三等	t^h	雀
清开口三、四等	t^h	且妻砌悄俏秋前签侵寝迁浅千切七漆亲亲~家枪抢妾鹊清请青蜻戚
清合口三、四等	t^h	蛆趋取娶趣皴
从母平声开口三、四等	t^h	齐脐樵钱前秦墙晴情
从母平声合口三、四等	t^h	全泉
心开口三等	t^h	膝
邪开口三等	t^h	囚
溪合口三等	t^h	区驱屈曲麴
群合口三等	t^h	渠瞿

通过分析以上两个表格，我们可以得出以下结论：

1、精组字新老派读音 $ts^h>t^h$ 的演变发生在全浊声母清化以后。当然这种演变应发生在 ts>s 之后。这种演变是一种发生在近几十年的音变。

2、发生新老派读音 $ts^h>t^h$ 演变的主要是精组的清母和从母平声的三、四等字。所以这种音变有明显的语音条件，即后接[i]或[y]。这是一种以后接前高元音为语音条件的后起音变。同时，从表 2 我们可以看出这种演变归规律已经影响到心、邪、溪、群母今读塞擦音声母 $tɕ^h$ 后接前高元音[i]或[y]的字。这反映了一种演变的趋势，见组今读送气塞擦音的字也可以有因为前高元音的作用发生 $tɕ^h>t^h$ 的演变。

3、与普通话相比，张家庄方言今读送气塞擦音的精组字与前高元音[i]或[y]相拼时新派读音没有腭化，即改变发音部位，不改变发音方法，而是采取另一种方式，即不改变发音部位，改变发音方法。

4、刘祥友从音理方面进行了分析，认为：塞擦音的擦音部分的易于失落可能还与它的发音强度有关。“从发音强度来看，清塞音最强，清擦音相对要弱得多，这可能是导致塞音后擦音失落的原因之一。”

参考文献

曾春蓉:《现代汉语方言中古精组字今读 t、t^h 现象考察》,《长沙铁道学院学报(社会科学版)》,2006 年 04 期。

王福堂:《壮侗语吸气音声母对汉语方言的影响》,第 38 届国际汉藏语会议论文提要,2005 年。

万西康:《简论古透定二纽在临川白话音中的变读原理》,《抚州师专学报》,1985 年 02 期。

陈立中:《古透定纽擦音化现象与百越民族》,《湘潭大学学报(哲学社会科学版)》,1996 年 03 期。

黄谷甘:《论海南话的声母系统》,《广东民族学院学报(社会科学版)》,1998 年 02 期。

李连进:《广西玉林话的归属》,《方言》,2000 年 02 期。

张均如:《壮侗语族塞擦音的产生和发展》,《民族语文》,1983 年 01 期。

张光宇:《海口方言的声母》,《方言》,1989 年 01 期。

彭小川:《关于对外汉语语篇教学的新思考》,《汉语学习》,2004 年 02 期。

吴 波:《中古精组及知见系声母在江淮官话中的塞化音变》,《语文研究》,2008 年 03 期。

刘祥友:《湘南土话中 t、th 特殊音读的来源》,《安庆师范学院学报(社会科学版)》,2009 年 08 期。

李 旭:《河北省中部南部方言语音研究》,山东大学,2008 年。

刘存雨:《江苏江淮官话音韵演变研究》,苏州大学,2012 年。

唐 伶:《永州南部土话语音研究》,北京语言大学,2005 年。

傅 恒,陈大受:《华夷译语》,北京:故宫出版社,2017 年。

高本汉:《中国音韵学研究》,北京:商务印书馆,2014 年。

陈忠敏:《汉语方言语音史研究与历史层次分析法》,北京:中华书局,2013 年。

李新魁:《广东的方言》,广州:广东人民出版社,1994 年。

Reverse Development on Stopization and Fricativization of Middle Ancient Jing Group in Hebei Province

Zheng Xiaoyuan　Sang Yuhong

Abstract: In areas of Shijiazhuang and Xingtai, JING initials have changed to fraction, read as XIN initials; JING initials and QING initials change to stop, read as DUAN initials and TOU initials. The latter phenomena we find which is more common in southern dialects has been discovered in Guanzhong dialect and Jilu Mandarin. However, the former phenomena, JING initials read as XIN initials, is rarely seen in dialects; it only happens in southern dialects that the aspirated QING initials read as XIN initials. JING initials and QING initials of the same Heibei dialect are able to perform reverse development: QING initials move from fraction to stop; JING initials move from stop to fraction. The phonetic change we discuss exists only in the young group.

Keywords: Jing Group; Hebei Dialect; reverse development

晋语并州片入声调的演变*

孙宇炜

（山东大学文学院）

提要：晋语并州片位于山西省的中部。该片今入声大多保留喉塞尾，短调。入声调早期按照声母的清、次浊、全浊三分，次浊入或和清入合流为阴入，或和全浊入合流为阳入，后者的次浊入字正以词汇扩散的方式向阴入归并。只有一个入声调的方言是阳入并入阴入，该入声调是早期的阴入调。入声舒化分两类：一是单字调层面声调系统的内部调整，低元音、低调、曲折调易舒化，舒化后与调值相同相近的舒声调合流；二是语法层面儿缀的出现发展所致，儿化韵喉塞尾脱落，韵母拖长，有的方言进一步脱落长音成分。

关键词：晋语并州片；入声调；入声舒化

一、引言

“晋语是指山西省及其毗连地区有入声的方言”（李荣 1985），根据入声这条标准可以把晋语跟周围的北方官话截然分开，可见，入声是晋语的一条重要特征。入声包括入声韵和入声调，本文讨论入声调。

《中国语言地图集（第 2 版）· 汉语方言卷》（中国社会科学院语言研究所、中国社会科学院民族学与人类学研究所、香港城市大学语言资讯科学研究中心 2012）中，晋语并州

---

* 本文是国家社科基金项目“山西方言语言解释地图”（项目编号 19BYY051）的阶段性成果。承蒙《励耘语言学刊》编辑部和匿名评审专家提出宝贵的修改意见，谨致谢忱。文中疏漏之处概由本人负责。

片分布在山西省中部16个市县，包括太原、清徐、古交、娄烦、交城、文水、孝义、晋中（原榆次）、太谷、祁县、平遥、介休、盂县、寿阳、榆社、灵石。我们采取一县3—5个点的布点原则，共调查整理60个点的方言材料，其中太原来自沈明（1998）《太原方言词典》，其余59个点的材料为笔者2014年到2018年调查所得①。

关于晋语入声调的研究，多数描写古入声今单字调类的分合关系和入声舒化方式（马文忠1984；温端政1986；侯精一、温端政主编1993；王希哲1996；范慧琴2004；孙小花2004；孙玉卿2005；沈明2005/2007；王利2008；支建刚2015）。并州片晋语入声大多收喉塞尾[ʔ]，读短促调。本文所说的入声字依照《方言调查字表》，根据对并州片晋语的调查，参照沈明（2005）对晋东南晋语入声字的分类，也将《字表》中的入声字分为4类。各类辖字大体相同，只是有些晋东南晋语不用而并州片晋语使用的字的归类略有不同。

第一类是根本不用的。这类古入声字不论是口语音还是读书音都不会说。例如：踱餍酒~箧竹~屑不~，木~擖用刀刮鏍大镰钹聒~耳朵浞水湿蠚蜂~人镬锅籆收丝器炙秫讫乞匿屐木~蟀蟋~忒~杀，~好饬栿梁笃牍斛。

第二类是另有舒声来源，或者是由于其他原因早已读成舒声调的字。有些是口语里常说的，比如"拉~肚子贼肉玉亿忆跃~进"等等；还有些是口语里不常说、但字音可以读出来的，比如"泄~露液~体、输~腋~臭"等等。

第三类是虽然口语里说，但是从书上或跟着新事物学来的，本文称作乙类入声字，比如：恰~当胁威~协~作阅~读膜薄~劣恶~略战~朴~素、~实诺许~、~言弱软~、虚~、~小岳东~泰山僻偏~迹痕~额超~扼~要益利~必~然悉熟~恤抚~金忽~然袭~击执~行涉干~蚀腐~饰装~或~者域地~肃严~、~反录记~、~音育教~局蓄储~所沃曲~，县名等等。

第四类是除了上述三类以外的、口语里常说的，本文称作甲类入声字。

第一类、第二类入声字方言口语中不用，或者另有来源，本文不讨论。我们主要讨论第三类（乙类）和第四类（甲类）入声字，这些入声字在口语中都用到。乙类入声字的使用频率较甲类低，在入声单字调分阴阳的方言中与甲类入声字归调不尽相同。

沈明（2005：52）指出"汉语方言入声调的演变一般包括入声调类的合并和入声舒化"。本文分别从这两个角度讨论晋语并州片入声调的演变。

①沈明（1998）指出《太原方言词典》所记音为太原城区老派，发音合作人在1992年词典开始工作时分别为70岁和55岁，到本文调查开始时应为92岁和78岁。本文发音合作人为老派男性，年龄在70岁到85岁之间，与《太原方言词典》记音对象属于同代人，不同调查点之间不存在代际差异。

二、晋语并州片的入声调

2.1 晋语并州片的入声调

晋语并州片方言入声大多收喉塞尾[ʔ],短调。从调类分合上可以分为三类。A 型入声分阴阳,清入、次浊入归阴入,全浊入归阳入;B 型入声分阴阳,清入归阴入,次浊入、全浊入归阳入;C 型入声自成一类。晋语并州片的声调系统请看表 1。

表 1

<table>
<tr><td colspan="2">古声调</td><td colspan="2">平声</td><td colspan="3">上声</td><td colspan="2">去声</td><td colspan="3">入声</td></tr>
<tr><td colspan="2">古声母</td><td>浊</td><td>清</td><td>清</td><td>次浊</td><td>全浊</td><td>浊</td><td>清</td><td>清</td><td>次浊</td><td>全浊</td></tr>
<tr><td rowspan="10">A 型</td><td>太原</td><td colspan="2">11</td><td colspan="2">53</td><td colspan="3">45</td><td colspan="2">2</td><td><u>54</u></td></tr>
<tr><td>清徐陈家坪</td><td colspan="2">21</td><td colspan="2">53</td><td colspan="3">45</td><td colspan="2">2/21</td><td><u>54</u></td></tr>
<tr><td>娄烦上龙泉</td><td>22</td><td>213</td><td colspan="2">312</td><td colspan="3">54</td><td colspan="2"><u>31</u></td><td><u>212</u></td></tr>
<tr><td>交城奈林</td><td colspan="2">21</td><td colspan="2">53</td><td colspan="3">24</td><td colspan="2">2</td><td><u>53</u></td></tr>
<tr><td>文水西街</td><td colspan="2">22</td><td colspan="2">41</td><td colspan="3">35</td><td colspan="2">2</td><td><u>41</u></td></tr>
<tr><td>晋中壁达</td><td colspan="2">21</td><td colspan="2">53</td><td colspan="3">24</td><td colspan="2">2/21</td><td><u>53</u></td></tr>
<tr><td>太谷武家庄</td><td colspan="2">21</td><td colspan="2">312</td><td colspan="3">54</td><td colspan="2">2</td><td><u>312</u></td></tr>
<tr><td>寿阳沟东</td><td>21</td><td>212</td><td colspan="2">312</td><td colspan="3">45</td><td colspan="2"><u>21</u></td><td><u>312</u></td></tr>
<tr><td>榆社石花</td><td colspan="2">22</td><td colspan="2">31</td><td colspan="3">45</td><td colspan="2">2</td><td><u>42</u></td></tr>
<tr><td>灵石梁家庄</td><td>44</td><td colspan="3">213</td><td colspan="3">53</td><td colspan="2">4</td><td><u>213</u>/213</td></tr>
<tr><td rowspan="4">B 型</td><td>文水郑家庄</td><td colspan="2">12</td><td colspan="2">312</td><td colspan="3">45</td><td><u>12</u></td><td colspan="2"><u>312</u></td></tr>
<tr><td>孝义东盘粮</td><td colspan="2">22</td><td colspan="2">312</td><td colspan="3">53</td><td>2</td><td colspan="2"><u>312</u></td></tr>
<tr><td>平遥北常</td><td colspan="2">13</td><td colspan="2">412</td><td colspan="3">53</td><td><u>13</u></td><td colspan="2"><u>412</u></td></tr>
<tr><td>介休东宋丁</td><td colspan="2">13</td><td colspan="2">523</td><td colspan="3">45</td><td><u>13</u></td><td colspan="2"><u>423</u></td></tr>
<tr><td rowspan="3">C 型</td><td>盂县榆林垴</td><td>22</td><td>31</td><td colspan="2">53</td><td colspan="3">24</td><td colspan="3"><u>32</u></td></tr>
<tr><td>灵石赵家沟</td><td>44</td><td>312</td><td colspan="2">213</td><td colspan="3">53</td><td colspan="3">3</td></tr>
<tr><td>灵石道美</td><td>33</td><td>412</td><td colspan="2">213</td><td colspan="3">54</td><td colspan="3">3</td></tr>
</table>

A 型在晋语并州片方言中居多数,在我们所调查整理的 60 个方言中,有 46 个方言为 A 型,分布在除西南、东北部个别点以外的大片区域。

在 A 型方言中,有的方言某些古入声字读舒声调,但都与其中一类入声调互补分布,在讨论入声调类分合时将其处理为一个调位(具体舒化方式,详见第三节)。如清徐陈家坪方言古清入字、古次浊入字有[2]、[21]两种调值,今读[2]调的字韵母为[əʔ iəʔ uəʔ yəʔ],今读[21]调的字韵母为[a ia ua ya],[2]和[21]调不会在相同的声韵组合中出现。

A型方言清入、次浊入归阴入,全浊入归阳入是白读层的总体趋势,源于古全浊入的部分乙类字不归阳入而归阴入;同一个字,在不同词汇条件下,调类归属不同,口语里常用的归阳入,新词语、文化词归阴入。如在清徐陈家坪方言中,"植[tsəʔ²]|狄[tiəʔ²]|辟[pʰiəʔ²]"等归阴入;"殖"在"骨殖"中读[səʔ⁵⁴],表示"死人的骨头",归阳入调,在"繁殖"中读[tsəʔ²],归阴入调;"席"在"席子"、"吃席"中读[ɕiəʔ⁵⁴],为阳入调,在"主席"、"酒席"中[ɕiəʔ²],为阴入调;等等。

B型方言分布在晋语并州片西南部孝义东盘粮、孝义司马、孝义官窑、平遥北常、平遥道虎壁、平遥香乐、介休上岭后、介休东宋丁、介休兴地、介休南堡、文水郑家庄等11个方言中,与晋语吕梁片接壤。这类方言古清入字归阴入,古次浊入、全浊入字归阳入也是白读层的总体趋势,源于古全浊入的部分乙类字不归阳入,而归阴入,这与古全浊入归阳入,古清入、古次浊入归阴入的方言一致。古次浊入声字也并非都归阳入,甲类字多归阳入,乙类字归阴入,有些方言中古次浊入声字今读阳入调的已很少,只剩下方言中最常用、最古老的几个字,如孝义司马"立灭热杌膜岳额"等字今读阴入,"纳腊镊叶入辣抹裂捏沫袜月蜜日没药墨肋麦磨木褥"等字今读阳入。

C型只有灵石赵家沟、灵石道美、盂县榆林垴3个方言,位于晋语并州片的边缘地区。灵石的赵家沟、道美位于并州片与吕梁片、中原官话汾河片的交界地带,盂县榆林垴位于并州片与大包片的交界地带。

2.2 晋语并州片入声调的发展演变

A型、B型方言的共同特点为入声分阴阳,古清入归阴入,古全浊入归阳入,古次浊入在归调上存在差异,A型方言归阴入,B型方言归阳入。根据历史比较法"最小对比对"的原则,该片区域方言入声调的早期形式应该是按照声母的清、次浊、全浊分为3类。这种假设也有现实的方言基础。

侯精一(2002)指出冀鲁官话、胶辽官话入声派入舒声也是分三类的。冀鲁官话全浊入归阳平、次浊入归去声,清入归阴平;胶辽官话全浊入、次浊入的归并与冀鲁官话相同,只是清入归上声。这种古入声字按照声母的清、次浊、全浊分别派入不同的舒声调中,说明在入声舒化之前,古入声已经按照声母的清、次浊、全浊分为三类。沈明(2005)通过考察跟儿化、子尾相关的连调方式,推断晋东南晋语的入声调早期按照声母的清、次浊、全浊分为三类。王红娟(2015)指出晋语上党片有11个方言入声调分3类,其中黎城城区、黎城上遥、黎城东阳关、长治县西火、壶关树掌按照声母清、次浊、全浊分三调。

晋语并州片方言古次浊入字在 A 型、B 型方言中分别归阴入和阳入，早期该片方言的入声调也应按照声母的清、次浊、全浊分为三类，次浊入字在有的方言跟着清入走，有的方言跟着全浊入走。文读层全浊入字归阴入。B 型不同方言次浊入读阳入的辖字不同，有的方言仅剩下少数常用字。如果这种发展演变继续下去，B 型方言就会变为 A 型。

C 型方言只有一个入声调，即入声不分阴阳，是保留古代的入声，还是先分后合呢？丁邦新（1998）、乔全生（2007）认为五台片入声从来没分开过，沈明（2007）通过比较五台片内部及周围方言的声调系统，认为五台片方言今入声只有一类是先分后合，今入声调保留的是阴入调，阳入并入阴入，有的方言阳入与舒声调类合流。晋语并州片大多数方言入声分阴阳，入声不分阴阳的方言位于并州片的边缘地区。在晋语并州片入声分阴阳的方言中，阴入调型同阳平（平声一类的方言同平声）一致，阳入调型同上声。只有一个入声调的方言入声调型与阳平一致，相当于入声分阴阳的阴入调的调型，早期可能是分阴阳入的，后来阳入并入阴入。盂县榆林垴入声调为［32］，阳平调为［22］，阴平调为［31］，表面上看，入声调型和阴平一致，和阳平不同。某方言如果入声只有一调，短调，相近的高低升降比如［32］、［2］、［23］，则很难截然区分，又由于喉塞尾［ʔ］可以区分舒入调，调值升降起伏特征在入声调的范畴中成为羡余特征，容易发生变化。

三、入声舒化

入声舒化是汉语方言声调发展演变的大趋势，关于入声舒化，学界已有不少研究。曹志耘（2002）讨论了南部吴语和徽语入声消亡的过程。吴徽语入声调的演变过程首先是"延伸"，延伸之后，如果原声调系统中有相同相近的调值，就并入跟它最接近的那个调，如果没有，就保留单独的调类。蒋平、谢留文（2004）考察了客赣方言入声的演变，认为入声韵尾脱落是入声演变的前提，脱落后，声调由短变长，要么并入与入声调值最接近的调类，要么保持单独的调类。吴徽语、客赣语入声舒化都属于方言自身的演变，入声韵尾消失，短调拉长，并入相同或相近的舒声调，这种演变是单字音系统的自身演变。沈明（2005）认为晋东南晋语入声常用字舒化后归入调值相同相近的舒声调，是按调值舒化，是方言自身的演变；少数入声字按官话方言的调类舒化，是受外方言影响的结果。

入声舒化不仅仅是单字音系统的内部调整，还涉及词汇、语法系统的发展演变。贺巍（1995）讨论了汉语官话方言入声消亡的 6 个原因：语音构造舒声的空位、词尾产生和发展的影响、连读变调变音合音所引起的变化、文白读的分立、词汇的发展和语法功用的不同、古舒入两读舒声的遗留。文章所说的入声消亡即入声字由入声变为舒声,和入声舒化没有本质上的区别,其中词尾的产生发展和连读变调变音合音涉及单字层级以上的语法单位。周磊(2003)考察了江淮官话、晋语中非音节性词尾对入声的影响,认为非音节性词尾引发喉塞尾[ʔ]的脱落,音节性词尾则不会引起喉塞尾[ʔ]的脱落。沈明(2005、2007)分别考察了晋东南晋语、五台片晋语入声舒化方式,有些方言入声舒化调与入声儿化连调相同,这种一致性说明入声舒化与儿化有一定的关联。

我们分别从单字调和非音节性词尾两个层面讨论入声舒化。

3.1 单字调层面的内部调整

并州片晋语入声韵按照主元音的舌位可以分为一套韵母和两套韵母两类。一套韵母为[ʌ]类,均收喉塞尾,未发生入声舒化;两套韵母为[*a]类和[*ə]类(*为代表音,下同),主元音为[*ə]类的保留喉塞尾,主元音为[*a]类的有些方言喉塞尾[ʔ]脱落,声调拉长,并入舒声调,存在入声舒化现象。具体情形请看表2。

表2

		*a类韵母			*əʔ类韵母		
		清	次浊	全浊	清	次浊	全浊
A型	清徐陈家坪	a组,平声21		aʔ组,阳入54	əʔ组,阴入2		əʔ组,阳入54
	古交师家山	ɐ组,平声21		ɐʔ组,阳入42	ʌʔ组,阴入2		ʌʔ组,阳入42
	晋中西阳	a组,平声21		aʔ组,阳入53	əʔ组,阴入2		əʔ组,阳入53
	寿阳南俞	a组,平声21		aʔ组,阳入53	əʔ组,阴入2		əʔ组,阳入53
B型	灵石梁家庄	ɐʔ组,阴入4		a组,上声213	ɛʔ组,阴入4		ɛʔ组,阳入213
	灵石静升	ɐʔ组,阴入31		a组,上声24	ɛʔ组,阴入31		ɛʔ组,阳入24
C型	古交镇城底	ɐ组,平声31		ɐ组,上声423	ʌʔ组,阴入31		ʌʔ组,阳入423
	古交河口	ɐ组,平声21		ɐ组,上声423	ʌʔ组,阴入2		ʌʔ组,阳入423
	祁县白圭	a组,平声21		a组,上声412	əʔ组,阴入2		əʔ组,阳入412

A型方言主元音为[*a]类的入声字今韵母音值分为两组,一组保留喉塞尾[ʔ],今读阳入调;一组不带喉塞尾[ʔ],今读平声。今读平声的[*a]类入声字与今读阴入的[*ə]类入声字的中古声母来源相同。所以我们认为早期主元音为低元音的阴入调脱落喉塞尾[ʔ],短调拉长,与调值相同相近的平声(包括古清平字、古清上字、古次浊上字、古浊平字)合流。

B型方言主元音为[*a]类的入声字今韵母音值分为两组,一组保留喉塞尾[ʔ],今读阴入调;一组不带喉塞尾[ʔ],今读上声(包括古清平字、古清上字、古次浊上字,或称作阴平上)。今读上声的[*a]类入声字与今读阳入的[*ə]类入声字的中古声母来源相同。所以我们认为早期主元音为低元音的阳入调脱落喉塞尾[ʔ],短调拉长,与调值相同相近的上声合流。

C 型方言主元音为[*a]类的入声字今韵母音值只有一组,不带喉塞尾[ʔ],今读平声或上声。今读平声的[*a]类入声字与今读阴入的[*ə]类入声字的中古声母来源相同,今读上声的[*a]类入声字与今读阳入的[*ə]类入声字的中古声母来源相同。所以我们认为早期主元音为低元音的阴入调、阳入调分别脱落喉塞尾[ʔ],短调拉长,与调值相同相近的平声、上声合流。

并州片晋语主元音为[*a]类的入声字存在舒化的现象,主元音为[*ə]类的入声字则都保留喉塞尾[ʔ],这提示我们主元音舌位的高低影响其后喉塞音韵尾脱落的进程,低元音更容易脱落喉塞音韵尾。有的方言阴入调舒化,有的方言阳入调舒化,有的方言无论阴入调还是阳入调均舒化,这说明入声舒化的条件与中古声母来源无关。无论阴入还是阳入,低降、低平或曲折的调型容易舒化,高降或高平调不易舒化。曹志耘(2001)指出徽语、南部吴语高调常常伴随出现或强或弱的紧喉现象,高调与紧喉特征是相伴随的。这也许可以被认为是晋语并州片方言主元音为[*a]类的高平或高降调的入声没有舒化的原因。

3.2 非音节性词尾的影响

郑张尚芳(1981)指出汉魏六朝"儿"已经具有表示人的小称意义,唐宋时儿缀词已经相当发达,指物的儿缀词在诗文里屡见不鲜。"儿"作为词缀,意义大大虚化,语音上也弱化为轻读音节。晋语较官话方言在很多方面发展演变得快,儿化现象也不例外。

王洪君(1994)指出后缀与词根前字音节的合音是一个历时进程,经历如下阶段:两个普通音节→普通音节+轻声音节→一个半音节→一个长音节→一个正常音节。晋语并州片方言儿化合音目前来看已经发展到一个长音节或一个正常音节的阶段,儿化音节与普通音节无区别的,出现了新一轮的儿尾。

儿化在晋语并州片方言中相当复杂,有多个层次,另文专门论述。本文只涉及与入声舒化相关的儿化变音。

(1)有的方言入声儿化后喉塞尾[ʔ]脱落,前字词根语素变为一个长音节。以娄烦顺道、娄烦范家村为例。(为了行文统一,例词中儿缀与前一音节合音的标为小字的"儿",未与前一音节合音的标为正常字体。全文同。)

娄烦顺道入声韵有[aʔ iaʔ uaʔ yaʔ]和[əʔ iəʔ uəʔ yəʔ]两组,"儿"单字音为[ɑɯ]。入声音节儿化后,喉塞尾[ʔ]脱落,变成长元音,时长上比普通音节多出半个时间格。

主元音为[*aʔ]组的,喉塞尾[ʔ]脱落,前字主元音拖长。如:

月[yaʔ$^{\underline{31}}$]　正月儿[tsɤɯ^{33}ya:^{331}]　角[tɕyaʔ$^{\underline{31}}$]　拐角儿[kuɛe^{21}tɕya:^{331}]
叶[iaʔ$^{\underline{31}}$]　树叶儿[fu^{54}ia:^{331}]　角[tɕyaʔ$^{\underline{31}}$]　牛角儿[ȵiei^{33}tɕya:^{331}]
页[iaʔ$^{\underline{31}}$]　页儿[ia:^{331}]　脖[paʔ$^{\underline{212}}$]　围脖儿[uɛe^{33}pa:^{212}]

主元音为[*ə]类的,词缀语素与词根合音,入声韵主元音变同[*a]类且拉长。如:

突[tuəʔ$^{\underline{212}}$]　烟突儿[iæ^{33}tua:ɯ^{212}]　卜[pəʔ$^{\underline{212}}$]　萝卜儿[lɣɯ^{33}pa:ɯ^{212}]
犊[tuəʔ$^{\underline{212}}$]　牛犊儿[ȵiei^{33}tua:ɯ^{212}]　石[səʔ$^{\underline{212}}$]　砾礓石儿[liei^{55}tɕiɔ^{33}sa:ɯ^{212}]

在有的儿化词中,儿化韵的韵尾[ɯ]进一步弱化为[ə],如:

壁[piəʔ$^{\underline{31}}$]　照壁儿[tsou^{54}pia:ə^{311}]　雀[ɕyəʔ$^{\underline{31}}$]　雀儿[ɕya:ə^{311}]

娄烦范家村入声韵有[ɐʔ uɐʔ]和[əʔ iəʔ uəʔ yəʔ]两组,"儿"单字音为[ɵr],儿化韵为长音节。如:

主元音为[*a]类的,喉塞尾[ʔ]脱落,主元音拉长。如

月[yɐʔ$^{\underline{32}}$]　正月儿[tsɿ^{22}yɐ:$^{\underline{32}-22}$]　叶[iɐʔ$^{\underline{32}}$]　麻叶儿[mɑ^{22}iɐ:$^{\underline{32}-22}$]
搭[tɐʔ$^{\underline{32}}$]　一搭儿[iəʔ$^{\underline{32}}$tɐ:$^{\underline{32}-22}$]　盒[xɐʔ$^{\underline{32}}$]　拜帖盒儿[pɛe^{54}tɕʰiəʔ$^{\underline{32}}$xɐ:$^{\underline{212}-312}$]

主元音为[*ə]类的,喉塞尾[ʔ]脱落,主元音改变,韵母拖长。如:

谷[kuəʔ$^{\underline{32}}$]　谷儿[kuɛe:$^{\underline{32}-22}$]　犊[tuəʔ$^{\underline{212}}$]　牛犊儿[ȵiɣɯ^{22}tuɛe:$^{\underline{212}-312}$]
鹿[luəʔ$^{\underline{32}}$]　鹿儿[luɛe:$^{\underline{32}-22}$]　凿[tsəʔ$^{\underline{212}}$]　凿儿[tsɛe:$^{\underline{212}-312}$]
卜[pəʔ$^{\underline{212}}$]　萝卜儿[lɤɯ^{22}pɛe:$^{\underline{212}-312}$]　雀[ɕyəʔ$^{\underline{32}}$]　雀儿[ɕyɛe:$^{\underline{32}-22}$]

入声儿化后为长音节的方言还有娄烦上龙泉和娄烦圪垛,这些方言,[*a]类入声儿化后主元音舌位不变,[*ə]类入声儿化后主元音变化。在娄烦范家村、娄烦上龙泉方言中,[*ə]类入声的儿化韵形式与蟹摄儿化韵形式相同。以娄烦范家村为例,如:

卜[pəʔ$^{\underline{212}}$]　萝卜儿[lɤɯ^{22}pɛe:$^{\underline{212}-312}$]　鞴[pɛe^{54}]　鞴儿[pɛe:^{54}]
核[kusəʔ$^{\underline{212}}$]　杏核儿[ɕiɑ^{54}kuɛe:$^{\underline{212}-312}$]　盔[kʰuɛe^{22}]　盔儿[kʰuɛe:^{22}]

这些方言入声舒化只在儿化韵中出现，单念时保留入声。也就是说，在词音上，或者说在词法或句法层面，入声开始舒化，单字音层面保留喉塞尾[ʔ]。

(2)有的方言有一批入声字舒化，这些字不以单字音的某一韵类为条件，相同韵类的字有的舒化，有的不舒化。舒化的入声字在不同方言中具有很强的一致性，对应长音节型儿化的儿化词。这些舒化的入声字本身也应该是儿化词，只是儿化合音在音节结构、时长上已不具有区别性，变同正常音节。以交城窑底、晋中西阳为例。

交城窑底有一批入声字今读[ɒ iɒ uɒ yɒ]，中古与其同韵的字今读[*aʔ]、[*əʔ]两组，这些字在周边的长音节型儿化方言中均为儿化词。这些舒化的入声字早期应为儿化词，今读与假摄韵母相同，当母语者意识不到它们本身是合音词时，就会把它当作普通音节，参与新的构词，进而出现新一轮的儿尾。

鸽[kɐʔ$^{\underline{31}}$]　飞鸽儿儿[xuei^{21}kɒ^{21}ae^{0}]　甲[tɕiɐʔ$^{\underline{31}}$]　指甲儿儿[tsəʔ^{2}tɕiɒ$^{21-53}$ae^{0}]

角[tɕyɐʔ$^{\underline{31}}$]　羊角儿儿[iɑ^{21}tɕyɒ^{21}ae^{0}]　卜[pəʔ$^{\underline{53}}$]　萝卜儿儿[lɤɯ^{21}pɒ^{53}ae^{0}]

笔[piəʔ$^{\underline{31}}$]　笔儿儿[piɒ^{21}ae^{0}]　壁[piəʔ$^{\underline{31}}$]　照壁儿儿[tsɔ^{45}piɒ^{21}ae^{0}]

墼[tɕiəʔ$^{\underline{31}}$]　土墼儿儿[tʰu^{53}tɕiɒ^{21}ae^{0}]　席[ɕiəʔ$^{\underline{53}}$]　凉席儿儿[liɑ^{21}ɕiɒ^{53}ae^{0}]

突[tuəʔ$^{\underline{53}}$]　烟突儿儿[iɛ^{21}tuɒ^{53}ae^{0}]　鹿[luəʔ$^{\underline{31}}$]　鹿儿儿[luɒ^{21}ae^{0}]

核[kuəʔ$^{\underline{53}}$]　杏核儿儿[ɕiɒ^{45}kuɒ$^{53-21}$ae^{0}]　犊[tuəʔ$^{\underline{53}}$]　牛犊儿儿[ȵiɤɯ^{21}tuɒ^{53}ae^{0}]

晋中西阳有一些[*ə]类入声字舒化，与假摄合流，这些舒化的入声字也对应儿化词，实则也为儿化合音，今天的儿尾是后起的。如：

侄[tsəʔ$^{\underline{53}}$]　侄儿儿[tsɒ^{53}ɜr^{0}]　凿[tsəʔ$^{\underline{53}}$]　凿儿儿[tsɒ^{53}ɜr^{0}]

犊[tuəʔ$^{\underline{53}}$]　牛犊儿儿[ȵiɤɯ^{22}tuɒ^{53}ɜr^{0}]　核[kuəʔ$^{\underline{53}}$]　杏核儿儿[ɕiɤɯ^{24}kuɒ^{33}ɜr^{0}]

色[səʔ^{2}]　色儿儿[sɒ^{21}ɜr^{0}]　谷[kuəʔ^{2}]　谷儿儿/瓜儿[kuɒ^{21}ɜr^{0}]

像交城窑底、晋中西阳有一批入声字舒化，对应周边方言的儿化词，这些舒化的入声字实质上为儿化合音。这样的方言有：交城窑底、交城鲁沿、古交原相、古交镇城底、古交河口、古交师家山、清徐陈家坪、清徐孟封、清徐东辽西、清徐北社、晋中西阳、晋中壁达等12个，位于本片的北部。

四、结语

并州片晋语保留入声调，根据入声调的调类分合关系可以分为3类：入声分阴阳、次浊入归阴入;入声分阴阳、次浊入归阳入;入声不分阴阳、入声自成一类。晋语并州片方言早期应为入声根据声母的清、次浊、全浊三分,次浊入在有的方言中跟着清入走,在有的方言中跟着全浊入走。今次浊入归阳入的方言,次浊入读阳入的字在不同地域辖字不同,这种地域上的空间差异正可以反映同一方言不同时间阶段的发展演变,次浊入字正通过词汇扩散的方式由阳入转归阴入,最后只保留在少数常用字中。今只有一个入声调的方言是阳入并入阴入的结果。

并州片晋语有的方言入声喉塞尾[ʔ]脱落,短调拉长。入声舒化既可以是单字音层面调位系统的内部调整,与主元音的舌位和声调的调型有关,低元音的低平、低降和曲折调容易舒化,高元音和高调不容易舒化。儿化与前一音节合音也是导致入声舒化的重要因素。

参考文献

曹志耘:《南部吴语的小称》,《语言研究》,2001 年第 3 期。
曹志耘:《吴徽语入声演变的方式》,《中国语文》,2002 年第 5 期。
丁邦新:《汉语声调的演变》,《丁邦新语言学论文集》,北京:商务印书馆,1998 年。
范慧琴:《从山西定襄方言看晋语入声的演变》,《西南民族大学学报》,2004 年第 4 期。
贺　巍:《汉语官话方言入声消失的成因》,《中国语文》,1995 年第 3 期。
侯精一、温端政主编:《山西方言调查研究报告》,太原:山西高校联合出版社,1993 年。
侯精一主编:《现代汉语方言概论》,上海:上海教育出版社,2002 年。
蒋　平、谢留文:《古入声在赣、客方言中的演变》,《语言研究》,2004 年第 4 期。
李　荣:《官话方言的分区》,《方言》,1985 年第 1 期。
马文忠:《中古入声字在大同方言的变化》,《语文研究》,1984 年第 2 期。
乔全生:《晋语的平声调及其历史演变》,《中国语文》,2007 年第 4 期。
沈　明:《太原方言词典》,南京:江苏教育出版社,1998。
沈　明:《晋东南晋语入声调的演变》,《语文研究》,2005 年第 4 期。
沈　明:《晋语的分区(稿)》,《方言》,2006 年第 4 期。
沈　明:《晋语五台片入声调的演变》,《方言》,2007 年第 4 期。
孙小花:《五台方言的入声》,《语文研究》,2004 年第 4 期。
孙玉卿:《山西晋语入声舒化情况分析》,《山西师大学报》,2005 年第 4 期。
王红娟:《晋语上党片语音研究》,北京语言大学博士研究生学位论文,2015 年。
王洪君:《汉语常用的两种语音构词法——从平定儿化和太原嵌 l 词谈起》,《语言研究》,

1994 第 1 期。
王洪君:《汉语非线性音系学》,北京:北京大学出版社,1999 年。
王希哲:《左权方言古入声字今读舒声现象》,《语文研究》,1996 年第 2 期。
王　利:《晋东南晋语的入声舒化现象》,《语文研究》,2008 年第 3 期。
温端政:《试论山西晋语的入声》,《中国语文》,1986 年第 2 期。
郑张尚芳:《温州方言儿尾词的语音变化(二)》,《方言》,1981 年第 1 期。
支建刚:《试论豫北晋语入声舒化的方式》,《南开语言学刊》,2015 年第 1 期。
中国社会科学院语言研究所、中国社会科学院民族学与人类学研究所、香港城市大学语言资讯科学研究中心:《中国语言地图集(第 2 版)· 汉语方言卷》,北京:商务印书馆,2012 年。
周　磊:《从非音节性词尾看入声韵尾[ʔ]的脱落》,《中国语文》,2003 年第 5 期。

On the Change of Entering Tone in Bingzhou Cluster of the Jin Group

Sun Yuwei
(Shandong University)

Abstract: Bingzhou cluster of the Jin group covers central Shanxi, featuring entering tones preserving the glottal stop with a short tone. This paper argues that the middle-Chinese entering tone is divided into three types according to unvoiced initials, sonorant voiced ones and obstruent voiced ones at the early stage. The entering tone with sonorant voiced initials merged into unvoiced ones in some dialects or obstruent voiced ones in others. In addition, the entering tone with sonorant voiced initials is changing, which is merging into unvoiced one by words. For some dialects, the existing one entering tone is the one with unvoiced initials as a result of merger. Some words with entering tone lost the glottal stop and merged into the tones with same or similar tone value. For some dialects, the change is an adjustment in the phonological system of monosyllable; for others, the change is caused by er suffixation.

Keywords: Bingzhou cluster of the Jin group; entering tone; entering tone without glottal ending

陕西延安老户话的特点及其形成和演变*

高　峰

（西安文理学院文学院）

提要：陕西延安老户话是一个融合型方言。其语音、词汇、语法系统中融合了两个层次：陕北晋语层和关中方言层。老户话的底层方言是陕北晋语。根据语言特点的分析，结合自然地理、历史行政区划和人口变动的情况，本文认为，延安老户话大约在元代形成，后来受到关中方言的强烈影响，在底层晋语的基础上植入了不少关中方言的特点。

关键词：延安老户话；语言层次；特点；形成；演变

陕西延安老户话，是指延安市①宝塔区（原延安市）老户所说的方言，属于晋语志延片。宝塔区境内主要有三种方言，都属于晋语：延安老户话、上头话、新延安话。“延安老户话”（下文简称“老户话”）是本土方言，是延安过去的代表方言，零星分布在宝塔区各乡镇，仅60岁以上的延安老户年长者在使用，使用人口不足2000人，已属濒危方言。“上头话”泛指榆林、横山、米脂、绥德等地的方言，又指上述地区移居延安的人所持的方言。在延安，榆林地区的移民人数众多，远远超过老户人口。他们分布在各个乡镇，大部分仍然使用上头话。“新延安话”是今延安城区及城郊流行的新通行语，使用人群普遍在50岁以下，既有老户也有移民。新延安话在老户话基础上吸收了上头话的一些特点，晋语的特点更加突出。

* 本文为教育部规划基金项目“晋语志延片方言接触研究（19YJA740013）”、国家社科基金重大项目“西北地区汉语方言地图集（15JJD740010）”、陕西省社会科学基金项目“中华优秀传统文化与语文课程有效融合的实践研究”（2019Q034）的阶段性成果。

①1996年撤销延安地区改设地级延安市，原延安市改为宝塔区。

《延安府志》(明弘治本)、《延绥镇志》(明)、《康熙延绥镇志》(清)以及《延安市志》(1994),均无关于延安老户话的记载。本文在方言共时特点分析的基础上,结合自然地理、历史行政区划、人口来源等,讨论其形成的因素、时间以及演变。

一　延安老户话音系

1.1 延安老户话音系

(1)声母 25 个,包括零声母。

p 八兵步别	p^h 派片爬病	m 麦明	f 飞副蜂肥		
t 多东道夺	t^h 讨天甜毒	n 脑南怒			l 老兰连路
ts 资租贼纸	ts^h 刺字坐茶抄		s 丝酸事山	z 吟白	
tʂ 张竹柱装	$tʂ^h$ 抽初床城		ʂ 双手书十	ʐ 热软	
tɕ 酒九	$tɕ^h$ 清全轻权	ȵ 年泥	ɕ 想谢响县		
k 高共	k^h 开跪	ŋ 熬安	x 好灰活		
Ø 王云药问温					

说明:

①[n]与洪音韵母相拼,[ȵ]与细音韵母相拼,分布互补。因为发音特点明显,故分立为 2 个声母。

②合口呼零声母字带有轻微的唇齿音色彩,如“旺”。

③[z]母只有一字“吟 $zəŋ^{21}$”,动词,表示因疼痛而呻吟。

(2)韵母 35 个,其中入声韵只在口语中出现。不包括儿化韵。

ɿ 师丝试	i 米戏七锡	u 苦猪谷出	y 雨橘局
ʅ 十直尺			
ər 二			
A 茶塔法辣	iA 牙鸭	uA 瓦刮	
ɣ 歌$_{文}$车舌热		uɣ 歌$_{白}$坐活国盒$_{白}$	yɣ 靴学药月
	ie 写接贴节		
ɔ 宝饱	iɔ 笑桥		
ɛe 开排鞋		uɛe 快	
ei 赔飞北白		uei 对鬼	
əu 豆走	iəu 油六绿		

续表

ɛ̃ 南山半	iɛ̃ 盐年	uɛ̃ 短官	yɛ̃ 权全
aŋ 糖桑	iaŋ 响讲	uaŋ 床王双	
əŋ 深根灯横	iəŋ 心新硬星	uəŋ 寸滚春东	yəŋ 云兄用
əʔ 十直尺木	iəʔ 一	uəʔ 窟	

①[u]与[ts ts^h s]相拼时,实际音值是[ʮ],与[tʂ $tʂ^h$ ʂ ʐ]相拼时,实际音值是[ʯ]。

②[ɤ]与[tʂ $tʂ^h$ ʂ ʐ]相拼时,实际音值是[ʅə]。舌尖后元音是过渡音。发音时,从[ʅ]迅速滑向[ə]。

③[uɤ yɤ]的[ɤ]受韵头影响,唇形略圆。

④[ɛ̃ uɛ̃]的鼻化色彩较轻,[iɛ̃ yɛ̃]的鼻化色彩略重。

⑤[aŋ][əŋ]两组韵母的主要元音带有鼻化色彩,在阴平音节中,鼻韵尾发音部位比典型的[ŋ]略后。

⑥[əʔ]组韵母不在单字音中出现,只在作词语前字时出现。例如:胳 kɤ^{21}—胳膊 kəʔ^{5}puɤ^{0},吃 $tʂ^h$ʅ^{21}—吃饭 $tʂ^h$əʔ^{5}fɛ̃^{442}。

(3)单字调5个。

阴平　21　　东风通开谷拍麦叶

阳平　243　　门油铜红节急毒罚

上声　53　　懂九统草买老五有

去声　442　　冻寸去卖硬洞动六

入声　ʔ5　　不圪咳

说明:

①阴平的实际调值比[21]略高。[21]是阴平的主流读法,还有少数阴平字读[232],与新延安话的阴平调值相近。

②单字音中没有入声调,语流中出现入声调[ʔ5]。

二　延安老户话的特点

延安老户话是一个融合型方言。通过与陕北晋语(绥德为代表)、关中方言(西安为代表)的比较,可以观察到老户话的特点。老户话在语音、词汇、语法层面可以离析出两个层次——陕北晋语层和关中方言层。其中陕北晋语层是早期层次,关中方言层是晚期层次。语言特点的分析将老户话的底层方言指向了晋语。

2.1 语音特点

2.1.1 声母特点

老户话的声母属于陕北晋语层。比如,古知庄章日组今合口呼字,老户话读[tʂ tʂʰ ʂ ʐ],与绥德话一致,与西安、咸阳、户县、岐山等有代表性的关中方言不同。老户话有一个陕北晋语的特字"吟 zəŋ²¹",关中方言没有。

2.1.2 韵母特点

老户话的韵母具有如下特点:①遇合一精组字今读[u]韵(组祖 tsu | 粗醋 tsʰu | 苏素 su);②深臻曾梗通摄舒声韵合流(根 = 庚 kəŋ | 今 = 经 tɕiəŋ | 魂 = 红 xuəŋ | 群 = 穷 tɕʰyəŋ);③部分深臻曾梗通摄入声字在口语中保留入声韵;④咸山摄三四等韵舒入有别(尖 tɕiɛ̃ ≠ 接 tɕie | 掂 tiɛ̃ ≠ 跌 tie | 编边 piɛ̃ ≠ 鳖憋 pie);⑤入声韵舒化后,宕江摄与果摄合流读[uɤ yɤ]韵(郭 = 锅 kuɤ | 落 = 罗 $luɤ_{不计声调}$ | 学 = 靴 $ɕyɤ_{不计声调}$),德陌麦韵和职韵庄组读[ei uei]韵(北百 pei | 得 tei | 侧 tsʰei | 色 sei | 国 kuei | 窄摘 tsei)。其中前 3 点与陕北晋语相同,后 2 点与关中方言相同。

2.1.3 声调特点

老户话单字调的调型与调值,入声舒化字的归派(清入、次浊入多归阴平,全浊入多归阳平),与关中方言一致。

由于单字调及入声字的归派、咸山摄舒声韵和德陌麦韵的读音与关中方言相同,老户话在听感上带有较浓重的关中方言色彩。但是,从声母系统、深臻曾梗通合流、口语中保留入声字,则可看出陕北晋语的层次更早。首先,知系合口字的读音属于陕北型([tʂ tʂʰ ʂ ʐ]),与任何一种关中型([pf pfʰ f v][tʃ tʃʰ ʃ ʒ][ts tsʰ s z])都不同。其次,老户话、陕北晋语均为深臻摄舒声韵归入曾梗通摄,这是晋语的重要特征之一,是晋语与关中方言的重要区别。延安富县话已被关中方言覆盖,但仍然保持这一特点。再次,咸山宕江$梗_{二等}$入声韵完全舒化,深臻曾$梗_{二等除外}$通入声韵保留或部分保留入声读法,是陕北晋语入声演变的共同规律。(邢向东、孟万春 2006)老户话口语中,深臻曾梗通摄入声字部分保留入声是一种存古现象,恰好反映了陕北晋语这一根本特点。这一点比起咸山摄舒声韵和德陌麦韵的发音,乃至单字调的读法,更能体现老户话的深层特点。

2.2 词汇特点

词汇方面,老户话与绥德话一致性更强,尤其是一些反映方言整体或早期特征的词语。

我们用3800多条词的大词表，比较了绥德、老户话（剥离了新晋语层次①的词语）、西安三地的天文、地理、时令/时间、植物、动物、亲属称谓词、动词、形容词等八类词汇。比较结果显示，三地相同的词语总数占41.6%，老户话与绥德话相同和部分相同的占38.8%，与西安话相同或部分相同的8.3%，老户话特有的词语占11.3%。老户话与绥德话相同的词语数量庞大，与西安话相同的较少。其中形容词的表现最为显著：总共128条，与晋语相同的68条，而与关中方言相同的只有“毛乱事情杂乱烦躁不安、美气舒服、得意”2条。（高峰2020b）

方言特色词语的情况也是一样。老户话中晋语的特色词多于关中方言的特色词，前者如“冷子冰雹、脑头、脚踪脚印、幸娇惯、难活生病、婆姨妇女”等，后者如“舅母、煎水开水、玉麦玉米、东岸儿东边、星星”，其中“玉麦”是明代以后才有的词。关中方言的高频特色词“善 tʂʰã⁵³ 好、忽噜爷雷、白雨又大又急的阵雨、颡 sA²⁴ 头、馔 tsʰuɛ̃²¹ 香、凶火厉害、松翻轻松”等，在老户话中没有使用的痕迹。如果关中方言是老户话的早期层次，那么这些词语不可能被轻易弃用。反过来，一直在老户话中活跃的“脑（阳平）、婆姨、难活”等陕北晋语中最典型的特色词，反映出晋语是老户话的早期层次，将老户话的底层指向陕北晋语。

2.3 语法特点

陕北晋语、关中方言在语法上同大于异，主要是在一些独特的构词法、语序和虚词上体现出一定的差异。老户话的语法与陕北晋语基本一致，同样将其底层方言指向了陕北晋语。

2.3.1 构词法方面

老户话与绥德话、西安话的词缀比较见表1。其间存在几点显著的差别。

①老户话的特色词缀与陕北晋语完全相同，不同的仅是每个词缀所构成的词汇数量。而有些关中方言特有的词缀，老户话就没有。如名词后缀，老户话与绥德话共有“脑晃~（轻浮的人）、包㞞~（没胆量的人）”，没有关中方言常见的“客麦~（打短工收麦子的人）沟子~（拍马屁的人）、蛋瞎~”。老户话与绥德话共有动词后缀“见尝~、砍扑~、掐抠~”，而没有西安话的形容词后缀“兮兮、啪啪、不次次”等。

②老户话有“亲属称谓+的”结构，这是陕北晋语特有而不见于关中方言的构式，是一种“被领属形式”，表示这个亲属称谓是说话者、听话者之外的第三者的领属对象。如“娘娘的他奶奶，娘的他妈，舅舅的他舅舅”。

③关中方言广泛存在AA子式，如“桌桌子、刀刀子、道道子”“坏坏、旧旧、瞎瞎、破

①近年来，延安老户话在陕北晋语的影响下，向晋语回归，出现了新覆盖的晋语语音成分、词汇成分。

破、瞎瞎子、坏坏子、斜斜子、歪歪子”等。前者是 AA 子名词,后者是由单音节形容词构成的 AA 式和 AA 子式,指称某种性状或具有该性状的事物,充当定语或“是、成”的宾语。老户话没有前者,却有后者,但数量比关中方言少,有“坏坏、坏坏子、歪歪子、斜斜子、瞎瞎子”,不说“破破、旧旧”等。典型陕北晋语没有 AA 子式,老户话的这种情况当为关中方言影响的结果。

表 1 绥德话、西安话、延安老户话词缀比较表

词缀		晋语、关中、老户话共有	晋语、老户话共有	关中方言特有
名词	前缀	圪、卜	扑	
	一般后缀	子、儿、家	的(亲属称谓+的)	客
	詈词后缀	倯、痞、货、鬼	脑、包	蛋
动词	前缀	圪、忽	日、卜、打	失=
	后缀	打	见、砍、掐	拉、呱
形容词后缀例举		儿、实、拉拉、哄哄、乎乎、摆带、不楞登、不叽叽、嘛咕咚、巴巴、哇哇	固固、杵杵、马也、打马儿、马趴、圪叽	兮兮、啪啪、不次次

2.3.2 时体和语气

陕北晋语和关中方言在时体、语气的表达上有一些重要的差异。在这方面,老户话只有持续体助词“着[tʂuɤ⁰]”的读音以及语气词“咧[lie⁰]”与关中方言相同,其余都与陕北晋语相同、与关中方言不同。

①老户话、绥德话、西安话都可用“起、开”表起始体,同时老户话、绥德话还用“脱”表起始,西安话不用。相当于普通话“$了_1$、$了_2$”的成分,老户话完成体标记读[lɔ⁵³],记作“咾”,属陕北晋语的系统;语气词是“咧”,同西安话。西安话中完成体助词跟语气词同读[lie⁰],记作“咧”,属于北方官话的系统。例如老户话:天刚黑咾一阵儿,月亮就升起来咧。西安话:天刚黑咧一会儿,月亮就升上来咧。

②老户话像部分晋语一样,用“咾、咾咾”表假设语气,例如:你想睡咾/咾咾睡去。你想来咾/咾咾,我寻你来。西安话用“的话”表假设语气。

③老户话、绥德话都用“来、走”表商请语气,关中方言只用“走”表示。如老户话:咱今儿收拾柜子来/走。咱们喝酒来/走。

④西安话的句末语气词“些”,可表陈述、祈使、疑问、感叹语气。“些”表语气从宋元白话中已经发达起来,历史悠久,但在老户话中却不见使用痕迹。(兰宾汉 2011:264—

280,高峰 2020a)

⑤老户话与绥德话都用“V/A 得来”构式表感叹语气,同时用“得来”联系情态补语,如老户话:那娃娃丑得来! 这向儿忙得来! 大儿胖得来了跑也跑不动。这种构式从元代白话就已经出现。西安话没有这种表达方式。(邢向东 2018)

2.3.3 几种特殊的语序(详见高峰 2020a)

语序涉及方言类型,尤其是否定词与相关成分的次序,是相当稳固的句法特征。关中方言有几种跟否定词有关的特殊语序和结构,反映了西北官话的共性特征;老户话、绥德话与之不同,属于晋语的类型。请比较:

①否定词与程度副词的语序:

西安:今年的葡萄甚不贵。

老户、绥德:今年的葡萄不咋贵。

②否定词与任指代词“一点”的语序:

西安:疼不疼? ——不疼。/不疼一点。/一点不疼。

老户、绥德:疼不(疼)? ——不疼。/一点儿也不疼。

③把字句中否定词的位置:

西安:我的[ŋɛ^{31}ti]我们几个人把他没寻来。

老户、绥德:我们几个没把那他寻上。

以上讨论的构词特点、时体标记、语气词、语序和特殊构式,有的历史比较久远。如关中方言的语气词“些”,陕北晋语表商情的语气词“来”和感叹句式“V/A 得来”,都可以追溯到宋元白话。有的具有区分方言类型的意义,如老户话具有被领属形式“亲属称谓+的”;关中方言“咧$_1$、咧$_2$”读音相同,老户话“咾、咧”读音不同。这些形态、句法特点,都表明老户话的基本特性属于陕北晋语。

三　延安的地理环境、历史行政与延安老户话

根据老户话的语言特点的分析可知,老户话的形成和演化经历了两个阶段:第一阶段是底层晋语的沉淀,第二阶段是关中方言的侵蚀和覆盖。我们可以从自然环境、历史行政区划、人口来源上来进一步认识老户话同陕北晋语的联系。

2.1 从地理环境看老户话同陕北晋语的联系

刘勋宁(1995)讨论了晋语在北方方言中的地位,敏锐地指出:“拿一张带有等高线的地图,勾出晋语的边线,就会看到一个有意思的事实:晋语正好在 500 米以上的台地上。

东一半的山西境内纵贯着太行山、吕梁山,是有名的'地无十里平,出门就爬坡'地貌。只有汾河下游是谷地,恰恰这一谷地属于中原官话。西一半的陕北是所谓黄土高原,事实上除了极少数破碎的原面以外,到处是沟壑。除了蜿蜒沟底的路面,几乎看不到路面。""所以,要给晋语定性的话,一言以蔽之,晋语是北方话里的山里话。"

以此观之,老户话的底层方言属于晋语,自有其地理上的根源。陕西省北部是黄土高原,遍布黄土梁峁丘陵沟壑,海拔800~1300米。黄土高原往南是关中平原,一马平川,平均海拔仅500米左右。延安平均海拔近900米,境内山峦纵横,唯大川道较开阔平坦。它与榆林各县都位于海拔800米以上的黄土高原上,自然环境也相同。因此,老户话(包括晋语志延片其他方言)与榆林地区方言一样,都是"北方话里的山里话"。

2.2 从历史沿革看老户话与陕北晋语的联系

据《延安市志》(1994:45—47)记载,延安历史上为边关之地,中古以前由周边游牧民族和中原王朝交替控制,民族迁徙、接触十分频繁。当处于中原王朝控制下时,汉族人民迁往屯垦戍边、发展农业。当中原王朝国势衰颓时,周边游牧民族往往趁虚而入夺取控制权。

夏商周、春秋早期、魏晋、东晋、十六国、南北朝等朝代,延安境内先后为鬼方、猃狁、戎狄、白狄、匈奴、羌、南匈奴、稽胡等少数民族居住地。金时延安府东城为金人所据,后又被蒙古军占领。延安与北部的榆林地区往往为同一个民族所据,如西汉以后一段时期的匈奴,东汉后期至魏晋的羌胡,北朝的稽胡,北宋的党项。

从秦代始,凡是中原王朝统治时期,延安北部与榆林全境或南部均属同一行政区。直到清雍正以后,延安地区才与榆林地区在三级行政区划上脱钩。秦、汉、隋时,延安隶上郡,上郡的辖境约当今陕西中北部及毗邻的内蒙古部分。唐时隶延安郡、延州,名称多次更迭,延安郡辖境约当今延安、甘泉、延长、延川、安塞等市县和大理河上游一带地区。北宋时先后属陕西路、鄜延路(著名的《渔家傲·麟州秋词》,就是范仲淹任陕西经略副使兼延安知府期间,到麟州(今神木)视察军情时所写)。南宋沿设鄜延路。鄜延路辖境约当今宜君、黄龙、宜川等县以北,吴堡县及大理河、白于山以南地区。元置延安路,隶陕西行中书省。延安路辖境约当今陕西省宜君、黄龙等县以北,宜川、吴堡、府谷以西,葫芦河下游和白于山以东,及内蒙古自治区鄂托克旗、伊金霍洛旗和乌审旗等地。明改延安路为延安府,隶陕西等处承宣布政使司。清、民国沿设延安府,隶陕西省榆林道(驻榆林)。榆林道辖境约当今榆林和延安北部地区。(《中国古今地名大词典》2005:1191、1192、2984)雍正年间,延安府辖境缩小,仅包括今延川、延长、宜川、甘泉、安塞、子长、志丹、吴起、定边、延安等10县区,从此与榆林地区分治。(薛平拴 2001:178)

周振鹤、游汝杰(2006:56)指出:“汉语方言区划和历史政区的关系特别密切。”延安与今榆林地区不仅都是黄土高原地区,地域相接,而且在历史上的很多时期都被同一个民族所据,明代之前三级行政区划上也同属。《明史·兵志三》记载,正统年间榆林筑城以后,“岁调延安、绥德、庆阳三卫军分戍”(葛剑雄等 1997,卷 5:295),说明延安在明代与榆林联系频繁。与陕北北部在行政区划上的密切关系也决定了老户话与其他陕北晋语方言的一致性。

四 延安老户话的形成

上文从语言层次、自然与行政地理上阐述了延安老户话与陕北晋语的一致性和密切关系。本节结合历史上的人口来源和移民情况,考察老户话的形成及大概时间。

4.1 人口来源、移民情况

延安境虽秦代已置县,但由于是边境之地,战乱频发,加之自然灾害,人口波动较为剧烈。据记载,历史上,延安曾发生过几次剧烈的人口下降。唐代安史之乱后,延州仅存 938 户。(《延安市志》1994:275)宋金之际,宋、金在关中、陕北激战三年,兵火所及之地,残破不堪,人口锐减,陕北“延安(府)、鄜、坊州皆残破,人民存者无几”。(薛拴平 2001:241)明崇祯二年、五年大饥,饿殍遍野(《延安市志》1994:10)。明清之际,延安府由于严重自然灾害及连年战乱,人民或死或逃,“存者止十分之二”。(薛平拴 2001:292)同治元年至光绪六年(1862 年—1880 年),因为回民起义及大旱,人口下降严重。

人口剧烈下降后,一旦进入社会稳定期,必然有外来的移民迁入。可以找到的相关记载仅有几处。北宋庆历元年(1041 年),延州在险要地方修筑 11 个城堡,继又招民垦荒,“可食之田尽募民耕之,延安遂为乐土”。(司马光《传家集》卷 76《庞公墓志铭》,转引自葛剑雄等 1997,卷 4:54)“洪武九年(1376 年),明太祖下令‘迁山西汾、平、泽、潞之民于河西,世业其家’。这批移民由山西省迁入,大概主要被安置在今陕北一带。”(薛平拴 2001:367)明代进行了大规模的移民屯田,陕西境内 10 卫,延安有延安卫。因记载缺漏,已难知历代移民的详情。但从以上有限的记载来看,延安历史上的移民,应当与山西的关系最为密切,这也与陕北其他地方的移民来源相似。(邢向东等 2012:17—25)

民国十七年(1928 年),榆林地区发生特大旱灾,大量的人口涌入延安地区,逐渐形成榆林移民远超延安老户的局面,进而影响了老户话的面貌。因此,上世纪二十年代成为一条分界线,延安本地把这个时间之前的居住者和迁入者均称“老户”,之后的迁入者称为“新户”。

我们走访了许多老户，其旧家谱等资料罕见，家族情况都凭口述。老户分为三类：(一)明以前的土著后裔，数量较少。调查中仅河庄坪解家以及川口陈、贾两姓自述世居本地。延安民谚有"先有余解林，后有延安城"。余家后人据说已经外迁，林家已无踪迹，解家今居住在河庄坪乡。川口乡是老户人口最多的乡镇，川口村陈姓和贾姓两大家族，祖坟里能够确切知道的已经埋有四十多辈了。(二)明代移民，主要来自山西。最早的迁入时间可以追溯到明代洪武年间。1937 年红军进入延安城时，城内仅有 107 户，属于老户的大户有十来家：杨、张、左、毕、蔡、王、唐、李、康、罗、吴、苏。除了毕姓，其他家族至今仍然生活在延安。张、王、康、赵、罗家人均称，祖上是在明代洪武年间从山西大槐树迁至今延安宝塔区境内。关于大槐树的说法，大概有些是附会，不过可以肯定，凡是说祖上来自洪洞大槐树的人，必定是山西移民。杨家居住在杨家岭，先祖在明代正德年间从山西迁入，因为出了一位尚书杨兆，死后其居住地被赐名杨家陵，后改名为杨家岭。吴家是明代从江苏太湖迁来延安。(三)清代以及民国初的移民。迁出地不一，既有榆林地区、关中、山西，也有四川等地。例如：王家坪的郭绍义家，是清乾隆四十八年从山西迁入；桥沟乡北关村的徐光辉家是清同治年回民起义平息后，由四川迁入；高家园子的高家，清朝末年从榆林三岔湾迁入；尹家沟的尹家，民国初从韩城迁入。郭、徐、高、尹四家族都是老户，说的都是老户话。

4.2 延安老户话的形成

延安的大多数老户是明洪武及以后的山西移民。洪武时期山西迁出移民虽然数量巨大，但迁入地主要是京师、河北、河南和山东(葛剑雄等 1997:476)。仅见洪武九年的大移民录于乾隆《绥德州直隶州志》，迁入地是陕北各地，不只延安一地。当时延安土著的数量不少："明初，洪武二年(1369)，肤施县有 3310 户，35580 人"。(《延安市志》1994:90)洪武九年及以后的山西移民与延安土著相比，人数上可能并不占优势。这些山西移民也不可能来自一时一地，应该是从山西各地辗转迁来的。各方移民涌入，外来的方言与土著方言发生接触，最终的结果不外乎方言融合或方言转用。延安老户话中没有明显的山西晋语的特点，说明移民转用土著方言的可能性更大。同时，明初移民的母语是山西晋语，老户话的底层是陕北晋语，陕北晋语和山西晋语具有的共同性，是移民方言转用延安土著方言的内在因素。这种情况也可以理解为转用中有融合。而洪武以后未见记载的移民则可能是流民，陆续迁入延安。因为迁入时间不集中，所以其方言逐渐被迁入地方言同化。

结合移民情况来看，延安老户话的形成应该在明代之前。一地通行语的形成和传播，需要安定的社会环境和一定的人口。宋、夏在陕北地区的争夺，既影响了延安地区的人口稳定,也造成了延安、榆林地区民族人口的融合。宋金之际,延安成为前线,“人民存者无几”。直到元“皇庆元年(1312),肤施县约有 409 户,5913 人,此后境内较安定,人口增长”。(《延安市志》1994:90)元代延安再未发生过剧烈的人口下降,到明朝建立时的 1368 年达到 3310 户、35580 人。这为当时通行语的形成提供了必要的社会环境和人口条件。

从目前西北方音史和晋语史的研究成果来看,唐宋时期,今山西省以西地区存在一个地域广大的“唐宋西北方言”。结合延安的人文历史和移民情况看,延安老户话(延州话)在唐宋时期,大致和整个陕北晋语一样,属于当时的汉语西北方言。由于宋夏、宋金在这一带的争战,导致剧烈的人口流动和不同民族人口的融合,方言发生了一定程度的混化。到元代逐渐稳定下来,形成了与志延片其他方言一致、具有鲜明晋语特质的延安老户话。

五　关中方言对延安老户话的影响

关中方言在官话地区和陕西省的地位毋庸置疑。“中唐以后关中方音取得了优势地位,成为通语的基础方言。”(储泰松 2005:5)唐都长安位于关中中部,是有唐一代政治、经济、文化中心。关中方言与河洛方言一道,是当时汉语共同语的基础方言,而且地位越来越重要。唐朝以后,长安(西安)虽不再是全国的政治、文化中心,但它仍然是陕西乃至西北的政治、文化中心,仍然对省内各地的方言产生影响。就陕北地区来看,关中方言一路北上,对陕北南部地区持续施加影响,最远到达吴起、志丹、安塞、延长一线,对陕北腹地方言的影响较小。

观察关中方言对延安老户话的影响,既要看到整个志延片方言的整体,又要注意延安的特殊性。延安曾经长期作为州府所在地,是陕北南部地区的行政中心。它与西安的关系,比周边其他地区更为密切,语言上受到关中方言更多的影响是顺理成章的。西安话为代表的关中方言是强势方言,老户话是弱势方言,前者对后者呈现出强烈而持续的影响,导致老户话部分原有的晋语成分被覆盖,代之以关中方言的一些整体性特征。比如,入声字的单字音全部舒化,4 个舒声调的调型和调值完全属于关中方言的系统,德陌麦韵入声字舒化后读[ei uei]韵。这些特点都带有一定的系统性,由此可以看出关中方言影响的深度和广度。不过,老户话在接纳关中方言成分、整体上受到后者影响的时候,并未丢失根本性的晋语特征。关中方言对老户话词汇的影响也当作如是观:尽管存在部分关中方言日常词语,如把“后生”叫“小伙子”,把“瓮”叫“缸”,把“什么”叫“啥”,但总体的词汇面貌还是与陕北晋语更接近。至于语法层面,关中方言的影响更弱一些。

共时平面的方言特点显示,在老户话形成以后,关中方言曾经对老户话施加了强烈影响,但它并没有完全覆盖作为晋语的延安方言。换句话说,老户话具有浓厚的关中方言色彩,但终究还是属于晋语。《中国语言地图集》第 1 版将延安、甘泉、延长话划归中原官话秦陇片,《中国语言地图集》第 2 版将它们重新划归晋语志延片,既反映了方言面貌的复杂性,也反映了学界对这些方言根本特性的认识在不断地深化。

六　结语

根据对延安老户话语音、词汇层次及语法特点的分析,可以确定其底层方言是陕北晋语。这与延安的自然地理环境、历史行政区划和人口来源等密不可分。延安老户话大致在元代形成,此后受到关中方言的强烈影响,向后者靠拢,被植入了不少关中方言的成分。上世纪三十年代以来,随着上头话的持续影响,以及延安人"陕北认同"的增强,致使老户话停止了向关中方言靠拢的步伐,转而向陕北晋语回归,表现为新的通行语——新延安话的形成与延安老户话的濒危。(高峰 2020a)

参考文献

储泰松:《唐五代关中方音研究》,合肥:安徽大学出版社,2005 年。

高　峰:《陕西延安老户话的底层方言及其嬗变》,《南开语言学刊》,2020 年第 1 期。

高　峰:《中国濒危语言志 · 延安老户话》,待出版,2020 年 b。

葛剑雄、吴松弟、曹树基:《中国移民史》,福州:福建人民出版社,1997 年。

兰宾汉:《西安方言语法研究》,北京:中华书局,2011 年。

孙立新:《关中方言语法研究》,西安:东方出版社,2013 年。

邢向东:《从几种语法现象透视晋语对元白话的继承和发展》,《语言暨语言学》,2018 年第 3 期。

邢向东、孟万春:《陕北甘泉、延长方言入声字读音研究》,《中国语文》,2006 年第 5 期。

邢向东、王临惠、张维佳、李小平:《秦晋两省沿河方言比较研究》,北京:中华书局,2012 年。

熊正辉:《官话区方言分 ts tʂ 的类型》,《方言》,1990 年第 1 期。

薛平拴:《陕西历史人口地理》,北京:人民出版社,2001 年。

延安市地方志编纂委员会:《延安市志》,西安:陕西人民出版社,1994 年。

《中国古今地名大词典》编纂委员会:《中国古今地名大词典》,上海:上海辞书出版社,2005 年。

周振鹤、游汝杰:《方言与中国文化》,上海:上海人民出版社,2006 年。

The Characteristic of Yan'an Native Dialect and its Formation and Evolution in Shaanxi Province

Gao Feng

(Xi'an University)

Abstract: Yan'an native dialect in Shaanxi Province is a fused-model dialects. There are two stratums in language system, namely North-Shaanxi Jin Dialect stratum and Guanzhong Dialect stratum. Its substra-tum is Jin Dialect. Analysing its characteristic, physical geography, historical administrative divisions and immigration, we consider that Yan'an native dialect has formed around Yuan Dynasty, later under the impact of authoritative dialect, it was implanted much features of Guanzhong Dialect.

Keywords: Yan'an native dialect in Shaanxi Province; language stratum; characteristic; formation; evolution

◎语言学史与辞书学

曹大家《幽通赋注》及其注释学意义*

李艳红　踪　凡

（中国社会科学院大学文学院；首都师范大学文学院）

提要：曹大家（班昭）《幽通赋注》是现存最早的赋注，具有体例严明、语言凝练、长于征引等特点。本文对曹注进行钩沉、辨析，考证其对汉代章句之学的批判性继承和发展，旨在以管窥豹，揭示东汉赋注的内容、特点及其在中国注释学史上的意义，为梳理汉唐文学注释的发展演变补上重要的一环。

关键词：曹大家；幽通赋注；特点；注释学

赋注是赋体文学传播与接受的重要媒介，是联系赋家与读者的桥梁。一方面，它反映了当时赋注家的学术水平，反映了不同赋注家对赋作内涵的独特领悟以及对赋作语言修辞的分析能力；另一方面，它有效地帮助当时读者去阅读和理解这些赋作，促进了赋体文学在一般文人中的传播。东汉是中国古代赋注的发轫期，出现了曹大家（班昭）、延笃、胡广、服虔、应劭、伏俨、刘德、郑氏、李斐、李奇，邓展、文颖等十余位注释家①。其中曹大家《幽通赋注》产生时间最早，影响也最大。本文拟对曹注的内容、特点、价值略作考述，并阐发其在中国注释学史上的意义。

＊本文为国家社科基金一般项目“历代赋集序跋辑录、整理与研究”（18BZW087）的阶段性成果。

①踪凡：《东汉赋注考》，《文学遗产》，2015 年第 2 期，第 25—29 页。

一、曹注体例严明

《旧唐书·经籍志》著录:"《幽通赋》一卷,班固撰,曹大家注。"《新唐书·艺文志》:"曹大家注班固《幽通赋》一卷。"曹大家,原名班昭(49?—120?),字惠班,扶风安陵(今陕西咸阳)人,东汉著名史学家、文学家。班固之妹,嫁曹世叔,早寡。博学多才,屡受诏入宫,皇后妃嫔皆师事之,尊称"大家"。曾奉诏续撰《汉书》。据《隋书·经籍志》,曹大家著有《班昭集》3卷、《列女传注》15卷、《女诫》1卷。

曹大家是今日可考最早的赋注家,曾其为兄班固之《幽通赋》作注,惜已亡佚。但《文选·幽通赋》李善注共征引曹注61条(其中有2条存疑),《文选·上林赋》李善注征引1条,《史记·伯夷列传》张守节正义征引1条,萧该《汉书音义》征引3条,《汉书·王贡两龚鲍传》颜师古注引1条,共计67条。去其重复,共得64条。为便于说明,略举数例如下:

1.《文选·幽通赋》(以下只称篇名;〇下为注释):"系高项之玄胄兮,氏中叶之炳灵。"〇曹大家曰:"系,连;胄,绪也。高,高阳氏也。项,帝颛顼也。言己与楚同祖,俱帝颛顼之子孙也。水北方黑行,故称玄也。"【善曰】《家语》孔子曰:"颛顼者,黄帝之孙,昌意之子也。"又曰:"高阳,配水也。"①

2.《幽通赋》:"葛绵绵于樛木兮,咏南风以为绥。"〇曹大家曰:"《诗·周南国风》曰:'南有樛木,葛藟累之。乐只君子,福履绥之。'此是安乐之象也。"

3.《幽通赋》:"盖惴惴之临深兮,乃二雅之所祇。"〇曹大家曰:"祇,敬也。《大雅》曰:'人亦有言,进退惟谷。'《小雅》曰:'惴惴小心,如临于谷。'此皆敬慎之戒也。"

4.《幽通赋》:"谟先圣之大猷兮,亦邻德而助信。"〇曹大家曰:"谟,谋也。猷,道也。言人常当谟先圣之道,亦当为邻人所助也。孔子曰:'天所助顺也,人所助信也。'孔子曰:'德不孤,必有邻。'"【善曰】《毛诗》曰:"匪大猷是。"经或作"繇",字

①〔南朝梁〕萧统编,〔唐〕五臣—李善注:《文选》卷一四,朝鲜活字本(韩国奎章阁藏),1434年。今按:当今流行的《文选》李善注宋尤袤刻本、清胡克家覆刻尤袤本,《文选》李善—五臣注(即六臣注)系统各种刻本,皆已损坏李善注原貌。各本于《幽通赋》的注释中删去"善曰"二字,故难以区分曹大家注和李善注。唯有五臣—李善注系统较好地保存了李善注旧式,没有删去"善曰"二字。今以韩国奎章阁藏朝鲜活字本五臣—李善注《文选》为依据加以征引、统计。下同。

误也。

由上述数条赋注推知，曹大家注释《幽通赋》颇为详尽准确。其基本体例为：解释字词——疏通句意——征引文献。有省去释词，直接解句者，亦有省去解句，直接征引者，形式灵活，遵循具体情况而定。释词多按“A，B也”的训诂体式，偶用“B曰A”式。解句多以“言”字开头，旨在疏通句意，有时还介绍作赋背景，表达个人感悟。曹注中出现了征引一项，尤其值得重视。第二条征引《诗经·周南·樛木》，第三条征引《诗经·大雅·桑柔》和《诗经·小雅·小宛》，第四条分别引自《周易·系辞上》和《论语·里仁》，皆能揭示语源，佐证释词，帮助理解赋旨。这是曹注对以往注释体例的突破和创新。

由于曹大家系班固之妹，对于赋中所叙班氏之家世、历史以及作者之思想、性格十分熟谙，因而所作注释大都准确可靠，言简意深。并且其注释体例十分严明，眉目清晰，能够一以贯之，这是十分可贵的。将其置于汉代章句之学兴盛的大背景下加以考察，更能彰显出这种简明风格的历史意义。

二、曹注语言凝练

众所周知，西汉初年毛亨所撰写的《毛诗故训传》（简称《毛传》）是汉代注释学最杰出的代表。《毛传》对《诗经》的注释，兼有释词义、释句义、揭示义理、概括主题等方面，其“内容的完备，方法的科学与灵活，堪称古代注释的楷模”。① 西汉末年，由于功名利禄的诱惑，章句之学大兴。《汉书·艺文志》称：

> 古之学者耕且养，三年而通一艺，存其大体，玩经文而已。是故用日少而畜德多，三十而“五经”立也。后世经传既已乖离，博学者又不思多闻阙疑之义，而务碎义逃难，便辞巧说，破坏形体，说五字之文，至于二三万言。后进弥以驰逐，故幼童而守一艺，白首而后能言。安其所习，毁所不见，终以自蔽。此学者之大患也。②

《后汉书·郑玄传论》亦云：

> 汉兴，诸儒颇修艺文；及东京学者，亦各名家。而守文之徒，滞固所禀，异端纷纭，互相诡激，遂令经有数家，家有数说，章句多者或乃百余万言，学者徒劳而少功，

①汪耀楠：《注释学纲要》，北京：语文出版社，1997年，第304页。

②〔汉〕班固撰，〔唐〕颜师古注：《汉书》卷三十，北京：中华书局，1962年，第1723页。

后生疑而莫正。①

五字之文而说至二三万言,一家章句竟多至百余万言,在以竹简为主要书写工具的汉代,尤可见其臃肿庞杂,大而无当;学者读之,劳神苦形,而茫然无绪,不知所指。正因如此,有识之士大都鄙弃章句之学。《汉书·扬雄传》载:“雄少而好学,不为章句,训诂通而已。”《后汉书·桓谭传》称“(谭)博学多通,遍习‘五经’,皆诂训大义,不为章句”,《班固传》亦称“(固)所学无常师,不为章句,举大义而已”。据王逸《离骚经章句叙》,班固亦曾撰《离骚经章句》(已佚)。班固、王逸之作虽然皆名为“章句”,但已经摆脱了俗儒繁琐寡要、妄说经义的弊端,因而为后人所重。

曹大家(班昭)处在章句之学由盛转衰的东汉前期,②已经敏锐地感受到了时代思潮的变化。作为杰出的历史家、文学家、学者,她自然而然地采用了“举其训诂,不为章句”的研究方法,以简洁凝练的语言为其兄《幽通赋》作注。今存东汉赋注,即以此注为代表。至服虔、应劭等人的赋注,因其依附《史记》《汉书》注释而存在,语言更为简洁。此外,在汉代,赋的地位远远不及经书,注赋、解赋并不能带来任何现实的功名利禄,因而无法引起俗儒的兴趣,而成为少数精英人士自觉的选择,这也是曹大家赋注言简意赅、与俗儒章句之学风格迥异的重要原因。

需要说明的是,曹注语言凝练的特点,是在与两汉章句之学的比较中得出的。倘若与东汉末年的文献注释如王逸《楚辞章句》、赵岐(108—201)《孟子章句》、郑玄(127—200)《毛诗传笺》等相比,这一特点并不突出。但曹大家比王逸、赵岐等早半个多世纪,③处在章句之学方盛未衰之时,其《幽通赋注》显然有冲破俗儒章句之藩篱、引领注释学新风的作用,代表了一种朴素而健康的注释学发展方向。

三、曹注长于征引

《幽通赋注》产生于《毛诗故训传》之后,《楚辞章句》之前,为汉代文学注释的发展演进起到了承前启后的作用,尤其值得重视。试看《毛诗故训传》的体例:

---

①〔南朝宋〕范晔撰,〔唐〕李贤等注:《后汉书》卷六十五,北京:中华书局,1965年,第1213页。

②关于章句之学的兴衰,可以参考林庆彰:《两汉章句之学重探》,载台湾政治大学中文系所主编:《汉代文学与思想学术研讨会论文集》,台北:文史哲出版社,1991年,第255—278页。

③据《后汉书·列女传》和《文苑传》,曹大家主要生活于汉明帝、章帝、和帝时,大约于49—120年在世;王逸曾在汉顺帝时(126—144)为侍中。若将王逸生年定在100年左右,则其晚于曹大家约半个世纪。

《毛诗·齐风·南山》:“南山崔崔,雄狐绥绥。”毛传:“兴也。南山,齐南山也。崔崔,高大也。国君尊严,如南山崔崔然;雄狐相随,绥绥然无别,失阴阳之匹。”①

这是《毛诗故训传》常用的注释方法:先标明比兴,再释词、解句。释词主要采用“A,B也”的格式,亦用“A,B貌”或“B曰A”式;解句不仅通释全句大意,还往往揭示内蕴之旨,与《诗序》配合诠释经义。曹大家《幽通赋注》即继承了《毛传》的注释体例和方法,但亦有所扬弃与发展,例如:

《文选·幽通赋》:“巨滔天而泯夏兮,考遘愍以行谣。”李善注引曹大家曰:“滔,漫也。泯,灭也。夏,诸夏也。考,父也。言父遭乱,犹行歌谣,意欲救乱也。《诗》云:‘我歌且谣。’”

首先,曹注没有揭示比兴和阐释经义的成份,其释语更加准确恰当,切合赋意。其次,《毛传》以释词为主,兼有解句,但大多数条目都不含解句,而曹注却将二者并重,其解句以“言”字领起,体例比《毛传》更为谨严。再次,曹注增加了“征引”一项,并且依照释词、解句、征引的顺序进行。此处征引《诗经》,以揭示“行谣”的出处,颇能深化对赋意赋旨的挖掘。《诗经·魏风·园有桃》:“心之忧矣,我歌且谣。”毛传:“曲合乐曰歌,徒歌曰谣。”郑笺:“我心忧君之行如此,故歌谣以写我忧矣。”据《毛诗序》,《园有桃》是一篇“刺时”之作,“大夫忧其君国小而迫,而俭以啬,不能用其民,而无德教,日以侵削,故作是诗也”②。在汉代儒家学者的阐释系统中,《园有桃》是一首抒发作者忧时济世情怀的作品。此处曹大家援古证今,以经注赋,能够更为深刻地揭示出《幽通赋》的作者对其父班彪身处乱世而忧国忧民之精神的赞扬。又如:

《幽通赋》:“周贾荡而贡愤兮,齐死生与祸福。”〇曹大家曰:“周,庄周。贾,贾谊也。贡,溃也。愤,乱也。荡荡,不知所守也。庄周、贾谊有好智之才,而不以圣人为法,溃乱于善恶,遂为放荡之辞。庄周曰:‘生为徭役,死为休息。’贾谊曰:‘忽然为人,何足控揣?化为异物,又何足患?’”

曹注有两处征引,一处引自《庄子·大宗师》,原文作“夫大块,载我以形,劳我以生,佚我以老,息我以死”,《列子·天瑞篇》张湛注、《梁书》卷五十一《刘歊列传》引庄子语皆作

①〔汉〕毛亨传,〔汉〕郑玄笺,〔唐〕孔颖达疏:《毛诗正义》卷五,北京:中华书局,1980年,影印《十三经注疏》本,第352页。
②〔汉〕毛亨传,〔汉〕郑玄笺,〔唐〕孔颖达疏:《毛诗正义》卷五,第357页。

“生为徭役,死为休息”,用词稍异而思想完全一致;另一处征引贾谊《鹏鸟赋》,见《汉书·贾谊传》和《文选》卷十三,亦表达了面对死亡的坦然态度。两处征引,旨在深化读者对庄子、贾谊“齐死生与祸福”的理解,是对释词、解句的补充与佐证,可见曹大家对征引手法的使用已经非常娴熟,其征引的范围也已经由经书而拓展到先秦诸子乃至西汉辞赋了。

四、征引之法的渊源与流变

曹大家《幽通赋注》仅存64条,而征引前代典籍12条,征引出现的频率为18.75%。這12條征引,又可以分為以下三種情況:1. 直接征引,李善亦没有补注。2. 有释词、征引,李善也有补注,以“善曰”别之。3. 释词、解句、征引皆备,李善没有补注。征引的典籍主要有《周易》《诗经》《论语》《庄子》、贾谊赋等。由曹大家开始倾力采用的征引之法,不仅能揭示典故出处,佐证词、句之释,而且在挖掘赋意赋旨、保存古代文献(包括早期注释成果)等方面都具有十分重要的意义,因而是训诂学的一次重要突破。但这种训释方法,似乎并不是曹大家的首创。追溯其渊源,早在先秦时期就已经有了征引的思维方式,并且常常用于政治外交活动或者个人著述。春秋时期聘问赋《诗》,《左传》《论语》《孟子》之引《志》、引《诗》,《庄子》《墨子》《国语》之“谚曰”“古语有曰”“仲尼曰”等,都是先秦时期征引思维较为发达的表现。① 但作为一种训诂方法而运用于文献注释,则应该始于西汉。据王逸《天问章句叙》,西汉刘向、扬雄皆曾经注解《天问》,“援引传记(一作经传),以解说之,亦不能详悉。所阙者众,日无闻焉。”②尽管王逸批评二人注解疏略,阙漏甚多,但指出他们都运用了“援引传记(一作经传)”以解说《天问》的方法,当为“征引”之法的最早记载。惜二人之《天问解》皆佚,不可详考。又,王逸《离骚经章句叙》所提及的班固《离骚经章句》,或许亦曾使用征引之法,并影响于曹大家《幽通赋注》的撰写,但此书亦已失传。其实,追溯征引之法的渊源,不能不提及屡遭后人訾伐的汉代章句之学。关于章句之学,最早的记载应该出自《汉书·夏侯胜传》:

> 胜从父子建,字长卿,自师事胜及欧阳高,左右采获,又从“五经”诸儒问与《尚书》相出入者,牵引以次章句,具文饰说。胜非之曰:“建所谓章句小儒,破碎大道。”

①刘刚:《论先秦文献征引的自觉》,《山东理工大学学报》,2012年第5期,第68页。

②〔宋〕洪兴祖撰,白化文点校:《楚辞补注·天问第三》,北京:中华书局,1983年,第119页。

建亦非胜为学疏略，难以应敌。建卒自颛门名经，为议郎博士，至太子少傅。①

夏侯胜、夏侯建生活于汉宣帝时代，章句之学兴起之时。夏侯建曾师从夏侯胜、欧阳高学习《尚书》，但其学风与乃师大为不同。夏侯胜承继西汉初年的学风，阐说圣人之道，注重语词训诂，因而语言十分简练。夏侯建却将夏侯胜和欧阳高的解说综合起来，又从“五经”诸儒那里采获不少与《尚书》相出入的资料，荟萃一处，因而内容庞杂，卷帙浩博。其长处是资料丰富，在与其他学派争论时能够左右逢源，迅速驳倒对方；短处是往往固执己说，而远离经典本意。章句之学内容庞杂，多而无当，甚至畸形膨胀，茫无头绪，早已为历史所淘汰，但夏侯建“左右采获，又从‘五经’诸儒问与《尚书》相出入者，牵引以次章句”，对于其师之论说、“五经”诸儒之观点皆加以援引、荟萃，排列在特定的章句之下，类似于今天的集注、集释，以便征引和利用。这也许是饱受诟病的章句之学所留给后人的一点微薄的遗产吧。但夏侯建们使用此法，主要用于不同学派之间的辩难、论争，是建立和巩固“家法”的需要；而曹大家使用此法，则着眼于语词的训释和句意的解说，以阐明赋意为旨归，因而虽有征引，而并不繁琐。曹大家对章句之学的批判性继承，使征引之法走上了科学而健康的发展之路，对此后的文学注释乃至经史注释都产生了积极影响。

当然，曹大家长于征引、以经注赋的特色，其根本原因仍在于赋之文本。降至东汉，由于受时代风气熏染，赋体文学引经用经、承载经义的特征更为突出。班固作为正统儒家，其《幽通赋》屡次化用《周易》《尚书》《诗经》《左传》《论语》等先秦经书中的语言和典故，非征引不足明其意，非征引不足阐其旨。其次，通过征引，既能展示个人才学，又能显示注释内容并非向壁虚造，而是于古有征，从而增强注释的可靠性与说服力，具有一定的论辩色彩。但较之章句之学，辩难特征已经大为减弱。再次，在全民读经的年代，以经注赋更容易为读者所接受，同时也有助于巩固汉赋作为“一代之文学”的地位。

曹大家之后，征引之法被广泛采用，不断完善。稍后于曹大家的王逸，在其名著《楚辞章句》中即采用此法，例如：

《楚辞·离骚》：“忽奔走以先后兮，及前王之踵武。”○王逸《章句》：“踵，继也。武，迹也。《诗》曰：‘履帝武敏，歆。’言己急欲奔走先后，以辅翼君者，冀及先王之德，继续其迹，而广其基也。奔走先后，四辅之职也。《诗》曰：‘予曰有奔走，予曰有先后’，是之谓也。”②

---

①〔汉〕班固撰，〔唐〕颜师古注：《汉书》卷七十五，北京：中华书局，1965 年，第 3159 页。

②〔宋〕洪兴祖撰，白化文点校：《楚辞补注·离骚经第一》，第 9 页。

与曹大家略有不同,王逸将征引之内容夹杂在词语的训释中间,适时进行,形成了“释词——释词与征引——解句与征引”的顺序。其征引《诗经·大雅·生民》,只是针对“武”字而发,因而紧随“武,迹也”之后,是对释词的补充;征引《诗经·大雅·绵》,旨在揭示“忽奔走以先后兮”的语源,所以置于解句之后,是对解句的佐证与深化。王逸的处理方式似乎更为合理,但其征引文献十分有限,而且没有贯穿全书。例如《离骚》373 句,王逸注征引文献 39 条,征引出现的频率仅有 10.46%,甚至还低于曹大家《幽通赋注》(18.75%)。王逸之后,胡广、服虔、应劭、刘德、郑氏、李奇等皆曾采用征引之法,使这一训诂方法逐渐趋于成熟。例如:《汉书·司马相如传下》:“使灵娲鼓琴而舞冯夷。”颜师古注引服虔曰:“灵娲,女娲也。伏牺作琴,使女娲鼓之。冯夷,河伯字也。《淮南子》曰:‘冯夷得道,以潜大川。’”此处征引《淮南子·齐俗训》,以补充“冯夷”之释,可广见闻。又如,《文选·羽猎赋》:“狭三王之阨僻,峤高举而大兴。”李善注引郑氏曰:“阨僻,陋小也。王逸《楚辞注》曰:‘峤,举也。’峤,音矫。”此处郑氏引用《楚辞·九章·惜诵》王逸注,可见其对当代著述成果的重视。另外,今本《楚辞》“峤”作“矫”,郑氏保存了一条重要的《楚辞》异文,十分珍贵。

降至三国两晋,征引更为普遍,而唐代李善(630? —689)在注释《文选》时,则将这种训诂方法加以推广,几乎达到了以引代释、无注不引的程度。例如:

《文选·子虚赋》:“罢池陂陀,下属江河。”〇李善注:郭璞曰:“言旁颓也。属,连也。罢音疲。陂音婆。陀音驼。”文颖曰:“南方无河也。冀州凡水大小皆谓之河,诗赋通方言耳。”晋灼曰:“文章假借,协陀之韵也。”

《文选·甘泉赋》:“登椽栾而狃天门兮。驰阊阖而入凌兢。”〇李善注:服虔曰:“椽栾,甘泉南山也。凌兢,恐惧貌也。”李奇曰:“狃音贡。”苏林曰:“狃,至也。”【善曰】《楚辞》曰:“令帝阍开阊阖而望予。”王逸曰:“阊阖,天门也。”兢,巨陵切。

第一条征引郭璞、文颖、晋灼之赋注,以引代释,不加按断,可见李善对前人赋注成果的充分吸收和认同;第二条先征引服虔、李奇、苏林三人之赋注,然后以“善曰”的方式加以补充,但李善所补充的内容仍然藉助征引,通过对《楚辞》王逸注的征引来诠释“阊阖”一词之含义,只有“兢,巨陵切”四字为李善自注。不难看出,不论是注音、释词,还是说解句意,揭示创作手法,李善大都通过征引古代典籍或者前人注解的方式进行。李善将征引的训诂方法发挥到极致,于是形成了一种颇具特色的训诂体式,成为古代诗文注释之典范。[①] 追溯这种体式之渊源,我们不能不提及曹大家的《幽通赋注》。

不过,无论是曹大家、王逸、服虔还是唐代的颜师古、李善等人,在征引前代典籍时皆未标注篇名,尽管节约篇幅,但也给读者查检带来了不便。

五、结语

汉代是经学昌盛的时代,解经、注经蔚然成风。在此风影响下,"一些汉代学者用经书笺注的方式去注释其它作品,诸如《战国策》《孟子》《吕氏春秋》《淮南子》等,都得到整理和阐释,其中与文学关系最为密切的是《楚辞》注释"[②]。由解经、注经而拓展至子史注释和文学注释,是汉代注释学发展之大势。其实,《毛诗故训传》的撰写虽着眼于经学,但由于《诗经》本身的文学特质,亦可视为文学注释之发端。故以今日之眼光观之,西汉毛亨的《毛诗故训传》和东汉王逸的《楚辞章句》堪称是汉代文学注释之代表,前者为传注体,后者为章句体,卓然汉代,影响深远。但东汉赋注亦为汉代文学注释之重要成果,却为古今学者所忽略。本文对东汉赋注的代表性成果——曹大家《幽通赋注》进行钩沉、考论、辨析,揭示其体例严明、语言凝练、长于征引的特点,考证其对汉代章句之学的批判性继承和发展,旨在以管窥豹,梳理汉唐文学注释的发展演变,抉发东汉赋注在中国注释学史上的意义和影响。

The *You tong fu zhu* 幽通赋注 by *Cao Dagu* 曹大家 and its significance on hermeneutics

Li Yanhong　Zong Fan

(University of Chinese Academy of Social Science; Capital Normal University)

Abstract: The *You tong fu zhu* 幽通赋注 ("Annotations on the *You tong fu*") by *Cao Dagu* 曹大家 (whose original name is *Ban Zhao* 班昭) is the earliest extant annotations on the *Fu* 赋, and is characterized by its strict regulations, concise language usage and rich references. This paper collects and examines Cao's annotations, explores its critical inheritance and development on the hermeneutics of Han Dynasty, and aims to see the whole picture from

①王宁、李国英:《李善的〈昭明文选注〉与征引的训诂体式》,载郑州大学古籍所编:《中外学者文选学论集》,北京:中华书局,1998年,第462—473页。

②郭英德、谢思炜、尚学锋、于翠玲:《中国古典文学研究史》,北京:中华书局,1995年,第77页。

a small piece to reveal the contents, characteristics and significance of annotations *on the Fu* during the Eastern Han dynasty, and its role in Chinese historical hermeneutics, thereby supplementing an important part to the study of hermeneutical development in the literature of Han and Tang dynasty.

Keywords: *Cao Dagu* 曹大家; *You tong fu zhu* 幽通赋注; characteristics; hermeneutics.

从儿化词看威妥玛《语言自迩集》对满汉合璧教材的改编*

王继红　李滢洁

（北京外国语大学　华中师范大学）

提要：《语言自迩集》谈论篇改编自《清文指要》系列满汉合璧会话书。通过对《清文指要》及其后世改编文本的比较，可以发现清代儿化发展的重要现象，如音变儿化的凸显、重叠词尾后出现儿化等，并以此探究威妥玛团队对于北京话的语言态度。《语言自迩集》由于其汉语教科书的性质存在对北京话儿化现象刻意甚至泛化描写的现象。

关键词：儿化；语言自迩集；清文指要；满汉合璧；北京话

一、问题的提出

《语言自迩集》是19世纪中期由英国来华外交官Thomas Francis Wade（威妥玛）编写的汉语教材，该教材一出版即被各国驻华使馆使用，并且传播到海外。日本、韩国等国家还以该教材为底本，改编成《亚细亚言语集支那官话部》、《自习完璧支那语集成》等适合本国汉语教学需要的北京官话教材。从1867年到1903年，《语言自迩集》曾多次再版，每个版本都发生了一定的变化。目前关于《语言自迩集》版本和语言的研究主要在两个方面进行。

* 本文为国家社科基金冷门绝学和国别史等研究专项“清代满汉合璧《百二老人语录》校注与语言研究”（19VJX096）的阶段性成果。

1.1 从满汉合璧文献到北京话口语教材《语言自迩集·谈论篇》的改写

威妥玛《语言自迩集》序言提到,“谈论篇”与传教士 Abbé Huc(阿贝哈克,1813—1860)从中国南方带来的一套教授满族人汉语和汉族人满语的中国本土教材相关①。那么这种“教授满族人汉语和汉族人满语”教材是什么呢?

太田辰夫(1951)认为,“应龙田或者威氏参考的内容可能是《初学指南》(1794)或者《三合语录》(1829)。也就是说,《语言自迩集》中说到的‘清文指要’不一定是指《清文指要》这本书,如果认为它指的是当时流行的《清话百条》系统的各本书的统称,也是妥当的。”②高田时雄(2001)指出,这本书的成书跟中国教师应龙田③以及《清文指要》有关。应龙田以此书为底本,对其中时代较久远的文言化措辞进行修订,整合成为《语言自迩集》“谈论篇”④。内田庆市(2001)也认为《语言自迩集》谈论篇百章的蓝本是《清文指要》,具体成书过程是这样的:《清话百条》(1750)→《清文指要》(1809)→《问答篇》(1860)→《语言自迩集》谈论篇百章(1867)⑤。

高田时雄和内田庆市的看法与太田辰夫先生有着内在的关联。张美兰(2013)梳理了19世纪初至20世纪近百年间《清文指要》的流变和改编情况,并将不同时期的文本汇录成集。“《清文指要》(百章)是一套清代著名的满汉双语教材,逐渐成为清代满人学习汉语的教材。”⑥而在一百年后,即1867年,在英国人威妥玛编写的西方人学习北京官话的汉语教材中,将《清文指要》略加改写而收入《语言自迩集·谈论篇(百章)》部分,《语言自迩集》曾经是19世纪后期西方人学习北京话的主要教科书。

竹越孝(2015)详细梳理了《语言自迩集》课文由满汉合璧会话教材发展而来的过程。清军1644年入关之后,满语与汉语语言接触普遍发生,旗人的日常用语逐渐以汉语为主,满语的影响逐渐削弱。在这种背景之下,出现了一批用以教授满族人学习满语的教材,《一百条》即为其中较早的一种。《一百条》作者为智信,此书收录了共100段对话,原

---

①《语言自迩集》序言 1.1p.x

②太田辰夫:《清代の北京语语法研究资料について》,《神户外大论丛》,1951年(2,1),22页。

③有关应龙田的资料比较少见,只知道他是威妥玛的汉语教师,是一位在北京出生并且成长于北京的北京话母语者(《寻津录》序文),是受过良好教育的北京话发音人(《语言自迩集》第二版序文)。

④高田时雄:《トマス・ウェイドと北京语の胜利》,收于《西洋近代文明と中华世界》(京都大学人文科学研究所70周年记念シンポジュウム论集),京都:京都大学学术出版会,2001年,第127—142页。

⑤内田庆市《近代における东西言语文化接触の研究》(关于近代东西语言文化接触的研究),《关西大学东西学术研究所研究丛刊》,2001年,第395—421页。内田庆市:《与“您”相关的问题》,宋桔译,《国际汉学》22辑,2012年,第198页。

⑥张美兰、刘曼:《〈清文指要〉汇校与语言研究》,上海:上海教育出版社,2013年,第4页。

始形式仅有满语。《清文指要》及《续编兼汉清文指要》是将《一百条》的满语翻译成汉语而成的满汉合璧会话书。两书共有 100 段，作者不详，写成于乾隆年间，是流传较广的满汉双语对照教材。《新刊清文指要》也是对满语《一百条》的翻译，现存嘉庆 23 年西安将军署重刻本。清代蒙古正黄旗官员富俊以《一百》为底本，编写了蒙古语与汉语对照会话教材《初学指南》，后来又编写了满语、蒙古语和汉语对照的会话教材《三合语录》，在对满蒙旗人进行语言与翻译教学时使用。

1867 年，威妥玛编写北京官话教材，将《一百条》系列的汉语文本改写为《语言自迩集》的课文之一，即《谈论篇(百章)》。《语言自迩集》曾经是 19 世纪后期流行的西方人学习北京话的主要教科书，也是世界汉语教育史上第一部明确以北京话口语作为教学内容的材料。

1.2 《语言自迩集》的改编与版本差异

王澧华(2006)从文献学的角度考察了《语言自迩集》在 36 年间的三次修订，分别是 1867 年初版、1886 年修订版和 1903 年删节版。《语言自迩集》于 1867 年在伦敦由特吕布纳公司(London: Trubner & Co,60,Paternoster Row)刊行，在上海印刷。教材由四个单行本构成，四个单行本同时发行。第一本为《语言自迩集 · 口语系列》(Collquial Chinese)，正文共有 295 页，包括课文八章，分别是《发音》《部首》《散语》《问答》《绪散语》《谈论》《燕山平仄篇》和《言语例略》。1886 年《语言自迩集》再版由上海海关总署免费出版，伦敦 W. H. 阿伦出版公司(W. H. Allen&Co.)和上海、横滨、香港的别发洋行(Kelly & Walsh)联合发行。威妥玛去世后的第七年出版了《语言自迩集》的第三个版本，即删减版(Abridged)。①

宋桔(2013)从文献版本分析与成书源流两个角度揭示出《语言自迩集》多版本、多来源、双语种的同时资料性质，应用《语言自迩集》不同版本语料是研究 19 世纪中后期北京官话的必经之路。② 朱晓琳(2017)以《语言自迩集》初版和再版 246 组相似句子为研究对象，探究两个版本间在语音、词汇、语法和语用等方面的差别，重在思考《语言自迩集》再版对当代对外汉语教材编写的启示。论文注意到《语言自迩集》第二版在初版的基础上共增加了 42 例儿化。例如：③

①王澧华：《〈语言自迩集〉的编刊与流传》，《对外汉语研究》，2006 年第 1 期，第 182—195 页。

②宋桔：《〈语言自迩集〉诸版本及其双语同时语料价值》，《语言教学与研究》，2013 年第 1 期，第 31—39 页。

③朱晓琳：《从〈语言自迩集〉版本变化看对外汉语教材编写》，四川师范大学硕士论文，2017 年，第 14 页。

[1]a. 他们多一半是跟太西国的人去的。(《语言自迩集》第一版)

b. 他们多一半儿是跟太西国的人去的。(《语言自迩集》第二版)

“儿化”是一个音节中韵母带上卷舌色彩的一种特殊音变现象,文字形式用“儿”表示。(朱晓琳 2017)“《语言自迩集》第二版对初版没有儿化之处进行改写,大量加入了儿化音。这说明编写者的语音敏感性不同,更加重视教材对当时语言的如实反映程度。同时,《语言自迩集》的编写正处于南京官话向北京官话转换的时期,儿化音不是南京官话显著的特点,北京官话的地位也不高,所以编写者在编写初版教材时,没有意识到儿化音的重要性。十几年后,北京官话逐渐被大家普遍接受、认同,地位也随之提高,学习者想要学习更地道的北京话的学习需求不断增强,儿化音也被教材编写者关注。为了更加如实反映语言和满足学习者的需求,再版在初版的基础上大量增加了儿化音。”①

此处存在三个需要思考的问题:第一,《语言自迩集》第一版对待儿化的语言使用态度是什么,是否真的如朱晓琳(2017)所说,编写第一版时还没有意识到儿化音的重要性?第二,《语言自迩集》第一版编写者对待北京话的态度如何,是否受到了南京话的影响而忽视了北京话的特征表现?第三,满汉合璧教材和汉语教材《语言自迩集》对儿化词的记录与描写有哪些变化?本文使用张美兰(2013)所收录的《清文指要》及其改编本等七种文献②,对其中的儿化现象进行讨论。

二、《清文指要》系列文献儿化词频率和构成方式比较

在《清文指要》及其后世改编文本中,儿化词共出现 2248 次。通过对比可知,《语言自迩集》谈论篇中的儿化词最多,共 932 次,占七种文献儿化词总数的 41.5%。日本广部精编《亚细亚言语集》支那语官话部中的儿化词出现 917 次,占七种文献儿化词总数的 40.8%。《新刊清文指要》中出现的儿化最少,仅 19 次,占总数的 0.8%。与之前三种满

①朱晓琳:《从〈语言自迩集〉版本变化看对外汉语教材编写》,四川师范大学硕士论文,2017 年,第 15 页。

②1)《清文指要》,三槐堂重刻本,1809 年。2)《新刊清文指要》,西安将军署重刻本,1818 年。3)《三合语录》,五云堂刻本,1830 年。4)英国人威妥玛编《语言自迩集·谈论篇(百章)》,第一版,伦敦特纳出版社,1867 年。5)日本人广部精编《亚细亚言语集》支那语官话部,小石川清山堂社,1879 年。6)日本人福岛九成编《参订汉语问答篇国字解》,力水书屋藏版,饭田平作发行,1880 年。7)韩国人宋宪奭编著《自习完璧支那语集成》第六编《谈论》34 篇,大正十年德舆书林和林家出版部出版底本,1921 年。

汉或满汉蒙合璧文献相比,《语言自迩集》儿化现象数量激增,儿化现象发生了哪些变化?变化发生的原因是什么?

表 1 《清文指要》版本及儿化数量统计

时间	版本	“儿”字频	数量	七部文献 儿化词占比
1809	清文指要	3.4%	139	6.2%
1818	新刊清文指要	2.7%	19	0.8%
1830	三合语录	3.4%	70	3.1%
1867	语言自迩集(第一版)	4.7%	932	41.5%
1879	亚细亚言语集	4.8%	917	40.8%
1880	参订汉语问答篇国字解	2.6%	85	3.8%
1921	自习完璧支那语集成	2.7%	86	3.8%
	总计		2248	100%

《清文指要》及其后改编文本儿化类型有“名词+儿”“动词+儿”“代词+儿”“量词+儿”“代词+儿”“副词+儿”等。如下表所示:

表 2 《清文指要》及其后改编文本儿化类型统计

时间	版本	名+儿	量+儿	动+儿	副+儿	形+儿	代+儿	总计
1809	清文指要	84.9%	9.4%	3.6%	2.1%	0.0%	0.0%	100%
1818	新刊清文指要	89.5%	10.5%	0.0%	0.0%	0.0%	0.0%	100%
1830	三合语录	85.7%	2.9%	4.3%	5.7%	1.4%	0.0%	100%
1867	语言自迩集(第一版)	69.6%	10.5%	2.1%	8.2%	1.9%	7.7%	100%
1879	亚细亚言语集	69.8%	7.5%	3.7%	7.2%	2.2%	9.6%	100%
1880	参订汉语问答篇国字解	47.1%	17.6%	3.5%	11.8%	2.4%	17.6%	100%
1921	自习完璧支那语集成	46.5%	18.6%	4.7%	11.6%	2.3%	16.3%	100%

《语言自迩集》中副词儿化、形容词儿化的比例均高于其前的三部文献。《新刊清文指要》儿化数量不但最少,而且形式变化单一。形容词加儿缀的形式从满蒙汉合璧《三合语录》(1830)才开始出现,使用频率不断提高。代词加儿缀的用法在《语言自迩集》中才开始出现,使用频率也呈增加态势。代词加儿缀的发展很大程度上是受“儿”与“里”近音替代现象影响,下文会具体论述。动词、量词与副词儿化现象数量较少,《参订汉语问

答篇国字解》及《自习完璧支那语集成》中量词、副词儿化数量最多。

在《清文指要》系列文献中,名词加儿缀的形式始终占据优势,出现频率最高。特别是在最早的三种满汉合璧文献中,儿化词绝大多数为名词加儿缀的形式。尽管在较晚出现的《参订汉语问答篇国字解》及《自习完璧支那语集成》两个版本中,由于其他种类的儿化词发展,名词加儿缀的儿化词所占比重有所下降,但仍然在各类儿化词中具有优势地位。北京话儿化韵的一个来源是小称儿化,实际上是一个名词标记,"语音的变化是语义和句法变化的外化手段"①(方梅 2007)。该类儿化词不是单纯由语音条件引起的,在《清文指要》系列中出现较多,多为名词性成分的儿化,如"人儿、豆儿、窗户眼儿"等。

俞敏《驻防旗人和方言的儿化韵》认为,旗人语言有儿化音,汉语方言的儿化韵不是自发产生的,而是八旗驻防把儿化韵带到了外地。② 关纪新(2008)提出"在满人长期驻扎京城并随时玩味打磨汉语京腔的过程中,他们又成功地为这种方言添置了极为大量的"儿化韵"词的尾音处理新规则。"③但经过满汉对勘可知,汉语文本中儿化词对应的满语词词尾并不存在[er]音或卷舌现象,满语对北京话儿化的形成没有直接的促成作用。现以《清文指要》满汉对勘材料为例,部分名词性儿化列举如下:

表3 汉语儿化词与满语不卷舌词对照表(部分)

叶儿	abdaha		场儿	falan		小猪儿	mihan
味儿	amtan		魂灵儿	fayangga		脖梗儿	monggon
法儿、方法儿	arga		柄儿	fesin		猴儿	monio
事儿	baita		名儿	gebu		遭数儿	mudan
对儿	bakcin		形儿	giru		影儿	oron
毛病儿	banin		样儿	giru		铺儿	puseli
小河儿	birgan		话儿	gisun		老家儿	sakda
膊洛盖儿	buhi		意儿	gūnin		眼儿	sangga

《清文指要》中与汉语儿化相对应的满语词语的尾音不存在卷舌或儿化现象。满语专家瀛生讨论过相关问题,"满语本来是没有儿化音的。由于北京话是在清代北京旗人口中形成和发展起来的,于是引起近年研究者提出旗人说话有无儿化韵的问题。……说

①方梅:《北京话儿化的形态句法功能》,《世界汉语教学》,2007 年第 2 期,第 6 页。
②俞敏:《驻防旗人和方言的儿化韵》,《中国语文》,1987 年第 5 期,第 26—31 页。
③关纪新:《满族与"京腔京韵"》,《中国文化研究》,2008 年春之卷,第 188 页。

满语的 r 在不颤时与汉语北京话的儿化韵有什么联系，并不一定符合满语音的实际。”“北京话的儿化，不是旗人自关外带来的，它不是受满语音韵的影响而形成的。”（瀛生，2004：819—821）

三、《语言自迩集》新出现的音变儿化现象

音变儿化指某些音节在一定条件下发生儿化，转化成“儿”。“zh、ch、sh、r 声母的字，在一定条件下使前面的一个音节发生儿化”①（陈治文，1965：369），这是北京话儿化韵的一种重要形式。典型现象有“里”转化成“儿”，如“这儿、那儿”；“日”转化成“儿”，如“今儿、明儿”。从《清文指要》系列文献对比可知，由“里”和“日”发生音变产生的“儿”在满汉融合阶段逐渐增多，并最终在北京话口语表达中成为主流，但特定声母字发生音变儿化的现象没有出现。

在《清文指要》系列文献中，《语言自迩集》首次出现“儿”取代“日、里”的现象。例如：

[2] a. 昨日晚上，我就要睡觉来着，因为亲戚们全在这里的上头，我怎么说撂了睡觉去呢？（《清文指要》）

b. 昨日傍晚时，我就要睡来着，因为亲戚全在这里，我怎庅说撂下睡去呢？（《新刊清文指要》）

c. 昨日晚上时，我就要睡来着，因亲戚普里在这里，我说甚么撂下睡觉去？（《三合语录》）

d. 昨儿晚上，要早睡来着，只因亲戚们，普里普儿的都在这儿会齐儿，我怎么撂下去睡呢？（《语言自迩集》）

e. 昨儿晚上，我就要早睡来着，因为亲戚们，全都在我这儿，我怎么撂下去睡觉呢？（《亚细亚言语集》）

f. 昨儿晚上，我要早些去睡，那知道那亲戚们普里普儿走来这坐，我怎么撂下他去睡觉呢？（《参订汉语问答篇国字解》）

g. 昨儿晚上要早睡来着，只因亲戚们普里普儿的都在这儿会齐儿，我怎么撂下去睡觉呢？（《自习完璧支那语集成》）

①陈治文：《关于北京话里儿化的来源》，《中国语文》，1965 年第 5 期，第 369 页。

与此类似的情况还有“今儿”替换“今日”、“明儿”替换“明日”、“前儿”替换“前日”等。“时间名词+儿”全部从《语言自迩集》开始出现，且使用次数较多。《清文指要》系列文献中“日”和“儿”替代现象如下表所示：

表3 《清文指要》系列文献中“日”和“儿”替代现象

词语	清文	新刊	三合	语言	亚细亚	参订	自修	总计
今儿	0	0	0	21	20	1	5	47
昨儿	0	0	0	16	17	5	5	43
前儿	0	0	0	10	9	2	2	23
今天	0	0	0	0	0	14	1	15
前天	0	0	0	0	0	3	0	3
昨天	0	0	1	0	0	8	0	9
今	0	1	3	0	0	1	0	5
今日	27	22	20	0	0	1	0	70
昨日	18	18	15	0	0	0	0	51
前日	9	9	10	0	0	0	0	28

太田辰夫(1958/2003)从西安、山东、山西部分地区的现代方言将“日”念作“儿”的现象出发，论证了“儿”替代“日”的原因。“这种现象清初就有，大概由于这种读法的影响，‘日’就被写成‘儿’了。”“元代的‘今日个’就写成了‘今儿个’。”①由于北京话中“日”、“里”的读音与“儿”相近，在发音较快时会被听为“儿”音。威妥玛在记录北京话的过程中，为还原语音面貌，将“日”、“里”等记为“儿”，这种转化逐渐被人们接受，并且一直沿用到后续改写本中。宋桔(2013)比较了《语言自迩集》三个版本中的时间名词“X天、X儿、X儿个、X日”等，其中“X儿”使用频率最高，且在各个章节都有分布；“X日”的使用率最低，《语言自迩集》第一版没有出现，“二版新增在散语章、践约录、词类章，三版保留散语章2例”。②

在太田辰夫(1950)整理对比的几本清代文献中，最早出现“今儿”用例的是1792年的程乙本《红楼梦》。说明“今儿”的用法在清乾隆时期已经出现，但在《清文指要》前三

①太田辰夫:《中国语历史文法》,1958年初版。蒋绍愚、徐昌华修订译本,北京:北京大学出版社,2003年,第89页。

②宋桔:《〈语言自迩集〉诸版本及其双语同时语料价值》,《语言教学与研究》,2013年第1期,第36页。

个版本中没有出现“今儿”的用法，相反一直出现的是“今日”。据此推测，《清文指要》最初的目的是指导旗人学习满语，其选择的语料尽可能使用规范形式，减少汉人语言的影响，在此期间的北京话存在断层，因此书面语特征更突出的“今日”被选用。

在《清文指要》系列文献中，代词儿化现象也是从《语言自迩集》开始出现的，包括疑问代词儿化和指代词儿化和两种类型。《清文指要》满汉合璧或满蒙汉合璧文献中没有“这儿、那儿”，只使用“这里、那里”。从《语言自迩集》开始，“这儿”完全替代了“这里”，表示近指。例如：

[3]a. 好啊，已经坐下了，这里有个靠头儿。（《清文指要》）
b. 好，已经坐下了，这里有个靠头儿。（《新刊清文指要》）
c. 好啊，已经坐下了，这里有个靠头儿。（《三合语录》）
d. 我已经坐下了，这儿有个靠头儿。（《语言自迩集》）
e. 已经坐下了，这儿有个靠头儿。（《亚细亚言语集》）
f. 已经坐下了，这就算是大位，不要再拘。（《参订汉语问答篇国字解》）

“那儿”替代“那里”，表示远指或疑问，但“那儿”和“那里”还处于并存的状态。“这儿、那儿”中的“儿”是由于替代“这里”、“那里”中读音相近的“里”产生的，常用于口语表达。例如：

[4]a. 那里！人说的我虽然懂得，我说起来总还早呢。（《清文指要》）
b. 那里！人家说的我虽然懂得，我说起来总还早呢。（《新刊清文指要》）
c. 那里！人说的我虽懂得，自己若说还早呢。（《三合语录》）
d. 那儿的话呢！人家说的我虽懂得，我自家要说还早呢。（《语言自迩集》）
e. 那儿的话呢！人家说的我虽懂得，我自家要说还早呢。（《亚细亚言语集》）
f. 那儿的话呢！人家说的虽是懂得一点，我自己要说还早呢。（《参订汉语问答篇国字解》）
g. 那儿的话呢！人家说的我虽懂得，我自家要说还早呢。（《自习完璧支那语集成》）

狄考文《官话类编》曾经对“这里、这儿”进行区分，认为“这里”是一种规范的形式，经常用于严肃重要的场合。“这儿”是一种简短的口语形式，且与中原及南方地区相比，

“这儿”在北方方言中使用频繁，在南京话中没有使用。①

“X 里”形式的代词儿化多使用在口语中。在说话时，“里”与“儿”的读音相近，为了说得更快，符合交谈时轻松的气氛，“里”的读音发生了弱化，在发音上靠近“儿”，语音的变化直接影响到记录文字的变化，因此出现了“X 儿”代替“X 里”的现象。《语言自迩集》中的“那儿”出现 53 次，“那里”出现 7 次。在民国时期北京话小说《胭脂》中，“那儿”出现 15 次，“那里”仅出现 1 次。可见，由清中后期至民国近音替代现象是在不断进行的，这个过程开始较早，进行比较缓慢，代词中“里”使用的频率不断下降，“儿”的使用，尤其在口语中，比重提高，但并未出现后者完全取代前者的情况。直至现代汉语，“那儿”和“那里”，“这儿”和“这里”也同时使用。《语言自迩集》中出现的很大一部分儿化词并未在后来的语料中出现，证明其中很大一部分是对当时北京话语音的一种刻意描写。

四、重叠式的儿化

动词、形容词、副词、量词等词语重叠形式的儿化从《语言自迩集》开始较多出现。《语言自迩集》数量最多，共 54 次，《亚细亚言语集》支那语官话部中出现 50 次，《参订汉语问答篇国字解》、《自习完璧支那语集成》各 8 次，《三合语录》1 次。《清文指要》与《新刊清文指要》中没有出现重叠儿化。例如：

[5]a. 只管推托着说我有紧要的事，将将的才放了我了。(《清文指要》)

b. 推托说我有要紧的事，将将的放了我了。(《新刊清文指要》)

c. 说我有要紧的事，指了个桩将将的才放了我来了。(《三合语录》)

d. 今儿个摘脱是说我有件要紧的事情，撒了个谎，刚刚儿的才放了我来了。(《语言自迩集》)

e. 我说我有件要紧的事情，撒了个谎，刚刚儿的放了我来咯。(《亚细亚言语集》)

《语言自迩集》中出现大量的副词重叠儿化现象，副词后的助词“的”往往会被保留。这反映了威妥玛等人对当时北京话发音特点的细致描写。《亚细亚言语集》延续了《语言自迩集》的儿化现象，但在之前和之后的《清文指要》系列文献中少见此类现象。例如：

①狄考文：《官话类编》，1892 年初版。本文据其影印本，北京：北京大学出版社，2017 年，第 22 页。

[6]a. 你到底漏了风声了，把咱们瞒着商议的话，如今传扬出去了，各处的人们全知道了啊。(《清文指要》)

b. 你到底泄露了，把咱们瞒着人商量的话，如今传扬的，各处的人全知道了。(《新刊清文指要》)

c. 你到底泄露了，咱们瞒着人商量的话，如今传扬的，各处的人都知道了。(《三合语录》)

d. 你到底儿泄漏了，咱们俩悄悄儿商量的话，如今吵嚷的，处处儿没有人没听见过了。(《语言自迩集》)

e. 你到底泄漏了，咱们悄悄儿的商量的话，如今吵嚷的，处处儿人都知了。(《亚细亚言语集》)

f. 儞还是漏了风声，把咱们悄悄儿商量的话，教处处的人都知道了。(《参订汉语问答篇国字解》)

例(6a)在满汉合璧《清文指要》中对应满语句子"si naranggi firgembuhebi，musei weilume hebešehe gisun te algišafi baba i niyalma gemu saha kai"，语法分析如下：

si	naranggi	firgembuhebi	musei	weilume	hebešehe	gisun
你	到底	使泄露	我们的	欺瞒（并列副动词）	商议（过去时形动词）	话

te	algišafi	baba	i	niyalma	gemu	saha	kai
现今	扬言	各处	属格	人	都	知道	语气词

从满汉对勘可知，《清文指要》三槐堂刻本中的"瞒着"对应满语文本 weilume(隐瞒、欺瞒)，动词词根是 weilu；me 是并列副动词附加成分，在汉译本中译为"着"。"weilume hebešehe(隐瞒着进行商议)"对"gisun(话、语、句)"进行限定。非句末位置的"瞒着"需要带宾语才更加合乎北方官话语法规则，例如：

[7]来至跟前，贾母笑道："我瞒着你太太和凤丫头来了。"(《红楼梦》第50回)

[8]我好意瞒着他来问，你倒赌狠！你只赌狠，等他回来我告诉他，看你怎么着。(《红楼梦》第21回)

[9]兄台可别怪我没有来约，不是瞒着你纳，只怕遇见和你纳有不对劲儿的人哪，所以没找你纳来。(《语言自迩集》)

《清文指要》三槐堂刻本中的"瞒着商议的话"被后来的改写文献改为"瞒着人商量的话"，更加通顺。从《语言自迩集》开始，"瞒着(人)"都被替换为"悄悄儿"。《语言自迩集》以如实记录北京话为唯一原则，没有译出满语副动词“weilumbi”的词汇意义。这说明威妥玛及其教材编写团队只参考了《清文指要》某个版本的汉语部分，没有考虑满语对应文本的制约。

值得注意的是，《语言自迩集》中的重叠儿化现象几乎全部被《亚细亚言语集》沿用，但并未全部被其他后出改编文献吸收。例如：

a. 把一件好好的事情，弄的到了这个地步，全是你啊！（《清文指要》）

b. 把一件好好的事情，弄到这个地步全是你啊！（《新刊清文指要》）

c. 好端端的一件事情，闹到这个极处，全是你啊！（《三合语录》）

d. 把好好儿的事情，倒弄坏了，全都是你呀！（《语言自迩集》）

e. 把好好儿的事情，如今弄到这个田地，全都是你呀！（《亚细亚言语集》）

f. 这一件好好的事，倒弄坏了，全是儞呀！（《参订汉语问答篇国字解》）

在《语言自迩集》中，“好好儿”可能是将读成轻音的“好”用儿化的形式描写出来。由于“好好”在发音时出现第二个音节的阴平变调，结尾的音节在连读中带有卷舌色彩，听起来像是儿化。为了准确记录这种发音特点，威妥玛在重叠加上儿缀，将音变处理成儿化现象。词根重叠后加儿缀的形式存在在北京话中，但仅适用于部分词语。《语言自迩集》的重叠儿化现象在一定程度上是记录北京话语音时的一种泛化，是一种刻意的语音描写，所以未被后出的《清文指要》改编文献接受。

《语言自迩集》英文书名为“*A Prossgressive Course Designed to Assist the Student of Colloquial Chinese as Spoken in the Capital and the Metropolitan Department*”，可以直译为“一套循序渐进的教材，供学习首都和直隶衙门汉语口语的学生使用”。由此可知教材注重口语教学，描写对象是北京话，使用对象是在中国学习汉语的外交人士。关于儿化，威妥玛在《语言自迩集》（第二版）第二卷的发音教程部分提出了对“儿”（êrh）和独到见解：

The tone is also modified. In my opinion, the fusion modifies the tone, not only of the êrh itself, but also of the word to which it is attached. ①

威妥玛认为，“儿”音在大多数情况下是附着在前一个字上，其发音或多或少受到前一个字发音的影响。并且儿化的发音是不断变化发展的。同样的观点在其早期汉语教材《寻津录》中有更为详细的论述：

---

①威妥玛：《语言自迩集》（第二版），1886年出版。本文据其影印本，北京：北京大学出版社，2017年，第59页。

> There is properly no shang-p' ing tone in this sound, but, as will be seen in many instances, and especially in exercise 32, the vowel sound of êrh, or urh, when placed in enclitic relation to a word preceding it, is absorbed more or less in the vowel sound of that word. The tone is also modified and is called by the compiler of the Syllabary a shang-p' ing, in preference to any other tone although he admits that, in strictness, the êrh, with its new sound does not belong to any one of the four classes. In my opinion the fusion modifies the tone, not only of the êrh itself, but also of the word to which it is attached. ①

在威妥玛的汉语语法观念里,"儿"(êrh)没有确切的音调,但是当其与前面的字处于附属关系的时候,其发音或多或少会对前面的字有影响。"儿"的音调也会变化,被称为上平调,这种调优于其他声调,尽管严格来说这种新声调不属于四声中的任何一种。这种融合不仅改变了"儿"本身的发音,同时也改变了它所附着词的发音。

美国传教士 Calvin Wilson Mateer(狄考文)在其 1892 年出版的《官话类编》中对"儿"的发音、用法进行说明,并将北京官话与南京官话中"儿"的使用情况进行了对比,认为"儿"通常是与它前一个字相连,因此读音上也要与前一个字融合。使用"儿"在中国人的会话中是一种习惯,几乎没有人意识到。南京官话与北京话均有儿化的使用情况,但南京官话中人们会有意识的克制、否认儿化的存在。这使得原本就普遍使用的儿化现象在北京话的后来发展中愈发明显。两位传教士虽然对"儿"的表述有所不同,但都从语音角度对儿的作用进行了阐述。不可否认,儿缀对于改变出现在其前面的一个字的读音发挥着重要作用。

根据竹越孝(2015),《一百条》系列会话教材经历了"①满—②满汉—③蒙汉—④满蒙汉—⑤汉—⑥汉英"这一发展过程。"这两种满汉合璧会话教材从"满语的汉译"到"汉语的教材"的历史演变,导致了一种认识上的深刻转换,即:满汉合璧会话教材的汉语部分对中国本土人士来说可能仅是满文的翻译,但对西方人士而言却是一种纯粹的北京话。"Möllendorff(1892)也认为满汉合璧会话教材反映的汉语是纯粹的北京话。但是从《清文指要》系列文献儿化词的比较可知,威妥玛及其团队对于满汉合璧会话教材的汉语部分采取了一种审慎态度。

---

①威妥玛:《寻津录》,1859 年初版。本文据其影印本,北京:北京大学出版社,2017 年,第 76 页。

五、结语

自《语言自迩集》始,儿化词使用频率增加,构成丰富,出现了近音替代、重叠式的儿化、四字格后加儿缀等新现象。值得注意的是,儿化词出现次数不是逐渐递增的。《语言自迩集》、《亚细亚言语集》数量达到高峰后,儿化现象出现频率迅速减少,《参订汉语问答篇国字解》中儿化现象只有 85 例,占总数的 3. 8%,1921 年成书的《自习完璧支那语集成》中有 86 次,占总数的 3. 8%。《语言自迩集》及其后的《亚细亚言语集》、《参订汉语问答篇国字解》、《自习完璧支那语集成》均为外国人编订的汉语教材,教学对象是来华传教士或官员,在编写时力图还原当时北京官话的语言面貌,因此在记录时会为求详实,将语音方面的特征用文字记录下来,难免发生一定程度的儿化泛化现象。

《清文指要》三槐堂刻本等前三部文献编写目的是满语教学,作为满语教材的《清文指要》在编写之初有意识地避免了北京话口语的影响,主要使用书面语,带有比较明显的满语干扰特征,儿化词的使用较少。通过《清文指要》、《新刊清文指要》与《三合语录》对比可知,在国语骑射政策推行的过程中,儿化现象的记录实际是可以被人为刻意限制的。当然,这种情况的出现也与《清文指要》改编者所在方言区域有关。《新刊清文指要》在西安将军署重刻,主持编写者均属当地驻防八旗官兵。这一版本的儿化现象较其前后系列文献都少许多,可能的原因便是西安地处陕甘官话区,所以满蒙编写者们不会受到北京话的影响,儿化词出现频率自然最低。

参考文献

Paul Georg von Möllendorff: *A Manchu Grammar*, Shanghai: American Presbyterian mission press, 1892.

爱新觉罗·瀛生:《满语杂识》,北京:学苑出版社,2004 年。

陈治文:《关于北京话里儿化的来源》,《中国语文》,1965 年第 5 期。

方　梅:《北京话儿化的形态句法功能》,《世界汉语教学》,2007 年第 2 期。

关纪新:《满族与"京腔京韵"》,《中国文化研究》,2008 年春之卷。

宋　桔:《〈语言自迩集〉诸版本及其双语同时语料价值》,《语言教学与研究》,2013 年第 1 期。

太田辰夫:《清代の北京语について》,《中国语学》,1950 年总第 34 期。

太田辰夫:《清代の北京语语法研究资料について》,《神户外大论丛》,1951 年(2,1)。

太田辰夫:《中国语历史文法》,1958 年初版。蒋绍愚、徐昌华修订译本,北京:北京大学出版社,2003 年。

王澧华:《〈语言自迩集〉的编刊与流传》,《对外汉语研究》,2006 年第 1 期。

俞　敏:《驻防旗人和方言的儿化韵》,《中国语文》,1987 年第 5 期。

张美兰、刘曼:《〈清文指要〉汇校与语言研究》,上海:上海教育出版社,2013 年。

张美兰、綦晋:《从〈清文指要〉满汉文本用词的变化看满文特征的消失》,《中国语文》,2016 年 5 期。

高田时雄:《トマス・ウェイドと北京语の胜利》(托马斯韦德和北京话的胜利),见《西洋近代文明と中华世界》(京都大学人文科学研究所 70 周年记念シンポジュウム论集),京都:京都大学学术出版会,2001。

内田庆市:《近代における东西言语文化接触の研究》(关于近代东西语言文化接触的研究),《关西大学东西学术研究所研究丛刊》,2001 年。

内田庆市:《与"您"相关的问题》,宋桔译,《国际汉学》22 辑,2012 年。

TheAdaptation of Manchu-Chinese Bilingual Textbooks in *Erhua* Words of *Yü Yen Tzŭ êrh Chi*

Wang Jihong　Li Yingjie

Abstract: The talking chapter of Yü Yen Tzŭ êrh Chi was adapted from *Qingwen Zhiyao* (清文指要), a series of Manchu-Chinese bilingual textbooks focusing on conversation. After the comparative study of *Qingwen Zhiyao* and its adaptions, the author pointed out some important phenomena of the development of *Erhua*(儿化) words in Qing dynasty, such as the increase of Er caused by phonetics change and the appearance of *Er*(儿) at the ending of reduplication. Thus Thomas Francis Wade's attitude towards Beijing dialect could be seen. As a Chinese textbook, Yü Yen Tzŭ êrh Chi has intentionally or even over described the retroflex suffixation.

Keywords: *Erhua* words; *Yü Yen Tzŭ êrh Chi*; *Qingwen Zhiyao*; Manchu-Chinese bilingual textbooks; Beijing dialect

庄延龄的汉语研究及其对高本汉的影响*

马德强

（扬州大学文学院）

提要：高本汉当年在《中国音韵学研究》中全盘否定庄延龄的汉语研究，以致他的相关著述长期不被关注。但是，因为依据的材料不可靠，高本汉的评价根本不能成立。实际上，庄延龄在汉语研究领域是取得了显著成绩的，而且还曾对高本汉产生过重要影响。庄延龄的一系列方言论著至今仍具有参考价值。揭示相关事实有助于加深对庄延龄汉语研究的认识，也有助于更好地把握高本汉的学术思想发展脉络。

关键词：高本汉；《中国音韵学研究》；庄延龄；汉语研究

一、引言

庄延龄（Edward Harper Parker，1849—1926）是英国著名汉学家，一生出版了大量关于中国的宗教、语言、民族史、对外关系等方面的著述。其中，汉语研究在他的整个学术生涯中占据十分重要的位置，取得的一系列成果得到当时西方汉学界的认可。同时代的另一位英国汉学家翟理斯（Herbert Allen Giles，1845—1935）曾委托庄延龄为自己编写的《华英字典》（*A Chinese-English Dictionary*，1892）注音，并称赞他"特别在汉语方言领域大家公认为有头等专家的地位"①。庄延龄为《华英字典》标注的 12 种方音资料曾一度成

* 本文为扬州大学人文社科基金项目"《中国音韵学研究》专题研究"（编号 xjj2020—07）的成果之一。

①H. A. Giles, *A Chinese-English Dictionary*, London: Bernard Quaritch. 1892, p. vii

为西方人学习、研究汉语的重要参考,为他本人赢得了不少声誉。

不过后来,形势发生了很大变化。瑞典汉学家高本汉(Bernhard Karlgren,1889—1978)在《中国音韵学研究》(*Etuds Sur La Phonologie Chinoise*,1915—1926)(下文简称《研究》)的绪论里评述西方学者的汉语研究,其中占用篇幅最长的就是庄延龄。高本汉对庄延龄提出了激烈批评,指责他的研究是"拿中国语言史当消遣而没有科学价值","最'煞有介事'而结果是最错的","他连抄都抄不对","他全体的系统也都不成话","他的工作价值还是等于零"①,言辞十分尖锐。高本汉的评论容易给人造成一个印象:庄延龄是一个很不称职的汉语研究者。《研究》奠定了高本汉在汉语学界的权威地位,他的评价无疑具有很大影响。此后相当长的时间里,庄延龄在汉语研究领域很少再被人提及。沉寂几十年之后,1999 年美国学者林德威(David Prager Branner)撰文提出为庄延龄"恢复名誉"②,情况才逐渐有所好转。近些年,国内有些学者研究海外汉学史,往往会在相关论著中提及庄延龄的汉语研究,但基本上属于概说性质,讨论尚不够深入。

二、重新审视庄延龄的汉语研究

从实际情况看,高本汉对庄延龄的评价根本不能成立。他当年评述庄延龄的研究,依据的是翟理斯的《华英字典》。而这部字典收录的各地方音其实并不能反映出庄延龄的真实水平,充其量只能算是二手材料。庄延龄当初给《华英字典》注音花费了不少时间和精力,还专门撰写了一篇《语言学论文》(Philological Essay)放在字典正文的前面。但是因为翟理斯的不当操作,庄延龄的工作并未能取得预期效果。《华英字典》出版以后,庄延龄曾就相关情况作过说明:"这里我必须要重申,我记录的方音都是我本人亲耳听到的,并且与卫三畏(Williams)、鲍德温(Baldwin)等欧洲学者的方言成果作过认真比对、审核。"③凡是他本人不能确定的读音,他都用星号作了标记。可是,翟理斯在字典出版的最后关头把庄延龄的星号标识都删除了,因为他在别处要用到星号标识。翟理斯这一不负责任的操作,使庄延龄原来不能确定的那部分字音与他亲自审核过的读音都混到了一

①高本汉:《中国音韵学研究》(赵元任、罗常培、李方桂译),北京:商务印书馆,1994 年,第 5—13 页。中译本第 5 页首次提到庄延龄的名字,将其误写成 G. A. Parker,应为 E. H. Parker,法文原本不误。

②D. P. Branner, The Linguistic Ideas of Edward Harper Parker. *Journal of the American Oriental Society*, Vol. 119, No. 1, 1999, p. 16.

③E. H. Parker, Dialect Forms. *China Review*, Vol. 24, No. 2, 1899, p. 82.

起。对此,庄延龄极为不满:“他掩盖的不是我的学识,而是我的无知。”①同时,翟理斯还删去了庄延龄《语言学论文》中的一些内容。比如,庄延龄对在方言调查过程中给予他帮助的一些当地人相关情况的说明、致谢等,还有他从事方言调查的旨趣,以及如何审核字音等诸多细节问题的介绍。在庄延龄看来,这部分内容同样十分重要。《华英字典》出版之后,庄延龄曾毫无情面地指出其中的很多问题,言辞十分激烈,以致他和翟理斯两人的关系最终走向破裂。翟理斯在 1909—1912 年推出字典第二版时删去了序言中称赞庄延龄的话以及他的那篇《语言学论文》。因此,高本汉依据《华英字典》批评庄延龄提供的方言材料不准确,这事不能都怪庄延龄,翟理斯应该负很大一部分责任。

真正能够反映庄延龄汉语研究水平的是他此前发表在《中国评论》(*China Review*)上的一系列方言论文。代表性成果如《汉口方言》(The Hankow Dialect,1875,Vol. 3. 5)、《北京话的入声》(The Pekingese Ju-shêng,1878,Vol. 7. 2)、《客家话音节表》(Syllabary of the Hakka Language or Dialect,1880,Vol. 8. 4)、《广州话音节表》(Canton Syllabary,1880,Vol. 8. 6)、《福州话音节表》(Foochow Syllabary,1880,Vol. 9. 2)、《四川东部方言》(The Dialect of Eastern Sz Ch'uan,1882,Vol. 11. 2)、《扬州方言》(The Dialect of Yangchow,1883,Vol. 12. 1)、《温州方言》(The Wênchow Dialect,1883,Vol. 12. 3)、《宁波方言》(The Ningpo Dialect,1884,Vol. 13. 3)等,内容主要包括方言地理、语音特点、语流音变、音节表、方音比较等方面。林德威曾经以北京话为样本对庄延龄方言材料的准确性作过评估。结果显示:“实际上庄延龄提供的关于北京话的高度口语化材料将近四分之三直至今天都还能够验证。”②

庄延龄的汉语研究显然没有高本汉说的那样糟糕。如果将两人的方言研究放一起比较,更能显示出庄延龄的真实水平,在某些方面不见得比高本汉逊色,可能还要略胜一筹。

第一,庄延龄对各地方言的记录是在他本人实地调查的基础上完成的。他很注重对各地活方言资料的收集:“我无论哪里给出的任何方言读音,都是当地人亲口告诉我的,我决不接受任何字典或其他权威注音,我的资料都是原始的、第一手的。”③庄延龄进行实地调查,具备多方面的有利条件。他于 1869 年来到中国,起初在英国驻北京使馆从事翻译工作,后来又到天津、汉口、九江、广州、福州、镇江、重庆、温州、海口等地的领事馆担任

①*Ibid.*

②Branner, *op. cit.*, Vol. 119, No. 1, 1999, p. 21.

③Parker, Notes by Mr. E. H. Parker. *China Review*, Vol. 23, No. 4, 1899, p. 222.

翻译、领事等职。各地的工作经历为他提供很大方便,他往往是把工作地作为调查点,这样便于寻求当地人的帮助。还有的方言是在他游历期间调查的,比如四川方言,他曾经在那里考察一年多,时间比较宽裕。另外,庄延龄的汉语水平也有利于他的调查。他来中国之前已经具备一定的汉语基础,到中国后学习热情依然很高,积极利用各种机会跟当地人学说方言。倭讷(E. T. C. Werner,1864—1954)曾经不无夸张地说:"据说他能够与任何省份的人交谈。"①这从一个侧面反映出他的汉语水平之高。以上这些因素为他顺利开展调查提供了保障。相比而言,高本汉当年的调查就显得比较仓促。瑞典学者马悦然(Göran Malmqvist,1924—2019)在《我的老师高本汉》(*Bernhard Karlgren:Portrait of a Scholar*,1995)一书中记录了高本汉当年的调查情况。他于 1910 年 4 月底来到中国,1911 年 11 月返回欧洲,在中国只生活了一年半左右的时间。此时中国正处于风雨飘摇之际,各地局势动荡不安。高本汉当时在山西大学堂担任教职,没有充裕的时间和经济条件去外地考察,只到过山西、陕西、河南等有限的一些地方。即便是山西省内的方言点,他也往往只是在太原找一个当地的发音人进行调查。至于甘肃等较远的地方更是如此。"比如甘肃省,很可能是借助他在太原时雇佣的帮手调查的。可能北京方言也属于类似的情况。"②至于南方几个方言点,则是他回到欧洲以后,通过寄送调查表格的间接方式完成的。1913 年,高本汉在一封信中提到他给在中国的瑞典传教士寄了 30 封信:"花了足足六克朗的邮票钱! 每一封信里都有 46 个当地方言的问题。"③高本汉没有庄延龄所具备的诸多有利条件,他的方言调查明显不如庄延龄充分。

第二,庄延龄注重收集方言中有音无字的口语词。方言词有的可以写出对应的汉字,有的则是有音无字。庄延龄认为这两方面都值得研究。他在一些文章里专门收集了不少无字可写的口语词,例如《汉语方言的比较研究》(The Comparative Study of Chinese Dialects,1878)一文列举北京方言词 185 条,汉口方言词 50 条,广州方言词 206 条,福州方言词 85 条。这些口语词在此前出版的各种字典、词典中基本上查不到。因为这些口语词没有对应的汉字,在方法上往往是通过不同方言的比较来确定。例如《有音无字的汉语口语词》(Characterless Chinese Words,1879)一文列举北京、汉口、广州、福州、客家五种方言的口语词对照表。注重口语词的调查无疑是庄延龄方言研究的一大特色。而高本汉当年的调查则是根据预先设计好的汉字表格进行的,这种方法操作起来比庄延龄调

①E. T. C. Werner, Obituary Notice (Prof. E. H. Parker). *Journal of the North China Branch of the Royal Asiatic Society*, Vol. LVII, 1926, p. iv.

②马悦然著:《我的老师高本汉》(李之义译),长春:吉林出版集团有限公司,2009 年,第 202 页。

③《我的老师高本汉》,第 98 页。

查有音无字的口语词难度要小很多,而且这种方法得到的往往只是读书音。高本汉对各地方言的口语词是不在意的,也有可能根本无暇顾及。

第三,庄延龄使用统一的拼写符号记录各地的语音。此前,一些欧洲汉学家如马礼逊(Robert Morrison,1782—1834)、艾约瑟(Joseph Edkins,1823—1905)、卫三畏(Samuel Wells Williams,1812—1884)、威妥玛(Thomas Francis Wade,1818—1895)等人都曾经为汉语设计过拼写系统。因为各家遵循的原则不一样,针对的具体方言音系不同,以及设计者审音水平的差异等,各种拼写系统分歧很大。这种情形给西方人学习、研究汉语造成很多不便。庄延龄积极尝试用统一的拼写系统记录各地方言,以便开展方言间的比较研究。"方言比较要建立在用同一套拼写系统记录各地方音的基础上,这样才能保证同一个字母形式描写各地方言时,表示相同的音值。"①庄延龄选择英国汉学家威妥玛设计的罗马字拼音方案作基础,同时进行了一些适当改造,用它统一记录各地的方言。这在汉语方言学史上具有重要意义。高本汉曾描述过西方汉学界记录汉语的混乱情形:"像北京这样的方言,在拼音上各家已经不能一致(拼法的式样有一年里的天数那么多),再讲到不大很知道的方言的拼法之乱就更可想见了。这些方言拼法的式样简直多的不得了,并且关于这些拼法的语音上的解释,往往是毫无意义的。"②在这种背景下,庄延龄统一记音形式的努力值得肯定。其实,他当年为此曾花费不少心思,也取得不少成效。比如他对广州话长元音 ɑ 的处理。广州话的元音 ɑ 在韵母 ɑu 和 ɑi 中有长短的不同,而且能够区别意义,记音时需要作出区分。他的老师卫三畏采取上加重音符号的方式来区别,ɑ́ 表示短元音,ɑ 表示长元音。这种方法单就记录广州话而言当然没什么问题,可是 ɑ 在各种方言中都比较常见,进行方言比较时容易让人误以为元音 ɑ 在其他方言里也是读长音,这显然容易造成混乱。庄延龄采取的方法是用 ɑɑ 表示长元音,这样就有效化解了矛盾③。高本汉说庄延龄这方面的"工作价值还是等于零"④,明显与事实不符。

就庄延龄以上几方面的工作而言,在当时的历史条件下无疑应当给予肯定性评价。庄延龄是"前高本汉时代"在汉语方言研究领域颇有作为的一位西方学者。高本汉当年为了突出自己的成绩,对庄延龄汉语研究的评价明显有故意贬低之嫌。

①E. H. Parker, The Dialect of Eastern Sz Ch'uan. *China review*, Vol. 11, No. 2, 1882, p. 112.

②《中国音韵学研究》,第 11 页。

③E. H. Parker, Canton Syllabary. *China Review*, Vol. 8, No. 6, 1880, p. 364.

④《中国音韵学研究》,第 12 页。

三、庄延龄对高本汉的影响

虽然高本汉当年基本上全盘否定庄延龄的研究，可实际上他本人却在多个方面受到庄延龄的影响。有的地方是高本汉明确提到的。比如温州、扬州、汉口的方言，高本汉自己没有调查过，除了庄延龄之外又找不到其他更好的资料，“不得已只好用他的了”①。又如高本汉描写、分析语音，往往把庄延龄的意见当作重要参考。庄延龄擅长语音分析，尤其是把不同方言的语音放一起比较。据我们粗略统计，高本汉仅在《研究》第六章“定性语音学”中描写单元音和复元音，就曾多达上百次提及庄延龄的名字。

当然，庄延龄对高本汉的影响还有更为重要的内容，即高本汉采用的研究思路、操作模式与庄延龄有明显的传承关系。可能是因为高本汉当年对庄延龄的批评过于激烈，学术界似乎不曾留意这一点。下面通过两个具体的事例来说明。

其一，从古音中寻找方言研究的起点。庄延龄当年为《华英字典》专门撰写的《语言学论文》是他在汉语研究领域较有代表性的一篇论文。倭讷评价它是“一篇不朽的杰作”②。庄延龄在这篇论文中阐述了他对汉语方言以及汉语方言研究的认识。为了较好地说明各地方言的差异，他认为需要从古音中寻找一个合理的出发点：“希望重建一个已经消失的古汉语，并且证明所有的方言都是从它演变来的。”③这种设想把空间和时间结合起来，将汉语方言共时层面的差异放到历时的视野中考量。具体操作层面，他选择西汉时期刘细君的《悲愁歌》作为起点：“吾家嫁我兮天一方，远托异国兮乌孙王。穹庐为室兮旃为墙，以肉为食兮酪为浆。居常土思兮心内伤，愿为黄鹄兮归故乡。”这首诗很短，理解起来并不难。汉武帝为了结好乌孙国，封江都王刘建的女儿刘细君为江都公主，并将其嫁给乌孙国王猎骄靡。这首诗表现了刘细君远嫁乌孙国后内心的孤独、忧伤，以及对故乡的怀念。庄延龄首先为这首诗拟定了一套古音。为了避免转写出现差错，把他当时的拟音从《华英字典》中直接截图过来：

---

①《中国音韵学研究》，第 10 页。

②E. T. C. Werner, *op. cit.*, Vol. LVII, p. iv.

③E. H. Parker, Philological essay. *A Chinese-English dictionary* (by Herbert A. Giles), London: Bernard Quaritch, 1892, p. xv.

Ngu kjå kjåå ngo, hei!
Tjenn it φång;
Wenn tok ei kwek, hei!
Usên wång;
Gjung lü wi shĭt, hei!
Chaen wi dzjång;
I ngük wi shĭk, hei!
Lok wi tsjång;
Kju shång tou sĭ hei!
Sim nwi sång;
Ngwenn wi hwång kuk hei!
Kwi ku hjång.

拟定古音之后,再分别列出各地方言的读法,依次为高丽译音、安南译音、广州话、客家话、厦门话文读、厦门话白读、福州话、温州话、宁波话、日译吴音、日译汉音、北京话、汉口话、四川话、扬州话。以这首诗为参照,庄延龄逐一介绍各地方言的特征,并大致说明它们的发展情况。

十九世纪历史比较语言学在欧洲盛行,语言比较的思想对庄延龄的影响显而易见。但是,庄延龄的比较工作十分粗糙。他一开始就直接给《悲愁歌》拟定古音形式,然后拿它逐一与各种方言比较,至于为何选这首诗作为研究的起点,这套古音是怎么得出来的,没有任何说明。庄延龄仅凭一首古诗作为历史依据来讨论汉语的古今演变,也显得过于随意。对此,高本汉批评说:

> 在Giles《大字典》的"绪论"里有他的一篇"语言学论文"(Philological essay)。这篇文章就是拿中国语言史当消遣而没有科学价值的有趣的一例。他拿纪元前第一世纪的一首诗作起点;他先说他相信这首诗的"古音"是怎么读的,然后借着这首诗"古音"的光儿来看各处现代的方言。这个著者用什么方法来考证这个语言,他并不直接的告诉我们,不过从这篇文章后面所说的话,可以让我们看出他的工作的精神来,他说:"我好久打不定主意究竟拿客家还是广州语当作那处虚无缥缈的古音的真代表"。这用不着再说他的考证是不行的了。①

尽管如此,庄延龄的研究思路对高本汉来说仍然具有重要启发价值。高本汉曾说:"关于现代汉语研究的大困难,就是缺乏一个历史的起点。"②众所周知,高本汉的方言研

①《中国音韵学研究》,第5页。
②《中国音韵学研究》,第6页。

究是以《广韵》(即《切韵》)音系作为出发点的,这是他能取得成功的一大关键。可是相关资料表明,高本汉一开始并没有想到这一点,是后来才逐步意识到的。在这个过程中,庄延龄的研究自然给了他很大启发。

高本汉当年着手从事汉语研究,是听从他老师的建议。高氏于 1910—1911 年来中国调查方言,在此期间,他尚不清楚该如何处理收集的方言资料。"说起来很有意思,高本汉在中国待了差不多整整一年以后,仍然没有定下来论文的题材。"①离开中国后,他又在法国巴黎通过一些间接途径调查了南方地区的几个方言。因为研究方向一直不明朗,而且在海外收集资料难度较大,他曾感到厌倦,甚至想到放弃原来的方言调查计划。直到 1913 年春天,他才明确提到:"我想为我调查的材料找一个可靠的出发点。"②而此时他的调查工作已经结束了。

但具体选择什么作为起点,其间有一个逐步摸索的过程。高本汉之前,实际上也有其他西方学者曾有意识地尝试为汉语研究寻找出发点。例如,高本汉在《研究》里谈到佛尔克(A. Forke,1867—1944)的研究,他选择以北京话为起点,对直隶、山西、陕西、河南、山东、安徽、江苏等中国北部方言进行比较研究。因为各地方言的演变方向与北京话不一定平行,拿北京话解释各地方言的演变会有不少困难,高本汉认为不可行。他说:"其实无论哪个现代方言都不能当作研究其他方言的起点。只有一个有效的起点,就是古音。"③

高本汉说只有拿古音作起点才有效。可是,像庄延龄那样选取一首古诗作起点,他觉得像是娱乐消遣而不能接受。高本汉比较欣赏一位法国学者的研究:"Maspero(马伯乐)曾用古音作起点,又用一个谨严的方法,作了一部很有趣的第一流的单刊来研究中国境外的一种方言,就是安南译音(Sino-Annamite)。"④马伯乐(H. Maspero,1883—1945)所著《安南语音研究》(Etudes sur la phonetious historique de la langue annamite, les initiales, 1912),选择《广韵》作为参照研究安南语音,取得了很好的效果。直到高本汉看到马伯乐的研究,才算是找到了合适的起点,因为《广韵》是当时能够见到的年代最早而且最成系统的材料。虽然马伯乐的研究对高本汉的影响最为直接,但是高本汉有意识地从古音中寻找出发点,研究思路其实与庄延龄是一致的。高本汉花费很多篇幅评价庄延龄的研究,他的研究思路受庄延龄的影响这一点恐怕不容否认。

---

①《我的老师高本汉》,第 73 页。

②《我的老师高本汉》,第 203 页。

③《中国音韵学研究》,第 7 页。

④《中国音韵学研究》,第 7 页。

其二,多方言点字音的排列方式。《研究》第四卷"方言字汇"收录3125个汉字在26种方言的读音。这些字音是高本汉构拟中古音系的材料基础,其重要性不言而喻。对于数量如此庞大的多方言点字音材料,高本汉用表格来展示,横向以摄为单位罗列三千多个汉字,纵向排列各方言点。如果某字存在异读、又读、不规则读音等情况,就另外在每页表格下面以脚注的形式列出来。用这种方式排列各地字音,非常直观,查阅起来比较方便,得到学术界的普遍认可。现代方言学界整理出版的各种多点字音材料基本上都是采用这种模式,最典型的例子是上世纪六十年代北京大学中文系编写的《汉语方音字汇》。

在高本汉之前,成规模展示各地方言材料的学者是庄延龄。从高本汉的相关评述来看,庄延龄给《华英字典》注音的方式也是对高本汉产生了影响的。《华英字典》的注音可参见下面的截图:

高[1] 5927 R. 豪 C. *kou* H. *kau* F. *koa*, v. *gkeing* W. *köe* N. *koa* P. } M. } *kau* Sz. } Y. *koa* K. *ko* J. *kō* A. *kau* Even Upper.	High; tall; lofty, as opposed to 矮 No. 13 and 低 No. 10,899. Eminent; exalted. High in price; good in quality; loud in tone. Radical No. 189. 高大 high; lofty. 高厚 height and depth. 不分高低 not to distinguish between high and low,—between superiors and inferiors, good and bad, etc. 高矮不等 tall and short mixed together; some tall, some short.	皜[3] 5931 R. 皓號 See 高號 Rising and Sinking Upper and Lower. 稿[3] 5932 R. 皓 See 高 A. *kau*, *kieu* Rising Upper.	Clear; pure; white. Used with No. 3892. 皜身朱足 naked and bare-footed. 皜然白首 a snow-white head of hair. The stalk of grain; straw. A draft or rough copy; a proof. 禾稿 rice-straw. 稿荐 a mattress of rice-straw. 草稿 a rough copy; a draft.

以"高"字为例,"高"下面的数字5927是字典所收字头的统一编号。"豪"是"高"字所属的韵部,依据《佩文韵府》的106韵。下面依次排列12种方言读音,方言点分别用首字母代表,C即Cantonese(广州),H即Hakka(客家),F即Foochow(福州),W即Wênchow(温州),N即Ningpo(宁波),P即Peking(北京),M即Mid-China(华中,汉口),Y即Yangchow(扬州),Sz即Szŭch'uan(四川),K即Korean(高丽),J即Japanese(日本),A即Annamese(安南)。首字母后边的罗马字拼音即各地方言的读音。最后一行Even Upper是阴平调,也就是"高"字所属的古代调类。

从截图能够看出,庄延龄并不是在每个字头下面都一一标注方言读音,后面的字头如果与前面的读音一致,往往直接以参见某字的形式注明。例如,编号5931的"皜"字后面注明"see 高號",意思是说"皜"是多音字,他的读音参见"高""號"二字的注音。如果读音不完全一致,也有说明。例如,编号5932的"稿"字后面注明"see 高,A. kau,kieu",

意思是说，除了安南音，其他与“高”字读音一致。因为该字典规模庞大，第一版统一编号的字头多达13848个，正文厚达1354页，用这种方式编排字音很容易出现错误。对此，高本汉批评说：

> Parker不单因为他很严重的错误把他的工作弄糟了，就是他全体的系统也都不成话。他并不是每个字底下注音的，而往往是这个字指着那个，那个字又指着这个，这样指来指去就弄出很大的错误来了。①

正是认识到庄延龄这种字音排列方式存在的缺陷，高本汉在“方言字汇”里才可以更好地展示各地的字音，避免出现类似问题。他在每个字头下面详列26处方言读音，即便同一韵的字在同一个地点的读音是相同的，他也不避重复，一一罗列。这样制成的字音表清晰直观，便于使用。庄延龄在《华英字典》里采用的注音模式对高本汉来说无疑提供了正反两方面的经验。

四、庄延龄汉语方言论著的当代价值

近些年，汉语方言史的研究引起越来越多的关注。研究十九世纪的方言史，庄延龄的著述无疑是一批很难得的文献资源。他撰写的一系列方言论文，是在本人田野调查的基础上完成的，内容大多可信。他调查的地方比较多，擅长语音分析，习惯将不同方言间类似的音素、音节结构放在一起比较。记录的各地方言虽然没有明确列出声韵调表，可是大多都提供了音节表。通过对音节表的梳理，依然能够整理出相应的方言音系。同时，他还描述了各地的方言地理、语音特点、语流音变等情况。我们注意到，已经有方言学者例如陈泽平、刘存雨等人借助庄延龄的相关记录探讨十九世纪后半期福州、汉口方言的语音状况，取得了积极效果。实际上，学术界对庄延龄的关注目前只算是刚起步，有很多材料值得梳理。

参考文献

陈泽平：《十九世纪的福州方言音系》，《中国语文》，2002年第5期。

刘存雨：《庄延龄〈汉口方言〉所记十九世纪七十年代的汉口方言》，《方言》，2018年第4期。

①《中国音韵学研究》，第10页。

江莉:《19 世纪下半叶来华西方人的汉语研究》,北京外国语大学博士学位论文,2015 年。
王国强:《〈中国评论〉(1872—1901)与西方汉学》,上海:世纪出版集团,2010 年。
杨威:《从遗忘到真实:英国汉学家庄延龄研究》,福建师范大学硕士学位论文,2011 年。
E. H. Parker, The Comparative Study of Chinese Dialects. *Journal of the North China Branch of the Royal Asiatic Society*, new series, 12, 1878.
E. H. Parker, Characterless Chinese Words. *China Review*, Vol. 9, No. 2, 1879.
H. A. Giles, *A Chinese-English Dictionary*, London: Bernard Quaritch, 1892.
H. Maspero, Etudes sur la phonetious historique de la langue annamite, les initiales. *BEFEO*, Vol. 12, No. 1, 1912.

E. H. Parker's Chinese Studies and Its Influence on Bernhard Karlgren

Ma Deqiang
(Yangzhou University)

Abstract: Bernhard Karlgren totally denied E. H. Parker's study of Chinese in *Etuds Sur La Phonologie Chinoise*, so that E. H. Parker's works on Chinese studies were ignored for a long time. However, because the materials on which Bernhard Karlgren is based are not reliable, his assessment is not tenable at all. In fact, E. H. Parker made remarkable achievements in the field of Chinese studies. Moreover, he also had an important influence on Bernhard Karlgren. Today, a series of his papers on Chinese dialects still have reference value. Revealing the relevant facts is helpful to deepen the understanding of E. H. Parker's Chinese studies, and it is also helpful to better comprehend the development of academic thought of Bernhard Karlgren.

Keywords: Bernhard Karlgren; *Etuds Sur La Phonologie Chinoise*; E. H. Parker; Chinese study

汉语历史语言学的新方法*

罗杰瑞　柯蔚南 作　余柯君 译

（华盛顿大学亚洲语文系；爱荷华大学亚洲语文系；复旦大学历史学系）

提要：汉语史固有的研究模式及其相关的历史语言学研究方法，在许多方面都亟待改善。尤其是后者，它只把着眼点放在了历史文献收集和考据上，已然和目前在不同历史时期、不同地域的实际语言研究脱节了。本文呼吁：应当将汉语历史语言学研究重点回归到适当的对象上，即对汉语口语历史比较研究上。

关键词：汉语史；历史语言学；新方法

汉语口语的一个显著特点就是其变体多种多样。至少在公元前 11 世纪，中国的历史文献就已记载过这些变体，中国人将它们叫做"方言"，这个词通常和西方的"*dialect*"相对应。3000 余年以来，方言贯穿了整部汉语史。事实上，汉语口语史，就是汉语方言的语音、语法、词汇的发展史，其时间跨度上自可恢复出的最早的汉语，下迄现代汉语。方言史与中国的政治史、社会史息息相关。特别是中国人从他们的发祥地中国北方为基础，向其他区域扩张的这一进程，这在历史语言学上留下了不可磨灭的印迹。为了研究历史方言，我们有必要对中国历史上汉语在空间上的转移和自身内部演进问题做进一步探讨及否定之否定。

---

* 本文原载于 Journal of the American Oriental Society , Vol. 115, No. 4 (Oct. -Dec. , 1995), pp. 576-584。本文的翻译是由清华大学中文系张美兰教授建议的，并且通过张教授多方联系，译者获得了柯蔚南教授亲笔签署的翻译授权书，在此谨对二位教授的支持致以谢忱。

一、汉语历史语言学的传统模式

第一个全面完整的汉语历史语言学研究模式是由高本汉(*Bernhard Karlgern*)所建立的。在过去的70年里(译者按:本文发表于1995年),高本汉模式在汉学界产生过十分深远的影响,我们有必要对此模式提出的主张和其蕴含的假设做仔细的考察。高本汉的《中古及上古汉语语音学简编》(*Compendium of Phonetics in Ancient and Archaic Chinese*)记载了这一模式的最终的、最成熟的形式,以下讨论所涉及的高本汉模式以此书所载为准。

高本汉模式的核心是其"中古汉语"(*Ancient Chinese*),高氏曾对此作如是解说(p.212):

> 我们所讨论的"中古汉语"是大约在公元7世纪,记载于《切韵》中的汉语,它是长安地区的方言。在唐朝覆灭以后,它仍是中国的通语,全国主要城市中的精英知识阶层都使用它。除了沿海省份福建以外,全国其他地区都把它放在了中心位置。

而在这段的脚注中,高氏做了更详细的解释:

> 在广大地区,底层人民在很大程度上仍保留着他们俚俗方语。这些"前唐"时期的方言,在各种"土话"白读层中仍有迹可循。但是,通语的扩散是高效的,同时它又为广大人民所普遍接受,上自达官贵族,下至黎民百姓,他们都说通语。这种通语是现代几乎所有方言的祖先(闽方言及福建周围的一些地区的方言除外)。各个现代方言音系跟《切韵》音系之间,可以找到非常清晰的对应关系,这表明《切韵》音系所记录的是一种活生生的、同质的音系。《切韵》音系不是如之前许多学者所认为的那样,是由各种异质方言要素拼凑而成的人为的、折合的、混合的音系。

在"中古汉语"之前,还有个更早的阶段——"上古汉语"(*Archaic Chinese*)。高本汉对此又如是解说(出处同上):

> 上古汉语,是西周(公元前1028)时期河南地区的语言。它的语音系统之一斑,见于《诗经》及早期其他文本的韵脚和古文字中。

我们看到高氏对此做的进一步的解释(p.271):

> 追溯上古汉语是为了构拟出它的语音系统,这需要以我们刚刚构拟出的中古音

系作为基础。现代汉语方言基本不能反映隋代的《切韵》之前汉语语音(闽方言有时还能反映出一些更早的语音现象)。

首先,我们要注意到高氏对音系的深切的关注。尽管他声称他的“上古汉语”和“中古汉语”是真实的、活的方言。但他在文章中阐释这些方言的时候,在说明它们的真实身份的时候,他所用的措辞却是“音系”(*phonological systems*)。至于高氏是怎么看待这种特定方言中的语法和词汇系统的,我们就不得而知了,因为他很少提这方面的问题。不管怎么说,高氏在其绪论中所提到的,其语音系统中的“上古汉语”“中古汉语”云云,倒不如说就是两种“语言”,只不过换个说法罢了。

高氏明确地指出,中古汉语的基础方音就是公元 7 世纪前后的陕西南部的长安方音,另一方面,上古汉语是公元前 11 世纪前后河南地区的语言,而前者是继承后者发展而来的。更确切地说,中古时期长安地区的方言,是可以“天然地”作为构拟周朝时期河南地区方音的基础的。因此,在高氏看来,这两者是同一种方言在不同历史时期的表现。

高氏认为,在中古汉语时期,除了长安音以外,在各地还存在着“俚俗之语”,但这些“前唐”时期方言的历史,并没有成为高氏历史语言模式的一部分。高氏坚定地认为长安方言在唐朝成为了通语。需要指出的且非常重要的一点是,高氏这种通语的假设,是没有史实可以作为其依据的,同时期的或稍晚一点的史料都不支持它。相反,他的这一假设是根据现代汉语方言语音系统和《切韵》音系整齐的对应关系反推出来的。并且,事实上,与其说高本汉将这种通语看成是一个完整的语言,倒不如说是将其视作了一种语音系统。而对这种通语的语法系统,高氏只字未提;这种通语的词汇系统,又无法从《切韵》数量庞大收字中剥离出来。

高氏关于唐代通语的讨论又涉及了大量有关社会学和社会语言学的假设,在此需要特别说明。例如,他明确地提出,唐代中国社会存在着一个上流阶层(*upper class*),这一阶层由“高官阶层”(*the highest officials*)和“下中产阶层”(*lower middle class*)组成。而在这两者之间,高氏猜想大概还至少存在一个“中等”或“上中产阶层”,而在“下中产阶层”之下,至少还有“最底层的普罗大众”(*the lowest strata of the population*)。并且,高氏在处理这些问题的时候,是有一个隐含假设的,即这些社会阶层具有独特的语言习惯。他设想出的画面与 19 世纪晚期北欧国家可能遇到的情景无异。这在多大程度上跟唐代中国的历史和社会现实相符仍是存疑的。

高本汉认为:唐代的通语,自“下中产阶层”以上,人人操持。而最底层的广大人民则“在很大程度上仍保留着他们的俚俗方语”。然而,到头来通语似乎又通过某种方式战胜并且取代了"俚俗方语",因此"各种'前唐'时期的方言"到今天只不过是在"各种'土话'白读层中仍有迹可循"而已。"前唐"方言之迹既然是"可寻"的,这可能是因为它们的变化是不规则的,即它们跟《切韵》音系是不相合的。而只有跟《切韵》音系相合才算是"规则变化",这种"规则变化"的语料源于通语,而通语的存在之本身又取决于"规则变化"语料的存在。

简而言之,高本汉的历史语言模式将"上古汉语"定位于公元前 11 世纪的河南方言,他将此视作是公元 7 世纪的长安方言的直接来源,而后者他称之为"中古汉语"。中古汉语成为了唐代的通语,它首先在"下中产阶层"和"高官阶层"中流行,随后又向下流行开来,之后又将多数的方言取而代之。汉语音韵学研究的就是从上古汉语到中古汉语的发展历程,以及中古汉语到现代汉语方言中的"非俚俗"(*non-vulgar*)要素的发展历程。

二、传统模式的调整与修正

高本汉的模式在它最终成型后的 40 年里,又经历过一些调整。首先,上古汉语(指代"上古汉语"的 *Archaic Chinese* 一词现在大多改称为 *Old Chinese*)的研究范围有所扩大。例如,李方桂认为:上古汉语是周代华北平原地区的语言(李方桂 1983)。这种观点所涉及的地理范围显然比高本汉的扩大了许多,意味着上古汉语很可能也成为随后在这一地区大量出现的语言形式的祖先。随后,白一平(*Baxter* 1992:24)将"上古汉语"定义为"所有周朝早期和中期汉语的变体",并且认为"我们可以辨别不同的方言的上古汉语发展的不同阶段"。诚然,较之高氏的研究,白氏在上古汉语领域的研究范围有了很大的扩展。但是,白氏在其论文的同一段又说:"构拟上古汉语"作为一项任务,它和专业的语音研究密切相关。言外之意就是:高本汉在音韵学研究上的基本观点,仍然在当代汉语史研究模式中占据着主导地位。

高本汉在中古汉语方面的理论遇到了后代学者们的直接挑战。首先,目前普遍接受的观点是:《切韵》不能反映公元 7 世纪的长安方言。相反,它似乎跟中原东部的几个不同的文化中心,诸如:洛阳、邺、金陵(即南京)地区的方言关系密切。少部分学者认为,洛阳音就是《切韵》音系的基础方音。但是,大多数学者将《切韵》音系视作是洛、邺、金三地读书音的综合音系,并且《切韵》还把早期韵书记载的异读也收入其中,这使得该音系变得更加复杂。诚如这些学者们所言,那么他们这些观点是严重地违背高本汉模式的。因为如果认为唐代汉语通语源于长安,那么《切韵》音系是断不可能成为唐代通语的基础方音的。

反过来,这一点又使我们对高本汉的观点做更为细致的考虑,这也牵涉到了宋代的一些著名的韵图。高本汉主要只对其中的一种感兴趣,对此韵图,他还作过如下评述(p. 215):

> ……这位大名鼎鼎的司马光,是有宋一代杰出的学者,他对自己语言的语音系统做过非常好的研究,并以韵图的形式将它呈现出来,其图名曰:《切韵指掌图》(公元1069)。他的韵图所展示的这种语言是在《切韵》的基础上发展而来的,并且比《切韵》要晚得多。最重要的是,司马温公的语言,较之《切韵》,在音系上已大大地简化了,例如,《切韵》中的两个或多个韵类(这些韵在《切韵》中韵目和反切都不同)已经合并了。尽管如此,这份韵图仍是非常有价值的,因为在一些韵类的划分上,它跟《切韵》是一样的,我们大概可以从这样的划分中做出一个合理的推测:此二者的语音基础是相同的。

高本汉认为《切韵指掌图》的作者是司马光,这一观点现在是不被接受的,但这和我们的讨论无关。要紧的是,高氏对这一韵图的总的认识。首先,高氏认为从本质上看,这部韵图是其作者"对自己语言的语音系统的研究",而不是对《切韵》音系的分析。其次,尽管他看到了韵图和《切韵》在韵类是有所不同的,但他仍认为"二者的语音基础是相同的"。从高本汉的立场上看,《切韵指掌图》所反映出的音系应是直接从《切韵》音系中继承来的,这一假设是合情合理的。因为在他看来,后世的诸多汉语方言都源自于中古汉语的唐代通语。但是,为什么存在于不同历史时期音系中的,通过相互对照就可见的不同点,非要假设它们拥有相同的语音基础?这一点仍然是有疑问的。尽管如此,这就是高本汉的出发点,并且他的构拟工作就是在这一前提下进行的。

高氏之后的几代汉语音韵学家们用《韵镜》取代了《切韵指掌图》。《韵镜》目前已知的最早的本子是12世纪晚期的,或者说,它距离《切韵》的成书已经有600余年了。而其作者名讳、年庚,《韵镜》之初印地,皆不可考。总之,高氏之后的学者们,在研究中古汉语("中古汉语"*Ancient Chinese* 的"中古"*Ancient* 一词,现在通常用 *Middle* 来表示)时,他们对《韵镜》的使用就像当年高氏使用《切韵指掌图》一模一样。高氏认为创作韵图音系的根据,实际上是其作者自己的语言,而非"《切韵》语言",而这一观点是否成立,大家缄口不谈,他们都心照不宣地将《韵镜》看做是某种对《切韵》音系的索引。而这并不会对"高本汉学派"(*The Karlgrenian*)的总体观点有什么影响,因为高本汉本人也说过,两种材料中韵类的划分上有众多相同之处,这正说明此二者语音基础是相同的。因此那些利用《韵镜》做研究的学者们,就把《韵镜》当成了向前发展了几百年时间的《切韵》音系的框架，而他们对《韵镜》音系和《切韵》音系二者在历史上的真实关系，却很少或几乎没有做过评论。然而，有一个例外，那就是蒲立本（*E. G. Pulleyblank*），他试图对"高本汉学派"做一些调整（1984）。与当今多数学者一样，蒲立本认为《切韵》音系并不反映长安方音。但是，他却仍然接受了高氏的假说，即认为存在一种唐代通语，它源于长安。并且他进一步认为《韵镜》就是以这种唐代通语为基础写成的，这种通语就是长安方言。到头来他还是全盘照收了高本汉最初的观点，认为韵图是对这种方言的"语音分析"（p. 68）。最后，他认为尽管《切韵》音系（他称之为"早期中古汉语"）和《韵镜》音系（他称之为"晚期中古汉语"）的基础方言是不同的，并且二者所处的历史时期也是不同的，然而，此二者的关系可以看做是——后者是直接从前者发展而来的（p. 120）。因此就高本汉对《切韵》和韵图的最初观点而言，蒲立本对此是原封不动，全盘保留的，甚至韵图本身反倒成了一项说明其与《切韵》音系之间有着密切的联系的证据。这为"唐代的通语就是除现代闽方言外所有现代汉语方言的祖先"（p. 63）的观点又做了一次宣传。蒲立本的工作的基本框架就是补救高本汉模式在历史、地理方面的缺失，辅以蒲氏自己的理论，最终高本汉模式所有的主要观点都得以保留。我们有理由将这种对"高本汉学派"的新调整称之为"新高本汉学派"（*The neo-Karlgrenian*），或者干脆叫"高本汉/蒲立本模式"（the Karlgren/Pulleyblank Model）。

三、新高本汉学派模式及其相关方法论存在的问题

新高本汉学派模式在《切韵》音系的性质以及现代汉语方言的起源问题上的基本观点，可拆解为以下四点（下文以 1—4 的顺序加以罗列）。

> 1. 在中国中古时期的早期，存在一种真实的、活生生的语言（中古汉语，或曰：早期中古汉语），它在大体上和陆法言所编纂的《切韵》所记录的语言是相同的。

陆法言到底在《切韵》中编进了什么？我们从《切韵》序中可以很清楚地看到，《切韵》编撰的主要依据，是前代的辞书。而这些辞书的基础又是东汉以来的给经典做的疏证。尽管在陆法言的序言中所提到过的韵书都已经亡佚了，但毫无疑问的是，它们所记录的绝大部分内容是当时的老师和学生们所使用的实用汉字读音手册。而在整理这些材料的时候，陆法言也考虑了南北通语的发音。其结果就是，《切韵》从本质上就是个综合的音系，它包含了早期语音的成分，也包含了当时中国不同区域的方音成分。

有趣的是，在中国一直流行着这种观点，如下文所述：

罗常培在其 1933 年的著作《唐五代西北方音》中如是说：

况且,《切韵》的性质本来就是一部兼综"南北是非,古今通塞"的音汇,它于当时的方音虽然无所不包,却没有一种方音能够跟它完全符合。(罗常培 1933:1)

陆志韦在其《古音说略》(1947)中也说:

高氏还有第三个缺点,就是一口咬定《切韵》代表陆法言时代的官话,并且还是长安的方言。《切韵》序说得清清楚楚,那部书是汇通南北古今的,而不是陆法言一个人的意见。所用的反切是六朝的韵书抄录下来的。(p. 2)

几页后,他又提到:

《切韵》代表六朝汉语的整个局面,不代表任何一个方言。(p. 3)

下一条引文来自陈寅恪 1949 年的论文《从史实论切韵》:

陆法言自述其书之成,乃用开皇初年刘臻等八人论难之纪录为准则,以抉择诸家音韵、古今字书之是非而定,是此书之语音系统,并非当时某一地行用之方言可知。(1949[1974]:574)

随后,张琨、张谢蓓蒂(*Betty Shefts*)也做出了类似的评述:

《切韵》音系并不反映长安方音,其作者也没有这方面的打算。其目的不在于展现一个一致的、自然的语音系统,而在于将诸如吕静、夏侯咏、李季节、杜台卿等人编写的韵书中的音系综合起来。(1972:2)

最后,我们引用王力的《汉语语音史》中的观点:

《切韵》并不代表一时一地的语音系统。陆法言自己说:"江东取韵与河北复殊,因论南北是非,古今通塞,更欲捃选精切,除削疏缓。萧颜多所决定。"《切韵》具有很明显的存古性质。(1985:5)

在同书中,他又说:

从前有人说,《切韵》音系是隋唐音系。其实,《切韵》并不代表一时一地之音。(p. 165)

通过以上的引述,我们可以明显地看出:五十余年以来,中国音韵学界在《切韵》音系性质问题上出现了一个强有力的思潮,那就是《切韵》不是一时一地的方音系统,而是一个杂糅了早期读书音和各地方音的综合音系。

这样看来,《切韵》是南北朝时期,给经典做音释之传统的巅峰之作。它将这一传统经典化,其自身并不是一种创新,《切韵》事实上是一部极为保守的作品。《切韵》的性质,正如周祖谟所认为的:南北朝晚期金陵地区的读书音很可能是《切韵》编纂过程中的一个特别重要的因素,但也不能排除金陵读书音还广泛地参考了早期韵书的可能性。事实上,还有些学者,如陈寅恪,以及比他稍晚一点的邵荣芬,他们都认为:《切韵》在某种程度上反映的是洛阳方言。毕竟,公元6世纪金陵地区的学者们,他们都是西晋末年从洛阳南渡至此的官员们和学者们的后裔,这是众所周知的。正如 *W. J. F.* 詹纳尔(*W. J. F. Jenner*)所指出的,洛阳作为故都,尽管它早已不再是个都城,破落得甚至不如一个村镇,但它仍可以"勾勒出辉煌和高度文明的图景"。它就像是"耶路撒冷或罗马。洛阳,它既是一个地名,更是一种象征"(1981:45)。因此,颜之推在《颜氏家训·音辞篇》中提到"天下之能言,唯金陵与洛下耳"。这里的"洛下"并非是颜氏之时的洛阳,而是作为文化象征的洛阳。洛阳在公元311年沦陷了,但作为文化象征而始终长存,它是文采的标准,是修辞的理想。颜氏所提及的金陵音,它不是贩夫走卒们日常街头巷议所操持的语言,而是授之于庠的书生咏。

《切韵》不是任何一种某时某地人所操持之方言的记录,想必已经很清楚了,它应该就是用于音释经典的读书音。因此,《切韵》音系并不是一种真正意义上的语言。这不仅是因为它并没有给我们展现出一个具有内部一致性,可精确到某时某地的音系,更重要的是,从词汇的角度上看,它不是任何一种方言的词汇库。《切韵》将各个时期典籍中的词汇不加区分地一同收在一起,但其中哪些词在当时的口语中仍然存在,却没有做任何说明。更重要的是,要是我们认为某一时代的文本,它们多多少少反映了共时语言,可是,没有一种典籍是用"中古汉语"(Ancient Chinese)写成的,而文本的缺失,又导致了"中古汉语"的语言结构成了无本之木。

其结论必然是,中古汉语(或者说"早期中古汉语",不过是一回事,换种说法罢了)它没有属于自己的语音、词汇、语法体系,它根本不是一种语言。

> 2. 稍晚一些的时候,出现了一种经过重新界定的中古汉语(晚期中古汉语),它是唐朝首都长安的方音,被编纂进了《韵镜》的韵图之中。

这一观点似乎没有任何历史基础可言。《韵镜》产生的时间及其地点都是极端模糊的。我们可没有“《韵镜》序”可参考,不知道是谁写了《韵镜》,为什么要写。没有共时的或是稍晚一点的汉语材料把《韵镜》和长安音或早期西北方音联系在一起。此文本的方音基础,如果它确实可以确定的话,它也应该是到以后再讨论的话题,关于它否是唐朝首都方音,这只能是个假设,不能作为一个可以作为论述基础的既定事实。

> 3. 唐代长安方言在唐代成为了全国的通语,随着唐帝国的强大,它扩散到了帝国的每一角落,取代了各种前唐时期的方言。

如前所述,《切韵》音系的方音基础不是长安音。蒲立本虽然也承认这一点,但他仍然认为除了现代闽方言外的所有现代汉语方言,都是由以长安音为基础方音的唐朝通语发展而来的,这种唐代通语不反映在《切韵》之中,而是反映在后代的材料中,主要通过韵图表现出来。在他看来现代汉语方言的形成都可以追溯到 8 世纪和 9 世纪以长安音为基础的一种通语上。

奇怪的是,没有人能举出任何历史证据支持这些观点。在汉语历史语言学界,学者们普遍倾向于行政通用语(明代以来称之为“官话”)是以其首都现行的方言为基础的。但是,我们提个有趣的现象,据近期鲁国尧(1985)和杨福绵(1989)的研究,明清的官话其方言基础并不是首都北京的语音,而是一种江淮官话的变体。事实上,过去的行政通语,我们可以称之为“浮动规范”(“*floating norms*”),这种规范的内聚性仅仅来自于它满足了来自全国各地的官员相互交流的实际需求。而且,即使唐代的长安方言,它作为首都方言,具有相当大的威信,但这也不能说明它会把同时期的其他地区的方言取而代之。长安在隋唐时期作为中国的首都共 326 年。北京在明清时期作为首都长达 490 年,不曾间断,尽管明清两代都实行了强有力的中央集权政策,但是北京方言似乎对当时的各地的方言影响甚微。现在我们将明清和唐做个比较,唐王朝可能在很长的一段历史时期中并没有那么强大。安禄山叛乱之后,它实际上已是很脆弱了(崔瑞德 *Twitchett*1979:第 8 章)。隋唐之际的长安方言对各地的方言能产生多大的影响,这需要重新加以严肃的评估。

在这一点上,我们应该首先需要考虑,高本汉的通语类比究竟是否恰当。他在《中国音韵学研究》(*Etudes sur la phonologie chinoise*)中说:

> 这样子汉语就跟希腊语有个有趣的相似的地方。希腊的近代语都是从希腊化时期(*Hellenisticquo*)的“国语”来的,而经典时代的方言差不多全不见了。

高本汉在他后来的几部作品中也用过这一类比。但是,用希腊通语模式来比附汉语史真的合适吗？我们认为，从以下几点看，这一类比是不合适的。希腊的通语形成于公元前4世纪，在同一时期，它又随着亚历山大大帝的远征军而扩散。而在城邦中，存在地域差异的希腊语在公元纪年前的两个世纪内逐渐消失。在希腊本土（但不包括侨民）特别是伯罗奔尼撒半岛偏远地区，方言或者带有很重的地方口音色彩的通语却一直持续了好几个世纪（勃朗宁 *Browning*1983）。高本汉认为汉语通语的基础方言是长安方言，它在公元7世纪在中国传播，在蒲立本模式中，通语的传播在8世纪以后，要更晚一些。在这两种模式中，现代汉语方言的差异性是在11到12个世纪的历史框架中形成的，而在拥有更多文献的希腊方面，它的现代方言差异性是在20多个世纪的历史框架中形成的。此外，据说各种希腊方言之间是可以相互听得懂的（勃朗宁1983:2）。再看汉语方面，即使排除掉现代闽方言不看，诸多现代汉语方言之间差异性很大，它们相互之间无法听懂。难道所有这些在方言上的差异性真的就是在高本汉和蒲立本所限定的短短时间内发展起来的吗？有人就会想，根据以上种种考虑，这种通语间的类比，其相关性和可信性到底有多强？

我们认为，这个问题的另一方面，至今没有被认真地讨论过。除闽方言以外的绝大方言音系可能真的如高本汉所说，是由《切韵》音系发展而来的。它们也可能是从蒲立本所说的，从记录在韵图当中的"晚期中古汉语"发展而来的。因此，蒲立本对高本汉模式的批判的关键在于，蒲氏似乎觉察到多数现代汉语方言实际上是从比《切韵》稍晚，但结构上更为简单的音系发展而来的。可这样的推测，为什么就停留在了韵图音系上？现代汉语方言，可能源于一个更加简单的音系，它非常类似于赵元任提出的"通字"（*general Chinese*），这是一个由多种方言音系自身折合出的音系（赵元任1983）。赵元任也许自己也不曾想过，他的这个通字方案可视作构拟的主要汉语方言的源头，但是，到头来这个方案竟然比高本汉的"中古汉语"和蒲立本的"晚期中古汉语"好多了。可问题是，如果多数的现代汉语方言果真源于一个比高氏、蒲氏观点简单得多的音系，那么这个音系最初又是何时形成的呢？如此一来，由于《切韵》和韵图这类传世文献带有存古性，反而在这个问题的研究上派不上什么用场，不仅如此，《切韵》和韵图还总是对某些音变产生时间的判断产生干扰，它们使得音变产生时间推迟了，实际上，这些音变产生时间要更早一些。

> 4. 除现代闽方言外的所有现代汉语方言，都是"中古汉语"（或者稍晚一些的，简化的音系）的后裔。

我们现在可以明确地反对这一观点。现代汉语的口语来源于一种早期流行的汉语口语，但我们已经论述过了，《切韵》音系无论如何都不能代表在某时某地流行的某种方言的口语形式，再者，由于我们找不到任何和《切韵》共时的文献材料，因此关于当时语音形式的一幅可信图景,也是无法被勾勒出来的。

大量的汉语方言音系跟《切韵》音系有很多可对应之处,这是事实,但这不足以说明《切韵》就是诸多现代汉语方言的起源。罗曼语跟经典拉丁语也有很多相似的可对应之处,但是罗曼语并不是经典拉丁语的后裔,而是起源于一种口语形式的"通俗"拉丁语,这也是个公认的事实。同样的情形也适用于汉语,即现代汉语方言并不来自于以《切韵》为代表的经过编辑的音系,而来自于一种早期的汉语口语。因为这种汉语口语没有任何历史文献的记录,所以它的面貌将只能通过归纳现代汉语方言的方式构拟出来。

四、新历史模式及其方法论启示

新历史模式是一个动态的模式,它需要均衡地、实事求是地对汉语方言史进行研究。其主要的研究课题是北方地区方言的演进和发展。与此同时,北方方言是运动的,它会从一个地方迁移到新的地区,特别是迁移到南方地区。而汉语的最终起源,并不是我们现在所关心的,尽管这个问题确实挺有趣的。就历史方言学的研究而言,我们需要研究的是原始汉语方言在某个历史时期形成之后的发展模式。在早期时代,各种类型汉语口语从华北平原向西延伸至现在山西、陕西所在的更崎岖的山地地区。并且我们决不能忽视的一点是,这些地区方言的分化,至少在我们所讨论的时代就已经存在了。一般认为,南方地区原本生活着原住民,他们不说汉语,但是在很早的时候中国人开始向南方推进了,大量的中国人在南方聚居,并把他们对土地的利用模式带给南方原住民。随着秦、汉这样大一统帝国的出现,历史上产生了多次大规模的人口迁移,大量的北方人迁入了南方。我们可以假定,这些地区的汉语最早是从北方来的,而在此之前这里的人们并不说汉语。随后,每一次进入同一地区的移民运动,又会使得更北方、更晚近的方言跟前一次移民时产生的早期方言相接触。这一进程可能一个世纪又一个世纪相继进行,早期进入的方言前浪,随着移民浪潮的后浪,越推越远,而这些方言也不断进入新的地区。每个地区方言的发展都是独一无二的,但是这种层累进程的最终影响将是多个词汇层的发展,这些词汇层反映了从不同地域和时期来的移民潮的影响。

现在,让我们来考虑一下这一模式在方法论上的启示吧。首先,清楚的是,我们必须从一开始就详细地描绘出一幅北方方言的历史图景。必须尽一切努力,确认并追踪北方语言发展的线索,特别要注意其内部迁移、相互影响和融合的过程。如果说研究北方汉语是研究汉语向南方推进的跳板,那么我们就必须尽可能地阐明这个跳板在连续几个历史时期中的详细语言构件。纵观历史,北方是历朝历代的首都和文化中心,在这里产生了不少可能会对历史语言产生这样或那样影响的历史文献材料。但是,与此同时,强大的文学语言传统又产生了一种趋势,它将不同时期、不同地区在语言上的差异,解释为历时的、地域的原因造成的异读,这实际上抹煞了方言真实发展线索。在我们的工作中,既要使用经典历史比较法,也要审慎地使用历史文献,仔细寻求这两种方法的平衡。无论何时何地,只要我们对历史方言材料的时代和地域都甄别无误,我们就应该充分利用这些可靠的材料。但在时代和地域上存疑的材料,我们必须无情地剔除。

研究从源源不断北方移民迁移中产生的南方方言是复杂且困难的一步。这方面的历史文献既稀少又晚近,我们必须好好依靠历史比较法,并结合移民史的相关研究。而考虑到,如前文提到的,存在着大规模词汇分层,这项工作必将是沉重的、复杂的。但在处理这些问题时,我们将有一个强有力的工具在手,以便更好地了解北方方言的历史。我们将勾画出北方方言发展史图景,这将会为我们在南方方言复杂词汇层中找到的材料提供一个评判性质的标准。我们的工作类似于为考古发掘物划分地层时期,或像是树木年代学中,利用树木年轮来对气候变化进行识别和分期的工作。

进一步的方法论方面的思考,将涉及我们选择和分析方言数据的性质和目标。在这方面,目前致力于汉语历史语言学的学者们已经沮丧了很长一段时间了。那些自我标榜为汉语史的研究,总的来说,只不过就是在做将传统韵书和韵图中所编纂的材料和他所谓的汉语史阶段二者机械地对应起来的工作罢了。诚然这些研究确实告诉了我们一些关于汉语语言演变大势上的重要事件,但人们也总有一种感觉,就是这些研究和真实的语言学和语文学材料相去甚远,而且汉语史的巨大丰富性和复杂性或被等闲视之,或被搁到一边。要是继续沿着高本汉学派和新高本汉学派的路子走下去,那汉语史研究就会变成在同一批故纸堆里扒拉来,扒拉去,无休无止地炒冷饭,而对历史进程的新见解却一点都没有。

高本汉学派另一个消极的影响是它导致了汉语方言研究的“庸俗化”(trivialization)。既然《切韵》音系(或是某些晚一点的版本)似乎可以说明方言中的一切现象了,那么只要有人把《切韵》音系构拟好,方言研究就变得很无趣了。如果要对方言进行研究,那就只要看看它们是怎样从《切韵》音系发展来的,它们或多或少从中机械照搬了些什么。因为《切韵》从本质上看是一组韵图,所以在某种研究方言的时候,只要填好一个预先做好的图表,某种方言的研究就完成了。而很少有人关注某方言中实际流行词汇情况,至于它的语法结构,更是无人问津。令人好奇的是,高本汉学派的研究方法还阻碍了对文献材料,特别是对各种各样的对音材料的更为严肃的思考。许多人仍然认为,这些材料在汉语史研究中只能充当辅助性角色,这种观点至今仍然大行其道。但是,要是我们能从

《切韵》音系是汉语某个真实历史发展时期语音体系的反映的观点中解放出来,那么,像罗常培、陈国(*Csongor*)、高田时雄等人所研究的汉藏对音材料就会让人眼前一亮。这不是因为这些研究可以用来证实或证伪构拟《切韵》或韵图过程中的某些命题,而是因为这终于可以称得上是对语言实际发展阶段的真实的、独立的见证了。而后者更有价值,因为它们让我们站在传统韵书之外,以崭新的视角看待语言的发展史的早期阶段。同样的情形也适用于自东汉以来流传下来的,体量巨大的佛教梵汉对音材料。对音材料之所以没有被充分地加以利用,这在很大程度上是由高本汉对这些材料所抱的态度导致的,而我们在这方面的所知都很有限。

汉语方言比较学方面还有非常多的工作要去完成。我们首先要对方言做更好的分类。这项工作非常重要,因为以严格的原则进行分类,实际上是关乎被分类事物起源的一门理论。通过更好的分类,我们就能对汉语主要方言做更好的理解。在高本汉的语言发展观中,他只看到了方言材料跟中古汉语之间的纵向比较。而同一组方言跟其姊妹方言的横向比较,则几乎完全被忽略了。在过去,为数不多的试图做这样的比较的学者,他们被当作为"固执己见的比较学家"(dogmatic comparative)而被加以批判,并且批评者们还声称:这些人甚至连什么是语言比较都说不清楚。但是,我们认为只有将方言音系追溯到为某些历史文献所记录的、所谓的祖语上,才是语言比较之不二法门。可以肯定的是,将方言与其他与之密切相关的语言形式进行比较,能够让我们全面地看待整个方言区,而不是孤立地看待它们。通过这一方法,我们将认识到,把汉语方言划分为诸如吴、赣、客家和闽方言,这是非常过时的分类方法。而随着我们从现代方言材料中归纳出一条可向古回溯的道路,我们将慢慢地描绘出一幅更丰富、更真实、更激动人心的中国语言学图景。

参考文献

Baxter, William H, *A Handbook of Old Chinese Phonolgy*. Berlin and New York: Mouton de Gruyter, 1992.

Browning, Robert, *Medieval and Modern Greek*. Cambridge: Cambridge Univ. Press, 1983.

Chang, Kun and Betty Shefts. *The Proto-Chinese Final System and the Ch'ieh-yün*. eh-yiin. IHP Monographs, series A, no. 26, Taipei: Academia Sinica, 1972.

赵元任:《通字方案》,北京:商务印书馆,1983 年。

陈寅恪:《从史实论切韵》,《岭南学报》,1949 年第 2 期。《陈寅恪先生论集》重印,台北:三人行出版社,1974 年。

Jenner, W. J. F, *Memories of Loyang*. Oxford: Clarendon Press, 1981.

周祖谟:《切韵的性质和它的音系基础》,《问学集》(下册),北京:中华书局,1966 年,第 434—473 页。

Karlgren Bernhard, *Etudes sur la phonologie chinoise*. Leiden: E. J. Brill; Uppsala, K. W. Appelberg, 1915-1926.

Karlgren Bernhard, *Compendium of Phonetics in Ancient and Archaic Chinese*. Stockholm: Museum of Far Eastern Antiquities, 1954.

Li. F. K., "*Archaic Chinese.*" *In Origins of Chinese Civilization*. ed. David N. Keightley. Berkeley and Los Angeles: Univ. of California Press. Pp. 393-408, 1983.

鲁国尧:《明代官话及其基础方言》,《南京大学学报》,1985 年第 4 期。

陆志韦:《古音说略》,《燕京学报》专刊,1947 年第 20 期。

罗常培:《唐五代西北方音》,上海:上海书局,1933。

Pulleyblank, E. G, *Middle Chinese*. Vancouver: Univ. of British Columbia Press, 1984.

邵荣芬:《切韵研究》,北京:中国社会科学出版社,1982。

Twitchett, Denis ed, *The Cambridge History of China*. Volume 3: Sui and T'ang China, part I, Cambridge: Cambridge Univ. Press, 1979.

王　力:《汉语语音史》,北京:中国社会科学出版社,1985。

Yang, Paul Fu-mien, *The Portuguese - Chinese Dictionary of Matteo Ricci: A Historical and Linguistic Introduction*. Proceeding of the Second International Conference on Sinology Section on Linguistics and Paleography, Volume 1, 1989.

A New Approach to Chinese Historical Linguistics

Written by Jerry L. Norman and W. South Coblin　Translated by Yu Kejun

(University of Washington; University of Iowa; Fudan University)

Abstract: The received model of Chinese linguistic history, and its associated historical linguistic methodologies. It notes that the latter field has become divorced from the study of actual spoken forms of Chinese of various places and periods and has instead focused almost exclusively on the exegesis of abstract sets or "systems" of philological data. The article thus issues a call a new approach which refocuses the field on its appropriate object: the comparative and historical study of human speech in China.

Keywords: Chinese linguistic history; historical linguistic methodologies; new approach

民国时期汉语语文辞书史研究刍议*

刘善涛　王　晓

（陕西师范大学文学院；曲阜师范大学国际教育学院）

提要：民国时期是我国汉语语文辞书由传统辞书向现代辞书转型的关键时期，学界对该时期的辞书编纂实践和理论研究状况尚缺少系统全面的专题总结。本文从研究现状、研究中存在的不足、研究对象、研究目标等方面对民国时期汉语语文辞书史的研究做粗浅思考，以期推进该课题的研究和当前辞书强国建设。

关键词：民国时期；汉语语文辞书；编纂出版史；理论研究史；意见和建议

辞书出版是文化建设的基础工程（柳斌杰 2012），我国现代汉语语文辞书的编纂和研究兴起于民国初期，在百余年的辞书现代化发展历程中经历了由现代新兴（1911—1949）到辞书小国（1950—1977）再到辞书大国（1978—2000）的转变，并正努力向辞书强国迈进（李宇明、庞洋 2006；张志毅 2010）。民国时期为汉语语文辞书发展过程中承上启下的重要节点，涌现出一批具有开创意义的代表性语文辞书，如《新字典》（1912）是我国第一部收有现代科学新字的字典；《中华大字典》（1915）是我国第一部新型大字典；《辞源》（1915）是我国第一部兼收语文、百科的综合性辞书，开创了我国现代辞书的编纂体例；《（京音国音对照）国语辞典》（1922）是我国第一部白话词典；《（词性分解红皮新式）中华字典》（1927）为我国第一部标注词性的白话字典；《王云五大辞典》（1930）为我国第一部标注词性的白话词典；《标准语大辞典》（1935）和《国语辞典》（1937—1945）分别为现代

* 本文为国家社科基金项目“民国时期汉语语文辞书研究及其数据库建设”（18CYY049）；第 66 批中国博士后面上二等资助（2019M663662）的阶段性成果。论文写作过程中得到了党怀兴教授的悉心指导，《励耘语言学刊》匿名审稿专家为本文的修改提出了诸多宝贵意见，谨致谢忱。

化初期规定性和描写性中型语文辞书的代表。同时，本时期的辞书研究也渐趋成熟，对辞书与社会发展和文化教育的关系、辞书的功用与价值、辞书的类型区分、辞书的收词、注音、释义、排检等体例设置都展开了较为详尽的论述，涌现出蔡元培《新字典·序》（1912）、陆尔奎《辞源说略》（1915）、万国鼎《字典论略》（1926）、刘复《编纂〈中国大字典〉计划概要》（1927）、黎锦熙《〈国语辞典〉编纂经过》（1937）、王力《理想的字典》（1945）等一系列代表性成果，对后世辞书编纂和辞书研究产生了积极影响。

一、民国时期汉语语文辞书史研究现状

我国是世界上最早从事辞书编纂的国家之一，古代辞书编纂成绩斐然，现代辞书出版日新月异，在悠久的历史发展中积累了丰富的辞书编纂成果，共同推进了汉语辞书史的发展。但是，直至改革开放后，辞书学才逐渐从语言学和词汇学中解脱出来，发展为一门独立的新兴交叉学科。辞书编纂史和辞书编纂法是辞书学建设的两项主要任务①，语文辞书是辞书家族中的核心成员，截至目前，学界已出版了十余本汉语语文辞书史著作，对民国时期汉语语文辞书史的研究渐趋重视。

（1）语言学史中的相关研究概况

语言学史的研究大致分为通史、断代史、专题史三种类型，语文辞书作为对语言文字形、音、义、用等相关信息的系统汇集或主要呈现，也成为语言学史研究的对象之一。1958年，岑麒祥出版了我国第一部语言学史专著《语言学史概要》，该书在世界语言学发展史的宏观框架下简要论述了中国语言学史的发展状况，以辞书为载体的古代汉语研究穿插其中，但鸦片战争后的汉语史研究状况却寥寥数语，民国时期的辞书成果未见论述。这种重古轻今的状况也体现在之后的中国语言学通史研究中，从王力《中国语言学史》（1981）到赵振铎《中国语言学史（修订本）》（2017），对民国时期汉语语文辞书的古今转型都较少论及。这种倾向在语言学史的断代书写中略有改观，如何九盈《中国现代语言学史》（1995）第六章“训诂学与辞书编纂”单列“辞书编纂”一节，对黄侃、王力的辞书学思想和《中华大字典》《辞源》《辞通》等代表性辞书予以简单介绍，体现出对该时期辞书史研究的初步重视。在世纪之交出版的关于20世纪中国语言学研究总结的成果中，辞书史作为词汇学研究中的一部分，未见对20世纪汉语辞书史的单独论述，且重在对新中国成立后辞书编纂成果的介绍。汉语专题史研究分为传统语言学分支学科史和现代语

①陈炳迢：《辞书概要》，福建人民出版社1985年版，第24—26页。

言学分支学科史两个方面,辞书史研究在文字学、音韵学、训诂学和现代汉语词汇学的研究中均有体现,同时也出现了对传统字书史、雅书史、韵书史加以研究的专题性成果。但是,受学科发展不平衡的影响,对古代辞书的整理研究较多,对现当代语文辞书发展史的研究成果相对较少,以致在当前的语言学史研究中,仍将汉语语文辞书史归入传统语言学研究的范畴①。

(2)辞书编纂史中的相关研究概况

民国时期何多源《中文参考书指南》(1936)对当时已出版辞书的版本信息、体例状况等进行了简要的分类介绍。新中国成立后,刘叶秋《中国的字典》(1960)是我国第一部辞书史专著,该书从字典、词典、韵书三方面对古今代表性辞书进行简要介绍,涉及《中华大字典》《辞源》等民国辞书十部。在此基础上,刘先生又整理出版了《中国古代的字典》(1963)一书,开创了辞书学通史和断代史研究的两种格局。此后的辞书学通史著作大都将民国时期看作汉语语文辞书发展的独立阶段加以论述,但对该阶段的认识不尽一致,刘叶秋《中国字典史略》(1983)称作"字书的演变与改革期";林玉山《中国辞书编纂史略》(1992)称作"辞书编纂的成熟期";雍和明等《中国辞典史论》(2006)将20世纪称作"中国辞典的沉寂与兴盛"期,20世纪前半叶被看作"中国语文辞典的革新与转型"期;徐时仪《汉语语文辞书发展史》(2016)将近百年的汉语语文辞书编纂称作"新式辞书"时期,民国时期则看作是"新旧转型期",反映学界对该课题史学地位的不同认识。

早期的辞书断代史研究以古代辞书为主,如赵振铎《古代辞书史话》(1986)、钱剑夫《中国古代字典辞典概论》(1986)、张明华《中国古代的字典词典》(1991)等,兹不赘述。世纪之交,对百年汉语语文辞书史的回顾和总结受到重视,韩敬体《20世纪的中国辞书编纂出版事业》(1999)以新中国成立为界分为前后两个时期,前一时期又分为起步和成熟阶段(1900—1919)、发展阶段(1919—1937)和停滞阶段(1937—1949);林玉山《20世纪的中国辞书》(2001)则分为近代辞书编纂阶段(1900—1918)和现代辞书编纂阶段(1919—1949);徐成志《尊重前人追踪时代—中国辞书百年回顾》(2001)则将20世纪前半叶称作"我国新型辞书产生和初步发展时期"。杨文全《近百年的中国汉语语文辞书》(2000)未见分期,书中前三章选取民国时期10本代表性辞书逐一列举分析。值得一提的是曹先擢等主编《八千种中文辞书类编提要》(1992)收录1989年前出版的中文辞书近

①陈昌来在其主持的国家社会科学基金重大项目"中国语言学史(多类分卷本)"(16ZDA206)阶段性成果《中国语言学史研究的现状和思考》一文中将辞书史的研究归入"传统语言学分支学科史(专题史)的研究"范畴之内。

八千种,分传统辞书和近现代辞书两部分,后者又分出字典、语文词典、专科词典、百科词典、百科全书等五种类型,对民国时期近200部汉语语文辞书的版本信息、体例状况进行简要介绍,是目前较为全面的辞书资料汇编。钟少华《中国近代辞书指要》(2017)将民国时期出版的401部中文工具书进行分类整理,并对194部辞书进行简要介绍,其中包括语文辞书58部。该书虽仍以举例描述为主,但已将辞书编纂史的研究集中到民国时期,显示出学界对该时段辞书史研究的逐步重视。

(3)辞书理论史中的相关研究概况

辞书编纂活动必然是在一定的思想原则指导下完成的,把这些思想原则抽象为系统的理论方法却是在现代语言学意识兴起后逐渐成熟起来的,并在改革开放后形成了独立的辞书学。伴随着清末民初中国社会文化的古今转型,《辞源》《中华大字典》《中国大辞典》等一批新型辞书的筹划和编纂,对辞书理论的探讨也逐步深入,辞书学的学科地位引起学界关注。刘复在《编纂〈中国大字典〉计划概要》(1927)中指出"字书之学,吾华发达最早",但"古词典的研究……只是经学的丫头"①,现代辞书建设应该"渐渐地脱离经学的羁绊而独立"。新中国成立后,周祖谟《略论近三十年来中国语文词典编纂法的发展》(1982)是最早进行辞书理论史研究的代表成果,该文在辞书学建设的宏观背景下,先简要分析了以《辞源》《辞海》为代表的民国辞书编纂特点,然后结合《现代汉语词典》的编纂和《辞源》《辞海》的修订,从立目、注音、释义、配例等六个方面对近三十年的辞书编纂体例和编纂方法进行总结。前人给我们留下了丰富的辞书遗产,却没有留下一部系统的辞书理论著作②,出于学科建设和辞书编纂的需要③,1988年《辞书研究》编辑部提出了辞书思想史研究的设想,得到邹酆等学者的响应。在论文研究的基础上,邹酆结集出版了《辞书学探索》(2001),初步构建了辞书学史的写作框架,后又形成我国第一部辞书理论史专著《中国辞书学史概略》(2006)。该书将我国辞书学史分为11个时期,分别论述了不同时期辞书学发展的历史背景、时代特征、理论成果和代表人物的辞书学思想,将清末民初的近代时期、"五四"时期(1919)和建国前三十年(1919—1949)分别看作中国辞书学的转型期、中国现代辞书学的萌芽期和生长期,分三章进行集中论述。同年,雍和明等《中国辞典史论》(2006)坚持"史""论"结合,将语文辞书发展史置于世界辞书发展和社会文化发展的大背景下加以论述,但对辞书理论和辞书学思想的挖掘不如邹书,对民

①胡适:《〈国学季刊〉发刊宣言》,《国学季刊》,1923年第1卷第1号。
②汪耀楠:《辞书学探索·序二》,《辞书学探索》,湖北人民出版社2001年版,第4页。
③当时正在进行《汉语大字典》《汉语大词典》的编纂工作。

国辞书学史的论述尤显薄弱。近年来,汉语语文辞书史研究的理论色彩逐渐增强,以王东海等《汉语辞书理论史热点研究》(2013)、解海江等《汉语语文辞书的状况与发展研究》(2015)为代表。王书将《马氏文通》(1898)至《现代汉语词典》(1978)出版前的阶段看作汉语辞书理论史的"转型期(含低谷期)"①,并对汉语语文辞书类型和释义的理论发展分别论证。解书在"汉语语文辞书的百年进程"一章中将民国时期看作"汉语现代语文辞书的起步期",并对该时期的300余部辞书进行分类介绍。但二书均注重立足当代,突出应用,对转型期的史学梳理和理论总结相对偏少。值得一提的是,2018年以郑振峰为首席专家的国家社科基金重大项目《基于辞书信息数据库的中国汉语辞书理论史研究》成功获批,并设立《清末民国汉语辞书理论研究》子课题,将进一步推进"汉语辞书理论史、辞书思想史的系统构建"(袁世旭、郑振峰2019),强化民国时期汉语辞书理论史的研究。

二、当前研究中存在的不足

汉语语文辞书的古今转型与现代革新萌生于清末,始创在民国,以《辞源》的编纂与出版为典型代表(王宁2015),但是民国时期"中国以中文出版的辞书到底有多少,一直是研究的空白区"②,对民国时期辞书出版和研究的数据统计尚无确论。据彭斐章、何华连统计,民国时期我国共出版各类工具书1450种,发表工具书理论研究文章248篇,语文辞书的具体状貌不得而知;据邹酆(2000)统计,我国在20世纪前半叶出版的汉语语文辞书约200余部,发表汉语辞书研究论文约220篇;而解海江等关于民国时期我国汉语语文辞书出版数量有337部和319部两说③,难以从前人研究中得一定数。此外,民国时期语文辞书史研究的不足,主要包括以下几个方面:

(1)对民国时期汉语语文辞书的专题性研究偏少。民国时期虽兼跨古今,但在语言学和辞书学研究中却"古今兼失"。古代汉语研究者多关注《康熙字典》之前的字书、韵书和俗语辞书的研究;现代汉语研究者多关注建国后以《现代汉语词典》为代表的辞书研究,并逐渐形成了"《现汉》学"(苏新春2007)。唯独对民国时期汉语语文辞书古今转型的研究最为薄弱,至今未见此类断代史专题著作。

---

①又见王东海:《汉语辞书理论史的分期研究》,《辞书研究》,2013年第3期。

②钟少华:《中国近代辞书指要》,商务印书馆2017年版,第1页。

③解海江等在《汉语语文辞书的状况与发展研究》(2015)中指出"1912年至1949年,我国共出版汉语语文辞书337部"(第35页),后文又述"这一时期共出版汉语语文辞书319部"(第64页、第65页)。

(2)对民国时期汉语语文辞书的文本分析和理论总结不足。辞书史研究分为辞书编纂史研究和辞书理论史研究两个方面,二者均需建立在充分详实的材料基础之上,互为补充、相互促进。当前对辞书编纂史的梳理仍以古代辞书经典文本的举例分析为主,专题史研究中仍缺乏对民国时期汉语语文辞书文本的横向系统剖析和纵向发展对比①。辞书理论史的研究多注重新中国成立后辞书编纂的理论总结,凸显现实感和应用性,但因民国时期辞书理论研究意识不突出,成果形式散见于报刊、序跋、日记等,对理论史的系统挖掘相对偏少。

(3)对民国时期汉语语文辞书的史料整理相对薄弱,专门性的整理工作尚待推进,现代化的数据开发尚未展开,这在一定程度上也阻碍了民国时期汉语语文辞书史研究的深入进行。对辞书史料的整理,20 世纪基本停留在索引类的纸质出版物,如《国内工具书指南(辞书部分)》(上海交通大学出版社 1986)、《八千种中文辞书类编提要》(北京大学出版社 1992)、《二十世纪中国辞书学论文索引》(上海辞书出版社 2003)等。进入 21 世纪,南京大学双语词典研究中心虽建立了“中国辞书出版信息数据库(1978—2008)”,但不涉及民国时期的辞书信息;教育部汉语辞书研究中心建立的“语文辞书信息库”尚未开放,民国辞书状貌不得而知。除辞书出版状况的整理外,典型辞书的文本状况、辞书研究成果的整理无人论及,这些都制约了民国时期语文辞书史的研究。

“忽视或轻视近现代和当代的辞典实践和理论成就”(雍和明 2004)已成为当前辞书史研究中不争的事实。整体上看,有关民国时期汉语语文辞书的研究成果数量不多,研究深度和广度有待加强,部分领域还较为薄弱,如:现代化转型时期国外辞书、其他类型辞书(汉外辞书、专科辞书、百科辞书)对语文辞书编纂的影响;辞书编纂与当时复杂的社会文化、科学教育、学术发展之间的互动关系;民国时期语文辞书资源的整理保护与开发利用;民国时期语文辞书编纂体例的承续演变及对后世辞书的影响;民国时期语文辞书编纂对当前辞书强国建设的参考价值和启示意义等。即便是一些“摸家底”式的基础性研究仍需进一步明晰,如该时期语文辞书编纂出版状况和研究成果信息等。

三、民国时期汉语语文辞书史的主要研究对象

民国时期汉语语文辞书的现代化转型是在中西辞书文化、多元辞书背景的合力下完

①王东海 2019 年立项的国家社会科学基金一般项目“百年汉语语文词典谱系的词典考古研究”(19BYY015)是对百年来现代汉语语文辞书传承演变脉络的专题研究,但尚未见相关成果发表。

成的，呈现出典型的时代特点。汉语语文辞书编纂在古今转型中渐趋成熟，辞书类型和编纂体例不断完善，编纂理论对编纂实践的总结或指导作用日益密切。以原创性辞书（王宁 2008）为代表的经典辞书对后世辞书编纂的蓝本示范作用影响深远，对现代辞书理论的归纳和应用意义显著。基于此，本选题的主要研究对象如下：

（1）现代语文辞书发展初期的复杂环境。自《康熙字典》出版后近二百年的时间里，汉语语文辞书的编纂基本处于停滞状态。现代汉语语文辞书的萌芽是在中国与西方、传统与现代、模仿与完善的反复调适中逐步发展起来的（刘善涛、王晓 2020）。这包括《辞源》出版前的国际辞书环境、历史文化背景、学科学术面貌、其他类型辞书（传统辞书、传教士辞书、汉外辞书、专科辞书）的编纂状况等；也包括民国时期汉语语文辞书不同发展阶段的社会条件和学术环境、学科建设和学科理论状况、国内外的辞书研究和编纂实践、主编素养和专家团队、读者意识和辞书修订状况等。

（2）民国时期汉语语文辞书的编纂出版实践。据我们的初步统计，民国时期共出版汉语语文辞书 543 部，包含综合性语文辞书，如《新字典》（1912）、《辞源》（1915）、《中山大辞典“一”字长编》（1938）等；普通语文辞书，如《（京音国音对照）国语词典》（1922）、《王云五大辞典》（1930）、《国语辞典》（1937—1943）等；专门性语文辞书，如《京音字汇》（1912）、《国音字典》（1919）、《分类辞源》（1924）、《新名词辞典》（1934）等多种类型。通过不同渠道对该时期的汉语语文辞书进行整理，建立辞书出版数据库，并从宏观和微观多个层面对辞书出版状况和代表性辞书的特点进行说明，力求准确科学地展现民国时期汉语语文辞书编纂与出版的整体面貌。

（3）民国时期汉语语文辞书的理论研究状况。现代化初期辞书研究的成果载体和成果形式多样，期刊论文所占比例最大。据我们的初步统计，民国时期在各类期刊上共发表的辞书研究论文达 485 篇，如沈兼士《新文学与新字典》（《新青年》，1918（2））、C. P《字典标品略说》（《学艺》，1926（6））、张守白《中国字典通略》（《大学（上海）》，1934（6））、王云五《编纂〈中山大辞典〉之经过》（《东方杂志》，1939（1））等。此外还包括在辞书序、跋、凡例中对辞书理论的阐发，如方宾观《白话词典 · 例言》（1924）、顾佛影《虚词典 · 凡例》（1934）等①。再如学者的信札、随笔、短论等，如林语堂在《语言学论丛》（开明书店 1933）中收录《末笔检字法》《分类成语辞书编纂法》《编纂义典计划书》等多篇辞书学文章，这些材料进一步充实了民国时期辞书理论研究的内容。通过对上述理论成果的

①为了扩大辞书宣传，部分序跋也见诸期刊，如蔡元培所做《新字典 · 序》曾以《商务印书馆新字典序》为题发表于《东方杂志》，1912 年第 9 卷第 4 期。

搜集整理，并从辞书编纂与外部环境的关系、辞书的功用和价值、辞书的类型划分、编纂原则、结构体例、排检查询等多个方面总结归纳民国时期汉语语文辞书的理论研究状况。

（4）经典语文辞书编纂体例和文本内容的辞书史价值。辞书就其编纂的起点来说，有原创、扩展、模仿三种类型（王宁 2008）。原创性辞书的编纂“最费力气，价值也最高”，其价值不仅体现在对前一时期辞书理论和编纂实践的升华，也体现在对后世辞书发展的蓝本示范作用。以原创性辞书为代表的经典语文辞书编纂宗旨和原则的拟定、编纂体例和辞书结构的安排、文本内容和附属信息的编写、辞书在排检、收词、注音、释义、配例等环节中的创新、后世辞书在编纂理念和体例结构上的沿袭传承等都展现出经典辞书在辞书谱系发展脉络中的独特价值，成为辞书史研究中剖析、挖掘的必要环节。

四、民国时期汉语语文辞书史的主要研究目标

民国时期汉语语文辞书的史学状况尚缺少专题研究，诸多工作尚未细化，甚至尚未开展，围绕上述研究内容，此项研究主要达成如下目标：

（1）探明影响民国辞书史发展的多元因素。一时代有一时代之学术，民国时期汉语语文辞书史的发展与国家民族的发展和现代知识过载息息相关（刘善涛、王晓 2020）。在广阔的社会文化背景下，从国际国内辞书发展状况、不同类型辞书编纂状况和社会文化、教育出版等多元视角，综合分析内外部多种因素对汉语语文辞书现代化转型和发展的影响，以便更为明晰地把握影响辞书编纂和辞书观念的复杂因素。

（2）摸清民国辞书出版和研究的整体状况。民国辞书史研究的基础是对该时期汉语语文辞书出版和辞书研究状况的“家底盘点”，如对该时期的辞书编纂队伍、出版信息、体例状况、补编修订、辞书总量等编纂出版信息，辞书研究人员、研究成果、发表时间、成果载体、研究内容、研究价值、成果总量等理论研究信息的全面把握。结合已有成果和多种查检渠道，摸清辞书家底，丰富辞书史研究的史料，为课题研究打下坚实基础。

（3）构建辞书出版、辞书研究和辞书文本数据库。结合现代数据库技术，对民国时期语文辞书编纂出版信息、理论成果信息和典型辞书的文本信息加以处理，将辞书本体研究转换成现代性的辞书信息资源。按照建库宗旨、建库原则、语料来源和属性信息等方面差异，分别建成包含辞书名称、编者、出版社、出版时间、版次、辞书类型、选词来源、条目数量、注音方式、释义语言、词性标注、例证类型、检字法、修订再版等属性信息“出版库”；包含辞书理论研究的成果名称、作者、发表时间、发表载体、核心观点、关键词等属性信息的“理论库”；包含条目、注音、注音方式、义项、释义方式、例证、例证来源、附属特征

等属性信息的"文本库"。后者在典型辞书文本的基础上抽样而成,又可分为"《辞源·子集》库""《标准语大辞典》库""《国语辞典》库"等不同子库,为课题研究提供便利。

(4)勾画现代语文辞书初期发展的谱系脉络。作为文化产品的辞书并不是孤立的,结合不同类型的辞书数据库,以典型语文辞书中所体现的辞书理念和编纂策略为脉络,对不同辞书文本加以分析和论证,从纵向角度梳理民国时期不同类型汉语语文辞书的相互影响和现代语文辞书发展演变的谱系脉络,探究语文辞书发展的传承、创新,以及典型语文辞书的辞书史价值,如以《辞源》《辞海》《中山大辞典"一"字长编》等为代表的历时性大型辞书发展谱系、以《国音字典》《国音常用字汇》《标准语大辞典》《国语辞典》等为代表的标准语规范辞书发展谱系、以《实用学生字典》《(词性分解)学生字典》《学生小辞林》《学生白话大辞林》等为代表的语文学习辞书发展谱系、以《新名词辞典》《王云五新词典》《新名词学习辞典》为代表的新词语新术语辞书发展谱系等。

(5)服务当前辞书理论研究和编纂实践。民国时期和当代社会对新型辞书编纂理念和辞书文化建设都有着强烈的时代需求,以史为鉴,从辞书发展环境、辞书理论研究、辞书编纂实践和辞书数据库建设等方面,探讨民国时期汉语语文辞书研究对当前辞书强国建设的启示意义,努力挖掘其对当前辞书建设的现实意义。

五、结语

新中国成立后,我国相继完成了"国家辞书基础建构战略(1975—1985)"和"国家辞书体系优化战略(1988—2000)",目前正在推行"国家辞书强国目标战略(2013—2025)"(魏向清 2015)。国运昌隆,盛世修典,现代辞书学建设需要重视和挖掘现代化初期的辞书编纂和辞书研究成果,分析影响汉语语文辞书转型的多种因素,梳理民国时期汉语语文辞书理论研究和编纂出版的成果,研究辞书理论对辞书编纂的指导意义,探索汉语语文辞书发展演变的谱系脉络,丰富已有的汉语语文辞书史研究成果,为当前辞书强国建设提供学理参考。同时,辞书作为呈现语言系统的重要载体,民国时期作为现代语文辞书的初始节点,民国辞书蕴含着丰富的辞书资源和语言资源,对其编纂成果、理论成果和典型辞书文本的数据库建设既能推动当前的辞书强国建设,也有助于民国语言资源的保存、利用和深入研究,体现出广阔的应用价值。

参考文献

曹先擢、陈秉才主编:《八千种中文辞书类编提要》,北京:北京大学出版社,1992 年。

岑麒祥:《语言学史概要》,北京:科学出版社,1958 年。

陈昌来:《中国语言学史研究的现状和思考》,《上海师范大学学报(哲学社会科学版)》,2018 年第 3 期。

韩敬体:《20 世纪的中国辞书编纂出版事业》,《中国辞书学会第四届年会》,上海:上海辞书出版社,1999 年。

何多源:《中文参考书指南》,上海:商务印书馆,1936 年。

何九盈:《中国现代语言学史》,广州:广东教育出版社,1995 年。

解海江、章黎平、王　敏:《汉语语文辞书的状况与发展研究》,北京:商务印书馆,2015 年。

李宇明、庞　洋:《关于辞书现代化的思考》,《语文研究》2006 年第 3 期。

林玉山:《20 世纪的中国辞书》,《辞书研究》,2001 年第 1 期。

林玉山:《中国辞书编纂史略》,郑州:中州古籍出版社,1992 年。

刘　复(遗作):《编纂〈中国大字典〉计划概要(1927)》,《辞书研究》,1979 年第 1 期。

刘善涛、王　晓:《民国辞书编纂与社会文化互动》,《中国出版史研究》,2020 年第 2 期。

刘叶秋:《中国字典史略》,北京:中华书局,1983 年。

柳斌杰:《辞书是出版是文化建设的基础工程》,《光明日报》,2012 年 7 月 31 日。

彭斐章、何华连:《中文工具书编纂出版及其理论研究》,《中国图书馆学报》,1994 年第 6 期。

苏新春:《〈现代汉语词典〉第五版的改进及对进一步完善的期盼——兼谈“现汉学”的建立》,《深圳大学学报(人文社会科学版)》,2007 年第 5 期。

王东海、王丽英:《汉语辞书理论史热点研究》,北京:商务印书馆,2013 年。

王　力:《中国语言学史》,太原:山西教育出版社,1981 年。

王　宁:《论辞书的原创性及其认定原则——兼论〈现代汉语词典〉的原创性和原创点》,《辞书研究》,2008 年第 1 期。

王　宁:《百年〈辞源〉的现代意义》,《光明日报》,2015 年 12 月 22 日。

魏向清:《国家辞书编纂出版规划的战略定位》,《辞书研究》,2015 年第 1 期。

徐成志:《尊重前人追踪时代—中国辞书百年回顾》,《辞书研究》,2001 年第 3 期。

徐时仪:《汉语语文辞书发展史》,上海:上海辞书出版社,2016 年。

杨文全:《近百年的中国汉语语文辞书》,成都:巴蜀书社,2000 年。

雍和明:《关于中国辞典史研究的思考》,《辞书研究》,2004 年第 2 期。

袁世旭、郑振峰:《汉语辞书理论史研究的价值和意义》,《中国语言文学研究》,2019 年第

2 期。
张志毅:《“辞书强国”究竟有多远》,《人民日报》,2010 年 10 月 12 日。
赵振铎:《中国语言学史(修订本)》,北京:商务印书馆,2017 年。
钟少华:《中国近代辞书指要》,北京:商务印书馆,2017 年。
周祖谟:《略论近三十年来中国语文词典编纂法的发展》,《辞书研究》,1982 年第 5 期。
邹　酆:《汉语语文词典编纂理论现代化的百年历程》,《辞书研究》,2000 年第 3 期。
邹　酆:《辞书学探索》,武汉:湖北人民出版社,2001 年。
邹　酆:《中国辞书学史概略》,武汉:湖北人民出版社,2006 年。

A Brief Discussion on the History of Chinese Dictionaries in the Period of the Republic of China

Liu Shantao　Wang Xiao

(Shaanxi Normal University;Qufu Normal University)

Abstract:The period of the republic of China is a critical period for the transformation of Chinese dictionaries from traditional dictionaries to modern dictionaries, but there is a lack of systematic and comprehensive summary of the compilation practice and theoretical research in this period. This paper analyzed the history of Chinese dictionaries in the republic of China from the aspects of research status, research shortages, research objects, and research objectives. We hope it can promote the historical study of modern Chinese dictionaries and the building of a strong dictionary country.

Keywords:the republic of China;Chinese dictionaries;compiling and publishing history; theoretical research history;comment and suggestion

◎书评

碑刻文字整理与研究的新范式

——《汉碑文字通释》评述

白　如

（北京师范大学文学院）

提要：《汉碑文字通释》以两汉时期的碑刻隶书作为研究对象，从文献文字学和文献语言学的视角出发，对汉碑隶书材料进行了系统整理和深度考察，将求“通”的理念贯彻于全书的方方面面，探索了碑刻整理与研究的新范式：综合考察汉碑隶书的形义关系、音义联系以及职用状况，实现形音义的贯通；以汉碑隶书为基点对其字形进行溯源探流，实现古文字与今文字的沟通；在材料分析的基础上对“篆隶之变”等理论问题进行了深入探究，实现理论与材料的融通。总体而言，《汉碑文字通释》为我们了解两汉时期碑刻隶书的字形原貌、词汇形态及职用状况提供了细致丰富的分析材料，亦在“篆隶之变”、汉字发展主旋律、主矛盾等理论问题的研究方面有所掘进，是一部集字形贮存、源流说解、字义归纳、词汇搜集、理论探讨于一体的综合性研究著作。

关键词：《汉碑文字通释》；汉隶；形源；篆隶之变

碑刻研究自宋代肇始，至今已有数千年的历史。在碑刻文字研究领域，从宋人的摹录汇纂到清人的考释辑录，再到当代学者的系统整理、分类论述，其研究模式逐渐从传统的金石学转变到现代文字学范畴之中。[①] 在这其中，两汉时期的碑刻文献有其更为重要的研究意义。汉代是中国历史进程中第一个大一统的封建王朝，同时也是碑刻发展史上的第一个黄金阶段，是汉字由古文字向今文字转变，汉语由孳生造词向复合造词转化的关键时期。因而身处这一历史时段的汉碑文献也就具有了更为独特的字料、语料和史料价值。

王立军的《汉碑文字通释》一书，将碑刻文字的研究重心聚焦在两汉时期。该书以徐玉立主编的《汉碑大全》和马衡编著的《汉石经集存》作为主要基础材料，搜集整理了 293 种汉代碑刻及 527 块汉石经拓片，从中提取 2729 个字头（其中异体字 178 个）。全书共分十四卷，以《说文》字头为序排列。《通释》的"凡例"部分中对书名由来有具体说明："本书名为'通释'，一方面强调对现存汉碑拓本文献文本整理的全面性，另一方面强调对每个字头之下音、形、义、词各部分解析的相互沟通。"统观全书，求"通"的理念其实内化在汉碑材料整理与研究的方方面面，不仅体现在形音义的贯通互释上，亦体现在字形源流说解以及理论建构阐述之中，从而形成了碑刻整理与研究的新范式。

一、形音义的贯通

《通释》在每一字头下设置有六种说解板块，分别为：读音（今读、上古音、中古音）、汉碑代表性字图、《说文》训释、释形、释义、释词等。其中"释形""释义""释词"属于核心部分。"释形"是在对汉碑材料进行字样整理的基础上，对汉隶字形的由来与变异情况进行详细说明；"释义"是对字头在汉碑文献中的实际使用义项进行整理和归纳，并附以例句说明；"释词"择选汉碑文献中的双音词及其他固定表达进行说解，亦辅以例句举证。从著述体例来看，《通释》的每一个字头之下，都包含有字头在不同阶段的读音信息、字形样貌及其源流说解信息、在文献中的使用义项信息以及相关词汇信息。

《通释》对于形音义的贯通说解，不仅体现在著述体例层面，在每一部分的说解中，其实都蕴藏着形音义综合考察、相互关照的研究理念。"释形"部分将字形的发展与字义的演变相结合，对汉隶的形体源流进行疏解。如"游"字在甲骨文阶段仅有"从㫃从子"一种写法，而到了金文阶段则出于表义需求分化为"斿""遊""游"三个字，分别表示旌旗之

①代表性著作有：毛远明：《汉魏六朝碑刻异体字研究》，北京：商务印书馆，2012 年。毛远明：《汉魏六朝碑刻异体字典》，北京：中华书局，2014 年。董宪臣：《东汉碑刻异体字研究》，北京：九州出版社，2018 年。对碑刻文字进行构形描写及分析的研究成果有：陈淑敏：《东汉碑隶构形系统研究》，上海：上海教育出版社，2005 年。何山：《魏晋南北朝碑刻文字构件研究》，北京：人民出版社，2016 年。

旒、遨游义和游泳义。《通释》对此有细致说解："按'游'甲骨文作[古文字]（《合》29224），像人执旗之形。金文分化为三字，或作[古文字]（《曾仲斿父方壶》），即'斿'字；或添加构件'辵'作[古文字]（《蔡医盘》），即'遊'字；或添加构件"水"作[古文字]（《𥫗弔之仲子平钟》），即'游'字。"（《卷七》7040）

"释形"在说解字形源流的同时，也将字形说解与音义关系相结合，关注到形声字声符的源流与发展。如"舍"字的说解："按'舍'西周金文作[古文字]（《夨令方尊》），从口、余声。'余'甲骨文作[古文字]（《合》19910），学者多认为像房舍之形，为'舍'之初文。后常借表发布命令，故添加义符'口'，'余'转变为声符。"（《卷五》5114）对于《说文》形声字说解中的一些可商榷之处，《通释》也会予以指正。如"少"字《说文》释为"从小丿声"，《通释》指出这一说解并不准确："'少'金文作[古文字]（《鄦侯少子簋》），应为在'小'的基础上添加区别符号而成，因此，小篆中的'丿'不应理解为声符，而是区别性符号。"（《卷二》2002）

"释义"和"释词"部分除了依据文献使用情况概括字头涉及的相关义位及固定表达外，还特别关注汉碑文献中的汉字职用状况，其中的不少通用现象，亦涉及到读音与字形的问题。"释义"中收录的一些同音通用关系在传世文献中并未体现，在《汉语大字典》《汉语大词典》《辞源》等辞书中也并未收录。如"希"通"羲"，用于指称伏羲氏："女絓，伏希。"（《卷七》7209）"僔"通"仆"，表示仆倒："遭谢酉、张除反，爰僔碑在泥途。"（《卷八》8037）汉碑中还有不少同源通用现象，如"缪"通"谬"，表示错误，胡乱："乾道不缪，唯淑是亲。"（《卷十三》13053）"寤"通"悟"，表示感悟："王室感寤，姦佞伏辜。"（《卷七》7173）此外，"释词"部分所收的一些双音词还与传世文献存在词形层面的区别，如"营营"即"茕茕"："谒见先祖，念子营营。"（《卷七》7158）又如"非详"即"飞翔"："堂三柱，中□□龙将非详。"（《卷十一》11174）这些语言现象均是在其他传世文献及字书、辞书中未见收录的。从这些材料也可看出，两汉时期文字在使用状态中混用、通用的现象较为普遍。

《通释》将形、音、义贯通说解，可为学界提供多层次、多角度的研究资料。汉碑代表性字图的选取以"汉字构形学"为指导，对汉碑单字图片进行认同别异，既不冗杂堆砌，又能体现两汉时期汉字字形的实际特点，可为文字学的专业研究者提供优选、可靠的基础材料。"释义"部分对于字头义项的归纳及其相关例句，以及"释词"部分搜集的汉碑文献双音词、词组、典故、缩略语等固定表达，皆可为探究中古汉语词汇的基本面貌和演变规律提供语料。还有不少双音词的例证能够补正辞书中的书证材料，如枢衡（《卷六》6049）、宣尼（《卷七》7122）、冕绅（《卷七》7183）、立子（《卷十》10129）、出典（《卷六》6100）等等，《汉语大词典》中的书证皆偏晚，而实际上这些双音词在汉碑文献中已有用例。此外,“释词”部分收录的一些官职类、制度类词语,亦附有对应例句,可作为汉代社会文化研究的史料。如“僤”字在汉碑中表示“里内部的一种组织名称”,但这一义位在目前辞书中并没有记载。相关例句有:“建初二年正月十五日,侍廷里父老僤祭尊于季、主疏左巨等廿五人共为约束石券。”“里治中迺以永平十五年六月中造起僤,敛钱共有六万一千五百,买田八十二亩。”(《卷八》8023)这则材料对于研究汉代乡里制度也有着一定的参考意义。

李学勤先生曾言:“古文字学的研究总是从辨明文字的形体着手的,因此有些学者主张古文字应以字形的研究为主,甚至只限于字形的研究。其实,文字的形、音、义三者是不能截然分开的。只研究形而不兼顾音义,会为我们的工作带来很大的局限性。”①不仅古文字研究需要形、音、义相结合,碑刻文字的整理与研究亦离不开这一原则。无论是对汉隶字形的研究还是对汉碑语词义项的概括及词汇的搜集,《通释》都以文献语言学和文献文字学为研究视角,将字、词的研究放置到碑刻文献语境之中进行考察,综合呈现出了汉碑文字的形义关系、音义联系和职用状况。

二、古今文字的沟通

在汉字发展历程中,隶书为古文字与今文字间的分水岭。其实隶书字体的这一特征古人早有认识,清儒顾蔼吉在其《隶辨》一书的序言中说道:“篆变而隶,隶变而真,真去篆已远,而隶在其间,挽而上可以识篆所由来,引而下可以见真所从出。”②《通释》的“释形”部分以汉碑隶书作为基点,向上结合《说文》说解及秦隶、秦篆、战国文字、金文及甲骨文等古文字材料,探究汉隶字形的来源,向下结合楷书及现代汉字字形,考察汉隶在今文字阶段的发展情况,同时还平行对比汉碑隶书中不同异体字字形之间的关系,在探明汉碑隶书字形源流的同时,也勾勒出了字形发展的总体脉络。

以“備”字(《卷八》8033)的说解为例:

① Q263　② Q140　③ Q146　④ Q174

“備”初文作“葡”。《说文》將和立为两个字头,分别释为“慎也”“具也”,实本为一字。甲骨文作(《合》17388)、(《合》13884),金文作(《葡册戉父辛卣》),

①李学勤:《古文字学初阶》,北京:中华书局,2006年,第8页。

②〔清〕顾蔼吉:《隶辨》,北京:中华书局,2013年,第1页。

> 像盛矢之器；金文或作(《𣪘簋盖》)、(《毛公鼎》)，下部逐渐讹变作“用”，上部讹变近似于“苟”省去“口”。小篆承袭此类字形，故《说文》释为“从用，苟省”。后来表示盛矢之器时另外造了“箙”字，“備”、“葡”变为专表具备、准备、谨慎等义。汉碑字形有“備”无“葡”。隶定过程中“苟省”的部分变异严重，从图①到图④逐渐向“俻”靠拢。后来右上的形体逐渐混同为“夂”，右下的“用”逐渐混同为“田”，整字定型为“俻”。汉字简化时又省去“亻”，写作“备”。

这段不到三百字的解说从甲骨文串讲到现代简化字，勾连了与“備”字相关的一系列字形：既结合甲金文探求了“葡”字的初形本义，又说明了“備(葡)”与其后起本字“箙”之间的关系，还从构件、笔画层面说明了字形的变异情况，追溯了汉碑字形及现代汉字中繁体字、简化字的形体来源。隶书是汉字从古文字阶段发展到今文字阶段的转折点，研究楷书字形中的俗字、异体字，以及现代汉字中的简化字和繁体字，皆可从中汲取到有用资料。《通释》的“释形”部分虽然针对的是汉碑文字字形的由来与发展，但实际上将古今文字相关联，勾勒出了“備(葡)”字形发展的主体脉络。

在文字学研究领域，古文字字形的考释与研究一直都是学界所关注的焦点，而今文字阶段的字形演变情况则关注较少。“释形”在这方面有非常细致的说解，对于异体、异构字形，从笔画、构件层面详细分解其变异路径。如“①(浚)”字，《通释》说解道：“义符‘水’隶定为三点。声符‘夋’所从之构件‘允’上方‘目’写作闭合的三角形；下方‘儿’与构件‘夊’粘合为‘友’形，如图①。”(《卷十一》11097)《通释》对于汉隶字形说解，还会关注到其与楷书笔画之间的关联。如“③(郎)”“④(郎)”的说解：“图③④均为隶变后的字形，其中义符‘邑’粘合省变作‘阝’。声符‘良’或上下粘合为一个整体，如图③；或将小篆中的构件‘亡’讹写为‘止’形，如图④；上部形体‘ㄨ’省简作横折，为楷书进一步演变为‘丶’埋下了伏笔。”(《卷六》6186)这些对于汉碑隶书变异情况的详细说解，正还原了字形释读和考辨的具体过程，亦可为研究者提供学习的材料。

《通释》“释形”部分在梳理字形发展脉络的同时，也兼有对字际关系的梳理和对《说文》说解的考辨。以“冬”字的说解为例，“冬—终”为一组常见的母字与分化字，而其词义与字形之间的对应关系在不同历史阶段存在着复杂的交织更替情况，《通释》对此有着详细的疏解：“按‘冬’甲骨文作(《合》916)、(《合》20726)，像丝线两端束结之形，本为终端之‘终’的初文。冬季为岁时之终，故可与终端义共用一字。金文表终端义时作(《颂鼎》)；表冬季义时另外添加义符‘日’作(《陈璋方壶》)，强调与四时有关，且将像绳结的两点连成一条线，为专门表示冬天义的分化字，《说文》古文与之相承。战国楚文字表示终端义时另外增添义符‘纟’，写作（《帛乙》3. 33）、（《郭 · 语》1. 49），强调与丝线有关，为专门表示终端义的分化字。至此，冬天之‘冬’和终端之‘终’正式分化开来，成为二字。”（《卷十一》11142）《说文》遵照小篆字形，将“冬”拆解为“从仌从夂”之字，与其甲金文字形并不相符。《通释》解释道：“《说文》小篆‘冬’不从‘日’，而从‘仌’，以强调冬天寒冷之义，为理据重构。”类似的说解还有很多。总体来看，“释形”部分所含有的信息是非常丰富的。

目前学界多数的文字整理型著作只呈现字形图片，目的是为专业研究者提供基础性的研究材料，每一个字形从何而来、为何会有这种写法，则并不会具体说明。而文字研究型著作对于字形源流的探讨则多列举典型例证，抽取其中的典型特征，很少对全部研究材料进行穷尽性说解。这一方面是受到著作性质的影响，另一方面也是因为汉字发展脉络源远流长，字与字之间的关系复杂多变，将数以千计的汉字的初形本义、流变情况介绍清楚，在众家纷说之中择选取定，的确并非容易之事。《通释》“释形”部分关联《说文》说解、古文字字形对汉碑字形由来进行历时溯源，同时对比汉碑内部的异体字和异构字，对其笔画变异情况、构形差异情况进行共时比较。这也是此书较之其他同类研究著作更具特色、更富创获之处。“释形”部分的说解不仅以汉碑为基点沟通了古今文字，而且其中对构形意图的说解、对字际关系的判定，以及对于《说文》说解的考辨，亦可为文字学研究、《说文》学研究提供丰富的资料。当然，囿于材料所限，在现阶段并非每一个字形的源流发展都能得到清晰的梳理，《通释》在溯源探流的同时也恪守严谨求实的学术精神，对于构意不明、源流不清的字暂时“付之阙如”，并不强作说解。

三、理论建构与材料分析的融通

《汉碑文字通释》在对 2700 余个字头的字形、字义及相关固定表达进行了细致整理、系统研究的基础上，还在前言部分对汉字学史上的几个重要的理论问题进行了深入研究。其中对于“篆隶之变”现象的原因探寻以及对汉字发展主旋律、主矛盾总结，进一步拓展了学界的已有认识。将具体的材料分析与前言部分的理论建构合而观之，更能够对隶书字体在汉字发展史中的重要地位有更为深入的认识。

《通释》前言指出，汉碑文献之所以在语言文字学领域有着重要价值，其原因之一便是反映了汉字“篆隶之变”过程中的复杂现象。“篆隶之变”这一表达的所指内容与文字学理论体系中的“隶变”基本一致，均指汉字由篆书转变为隶书的这一演变过程。《通释》未沿用“隶变”这一术语，而使用“篆隶之变”来指称汉字发展的这一历史阶段，是有其内在用意的。①

“隶变”一词最早出现在唐代的字样学著作中，常作为描写单字字形由小篆转变为隶书的用语。《九经字样》：“囟図，上《说文》，下隶变。”《九经字样》：“𠭖敢，上《说文》，下隶变。”《五经文字》：“霚雺霧，…… 上《说文》，中籀文，下经典相承隶变。”《五经文字》：“𠷎喪，上《说文》，下经典相承隶变。”宋代徐铉在《说文解字》的校注中也使用过“隶变”，如“舜”字条下注为：“舒润切，今隶变作舜。”“丘”字条下注为：“去鸠切，今隶变作丘。”在清人顾蔼吉的《隶辨》一书中，还有诸如“隶省”“隶加”等用语，皆可视为“隶变”一词的衍生表达。

在现代汉字学理论体系中，学者多借用“隶变”这一用语来指称汉字从小篆转变为隶书的这一段发展演变历程。但文字学领域内的“隶变”与其在字书中的用法并不完全一致：古代字书中的“隶变”常用在具体字形举证之中，强调的是字形变化的结果，而文字学领域内的“隶变”则强调的是从篆到隶的这一过程。正式因为这一差异的存在，所以文字学领域内的“隶变”容易让人产生误解，认为字体由蜿蜒屈曲的篆书转变为笔画方直的隶书后，隶变就已完成。故而学者需专门指出隶变具有渐次性、连续性的特征。② 另外，在文字学领域使用“隶变”这一表达也容易使人认为汉字发展历程中每一种字体的变化均可用套用“某变”的表达形式。如“楷变”就是受到“隶变”影响而产生的，但事实上隶、楷之间的变化属于汉字今文字发展阶段内部的演变，与篆、隶之间的变化不可同日而语。而且“隶变”“楷变”这类表达其实也在暗示隶书、楷书皆由前一种字体直接演变而来，但事实上汉字字体的演变是较为复杂的，并不是简单的线性递变，隶书并不全部直接来源于小篆。“篆隶之变”这一表达则有意识地与古代字书中的“隶变”相区别，更明确地将研究重心放置在篆书至隶书这一汉字发展演变的过程之中。

关于“篆隶之变”的产生原因，学界的研究大多着眼于战国后期书写任务增多、书写速度加快、书写主体的文化水平较低等方面，这些当然都是隶书产生的重要原因。但从

---

①关于“篆隶之变”的相关问题，作者已将相关论点整合发表，见王立军：《从“篆隶之变”看汉字构形系统发展的方向性调整和泛时性特征》，《语文研究》，2020 年第 3 期。《通释》前言部分的说解与此文有部分重叠。此外，“篆隶之变”这一表达，台湾学者王初庆在其《汉字结构析论》中论及字形的起源及其变迁时也有使用，此外还提到“古籀之变”和“籀篆之变”。见王初庆：《汉字结构析论》，北京：中华书局，2010 年。王先生对于篆隶之变的分析主要从“强异为同”和“将一作二”两方面来论述，基本等同于构件混同和构件异化，与《通释》使用“篆隶之变”的内在用意是有所不同的。

②赵平安指出：“隶变过程总体上可以分为两个阶段，第一阶段从小篆到古隶，第二阶段从古隶到今隶，这两个阶段自身和这两个阶段之间都有渐次性、连续性。”见赵平安：《隶变研究》，保定：河北大学出版社，2009 年，第 24 页。

汉字自身发展规律来看,“篆隶之变”之所以发生的根本性原因仍值得继续深挖。《通释》前言从汉字发展总体脉络的宏观视角出发,对“篆隶之变”发生的深层原因进行了探讨,指出古文字与今文字阶段汉字发展的根本区别在于其发展的主旋律不同:“古文字阶段汉字发展的主旋律是系统化,而今文字阶段汉字发展的主旋律是便捷化。前者是朝着系统渐趋严整的方向努力追求,后者则采用多种方式使汉字字形满足书写便捷的需要。”而主旋律的差异则是由汉字发展主要矛盾的转变所导致的。《通释》对于汉字发展不同阶段的主要矛盾也有相关论述:“古文字阶段汉字发展主要有两大主要矛盾:一是汉字字符的数量与日益增长的记录语言需求的矛盾,二是汉字字符的个性化与汉字符号体系系统性的矛盾。”而今文字阶段的汉字的主要矛盾则转变为“日益增长的处理日常事务的需求与汉字书写速度缓慢的矛盾”。汉字发展主要矛盾的转变带动了主旋律的变化,正是在这种多重转变的背景下,“篆隶之变”在战国末期开始发端,在汉魏之交最终完成。

《通释》前言部分的理论辨析,除了能够很好地概括汉碑隶书的发展特点外,亦可用以反观现代汉字整理与规范过程中的诸多现象。前些年网络上有不少关于简化字缺乏理据的声讨,如“親”不见,“愛”无心,“産”不生,“廠”空空,“運”无车,“飛”单翼等等,乍一看似乎言之有理,也引起了一些民众对汉字简化的误解。其实从汉字发展主旋律和主矛盾的理论框架来看,就可知这种对于简化字的质疑之声,其实是在用汉字古文字阶段对于构形理据的追求来苛责现代汉字。汉字的性质虽为表意文字,但在不同的发展阶段中,其主旋律、主矛盾也在发生着变化。早在两千年前的两汉时期,汉字发展的主要矛盾就已发生转移,为提高书写效率而减省笔画、黏合部件就已有先例。只不过在信息化程度更高、文化普及需求更强的现代社会,汉字的简化需求变得更为强烈。从这一角度来看,多数简化字其实是顺应了汉字的历史发展规律的。廓清汉字发展不同阶段的主旋律和主矛盾,才能对这些汉字发展历程中的具体问题有更为准确的定位和清晰的认识。

关于“篆隶之变”的具体表现,《通释》提出可从“书写单位”“构件”“整字”三个层面来描写。以往学者对于篆隶之间字体的变化多采用平面描写的方式勾勒其特征,《通释》的这一层次划分能够更好地提挈字体比较中的各类细节,使得不同字体之间的比较更具系统性和层次性。这三个层面不仅可以用来分析汉字从小篆到隶书的差异,亦可用于其他字体之间的平行比较。如隶书与楷书的区别,就主要体现在书写单位层面,隶书笔画中的波磔在楷书中不复存在,随之而来的是点、钩、提等便于书写的笔画的出现,而构件层面的变化则不大。

关于汉碑隶书的形体来源,《通释》在“释形”部分对汉碑隶书字形的源流发展状况进行了穷尽性的细致考察。在此基础上,前言部分将汉碑隶书的字形来源归纳为五种类型,秦隶、秦大篆、六国古文、小篆皆可作为其形体来源。可见汉碑隶书虽然为一共时平面的字体,但实际上是不同历史层次的字体积淀在同一共时平面的结果,这正是《通释》前言部分重点强调的“篆隶之变”的“泛时性特征”。以往人们多认为汉字的发展历程是一单线型的发展路径,但这种认识并不符合汉字发展的实际情况。詹鄞鑫就曾指出:“人们习惯于按书体的不同,把汉字演变过程归纳为‘甲骨文—金文—篆文(或分为大篆或小篆)—隶书(或分为古隶八分)—草书—楷书—行书’的模式。这种模式既不能完全反映汉字演变的原因和动力,也并不完全符合汉字演变的实际过程。”①《通释》对于汉碑隶书来源的考察,进一步证明了汉隶来源的多样性和汉字演变的复杂性,还原了汉字演变过程的实际面貌。

四、结语

两汉时期不仅是中国历史发展进程中对后世影响巨大的重要阶段,同样也是语言文字领域十分关键的转折时期。汉碑文献因其时地属性明确、保存完好度较高、上下文语境充分,故而在语言文字研究中有着不可替代的重要作用。《汉碑文字通释》在全面系统地整理汉碑隶书字形的基础上,以文献语言学和文献文字学为研究视角,充分展现了两汉时期碑刻隶书的字形原貌、词汇形态以及职用状况,为文字学、词汇语义学、词汇史的研究提供了细致可靠的参考资料。《通释》对于“篆隶之变”问题的多角度探讨,对汉字发展主旋律、主矛盾的总结概括,亦可深化学界对相关问题的理论认识。

概而言之,《汉碑文字通释》并不是一部单纯的资料汇编性质的著作,而是一部集字形贮存、源流说解、字义归纳、词汇搜集、理论探讨于一体的综合性研究著作。《汉碑文字通释》贯通形音义、沟通古今文字、融通理论建构与材料分析,这种求“通”的追求是其研究过程中最为鲜明的特点。相信《汉碑文字通释》所呈现的碑刻整理与研究新范式,能带给读者更多不同层面的启发和帮助。

①詹鄞鑫:《汉字说略》,沈阳:辽宁教育出版社,1991年,第24页。

A New Paradigm for Arrangement and Research of the Chinese Character of Tablet Inscription: the Comment of*The General Study on the Characters of Tablets in Han Dynasty*

Bai Ru

(Beijing Normal University)

Abstract: *The General Study on the Characters of Tablets in Han Dynasty* makes a systematic arrangement and in-depth investigation of clerical script of the tablet in Han Dynasty, from the perspective of Ancient-Text Philology and Ancient-Text Linguistics. This book carries out the idea of pursuing interconnected in all aspects of the book and explores a new paradigm of tablet arrangement and research: comprehensively investigating the relationship between the form and the meaning, the relationship between the sound and the meaning and the function status, in order to connecting the three elements of Chinese character; tracing the source of its form, on the basis of the official script of the tablet in Han Dynasty, in order to communicating the ancient characters and the modern characters; making an in-depth study of theoretical issues such as "the Transformation between the Seal Script and the Official Script" on the basis of material analysis, in order to fusing the theory and the materials. On the whole, this book provides detailed and rich analysis material for us to understand the original form, the lexical representation and the function status of official script of the tablet in Han Dynasty. It also makes some progress in the theoretical research of "the Transformation between the Seal Script and the Official Script", and the main melody and principal contradiction of Chinese character's development. This book is a comprehensive research work which integrating font storage, source and flow explanation, word meaning induction, vocabulary collection and theoretical discussion.

Keywords: *The General Study on the Characters of Tablets in Han Dynasty*; the Official Script in Han Dynasty; the Form Souce of the Chinese Characters; the Transformation between the Seal Script and the Official Script

《励耘语言学刊》征稿启事

《励耘语言学刊》是北京师范大学文学院主办的学术集刊，为半年刊，主要刊发汉语言文字学领域的研究成果。创刊于 2005 年，2017 年起由中华书局出版。

本刊的宗旨是：继承、弘扬中国传统语言文字学的理论、方法和求实的学风，积极吸取现代语言学的最新成果，关注新兴学科的发展和语言文字的社会应用，追求学术真理，提倡探索创新。

本刊常设栏目主要有：特稿、文字学研究、音韵学研究、训诂学研究、汉语史研究、《说文》学研究、章黄学术研究、现代汉语研究、语法研究、词汇语义学研究、语言学理论研究、方言调查与研究、学术动态等。

本刊一贯秉持学术的公正性，采用匿名审稿制度，在语言文字学界享有良好的声誉。属于《中文社会科学引文索引（CSSCI）》（2017—2018）来源集刊。本刊现已被“中国学术期刊网”（CNKI）、“万方数据”“维普网”等文献数据库收录，如作者不同意收录，请在来稿中注明，否则均视为同意。被收录文章的著作权使用费已包含在刊物稿酬中。

本刊诚邀海内外同仁赐稿。稿件相关事项如下：

（一）刊物实行匿名审稿制度，采用、修改或退稿的意见或通知，由编辑部转达作者。审稿时间一般为三个月。审稿期间，请勿一稿多投。三个月内未收到用稿通知，可另投他刊。除特别转载的文章，本刊只发表第一次发表的稿件。

（二）稿件字数以 10000 字以内为宜，就重要或复杂理论问题的探讨，不受字数限制。刊物使用简化字，文中的古文字，请扫描成像。

（三）来稿请附 300—400 字的中文提要，以及 3—5 个关键词，并译成英文。提要请指出本文的主要结论、观点和方法，主要创新点。在正文导语中说明本文研究课题的前人研究情况，本课题研究的必要性。基金项目等请在标题下以“ * ”注释形式标注。另页附作者简介及联系方式（工作单位、通信地址、电子邮箱、手机号码）。

（四）正文、标题一概使用宋体五号字，引文用仿宋体，左侧缩进 2 字符。请规范、准确使用标点符号。文章内所分各节，小标题序数大写（一、二……）；各节内若再分小节，用阿拉伯数字（1.1、1.2……）；注释采用页下注，每页重新编号。常用古籍可不注，其他注释及参考文献格式请参考以下格式，同一篇内再次引用可省去出版社及出版年：

［清］戴震：《书〈广韵〉四江后》，《戴震文集》，北京：中华书局，1980 年，第 84 页。

吕叔湘：《疑问 · 否定 · 肯定》，《中国语文》，1985 年第 4 期。

中国社会科学院语言研究所词典编辑室编：《现代汉语词典》（第 7 版），北京：商务印书馆，2016 年。

Fangkui Li, *Languages and Dialects of China. Chinese Linguistics*, Volume 1, 1973.

Chomsky&Halle, *The Sound Pattern of English*. New York: Harper and Row, 1968.

引文用仿宋体，左侧缩进 2 字符，引文出处请于句后注明。如：

（1）牧获羌。（《合集》39490）

（2）游文于六经之中，留意于仁义之际。（《汉书 · 艺文志》）

（3）黯然销魂者，惟别而已矣。（《文选 · 别赋》）

（五）来稿从网上提交电子文本，请同时以 word 格式和 pdf 两种格式附件发送至编辑部电子邮件地址：liyunyuyan@126.com。如有特殊情况，也可提交纸质稿件。纸质稿件请寄：北京新街口外大街 19 号北京师范大学文学院《励耘语言学刊》编辑部，邮编：100875。